GW01606263

NOAM CHOMSKY

Les Cahiers de L'Herne

# NOAM CHOMSKY

Direction d'ouvrage du Cahier de L'Herne n° 88
Jean BRICMONT et Julie FRANCK

Préface et choix des textes de la présente édition
Yves-Jean HARDER

Champs classiques

Ce Cahier de L'Herne n° 88, dirigé par Jean Bricmont
et Julie Franck, ici repris partiellement,
est également disponible aux Éditions de L'Herne


ISBN : 978-2-0813-3354-3

## Préface

## LES RATIONALISMES DE CHOMSKY

Chomsky est un intellectuel américain. Nous dirons qu'il est l'intellectuel américain : il personnifie un mode spécifique d'engagement, lié, dans ses paradoxes mêmes, à la complexité de la démocratie américaine – non seulement à cause de la notoriété mondiale qui donne une amplitude exceptionnelle à sa pensée et à son action, mais parce qu'il occupe une position singulière, à l'intersection de la recherche scientifique universitaire en linguistique et de l'action publique. Il n'est pas le premier ni le seul à s'être illustré à la fois par l'accomplissement d'une œuvre scientifique de premier plan et par un engagement public indéfectible ; sa figure peut en effet être comparée à celle de Bertrand Russell, qui l'a profondément influencé, ou d'Andreï Sakharov – mais elle est en même temps profondément américaine.

Ce qui caractérise l'intellectuel, depuis l'Affaire Dreyfus, est le fait de mettre l'autorité que lui confère son œuvre, scientifique ou littéraire, au service d'une dénonciation de l'injustice commise contre les droits de l'homme au nom de la raison d'État. L'intellectuel est donc par définition un opposant à la politique menée par le pays où il vit. Un intellectuel russe était appelé un dissident parce qu'il dénonçait les atteintes aux droits de l'homme en Union soviétique. Comme le remarque

Chomsky [1], la figure de l'intellectuel est comparable à celle du prophète de la Bible, qui reproche aux autorités instituées leurs fautes morales, leur double langage, et leur violation des lois fondamentales du peuple sur lequel elles exercent leur pouvoir. L'intellectuel, comme le prophète, est la voix de la conscience du peuple ; sa responsabilité morale n'est pas de dénoncer les crimes des autres, mais d'éveiller la conscience du public à sa propre responsabilité ; il ne peut le faire qu'en s'appuyant sur les principes dont se réclament le peuple et ses gouvernants.

Dans un État démocratique, le peuple est responsable de la politique qui est menée en son nom ; il doit exiger d'être tenu informé de cette politique, et il a le devoir de s'y opposer lorsqu'elle lui paraît inacceptable ; le devoir de l'intellectuel est donc à la fois de rappeler les principes, et de faire connaître la réalité de l'action publique dans son propre pays. Chomsky est un intellectuel dans la mesure où il critique la politique étrangère des États-Unis, et où il met en lumière les mécanismes par lesquels l'opinion publique est manipulée, notamment dans les médias, et ainsi la démocratie bafouée. Critiquer son propre pays peut apparaître une trahison, mais cette contradiction est celle du pays lui-même, ou de son administration, qui ne cesse de se réclamer de la démocratie et des droits de l'homme et prétend les étendre et les imposer à la terre entière, mais qui ne les respecte pas, puisqu'elle a recours en réalité dans sa politique étrangère à la guerre et au terrorisme. L'intellectuel

1. « The secular priesthood and the perils of democracy », in *On Nature and Language*, Cambridge, Cambridge University Press, 2002, p. 162-186 ; traduit sous le titre « La prêtrise séculière et les périls de la démocratie », dans *Raison et liberté*, Marseille, Agone, 2010, p. 203-235.

américain n'a pas besoin de montrer que la démocratie est le meilleur des régimes – tout le monde est d'accord avec lui sur ce point : il lui suffit d'exposer les faits qui sont en contradiction avec les principes sur lesquels on s'accorde.

C'est donc bien la vérité des États-Unis qui est représentée par Chomsky, contre les États-Unis. On pourrait objecter que la démocratie n'est pas la propriété des États-Unis, et qu'elle vaut pour tous les pays. Mais cette vocation universelle de la démocratie est bien au cœur des principes américains. Il est donc absurde de reprocher à Chomsky de n'avoir pour cible de ses critiques que les États-Unis : c'est précisément son devoir d'Américain de s'adresser aux autres Américains pour leur parler de la politique des États-Unis. C'est sa façon de sauver les États-Unis. Son attitude est comparable à celle de Socrate, qui affirme lors de son procès qu'il a sauvé Athènes parce qu'il a reçu la mission de sauver l'âme de la cité. Mais si le philosophe grec a été condamné à mort, si Sakharov a été réduit à l'exil intérieur et au silence, l'intellectuel américain, professeur reconnu dans une des plus grandes universités mondiales (le MIT, troisième au célèbre classement de l'université Jiao Tong de Shanghai), peut s'exprimer librement et continuer ses recherches sans autre inconvénient – qui n'est pas négligeable, mais appartient au jeu démocratique – que d'être en butte à des polémiques. Cela ne signifie pas que la démocratie américaine est meilleure que la démocratie athénienne, ou que le totalitarisme soviétique ; elle procède à l'intérieur de ses frontières par d'autres moyens que la violence pour imposer le consentement, parce que la liberté d'expression est sacrée.

Comme Chomsky le souligne, l'intellectuel américain est privilégié à la fois par son statut académique et par les lois démocratiques. L'Université américaine, même lorsqu'elle est financée, comme le MIT, par le complexe militaro-industriel, est libérale ; elle favorise la recherche fondamentale sans se soucier ni de rentabilité à court terme, ni de conformité idéologique [1]. Si la vocation du savant n'est pas contrariée par les autorités politiques, elle n'a pas non plus à être influencée par ses valeurs personnelles ; inversement, l'engagement politique, même s'il est objectivement favorisé par la situation du savant, n'est pas une conséquence de ses recherches. C'est un autre paradoxe de l'intellectuel : ce n'est pas en tant que savant qu'il s'exprime sur les sujets politiques, mais c'est bien parce qu'il est connu comme savant qu'il est écouté. S'il n'était pas un savant, sa parole serait tout aussi légitime, et respectable, mais ce ne serait plus celle d'un intellectuel. Allons plus loin, la légitimité du savant et celle de l'activiste se renforcent mutuellement par leur indépendance : c'est parce que le savant préserve ses recherches de toute influence de ses choix politiques qu'il leur assure une valeur, et que, par là même, il acquiert l'autorité qui dépasse sa spécialité. Si Chomsky n'était pas un grand linguiste, indépendamment de tout ce qu'on peut penser de son activité militante, celle-ci n'aurait pas plus de valeur que celle de n'importe qui, et il ne serait pas entendu.

Il est donc essentiel à l'intellectuel que les deux faces de son activité, celle du savant et celle du politique, soient maintenues séparées. C'est l'affirmation constante de Chomsky : « Je refuse de relier l'analyse des questions sociales à des thèmes scientifiques [2]. » D'un côté la

1. Cf. N. Chomsky, « Deux fonctions de l'université aux États-Unis », in *Réflexions sur l'Université*, textes réunis et présentés par Normand Baillargeon, Paris, Raisons d'agir, 2010, p. 91-121.

2. *Langue, linguistique, politique. Entretiens avec Mitsou Ronat*, Paris, Flammarion, « Champs », 1977, p. 34. On pourrait multiplier les déclarations analogues.

recherche exclusive de la vérité qui relève de la science et de sa discipline, de l'autre l'exigence morale d'éclairer le jugement de tous les hommes de bonne volonté. Cette séparation ne signifie pas que l'intervention politique serait de l'ordre de l'opinion ou de l'idéologie, et qu'elle tolérerait l'approximation ou le mensonge. La vérité est la règle commune aux deux ; mais elle ne se manifeste pas de la même manière. La méthode scientifique est une discipline dans laquelle la vérité est soumise à des procédures rigoureuses, qui supposent l'acquisition patiente et longue d'un savoir et une spécialisation professionnelle. Il suffit en revanche du simple bon sens pour discerner le vrai d'avec le faux dans le domaine des faits politiques. Le problème ne vient pas de leur complexité, mais de leur occultation : l'intellectuel n'est plus un chercheur, il est un divulgateur.

La communication de l'intellectuel n'est pas de même nature que celle du savant ; il ne s'adresse pas au même public et ne s'attend pas à la même écoute. La légitimité du linguiste est établie par la reconnaissance de la communauté spécialisée des autres savants qui travaillent dans le même domaine du savoir, peuvent comprendre ses propositions et ont les moyens de les mettre à l'épreuve d'une critique argumentée ; l'activiste au contraire tient un discours dont la justesse peut être appréciée par tous ceux qui veulent bien entendre, qui acceptent de juger par eux-mêmes ; il s'adresse à tout le monde, c'est-à-dire au public. Il n'est pas nécessaire de connaître la linguistique, ni d'avoir lu les ouvrages théoriques de Chomsky, pour comprendre ses réflexions sur des événements d'actualité, même si celles-ci prennent le contrepied de l'opinion la plus diffusée et la plus largement partagée. L'audience du linguiste est, en droit sinon en fait, hétérogène à celle de l'activiste, comme s'il s'agissait de deux personnes différentes en un seul corps : d'un côté quelques spécialistes, de l'autre tout le monde.

De cette distinction, on pourrait tirer la conclusion, sommaire et provisoire, que seul le Chomsky publiciste intéresse directement le public. Si donc on part de l'hypothèse vraisemblable que le lecteur du présent ouvrage n'est pas linguiste [1] – car s'il l'était, il n'aurait rien à apprendre des textes ici rassemblés, qui sont des introductions à l'œuvre de Chomsky –, il sera enclin à se tourner en priorité, ou exclusivement, vers les textes engagés et à négliger les articles portant sur la linguistique. Ce lecteur ferait pourtant un mauvais choix, car il passerait à côté de ce qui est, selon Chomsky lui-même, la partie la plus intéressante, la plus excitante pour l'esprit, de son travail [2]. La partie la plus accessible de son œuvre, celle qui a donné lieu au plus grand nombre d'ouvrages, d'entretiens, de conférences et de communications vidéo [3], est aussi la moins intéressante, celle dans laquelle Chomsky est le moins créatif – ce qui ne signifie pas qu'elle soit moins importante : n'importe qui aurait pu dire la même chose, mais le problème est que les autres ne le font pas. On peut se demander ce qui pousse le savant à sortir de ses livres et du confort de la vie académique pour s'adresser au public, à se charger d'une tâche peu gratifiante puisque le gain de notoriété se paye de malentendus, de controverses et d'hostilités.

Ce qui fait de Chomsky un vrai savant, ce n'est pas le prestige de sa réussite académique, ni la reconnaissance

1. Pas plus que l'auteur de ces lignes : le profane parle au profane.

2. Cf. *Knowledge of Language*, New York, Praeger, 1986, Préface, p. XXIX.

3. On peut se reporter au site de Chomsky (http://www.chomsky.info) pour en mesurer l'ampleur.

de ses pairs, ni la vivacité de son intelligence, ni l'étendue de son savoir, c'est la vérité de son rapport à la vérité : le fait qu'il n'y a rien qui l'intéresse plus que de comprendre, et d'aller plus loin dans l'investigation de la nature humaine. Par conséquent, pourquoi redescendre dans la Caverne ? La question se pose en des termes analogues à celle du philosophe de la *République* de Platon, qui, une fois qu'il s'est élevé jusqu'à la contemplation des réalités, ne veut plus participer à la vie publique. Mais la réponse de Platon est que la cité le contraindra à revenir orienter la politique, à être roi. Par conséquent, seule une cité juste peut légitimement demander au philosophe – ou au *vrai* savant – d'abandonner la recherche de la vérité. Mais l'engagement de Chomsky est au contraire motivé par l'injustice. Si le monde était juste, il n'y aurait pas d'État, pas de guerre, pas de violence, et le savant pourrait poursuivre ses recherches à l'écart du public. Ce n'est donc pas l'État qui le pousse à être un intellectuel engagé ; la raison de l'engagement n'est pas politique, mais éthique : c'est un devoir d'éclairer le public. Mais la question demeure : pourquoi la dénonciation de l'injustice, en elle-même inacceptable pour tout homme, incombe-t-elle d'une manière spécifique à l'intellectuel, pourquoi est-elle tout particulièrement « la responsabilité de l'intellectuel [1] » ?

La réponse à cette question est double. D'abord, comme on l'a déjà indiqué, l'intellectuel, et surtout

1. Cf. le texte fondateur qui définit la position de Chomsky : « The Responsibility of Intellectuals », *The New York Review of Books*, 23 février 1967, repris dans *American Power and The New Mandarins*, New York, Pantheon Books, 1969 (p. 323-366) [traduction française : *L'Amérique et ses nouveaux mandarins*, Paris, Seuil, 1969] ; ainsi que dans *The Chomsky Reader*, New York, Pantheon Books, (p. 59-82) et dans *The Essential Chomsky*, New York, The New Press, 2008 (p. 49-62).

l'intellectuel américain, dispose de ressources et de privilèges qui lui permettent à la fois de mieux comprendre les ressorts d'une politique injuste, et de s'adresser plus facilement au public. Le devoir, pour Chomsky, est donc, comme il l'écrit [1], d'« exploiter ce privilège de façon utile et efficace ». Cependant, cette obligation apparaît d'autant plus pressante qu'elle contredit la pratique la plus ancienne et la plus répandue de l'intellectuel, celle que Chomsky désigne par des expressions comme « prêtres séculiers [2] » ou « nouveaux mandarins [3] ». Le terme d'intellectuel, pris dans un sens diamétralement opposé à celui qui provient de l'Affaire Dreyfus, désigne alors celui qui appartient à une caste de lettrés ou de clercs dont la fonction sociale est de définir et de promouvoir les dogmes, les croyances, les pratiques cultuelles nécessaires à la conservation du pouvoir d'État. Les héritiers du magistère ecclésiastique et de la cléricature médiévale sont ainsi, dans les régimes totalitaires, les garants de l'orthodoxie idéologique, ceux qu'Isaiah Berlin appelle les « commissaires » et qu'il oppose aux « dissidents [4] ». Si la distinction était évidente dans un régime où les premiers étaient honorés et les seconds persécutés, elle n'en est pas moins effective, sous des formes plus atténuées mais non moins pernicieuses, dans les démocraties. Le rôle de l'intellectuel « dissident »

1. « Les raisons de mon engagement politique », ici même, p. 376.

2. Formule utilisée par Isaiah Berlin.

3. Expression utilisée de manière positive par Ithiel de Sola Pool (sociologue spécialisé dans l'effet social des nouvelles technologies de la communication, et qui fonda le département de science politique au MIT) dans un article de 1966, au titre éloquent : « The Necessity for Social Scientists Doing Research for Governments », *Background*, vol. 10, n° 2, août 1966, p. 111-122.

4. Cf. « La prêtrise séculière et les périls de la démocratie », *op. cit.*, p. 203.

dans la démocratie n'est donc pas seulement de lutter contre les formes manifestes de violence d'État, mais de démonter les mécanismes intellectuels qui empêchent le public de les reconnaître et de les condamner.

Le « dissident », avant d'atteindre le bon sens du public, doit lever les préjugés distillés par une propagande habile, qui tiennent le jugement en lisière et l'empêchent de s'exercer de lui-même. La cible du « dissident » est donc autant le « commissaire » que l'État pour lequel il travaille, et dont il tire des profits symboliques. Comme intellectuel, Chomsky est un anti-intellectuel ; il est l'intellectuel, seul contre les intellectuels. Si le message adressé au public consiste à montrer, par des faits établis et produits, quelle est la politique présente des États-Unis, le démontage de la propagande passe par un recours à l'histoire passée. Il s'agit en effet de saisir le moment historique où éclate la contradiction de l'État démocratique, c'est-à-dire où la démocratie commence à être perçue comme dangereuse pour l'État.

L'État se manifeste comme tel, comme expression d'une volonté de domination, dans la guerre. La sécurité de l'État, qui repose sur un complexe militaire de plus en plus puissant et sophistiqué, est une chose trop sérieuse pour être laissée à l'appréciation du plus grand nombre ; aussi est-ce au cours de la Première Guerre mondiale, lorsqu'il a fallu accommoder l'opinion publique à l'idée de la mobilisation et des hostilités armées, que les États démocratiques et leurs gouvernements ont été confrontés à cette difficulté : comment faire pour conduire les peuples démocratiques à accepter une politique qui n'est pas la leur, puisque la démocratie interdit aussi bien l'usage de la force pour réprimer la liberté de pensée et d'expression, que le monopole d'une idéologie d'État ? La solution consiste à contourner la liberté de jugement des individus, et, en s'appuyant sur les acquis de la psychologie et de la sociologie, à induire sans violence dans l'esprit des individus l'opinion qui favorise le consentement à la politique d'État, c'est-à-dire à la guerre, explicite ou implicite. C'est précisément à ce moment que se met en place une intelligentsia, une « cléricature séculière » dans les pays démocratiques, dont le rôle est non seulement de conseiller la politique impériale, mais de diriger l'opinion par les moyens modernes de communication. Cette nouvelle classe d'idéologues, qui tient lieu de magistère dans une société libérée de la tutelle religieuse, est formée aux nouvelles « humanités [1] », c'est-à-dire à une rhétorique rendue plus moderne et plus efficace par une connaissance plus précise et plus efficace des techniques d'influence. Les promoteurs de cette nouvelle fonction d'intellectuels sont des hommes comme Harold Lasswell, Walter Lippmann, qui introduit l'expression de « manufacture du consentement », reprise par Chomsky [2], ou Edward Bernays, le neveu de Freud, qui parle lui en 1947 de « l'ingénierie du consentement », considérée comme « l'essence même du processus démocratique [3] ».

---

1. « Les sciences sociales peuvent être décrites comme les nouvelles humanités du XX^e^ siècle. Elles ont le même rapport à la formation des mandarins du XX^e^ siècle que les humanités ont toujours eu à la formation des mandarins dans le passé » (Ithiel de Sola Pool, *op. cit.*, note 10, p. 111, nous traduisons). Le terme de « mandarins » n'est évidemment pas limité à la classe des lettrés chinois.

2. Walter Lippmann, *Public Opinion*, New York, Harcourt, Brace & Co., 1921, p. 248 ; cf. N. Chomsky et E. S. Herman, *Manufacturing Consent*, New York, Pantheon Books, 1988.

3. « L'ingénierie du consentement » (« The Engineering of Consent »), *The Annals of the American Academy of Political and Social Science*, 1947, p. 114. Cité par Chomsky dans « The Intellectuals and the State », conférence donnée en 1977, reprise dans *Towards a New Cold War : Essays on the Current Crisis and How We Got There*, 1982. Une traduction tronquée de ce texte (dont l'argumentation est rendue difficile à suivre à cause des nombreuses coupes effectuées) est parue

De même que le terme d'« intellectuel » est équivoque puisqu'il désigne aussi bien le « commissaire » que le « dissident », le clerc que le prophète, celui qui exerce le pouvoir idéologique (« l'expert en légitimation » selon l'expression de Gramsci) que celui qui le dénonce, de même la responsabilité des intellectuels a deux significations opposées : elle peut être comprise soit comme le devoir de dire la vérité, soit comme la participation à l'organisation du mensonge. Les « nouveaux mandarins » sont responsables d'avoir soustrait au contrôle démocratique la réalité de la politique qui était menée par les gouvernements qui se prétendent démocratiques. C'est pourquoi le rôle de Chomsky est d'abord de montrer comment les intellectuels exercent leur contrôle idéologique, afin de rendre possible, dans un second temps, une confrontation directe du jugement du public, une fois libéré des tutelles qui l'obscurcissent, avec les faits eux-mêmes. Il n'est pas nécessaire pour cela de mener une longue enquête : ce qui pose problème, ce ne sont pas les faits eux-mêmes, qui sont accessibles à tous ceux qui veulent bien s'y intéresser, c'est le travail de la propagande, qui, d'une part, détourne l'attention du public des faits les plus pertinents pour éclairer son jugement, d'autre part forme les esprits à une interprétation favorable à la politique menée par les États-Unis.

Le but de Chomsky n'est pas d'expliquer au public ce qu'il doit penser des faits qui lui sont présentés, il est seulement de rendre possible l'exercice spontané du jugement. Le public ne se trompe pas lorsqu'il fait usage de sa raison. L'intervention de l'intellectuel « dissident » consiste seulement à s'appuyer sur cet usage. Prenons l'exemple d'un acte de violence terroriste. Tous les

sous le titre « Les intellectuels et l'État », dans *Écrits politiques*, Acratie, 1984.

médias en parlent ; et tout le monde le considère injustifiable. Le rôle de l'intellectuel n'est pas de prendre le contrepied de ce jugement, mais au contraire de l'approuver, et de dire au public : « Vous condamnez cet attentat, et vous avez raison. Le meurtre est inacceptable ; il doit être condamné et les coupables punis, au nom du respect de la vie et de la dignité humaines. Mais ces principes doivent aussi vous conduire à condamner avec la même fermeté des actes commis par votre propre gouvernement. Les principes qui vous servent à juger ceux qu'on vous présente comme des ennemis doivent aussi vous servir à juger ceux qui se disent vos amis. »

C'est ici qu'apparaît la différence décisive entre le « dissident » et les « commissaires » : ces derniers pratiquent des jugements avec « deux poids, deux mesures » et considèrent légitime de traiter l'ennemi autrement que l'ami ; l'homme juste refuse cette différence de traitement parce qu'elle est incompatible avec la raison. Il est contraire à la raison que la même règle ne s'applique pas à tous. La raison est ici un principe de justice. C'est un rationalisme éthique qui guide le « dissident ». Les « commissaires » peuvent objecter qu'il est raisonnable de ne pas mettre sur le même plan l'ami et l'ennemi, et de défendre les intérêts de son propre pays, au détriment des autres. C'est vrai lorsque les autres sont précisément des ennemis ; par conséquent la raison du « deux poids, deux mesures » est l'hostilité, c'est-à-dire la guerre : ce qui est interdit à nos ennemis nous est permis. On retrouve l'origine de la propagande : c'est une arme de guerre, née pendant une guerre, qui tend à faire de l'état de guerre l'état habituel des relations entre les peuples, donc l'état normal de la société. Pour les intellectuels dans la démocratie, celle-ci n'est qu'un semblant qu'il faut préserver pour que l'emporte la véritable raison de l'État, qui est la guerre. Le rationalisme éthique du dissident fait face au rationalisme étatique de l'intellectuel officiel.

Mais on pourrait se demander pourquoi il faudrait nécessairement préférer la raison éthique à la raison d'État, et pourquoi le devoir de l'intellectuel devrait être de se rallier à la première plutôt qu'à la seconde. La raison d'État ne tire-t-elle pas du réel sur lequel elle s'appuie une consistance qui la rend plus rationnelle que l'autre ? L'État a sa raison, face à laquelle les multiples raisons morales individuelles, faites de bonnes intentions et de rêveries, ne tiennent pas : il maintient la stabilité du tout contre le désordre des parties ; porter atteinte à l'État serait ouvrir la voie à des maux plus graves que ceux qui sont liés à l'exercice de son autorité. En quoi le refus de la raison d'État peut-il se réclamer de la raison ?

Le rationalisme de Chomsky, plus moral que politique, s'inscrit dans la tradition du XVIIIe siècle, telle qu'elle s'exprime dans l'opuscule de Kant *Qu'est-ce que les Lumières ?* Il définit un rapport de vérité entre l'intellectuel et le public, qui contourne l'État, rapport qui repose sur les principes suivants :

1. La raison d'État suppose que le public ne sait pas ce qui est bon pour lui. Il doit donc être maintenu dans un état de minorité. Le rationalisme éclairé oppose à cela la maxime « penser par soi-même », oser se servir de son propre entendement ;

2. La raison d'État conduit inévitablement à l'institution politique du mensonge. Les intellectuels d'État savent que le public n'aime pas la guerre, qu'il préférera toujours la paix à la guerre, si on formule le choix en ces termes simples. Il faut donc lui faire croire que l'État, même lorsqu'il fait la guerre, est le seul garant de la paix, comme il est le garant de la démocratie. Pour Chomsky, le devoir de l'intellectuel est au contraire de dire la vérité,

et non pas d'inventer des « nobles mensonges ». Le double discours est contraire à la raison, l'hypocrisie est contraire à la morale. Si celui qui ment était soumis à la contrainte, on pourrait lui trouver une circonstance atténuante ; mais l'intellectuel est libre de s'exprimer ;

3. Le devoir de l'intellectuel est donc aussi de dire la vérité sur la raison d'État, de montrer qu'elle est fondamentalement orientée vers la guerre. Ce n'est pas à l'intellectuel de dire si la paix est préférable à la guerre. Au public de juger : s'il veut la guerre, tout va bien. Il persistera dans la raison d'État – mais il le fera en connaissance de cause. Dans ce cas, il lui faudra retirer le meurtre de la liste des crimes et cesser de s'indigner du terrorisme. Mais ce serait contraire à la raison : « Aucune personne rationnelle ne peut approuver la violence et la terreur [1]. »

Cependant, même si on ne peut pas anticiper le jugement du public – ce serait bafouer sa liberté de penser, éventuellement de penser contre l'intellectuel – il est raisonnable de penser qu'il préférera la paix, et ne donnera jamais de lui-même son soutien à la guerre. Pourquoi ? Est-il nécessaire de le montrer ? Le même bon sens juge spontanément que la vie est préférable à la mort, que la paix est préférable à la guerre, et que le meurtre est un crime. Qui peut dire le contraire sans tomber dans les arguties sophistiques de la raison d'État ? L'intellectuel n'a pas besoin de faire appel ici à la preuve scientifique. Il lui suffit d'avoir confiance dans le fait que « le bon sens est la chose du monde la mieux partagée », même si son usage est le plus souvent entravé.

Si cette confiance est légitime, alors il faut en conclure que la raison, lorsqu'elle s'exerce librement, désapprouve

---

1. « Language and Freedom », conférence des 8-9 janvier 1970, publiée dans *The Essential Chomsky, op. cit.*, p. 80.

la raison d'État, parce que l'État, dans la mesure où il n'existe pas sans violence et sans injustice, est contraire à la raison. Le rationalisme éthique, hérité des Lumières, conduit donc naturellement à l'anarchisme, qui n'est pas une préférence politique parmi d'autres, une opinion arbitraire, mais une conséquence du choix de la raison contre l'injustice et la violence. La solidarité entre le rationalisme de l'intellectuel militant et le jugement du public, qui s'entendent au détriment de l'État, conduit à penser celui-ci comme une puissance artificielle, construite au mépris de ce qui est universel en l'homme. L'État ne subsisterait pas s'il n'était soutenu par l'artifice rhétorique des « clercs laïcs ». La vérité au contraire rétablit la confiance dans la nature humaine, telle qu'elle se manifesterait si l'homme n'avait pas été éduqué par l'État. Mais « l'homme est né libre et partout il est dans les fers [1] ».

La contradiction énoncée par Rousseau entre la nature et l'histoire, entre les potentialités innées de l'homme et la réalité de son comportement, conduit à opposer les ressources internes de l'esprit humain à ce qui lui est inculqué de l'extérieur par ceux qui veulent le maintenir dans sa minorité. Le rationalisme des Lumières, qui présuppose, après Descartes, l'égale capacité de tout homme à user de sa raison, semble être tenu en échec par l'exercice réel de la raison. L'activiste qui ne cesse de rappeler les mêmes faits et qui est toujours en butte à la même hostilité ou à la même indifférence, de la part d'hommes qui auraient pourtant tout intérêt à se libérer des préjugés qui les empêchent de regarder la réalité avec lucidité, ne peut manquer de poser la question suivante : « Comment pouvons-nous savoir si peu de chose, alors que nous avons tellement de preuves ? » Chomsky

1. Rousseau, *Du Contrat social*, chapitre I.

appelle cela le « problème d'Orwell[1] » : expliquer comment les hommes peuvent refuser de se rendre à l'évidence alors qu'ils sont confrontés aux faits et qu'ils disposent de la faculté pour les juger revient à montrer comment l'État en général, pas seulement totalitaire, parvient par la propagande à entraver l'exercice de la raison. Le problème d'Orwell est la version politique et sociale du « problème de Freud », c'est-à-dire le problème de l'amnésie de certains faits refoulés, ou celui du déni de la réalité : les hommes sont naturellement portés à oublier ou à méconnaître des vérités essentielles, sans que cet oubli semble volontaire. Mais pour Freud la force qui est à l'origine de l'oubli est interne au psychisme, pour Chomsky elle est externe ; elle vient de l'emprise d'un système collectif de désinformation sur les esprits.

Cependant, autant le rationalisme éclairé s'étonne de la puissance d'obscurcissement de la propagande, autant, à l'inverse, il admire la capacité de l'esprit humain à savoir des choses qu'il n'a jamais apprises. Le problème d'Orwell, qui préoccupe l'intellectuel, est formulé en des termes diamétralement opposés au « problème de Platon », qui est le fil conducteur de la réflexion du savant ; problème que Chomsky expose dans les termes de Bertrand Russell : « Comment se fait-il que les êtres humains, dont les contacts avec le monde sont brefs, personnels et limités, soient néanmoins capables de savoir tout ce qu'ils savent[2] ? » Ce problème est soulevé par Platon dans le *Ménon* (81e-86c) : comment le jeune esclave interrogé par Socrate peut-il résoudre un problème de géométrie alors qu'on ne lui a jamais enseigné

---

1. *Knowledge of Language : Its Nature, Origin, and Use*, New York, Praeger, 1986, p. XXV.

2. B. Russell, *La Connaissance humaine*, trad. Nadine Lavand, Paris, Vrin, 2002, Préface, p. 5.

cette discipline ? Comment peut-il savoir sans avoir appris ?

Le rationalisme, depuis Platon jusqu'à Chomsky, en passant par Descartes, Leibniz, les platoniciens de Cambridge au XVIIe siècle (notamment Cudworth), Kant, et quelques auteurs appelés romantiques, comme Wilhelm von Humboldt, répond à cette question de la manière suivante : ce que l'homme sait par le seul recours à sa raison, sans qu'il l'ait appris de l'expérience, il le sait *avant* toute expérience. Platon nomme cet *avant* « réminiscence », Descartes « idées innées », Kant « *a priori* » et Chomsky « gène ». Platon répond au problème par un mythe, Descartes par la séparation réelle de l'esprit et du corps, Kant par la révolution copernicienne, Chomsky par la biologie ; ces réponses sont différentes, mais la démarche rationaliste est la même : l'irréductibilité de la nature humaine, sa spécificité dans le domaine cognitif, n'est pas une conviction fondée sur une valeur, religieuse ou politique, elle est la conclusion la plus raisonnable à un examen objectif des faits. S'il est évident qu'une partie du savoir humain vient de l'expérience, l'homme ne peut pas tirer *tout* son savoir de l'expérience.

La linguistique constitue un terrain privilégié d'observation de cette nature humaine cognitive, puisque, selon l'observation ancienne de la philosophie, l'usage de la raison est étroitement lié à celui du langage. Or les recherches de Chomsky ont mis en évidence dès les années 1950 une différence fondamentale entre ce qui, dans la faculté de parler, relève de l'apprentissage culturel et social d'un code conventionnel, et ce qui relève de structures cognitives plus fondamentales qui, non seulement ne sont pas directement enseignées, mais ne sont même pas données dans l'expérience linguistique. Il est évident que, avant d'être confronté à une langue historiquement donnée, il est impossible de savoir comment est déterminé dans une langue ce que Saussure appelle l'arbitraire du signe ; notamment dans le domaine lexical, on ne peut pas savoir que « bœuf » se dit /bœf/ en français et /ˈɔksə/ en allemand [1] ; il faut pour cela avoir entendu le mot prononcé au moins une fois par un locuteur d'une des deux langues. De même, certains aspects de la grammaire ne peuvent pas être anticipés et doivent être découverts dans l'expérience de la langue : on ne peut pas savoir par avance si tel verbe commande un complément direct ou indirect. En revanche, on peut s'attendre à ce qu'un groupe nominal appelle un verbe, et à ce que certains verbes appellent un complément. L'esprit humain contient, sans l'avoir appris, une capacité d'analyse – un système computationnel – qui lui permet d'opérer de lui-même des distinctions grammaticales fondamentales et ainsi de discriminer entre des expressions qui lui paraissent correctes et d'autres inacceptables, ou de trouver un algorithme qui tranche entre deux sens possibles d'une expression grammaticalement équivoque [2].

La linguistique rationaliste n'a pas le même objet que la linguistique structuraliste : celle-ci s'intéresse à une *langue* particulière et étudie sa structure sans prendre en considération ce qui se passe dans l'esprit de celui qui parle. La langue est la reconstitution d'une structure à partir d'un corpus d'énoncés qui, s'ils ont été prélevés sur une pratique de la parole, en ont été détachés et constituent un ensemble cohérent de faits empiriques. La linguistique rationaliste part au contraire de la parole, qui est la capacité d'engendrer un nombre infini de phrases, y compris celles qui n'ont jamais encore été prononcées. Cette capacité, dans ce qu'elle a d'inventif, ne

1. Cf. F. de Saussure, *Cours de linguistique générale*, Paris, Payot, 1967, p. 100.

2. Cf. ici l'article de Tanya Reinhart, p. 183-224.

se confond nullement avec la connaissance de la langue externe ; elle est la mise en œuvre d'une faculté universelle, propre à l'homme, la faculté du langage. Si cette faculté n'était pas innée, l'esprit humain ne pourrait pas apprendre une langue, parce que l'ensemble des informations qui lui sont fournies par les autres locuteurs dans l'ensemble des énoncés qui sont perçus et éventuellement retenus, sont tout à fait insuffisantes pour que l'homme en tire les règles computationnelles qui lui permettent de maîtriser la structure de la grammaire. Cette « pauvreté en stimulus » est à l'origine de la formulation linguistique du « problème de Platon ».

Sans doute l'homme a-t-il besoin d'être confronté, à un certain âge de son développement biologique, à la pratique effective d'une langue pour mettre en activité la faculté du langage. Mais la langue sert seulement de déclencheur de cette faculté, elle ne la produit pas. Elle n'est qu'une stimulation extérieure de l'esprit. L'homme n'apprend pas à parler, la faculté est seulement éveillée par la langue. Comme le dit Humboldt, « l'apprentissage de la parole par les enfants n'a rien d'une accumulation de mots, déposés dans la mémoire et reproduits par le mouvement des lèvres ; il faut y voir bien plutôt une émergence progressive du pouvoir de parole, étayée par l'âge et par l'exercice [1] ». Deux faits simples l'attestent : d'une part, n'importe quelle langue peut jouer le rôle de déclencheur, un enfant peut acquérir n'importe quelle langue parlée par son environnement humain. D'autre part, la faculté de langage, comme capacité d'invention d'un nombre infini d'énoncés – c'est « l'aspect créatif du langage humain » – n'est déclenchée qu'au sein de

1. *Introduction à l'œuvre sur le Kavi*, trad. Caussat, Paris, Seuil, 1974, p. 196. Texte cité par Chomsky, dans *La Linguistique cartésienne*, Paris, Seuil, 1969, p. 102.

l'espèce humaine ; une machine pourrait reproduire tous les énoncés d'un corpus linguistique qu'elle aurait enregistré, et même en produire de nouveaux par une application de règles combinatoires, mais non pas de manière infinie, ou infiniment plastique, « pour répondre au sens de tout ce qui se dira en sa présence [1] ».

La linguistique confirme ainsi le critère de rationalité que le cartésianisme mettait en avant pour distinguer l'homme de l'animal, considéré comme un assemblage mécanique : la raison n'est pas la combinaison de règles simples – réponses univoques à une stimulation externe – qui pourraient être appliquées par des machines, elle est l'invention d'une formule spécifique, qui est adaptée à une situation inédite de compréhension. On pourrait faire remarquer que pour Descartes, la différence entre l'assemblage mécanique et la raison humaine qui se manifeste dans la faculté du langage est une preuve de la différence réelle entre le corps et l'esprit, tandis que Chomsky, en inscrivant l'innéité dans le patrimoine génétique, le ramène à la substance corporelle. Cependant, la naturalisation de l'esprit par l'ordre biologique ne contredit pas l'affirmation d'une différence spécifique entre l'esprit humain et la machine. En réalité, le langage, en tant qu'il implique une manifestation physique, sonore, du signe, relève pour Descartes lui-même de l'union de l'esprit et du corps. Ce qui oblige Descartes à maintenir en l'occurrence la distinction réelle de l'esprit, ce n'est pas tant sa conception de l'esprit comme irréductible au corps, que sa conception du corps comme étendu (géométrique) et mécanique – conception qui, parce qu'elle explique le mouvement par une action directe d'une partie de la matière sur une autre partie,

---

1. Descartes, V[e] partie du *Discours de la méthode*, éd. d'Adam et Tannery, reproduction Paris, Vrin, 1996, t. VI, p. 56.

élimine les effets de qualités occultes et permet de libérer la science d'une ontologie douteuse. Or ce mécanisme direct est incompatible avec ce que nous savons des états mentaux qui sont à l'œuvre dans la parole ; mais la physique postérieure à Descartes, à partir de Newton, conduit à une autre conception du corps, qui n'interdit pas l'action à distance. Si par conséquent on cesse de confondre, comme le fait Descartes, corporéité et mécanisme, il n'y a plus d'obstacle à considérer l'esprit humain, dans la spécificité de sa raison, comme identique à un organe corporel, lui-même spécifique au corps de l'homme, à savoir le cerveau, et de faire de la faculté de langage une propriété génétique.

Dès lors, la thèse de l'innéité biologique de l'esprit a un autre statut de rationalité que celle de Descartes. Ce dernier ne pouvait l'affirmer qu'en introduisant une différence de nature entre la raison scientifique – la géométrie comme science générale des corps – et la raison métaphysique, qui pose une séparation radicale entre le « je pense » et la substance corporelle étendue et mécanique, séparation qui trouve une confirmation dans le fait que l'esprit humain tire son essence de l'esprit divin, sans lequel il est incompréhensible. Pour Chomsky, c'est la même raison qui connaît le corps en général et qui connaît l'esprit ; cette raison n'est autre que celle de la science. La raison métaphysique n'est plus nécessaire ni à la compréhension du mouvement, ni à celle de l'esprit. Est rationnelle toute proposition qui peut être soumise à la communauté des savants, afin qu'elle soit confirmée ou invalidée par une procédure qui implique démonstration, preuve ou vérification empirique [1]. La thèse de

1. On remarquera en passant que le rationalisme – affirmation de l'innéité de l'esprit – s'il s'oppose à l'empirisme – affirmation de l'acquisition des facultés mentales par l'expérience – n'exclut pas pour autant la méthode expérimentale propre à la science moderne. Sa thèse est au contraire que l'esprit relève de la même méthode.

l'innéisme devient dès lors strictement scientifique ; elle appartient au « style galiléen [1] », et par là inclut la linguistique dans les sciences modernes de la nature. L'innéisme n'est plus tributaire du dualisme des substances, ni de l'origine divine des « semences de vérité qui sont naturellement en nos âmes [2] ». Chomsky aligne le rationalisme innéiste sur le rationalisme naturaliste de la science et réalise ainsi son unité. Le biologisme de la linguistique ne signifie donc pas que l'étude de la langue relèverait de la neurobiologie, ce qui n'a guère de signification ; il signifie que la psychologie, dont la linguistique n'est qu'une partie, puisqu'elle repose sur une faculté mentale, fait partie des sciences de la nature.

L'extension du « style galiléen » aux facultés mentales, dont le langage est l'exemple le plus remarquable mais pas unique, n'est pas la subordination de la psychologie aux méthodes de la biologie ou de la physique. Ce devrait être, au contraire, une redéfinition, plus élargie, du concept de nature. De même que Newton a élargi le concept de corps pour pouvoir comprendre l'action à distance, que la chimie du XIX^e^ siècle a conduit à une révision du concept de matière [3], de même la biolinguistique devrait engager une redéfinition de l'esprit, non pas pour le réduire au neurobiologique, mais au contraire pour étendre la portée du biologique, incluant la capacité humaine de création. Chomsky considère que sa plus

1. Cf. Chomsky, *Règles et représentations*, Paris, Flammarion, 1985, p. 12 *sq*. La conception cartésienne de l'esprit déroge au « style galiléen » en ce qu'elle maintient une différence de méthode entre la connaissance de l'esprit et la connaissance de la nature, ce qui est la porte ouverte au spiritualisme, refuge de la philosophie sous ses diverses formes, phénoménologique ou post-moderniste.

2. Descartes, *Discours de la méthode*, VI^e^ partie, *op. cit.*, p. 64.

3. Cf. *Nouveaux horizons dans l'étude du langage et de l'esprit*, Paris, Stock, 2005, p. 82.

importante contribution est d'avoir étudié le langage comme un objet biologique [1], et par là d'avoir ouvert la voie non pas à une nouvelle discipline scientifique, mais à une nouvelle conception de la scientificité, plus intégrative, puisqu'elle comprendrait aussi bien les sciences de l'esprit que les sciences de la nature.

Le rationalisme unifié fait de l'homme le point de jonction entre l'ordre physique tel qu'il a été compris par le « style galiléen » et l'ordre mental, qui demeurait un empire dans un empire. On pourrait être tenté de faire un pas de plus et de fonder le rationalisme humaniste qui guide l'activiste politique sur cette science de la nature humaine dont le rationalisme théorique fournit les linéaments. Par là, le « problème d'Orwell » trouverait une solution dans le « problème de Platon ». Cette unification ultime des deux versants de l'activité de Chomsky dans une sagesse qui comprendrait aussi bien le théorique que le pratique, en fondant la morale sur la science, pourrait se réclamer du projet indiqué par Descartes dans la Lettre-Préface aux *Principes de la philosophie* : la morale pourrait être l'aboutissement de la connaissance scientifique initiée par la physique. C'est pourtant un pas que Chomsky lui-même a toujours refusé de franchir : les raisons du politique ne sont pas, comme on l'a vu, les raisons du savant. Il n'est certes pas impossible d'envisager un point situé dans l'avenir, où l'organisation de la vie collective de l'homme pourrait être déduite de celle de la nature humaine, et où une « science sociale humaniste » serait « un instrument pour l'action sociale [2] ». Mais cette déduction est encore hors de portée de la science, parce que les sciences sociales ne

1. Cf. *The Science of Language. Interviews with James McGilvray*, Cambridge, Cambridge University Press, 2012, p. 76.

2. « Language and Freedom », *op. cit.*, p. 90.

sont pas encore engagées sur la voie sûre d'une science galiléenne [1] ; par suite, les raisons de l'action ne sont pas les raisons de la théorie – même si les unes sont tout aussi importantes que les autres [2].

Cette indépendance implique deux choses : il n'est pas nécessaire de partager le rationalisme innéiste pour se battre contre la propagande ; de même, il n'est pas nécessaire d'adhérer à l'anarchisme pour étudier la nature humaine en scientifique. Néanmoins, entre les deux rationalismes, celui du langage *et* celui de la liberté, pour reprendre les termes de la conférence de 1970 qui aborde le problème de leur rapport, on peut au moins construire un pont : le « et » qui unit théorie et pratique ne relève ni de la science, ni de l'action, qui ont chacune leur rationalité propre ; mais il n'est pas en dehors de la raison. Le nom que Chomsky donne à celle-ci lorsqu'elle s'aventure dans cette perspective unificatrice est celui de « spéculation [3] ». Si la raison scientifique cède la place à la raison spéculative dès qu'il est question de l'organisation politique, c'est que la science de la société n'a pas encore adopté le « style galiléen », qu'elle est encore plus éloignée que la psychologie de la « voie sûre d'une science » ; pourtant la raison ne peut être divisée d'avec elle-même. Il faut pouvoir au moins *penser* un point d'unité. Pour Chomsky [4], cette clé de voûte est la

1. Sur le jugement défavorable porté par Chomsky sur les sciences sociales, cf. *The Science of Language*, *op. cit.*, p. 138-146.

2. « L'homme n'est pas seulement né pour la spéculation, mais aussi pour l'action » (formule de Schelling que Chomsky reprend à son compte dans « Language and Freedom », *op. cit.*, p. 77).

3. Chomsky parle à propos de la réflexion sur le « et » d'une « esquisse de remarques spéculatives » (« Language and Freedom », *op. cit.*, p. 90).

4. Comme pour Kant : cf. la Préface de la *Critique de la raison pratique.*

liberté : d'un côté la linguistique montre que la faculté de langage, dans sa créativité essentielle, est « libre du contrôle par un stimulus identifiable [1] » ; de l'autre, l'action politique s'enracine dans la conviction que l'homme a un « besoin essentiel » de « liberté à l'égard des contraintes externes de l'autorité répressive [2] ». Cette liaison n'est pas un fait scientifique, elle est une espérance. Le rationalisme n'est donc pas l'abandon de toute espérance, il est au contraire fondé dans un double optimisme, une double espérance : pour le savant, expliquer le mystère de la nature humaine – l'aspect créateur du langage et la liberté [3] ; pour l'intellectuel, se battre pour surmonter la domestication des consciences, pour éveiller en l'homme sa créativité et sa liberté.

Yves-Jean HARDER

1. « Language and Freedom », *op. cit.*, p. 81.
2. *Ibid.*
3. Cf. *Réflexions sur le langage*, Paris, Flammarion, « Champs », 1981, p. 170-171.

# I

# INTRODUCTION

# Fragments autobiographiques

**Noam Chomsky**
**entretien avec David Barsamian**

## I – Démocratie et éducation

**DB.** *John Dewey, l'un des plus grands penseurs du XXe siècle, a beaucoup influencé vos années de formation. Vos parents vous avaient inscrit dans une école « deweyenne » de Philadelphie.*

**NC.** Mon père dirigeait le système scolaire hébraïque à Philadelphie, où nous habitions, et il le faisait dans l'esprit de Dewey, c'est-à-dire en cherchant à mettre l'accent sur la créativité intellectuelle, les activités collectives, les projets stimulants. J'ai enseigné dans ce cadre, moi aussi. Dans l'école où j'étais élève, toutes les matières habituelles étaient traitées, mais en privilégiant les préoccupations, les engagements et la créativité de l'enfant. Il n'y avait aucune compétition entre les élèves. Quand j'ai quitté cette école pour entrer au lycée, je ne savais même pas que j'étais un « bon élève ». Au lycée, nous étions tous classés, donc chacun voyait bien où il se situait. Avant, le problème n'existait même pas.

**DB.** *Pourquoi vos parents vous ont-ils mis dans cette école ?*

**NC.** En partie parce qu'ils travaillaient : je devais donc rester à l'école toute la journée. Mais je n'aurais pas voulu être ailleurs. J'y suis entré vers dix-huit mois et j'y suis resté jusqu'à la classe de quatrième.

**DB.** *Parlez-moi de votre père. Quelle était votre relation avec lui ? Il a été votre premier professeur, bien sûr, mais aussi, je crois, votre premier employeur.*

**NC.** C'était un hébraïsant. Nous avions une relation très chaleureuse. Nous ne passions pas énormément de temps ensemble – pendant la journée, j'étais à l'école, ou dans la rue avec mes amis –, mais celui que nous avons partagé a été important, riche de sens. Le vendredi soir, nous lisions ensemble de la littérature hébraïque traditionnelle et moderne. Puisque mes parents étaient enseignants, nous avions de longues vacances d'été. Mon père travaillait pendant la journée, mais il revenait en fin d'après-midi et nous allions tous nager ensemble. Vers onze ou douze ans, je crois, j'ai commencé à m'intéresser à son travail intellectuel. Il terminait une thèse de doctorat sur David Kimhi, le grammairien médiéval de l'hébreu, et je me rappelle l'avoir lue. Je lisais aussi ses articles, et nous en discutions.

**DB.** *Pensez-vous que le fait de maîtriser une langue complexe, à la grammaire très dense, a contribué à vous former l'esprit ?*

**NC.** Difficile à dire. Cela a éveillé chez moi, c'est sûr, un intérêt pour la linguistique sémitique, que j'ai étudiée à l'université, et exercé probablement une influence indirecte sur mon choix de faire de la linguistique – mais je ne peux pas vraiment la cerner.

**DB.** *Dans* De la propagande, *vous avez dit : « Mon développement intellectuel a été retardé quand je suis entré au lycée. J'ai sombré dans une sorte de trou noir*[1]. »

**NC.** C'est tout à fait ça. Entrer au lycée a été un peu un choc. C'était un lycée très scolaire : rigueur et discipline. Pratiquement tout me déplaisait, sauf mes amis. Mais je m'en souviens très peu, alors que l'école primaire et la suite jusqu'en quatrième m'ont laissé des souvenirs très vifs. Le lycée, j'avais vraiment hâte d'en sortir.

Après, je suis allé à l'université locale de Philadelphie – l'université de Pennsylvanie. Je n'avais d'autre intention que d'habiter à la maison, travailler au *college* et prendre le bus entre les deux, et cela me convenait parfaitement. Le programme paraissait intéressant, stimulant. Mais au bout d'environ un an, j'ai perdu mes illusions. J'ai compris que tout cela n'était qu'une assommante continuation du lycée, et j'ai bien failli tout abandonner.

**DB.** *Mais vous avez rencontré Zellig Harris*[2], *qui enseignait la linguistique à l'université de Pennsylvanie.*

**NC.** Je l'ai rencontré par le biais de la politique, quand j'avais dans les dix-sept ans. J'étais un étudiant de deuxième année très tenté de laisser tomber les études et, de fait, consacrant fort peu de temps aux travaux universitaires – je pense que ma matière principale, à l'époque, devait être le handball. J'étais aussi très engagé dans le mouvement sioniste, plus précisément dans sa tendance binationale, anti-État, et il se trouvait que

1. David Barsamian et Noam Chomsky, *Propaganda and the Public Mind*, South End Press, 2001, p. 19 ; trad. fr. de Guillaume Villeneuve, *De la propagande : entretiens avec David Barsamian*, Paris, Fayard, 2002, rééd., 10/18, 2003, p. 45.

2. De Zellig Harris, on peut lire en français *Notes du cours de syntaxe*, Paris, Seuil, 1976 [*NdT*].

Harris était une grande figure de cette mouvance. C'était un personnage très charismatique, intellectuellement stimulant, dont les autres centres d'intérêt – la pensée anarchiste, la gauche antibolchevique, etc. – étaient aussi ceux que j'essayais d'explorer de mon côté.

Je me doute, avec le recul, que Harris essayait de me ramener à l'université. Il ne le disait pas, mais il m'a suggéré de venir suivre certains de ses cours de second cycle, et je l'ai fait. Il y avait quelques enseignants vraiment excellents, éparpillés dans différentes disciplines, un en mathématiques, un en philosophie, un ailleurs. En choisissant bien, on pouvait recevoir une formation excitante, sans trop de structures formelles. Et Penn [1] était assez décontractée pour que cela ne pose pas de problème.

**DB.** *Avez-vous jamais vraiment eu un parchemin, un diplôme ?*

**NC.** J'ai fini par obtenir tous les diplômes en bonne et due forme, mais sans avoir satisfait aux formalités habituelles. Le département linguistique était assez peu structuré. Fondamentalement, c'est Harris qui le dirigeait. En un sens, cela m'a avantagé de me trouver dans une université qui n'était pas très prestigieuse : il n'y avait pas de formalités pesantes, de surveillance tatillonne, etc. On pouvait faire plus ou moins ce qu'on voulait – du moins, moi, je l'ai pu.

**DB.** *Donc, si l'on inclut vos premières années, vous êtes enseignant depuis plus de six décennies. Vous avez eu des milliers d'élèves. Quelles qualités privilégiez-vous chez un étudiant ?*

1. Diminutif de l'université de Pennsylvanie [*NdT*].

**NC.** L'indépendance d'esprit, l'enthousiasme, l'attachement au champ d'étude, et la volonté de mettre en question, d'explorer des directions nouvelles. Quantité de gens ont ces qualités, mais l'école tend à les décourager.

**DB.** *Vous arrive-t-il de tant impressionner des étudiants – par votre célébrité, veux-je dire – qu'ils n'osent pas contester certaines de vos assertions ?*

**NC.** À l'occasion. C'est parfois arrivé avec des étudiants issus des systèmes d'éducation traditionnels des pays d'Asie, par exemple. Mais dans un endroit comme le MIT, c'est plutôt rare. C'est une université à base scientifique : les étudiants y sont incités à la recherche, à la remise en cause, au questionnement.

**DB.** *Tout en avançant dans votre carrière de linguiste, vous vous êtes engagé davantage en politique. Qu'en ont pensé vos parents ? N'ont-ils pas craint que cela ne vous attire des ennuis ?*

**NC.** J'ai toujours été engagé politiquement. Mais dans les années 1960 ils ont eu de quoi s'inquiéter, car j'ai été arrêté, j'ai risqué la prison, etc. Quand le problème d'Israël et des Palestiniens est devenu central, notamment après 1967, et qu'il y a eu cet énorme torrent de diffamations, de haine, d'injures, de dénonciations, ils ont soutenu mes idées, mais c'était difficile pour eux. Ils vivaient presque dans un ghetto juif, et ils étaient ulcérés par ces insultes hystériques, ces attaques personnelles. Mon père a même écrit des réponses dans la presse hébraïque contre certaines accusations. Ce n'était pas facile pour eux. En fait, plus ou moins inconsciemment, j'ai probablement arrondi les angles tant qu'ils ont été en vie, pour les épargner.

**DB.** *Vous avez reçu une formation en sciences exactes, où le critère suprême est la preuve expérimentale, tandis que l'idéologie, souvent, n'a besoin d'aucune preuve.*

**NC.** En fait, quand on est vraiment attaché à une idéologie, on nie les preuves et on s'efforce de les éviter. Cela dit, je n'ai pas reçu de formation en sciences exactes. J'ai une certaine culture scientifique – j'ai même travaillé dans les mathématiques, un moment –, mais n'exagérons pas. Comme je l'ai dit, je n'ai pratiquement aucune formation régulière dans aucun domaine, même en linguistique. Je suis avant tout un autodidacte. Mais je ne vois pas pourquoi on n'étudierait pas l'histoire, la société, l'économie par des méthodes fondamentalement semblables à celles qu'on utilise en science. Les preuves empiriques sont d'une importance cruciale. Mais elles nous submergent : il faut essayer de choisir ce qui est le plus significatif. Inévitablement, on aborde le concret avec certaines convictions, certains principes, qu'il faut garder ouverts au questionnement. Les problèmes sont différents en histoire et en physique, mais les méthodes d'approche devraient être à peu près les mêmes.

**DB.** *On vous dit parfois anarchosyndicaliste, et je vous ai entendu vous définir comme un conservateur à l'ancienne. Comment ressentez-vous ces étiquettes ?*

**NC.** Je ne les utilise pas, mais je suis tout à fait conscient que mes idées sont issues de la tradition anarchosyndicaliste. Je pense que l'anarchosyndicalisme est une approche raisonnable des problèmes généraux de la société humaine. Bien sûr, on ne peut pas prendre les théories anarchistes et les appliquer mécaniquement. Mais le contrôle ouvrier sur l'industrie et le contrôle populaire sur les localités me paraissent un fondement sensé pour une société complexe comme la nôtre. Quant à « conservateur à l'ancienne », je voulais par cette expression évoquer mes goûts personnels en musique, en littérature, etc., et dire aussi que je crois en la valeur des doctrines libérales classiques. Elles non plus ne sont pas mécaniquement applicables au monde moderne dans le langage où elles ont été formulées, mais je pense qu'il faut avoir beaucoup de respect pour les idéaux des Lumières – la rationalité, l'analyse critique, la liberté d'expression, la liberté d'investigation – et qu'on devrait essayer de les élargir, de les modifier et de les adapter à une société moderne.

**DB.** *On entend souvent parler, depuis quelque temps, d'« offensive contre les idées des Lumières », en particulier dans l'éducation : on enseigne l'abstinence et non les autres moyens de se protéger dans sa vie sexuelle, on défend le créationnisme, des manuels scolaires sont censurés. Êtes-vous inquiet de cette évolution ?*

**NC.** C'est un trait très inquiétant de la culture américaine. Aucun autre pays industriel ne présente un phénomène comparable au niveau d'extrémisme religieux et d'attachement à des idées irrationnelles que l'on voit couramment aux États-Unis. Devoir éviter d'enseigner l'évolution, ou faire semblant qu'on ne l'enseigne pas, c'est une situation unique dans le monde industriel. Et les statistiques sont ahurissantes. La moitié de la population, en gros, pense que le monde a été créé il y a environ deux mille ans. Un pourcentage très important, un quart peut-être, dit avoir personnellement vécu une expérience de *born-again* – un retour à la religion. Un nombre très important de gens croient en ce qu'on appelle *the Rapture*, l'Enlèvement [1]. De grosses majorités croient fermement aux miracles, à l'existence du diable, etc.

1. Il s'agit d'une doctrine répandue dans certains milieux protestants américains (voir 1 Thessaloniciens 4, 17) et popularisée par

Ces modes de pensée remontent très loin dans l'histoire américaine, mais, ces dernières années, ils ont eu sur la vie sociale et politique un impact sans précédent. Avant Jimmy Carter, par exemple, aucun président des États-Unis n'a eu besoin de jouer au fanatique religieux, mais après lui tous ont dû le faire. Ce qui a contribué à un réel affaiblissement de la démocratie depuis les années 1970. Carter, probablement sans le vouloir, a enseigné cette leçon : en se présentant, sincèrement ou non, comme un chrétien évangélique qui craint la Bible, on peut mobiliser un vaste électorat. Jusque-là, les croyances religieuses relevaient du domaine privé. Il y a eu une mainmise délibérée de l'industrie des relations publiques sur le système électoral : aujourd'hui, elle vend les candidats comme des produits. Et l'image d'un croyant à la foi profonde, craignant Dieu, capable de nous protéger des menaces du monde moderne, ça se vend bien.

**DB.** *Je travaille à la radio, et nous ne pouvons pas passer à l'antenne* Howl *d'Allen Ginsberg*[1]*, peut-être l'un des plus grands poèmes du XX^e^ siècle, parce qu'il contient un mot interdit. Nous ne pouvons pas diffuser la chanson de Bruce Cockburn*[2] Call It Democracy *parce qu'elle contient des*

---

certains films : juste avant la fin du monde, qui peut survenir à tout moment, l'ensemble des chrétiens vivants seront subitement « enlevés » et transportés au ciel – mais pas les autres. Pour ceux-ci, l'un des premiers effets sera un très grand nombre d'accidents de voiture, puisque beaucoup de véhicules continueront à rouler sans conducteur. D'où l'autocollant populaire : « En cas de *Rapture*, cette voiture n'aura pas de chauffeur » [*NdT*].

1. Voir Allen Ginsberg, *Howl et autres poèmes*, éd. bilingue, trad. fr. de Robert Cordier et Jean-Jacques Lebel, Paris, Christian Bourgois, 2005 [*NdT*].

2. Bruce Cockburn est un chanteur engagé canadien. On trouvera le texte anglais de *Call It Democracy* à l'adresse http://www.ocap.caisongs/democrac.html [*NdT*].

*propos très désobligeants sur le FMI. Ni* Hurricane, *la chanson de Bob Dylan sur l'injuste incarcération du célèbre boxeur Rubin « Hurricane » Carter*[1] *: il y a aussi un mot tabou.*

**NC.** Il y a une grande offensive contre la liberté d'expression partout, à la radio, dans les universités. Plus d'une douzaine de parlements d'États fédérés discutent à présent de projets de loi – que certains d'entre eux, je suppose, vont voter – visant à contrôler ce que disent les professeurs en salle de classe pour s'assurer qu'ils « n'endoctrinent pas les élèves[2] ». Comme l'a expliqué l'un de ceux qui parrainent ces projets de loi, « 80 % des [enseignants] [...] sont des démocrates, des libéraux, des socialistes, ou des communistes encartés[3] ». Cela relève d'une vieille fibre « nativiste[4] » dont on fait aujourd'hui une arme contre toute institution qui n'est pas entièrement achetée ou contrôlée. Il est clair que les universités sont de droite, mais elles ne sont pas des filiales à 100 % du monde des affaires, et ça c'est inacceptable.

Il y a aux États-Unis une tradition vivante de liberté académique. Elle est très importante, il ne faut pas la dénigrer. Cette liberté a été attaquée, mais on l'a protégée et défendue. Si elle a subi de graves revers au début des années 1950, l'épreuve a été finalement surmontée et nous avons même vu quelques excuses et rétractations des institutions pour leur comportement passé. Mais la

---

1. Rubin « Hurricane » Carter, boxeur accusé à tort d'un triple meurtre dans un bar du New Jersey, fera vingt ans de prison avant d'être libéré et réhabilité. La chanson de Bob Dylan a contribué à faire connaître son cas pendant son incarcération [*NdT*].

2. Jeffrey Dubner, *The American Prospect*, avril 2005.

3. Kathy Lynn Gray, *Columbus Dispatch*, 27 janvier 2005, qui cite le sénateur républicain de l'Ohio Larry A. Mumper.

4. Allusion à l'idéologie réactionnaire de défense des « Américains de souche », notamment contre l'immigration, bien présente dans l'histoire des États-Unis depuis le XIXe siècle [*NdT*].

liberté académique est attaquée constamment. Et aujourd'hui la pression monte, dans le cadre de l'effort pour asseoir la domination de l'extrême droite. Tout ce qui échappe à son contrôle doit être réprimé et discipliné.

**DB.** *J'aimerais maintenant vous poser une question sur les armes nucléaires. On vient d'annoncer que les États-Unis en développent une nouvelle génération.*

**NC.** Les puissances nucléaires signataires du Traité sur la non-prolifération des armes nucléaires (TNP) ont obligation de mener des négociations de bonne foi pour éliminer leurs arsenaux atomiques. C'est un élément du compromis dans le cadre duquel les autres pays ont accepté de ne pas se doter de l'arme nucléaire. Toutes les puissances nucléaires du TNP ont violé l'accord, mais les récentes initiatives de l'administration Bush dépassent de très loin le « non-respect des engagements pris ». Ces mesures sont présentées comme anodines : nous allons simplement améliorer les armes et les rendre plus sûres. En réalité, nous nous dirigeons probablement vers une reprise des essais nucléaires et le développement d'armements plus destructeurs. C'est d'autant plus dangereux que les États-Unis se réservent officiellement le droit d'utiliser les armes nucléaires dans une première frappe, même contre des puissances non nucléaires. Nous entendons dire tous les jours que des pays non nucléaires sont peut-être en train de devenir nucléaires, et nous ne le souhaitons sûrement pas. Mais quand ce sont les puissances nucléaires qui violent le traité, c'est beaucoup plus grave et dangereux. Elles ont déjà conduit plusieurs fois le monde tout au bord de la destruction, et elles vont très probablement recommencer.

**DB.** *L'année 2005 marque le soixantième anniversaire des bombardements atomiques d'Hiroshima et de Nagasaki. Vous aviez seize ans à l'époque. Qu'est-ce que cela vous a fait ?*

**NC.** J'étais à ce moment-là moniteur stagiaire dans une colonie de vacances de langue hébraïque, quelque part dans les montagnes Poconos, près de Philadelphie où nous vivions. Nous venions d'entendre les informations. Et je me rappelle très bien en avoir été, si je puis dire, doublement secoué : d'abord par la nouvelle, puis par l'indifférence générale, qui m'a paru si stupéfiante, si incroyable, que je suis parti dans les bois où j'ai passé deux heures tout seul, à y penser.

**DB.** *Peut-être était-ce parce que personne ne pouvait comprendre ce que cela voulait dire ? Ce n'était qu'une grosse bombe de plus ?*

**NC.** Je ne crois pas. C'est un phénomène qui n'est pas si rare. Est-ce surprenant que les gamins d'une colonie de vacances n'aient pas prêté grande attention à cette nouvelle, qu'il y avait eu un bombardement atomique ? Remontons un ou deux mois plus tôt. En mars 1945, il y a eu un raid aérien sur Tokyo : cette ville avait été prise pour cible parce que les Alliés savaient qu'ils pouvaient facilement la détruire, puisqu'elle était essentiellement en bois. Nul ne sait combien il y a eu de morts. Cent mille personnes, peut-être, ont été brûlées vives. Vous souvenez-vous de la moindre discussion là-dessus ? En fait, le cinquantième anniversaire du bombardement incendiaire est passé pratiquement inaperçu.

**DB.** *Quand vous pensez à toutes ces années d'enseignement et de militantisme – qu'avez-vous cherché à faire ?*

**NC.** Mon enseignement et mon militantisme ont des objectifs différents. Dans l'enseignement et la recherche, qui sont inséparables, mon but est de comprendre quelque chose de la nature de l'esprit humain. Je m'intéresse particulièrement au langage, mais en tant que fenêtre ouverte, en quelque sorte, sur la nature des systèmes cognitifs – des systèmes de pensée, d'interprétation et de préparation à l'action. J'ai mes propres centres d'intérêt. L'un d'eux est un sujet qui a été très difficile à étudier jusqu'à tout récemment : dans quelle mesure les caractéristiques des systèmes biologiques – et je considère que les systèmes de pensée, de préparation à l'action et de langage sont des systèmes biologiques – peuvent-elles être déterminées par des propriétés très générales de la loi physique, des principes mathématiques, etc. ? Aujourd'hui, on commence à avoir des intuitions sur ces questions. Ce travail est très excitant, du moins pour moi, depuis quelques années.

Quant au militantisme, c'est simple. Il y a une immense souffrance, une énorme misère humaine qu'on peut alléger et éliminer. Il y a une oppression qui ne devrait pas exister. Il y a une lutte permanente pour la liberté. Il y a de très graves dangers : l'espèce humaine se dirige peut-être vers son extinction. Je n'arrive pas à comprendre comment quelqu'un peut juger inintéressant d'essayer d'aider les gens à s'engager davantage dans une réflexion sur ces problèmes et une action à leur sujet.

*Lexington, Massachusetts (7 février 2005)*

## II – Autodéfense intellectuelle

**DB.** *Dans* Necessary Illusions, *vous dites que les citoyens des sociétés démocratiques doivent « adopter une attitude d'autodéfense intellectuelle pour se protéger de la manipulation et du contrôle des cerveaux*[1] *». Voulez-vous donner quelques exemples de ce qu'ils pourraient faire ?*

1. Noam Chomsky, *Necessary Illusions*, Cambridge, South End Press, 1989, p. VIII.

NC. Pratiquer l'autodéfense intellectuelle, c'est simplement s'entraîner à poser les questions évidentes. Parfois les réponses seront immédiatement visibles, parfois il faudra un peu de travail pour les trouver. Quand on lit que 100 % des commentaires sont d'accord sur quelque chose – peu importe quoi –, soyons immédiatement sceptiques. Rien n'a un tel degré de certitude, même en physique nucléaire. Donc, si tous les commentateurs expliquent que le but du président en Irak est d'apporter la démocratie aux citoyens peu éclairés d'un Irak souverain, et ne divergent que sur la possibilité ou non d'atteindre cet objectif noble et exaltant, il faut prendre les cinq minutes de réflexion requises pour voir qu'il est impossible que cela soit vrai. Et si 100 % de l'opinion cultivée tient pour une évidence ce qui ne peut sûrement pas être vrai, qu'est-ce que cela dit sur les institutions doctrinales et culturelles centrales ? Cela en dit long, vraiment.

Inutile de remonter à David Hume pour le comprendre, mais il a bien analysé la cause de « la facilité avec laquelle le grand nombre est gouverné par le petit » : « Cela n'est pas *la force* ; les sujets sont toujours les plus forts. Ce ne peut donc être que *l'opinion*. C'est sur l'opinion que tout gouvernement est fondé, le plus despotique et le plus militaire aussi bien que le plus populaire et le plus libre [1]. » Autrement dit, dans tout État, qu'il soit démocratique ou totalitaire, les gouvernants comptent sur le consentement. Ils doivent faire en sorte que la population dirigée ne comprenne pas qu'en réalité

1. David Hume, *Of the First Principles of Government*, Longmanns, Green, and Company, 1882, chap. 1 ; trad. fr. anonyme de 1752, *Les Premiers Principes du gouvernement*, p. 3 [téléchargeable à l'adresse http://www.uqac.uquebec.ca/zone30/Classiques_des_sciences_sociales].

le pouvoir est à elle. Tel est le principe fondamental du gouvernement. Les gouvernants peuvent contrôler les gouvernés par toutes sortes de méthodes. Aux États-Unis nous n'utilisons pas le poteau d'exécution, le gourdin ou la chambre de torture ; nous avons d'autres moyens. Nul besoin, là encore, de compétences spéciales pour comprendre lesquels. Et tout cela fait partie de l'autodéfense intellectuelle.

Autre exemple. Le *Washington Post* a une section intitulée *KidsPost*. Ce sont des actualités pour les enfants. Quelqu'un m'a envoyé une coupure de presse de *KidsPost*, un article publié juste après la mort de Yasser Arafat. En gros, il disait en plus simple ce que les articles centraux disaient en plus compliqué. Mais il ajoutait quelque chose que les articles compliqués savaient ne pas pouvoir dire impunément. « [Arafat] a été un homme controversé, expliquait-il. Son peuple l'aimait, car il était le symbole du combat pour l'indépendance. Mais, pour créer une patrie palestinienne, il avait besoin de terres qui font aujourd'hui partie d'Israël. Il a mené des attaques contre le peuple israélien, et pour cela beaucoup de gens l'ont détesté [1]. » Qu'est-ce que cela veut dire ? Que le *Washington Post* dit aux enfants que les Territoires occupés font partie d'Israël. Même le gouvernement américain ne le dit pas. Même Israël ne le dit pas. Mais on endoctrine les enfants pour leur faire croire que l'occupation militaire israélienne illégale ne peut être remise en question, parce que le territoire conquis fait partie d'Israël. L'autodéfense intellectuelle aurait dû immédiatement susciter une énorme protestation contre le *Washington Post* pour ce scandaleux endoctrinement des enfants. Je ne lis pas *KidsPost*, donc je ne sais pas si c'est une habitude, mais je n'en serais pas surpris.

---

1. *KidsPost, Washington Post*, 12 novembre 2004.

**DB.** *Qu'est-ce qui pousse un citoyen à ne plus regarder passivement, en spectateur – à s'engager ?*

**NC.** Prenons un phénomène récent dans notre histoire, le mouvement des femmes. Si vous aviez demandé à ma grand-mère si elle était opprimée, elle n'aurait pas compris le sens de la question. Si vous aviez demandé à ma mère, elle savait qu'elle était opprimée, et elle en concevait du ressentiment, mais elle ne pouvait pas contester la situation ouvertement. Elle ne nous aurait pas laissés aller à la cuisine, mon père et moi : ce n'était pas notre rôle. Nous étions censés faire des choses importantes, comme étudier, et tout le travail était pour elle. Maintenant, allez demander à mes filles si elles sont opprimées. Il n'y a aucune discussion là-dessus. Elles vont vous flanquer à la porte, c'est tout. C'est un changement important qui a eu lieu tout récemment, un changement spectaculaire dans la conscience et dans la pratique sociales.

Marchons dans les couloirs du MIT. Il y a quarante ans, on n'y aurait vu que des étudiants de sexe masculin, blancs, bien vêtus, pleins de respect pour leurs aînés, etc. Aujourd'hui, la moitié des personnes que l'on voit sont des femmes, un tiers appartiennent aux minorités, les tenues sont décontractées. Ce ne sont pas des changements mineurs. Et ils se sont produits dans toute la société.

**DB.** *Les hiérarchies s'effondrent ?*

**NC.** Bien sûr. Si les femmes ne sont plus obligées de vivre comme ma grand-mère ou ma mère, les hiérarchies se sont effondrées. Par exemple, j'ai appris récemment que, dans la ville du Massachusetts où j'habite – une petite ville dont les habitants sont de classe moyenne, ont des professions intellectuelles et techniques, avocats, médecins, etc. –, le commissariat de police a une section spéciale dont l'unique activité est de répondre aux appels du numéro 911 [1] liés aux cas de violences domestiques. Voyait-on une chose pareille il y a trente ans ou même vingt ? C'était inconcevable. Si quelqu'un voulait battre sa femme, cela ne regardait que lui. Est-ce un changement dans la structure hiérarchique ? Absolument. De plus, ce n'est qu'un élément dans une très large gamme de changements sociaux.

Comment le changement a-t-il lieu ? Posez-vous la question : comment a-t-il eu lieu de ma grand-mère à ma mère puis à mes filles ? Pas par l'action bienveillante d'un gouvernant qui a fait voter des lois accordant des droits aux femmes. Ce changement a été en grande partie déclenché par les jeunes mouvements militants de gauche. Prenez le mouvement de résistance à la conscription dans les années 1960. Ceux qui ne voulaient pas partir faisaient un choix très courageux. Ce n'est pas facile, pour un gamin de dix-huit ans, de prendre le risque de perdre sa carrière prometteuse et peut-être de passer de longues années en prison, ou de fuir le pays et peut-être de ne pouvoir jamais y revenir. Il faut vraiment avoir quelque chose dans le ventre.

Eh bien, il apparaît que les mouvements des jeunes des années 1960, comme la culture en général, étaient exactement sexistes. Peut-être vous souvenez-vous du slogan *« Girls dont't say no to boys who won't go »*, « Les filles ne disent pas non aux garçons qui n'y vont pas ». On lisait ça sur des affiches à l'époque. Les jeunes femmes engagées dans le mouvement ont vu que quelque chose clochait : les femmes faisaient tout le travail de bureau, etc., pendant que les hommes paradaient en parlant de leur bravoure. Elles ont commencé à regarder ces jeunes hommes comme des oppresseurs. Et ce

1. Le 911 est le numéro d'appel pour toutes les situations d'urgence sur l'ensemble du territoire des États-Unis et au Canada [*NdT*].

fut l'une des grandes sources du mouvement féministe moderne, qui s'est vraiment épanoui à cette époque-là.

Il arrive un moment où les gens comprennent la structure de pouvoir et de domination et décident de faire quelque chose. C'est ainsi que se sont produits tous les changements dans l'histoire. Comment cela arrive, je ne sais pas. Mais nous avons tous le pouvoir de le faire.

**DB.** *Comment savez-vous que votre mère se sentait opprimée ? Est-ce qu'elle vous l'a jamais dit ?*

**NC.** Assez clairement. Elle venait d'une famille pauvre, avec sept enfants survivants – beaucoup ne survivaient pas à l'époque. Les six premiers étaient des filles, le septième un garçon. Le garçon est allé à l'université, pas les six filles. Ma mère était une femme intelligente, mais on ne l'a laissée accéder qu'à l'école normale, pas à l'université. Elle était entourée par tous ces hommes à doctorat, les amis de mon père, et elle en était blessée. D'abord, elle se savait beaucoup plus intelligente qu'eux. Quand j'étais enfant, chaque fois qu'il y avait un dîner, les hommes passaient au salon, les femmes s'asseyaient autour de la table de la salle à manger et conversaient entre elles. Je finissais toujours par aller du côté des femmes, parce qu'elles parlaient de choses captivantes. Elles étaient vives, intéressantes, intelligentes, avaient des opinions politiques. Les hommes, tous des diplômés, d'éminents professeurs, des rabbins, disaient surtout des absurdités. Ma mère le savait, elle trouvait ça injuste, mais pensait qu'on n'y pouvait rien.

*Cambridge, Massachusetts (3 décembre 2004)*

# Sur la nature humaine, le changement social et la science

**Noam Chomsky**
**entretien avec Jean Bricmont**

*L'interview s'est faite par écrit et a commencé au cours de l'été 2001. Elle a donné lieu à quelques échanges avant d'arriver à la version finale. Elle comprend deux parties, l'une sur la politique, l'autre sur la philosophie et la science. Les questions sont numérotées, pour chaque partie, et comprennent des sous-questions.*

*Le but de l'interview était de soulever un maximum d'objections aux idées de Chomsky, certaines venant « de droite », d'autres « de gauche ». Les objections sont celles que celui qui pose les questions rencontre le plus souvent ; mais il ne faut rien en inférer concernant ses vues personnelles.*

*Le style de l'interview se veut informel ; néanmoins quelques notes ont été ajoutées par l'éditeur pour donner certaines références au lecteur.*

*Pour ce qui est de la partie politique, Jean Bricmont a commencé en écrivant à Chomsky : « Il me semble que de plus en plus de gens se rendent compte que les rapports sociaux actuels sont profondément injustes, et que la seule réponse que l'on entend dans le discours dominant est le fameux "TINA" de Mme Thatcher,* "there is no alternative" *– il n'y a pas d'alternative. Je sais bien que vous ne voulez pas décrire en détail une alternative ; néanmoins je pense qu'il est important de donner des réponses aux différentes versions du "TINA". C'est pourquoi j'essaierai ci-dessous de formuler les arguments en faveur de l'absence d'alternative aussi nettement que possible. »*

Les éditeurs

## La politique

**Jean Bricmont – Q1.** *Tout d'abord, il y a la question de la nature humaine. Puisque vous maintenez que l'on ne peut comprendre les êtres humains qu'en supposant que leur esprit est en grande partie structuré de façon innée, pourquoi n'êtes-vous pas plus pessimiste en ce qui concerne la possibilité de changements politiques ?*

**Noam Chomsky** – Le pessimisme quant aux possibilités de changement politique serait une conséquence de l'hypothèse selon laquelle les rapports sociopolitiques existants sont tellement conformes aux capacités innées humaines qu'on ne peut pas changer ces rapports d'une façon qui soit compatible avec ces capacités. Si nous partons d'autres suppositions en ce qui concerne la nature humaine innée, ou si nous reconnaissons tout simplement que l'on comprend si peu cette nature qu'on ne peut pas tirer de conclusions fermes à son sujet, alors il y a une grande place pour l'optimisme concernant le changement politique. En fait, on comprend si peu de chose sur ce problème que, personnellement, je ne pense pas que la question se pose de façon sérieuse. L'optimisme et le pessimisme sont des réactions subjectives à des situations et à des problèmes que l'on ne comprend que de façon superficielle. Si cela est vrai – comme je le pense –, alors la position raisonnable est l'optimisme, c'est-à-dire la volonté de changer les choses pour le mieux, dans l'espoir que c'est possible, ce dont nous n'avons aucune raison de douter. Comme je l'ai dit parfois, nous sommes en face d'une sorte de « pari de Pascal » : supposons que rien n'est possible, et le pire arrivera ; supposons que l'on peut améliorer les choses, alors peut-être le fera-t-on. Étant donné ce choix, l'attitude que nous devons adopter est claire, quels que soient nos jugements subjectifs (qui sont fondés sur peu de chose).

Il est vrai que ceux qui défendent les rapports sociopolitiques actuels affirment parfois que ces rapports sont, par bien des aspects, en conformité avec la nature humaine, ce qui ne serait pas le cas d'alternatives nettement différentes. Mais ceux qui cherchent un argument sérieux en faveur de cette idée seront déçus. Ce qui est affirmé n'est même pas clair. Que veut dire l'expression « les systèmes sociaux existants » ? Au cours de l'histoire de l'humanité presque tout entière, les « systèmes sociaux » furent constitués de petits groupes pratiquant la cueillette et la chasse. Il n'y a pas eu de changements pertinents du point de vue de l'évolution depuis cette époque, donc, d'un point de vue restreint, ces systèmes sont la meilleure source d'information qui soit sur la nature humaine : d'un point de vue *très restreint*, parce qu'il y a des indications très fortes montrant que des capacités peuvent rester latentes pendant de très longues périodes, se révélant seulement lorsque les circonstances changent, tout en faisant partie de la nature humaine ; cela est clairement significatif quant aux possibilités de changement social. En deuxième lieu, on trouve, au cours de l'histoire, différents types de sociétés paysannes. « TINA » ne concerne que l'instant le plus récent de l'histoire humaine. En fait, les systèmes du marché capitaliste d'État, dont « TINA » est une déformation curieuse, furent eux-mêmes imposés très récemment, avec beaucoup de force et de violence contre d'importantes résistances. Il y a des œuvres classiques (telles que *La Grande Transformation* de Karl Polanyi [1], ainsi qu'une

1. Voir Karl Polanyi, *La Grande Transformation*, Paris, Gallimard, 1983 (édition originale en anglais, 1944).

quantité d'autres études) qui considèrent cette rupture nette avec la tradition comme étant authentiquement révolutionnaire, en grande partie contrainte, et ayant eu à surmonter une résistance féroce. On peut en dire autant du système moderne de l'État-nation, établi en Europe à travers des siècles de sauvagerie effrénée et imposé au monde avec une brutalité extrême. Cette violence et cette sauvagerie peuvent refléter le fait que ce système est très peu « naturel ». Il se distingue radicalement des structures qui s'étaient développées à travers de longues périodes dans les sociétés traditionnelles, y compris en Europe.

Même sans dépasser ces banalités, que pouvons-nous apprendre de l'histoire sur la conformité des systèmes sociaux à la nature humaine ? Réponse : très peu de chose. Ce que l'on apprend est largement dans l'œil de celui qui regarde. Les héros de nos champions du « TINA » – Adam Smith et David Hume, par exemple – considéraient la sympathie comme étant un principe de base de la nature humaine et le fondement des rapports humains décents. « Ressentir beaucoup plus pour les autres et peu pour nous-mêmes » est, pour Smith, « la perfection de la nature humaine » et le fondement d'une vie harmonieuse. Smith considérait l'égalité comme un *desideratum* évident. Il maintenait que, dans des conditions de liberté parfaite, les marchés tendraient vers l'égalité parfaite (*La Richesse des nations*, livre I, chap. X) – ce qui était un bienfait évident, de son point de vue ; on peut retracer l'origine de cette conception jusqu'à la première œuvre importante sur l'organisation politique, la *Politique* d'Aristote. Le fondateur de ce qu'on appelle aujourd'hui la « sociobiologie » ou la « psychologie évolutive » – Pierre Kropotkine, spécialiste de l'histoire naturelle et anarchiste – a tiré, de ses recherches sur les animaux ainsi que sur la vie et la société humaine, la conclusion que « l'aide mutuelle » était un facteur primordial dans l'évolution, et que celle-ci tendait naturellement vers l'anarchisme communiste (voir son livre *L'Aide mutuelle*) [1]. Bien sûr, Kropotkine n'est pas reconnu comme le fondateur de la sociobiologie et on ne le mentionne guère que pour le rejeter, puisque ses spéculations quasi darwiniennes mènent à des conclusions indésirables. Pourtant, malgré les connaissances acquises au cours du siècle dernier, il serait difficile de soutenir que les spéculations actuelles à ce propos soient beaucoup plus solidement fondées que les siennes.

On prétend parfois que si le cerveau est hautement structuré, il n'y a pas de place pour le choix, le changement et la créativité. Cette idée n'a aucun fondement. La créativité présuppose une structure fixe ; même moi je pourrais être considéré comme étant un artiste créateur si des bruits pris au hasard suffisaient pour faire de la poésie ou de la musique. Et le fait que la structure peut (en partie) être choisie ne signifie pas que l'on peut faire n'importe quoi. Tout cela est bien connu depuis la théorisation esthétique du siècle des Lumières et de la période romantique. Il en va de même dans d'autres domaines. Il n'y a pas de doute que la nature humaine, fixée une fois pour toutes, impose des limites aux possibilités qu'ont les sociétés de fonctionner de façon satisfaisante, tout comme elle impose des limites à ce que les êtres humains peuvent arriver à comprendre du monde, aux genres de traditions artistiques qu'ils peuvent créer et explorer, et ainsi de suite. Mais nous n'avons guère d'idée de ce que sont ces limites, ni de leurs racines dans la biologie humaine.

---

1. Pierre Kropotkine, *Entraide, un facteur de l'évolution*, Montréal, Écosociété, 2005 (édition originale en anglais, 1904).

**JB.** *Je ne suggère évidemment pas que vos idées scientifiques (sur la nature humaine) doivent être déterminées par vos préférences politiques, mais j'observe que ceux qui ont les points de vue innéistes comme les vôtres ont tendance à être conservateurs, tandis que les gens qui espèrent un changement social ont tendance à être plus « environnementalistes ».*

**NC.** Ce n'est pas si évident. Revenons à Kropotkine. Il était certainement « innéiste », et pourtant il prônait un changement social radical, en prétendant que l'anarchisme communiste qu'il défendait était conforme à la nature humaine. Ou regardons l'endroit où j'ai passé la majeure partie de ma vie adulte, à Cambridge dans le Massachusetts [1], qui est un centre de réflexion et de débat sur ces questions depuis un demi-siècle. Il n'y a bien sûr plus personne qui croit à la « *tabula rasa* » ; cette position est incohérente. Mais les champions les plus influents et respectés des « théories de l'organisme vide » les plus extrêmes – B.F. Skinner, W.V. Quine, et Nelson Goodman [2] – étaient politiquement très à droite, tandis qu'il y a cinquante ans, les plus grands défenseurs de la structure innée, à commencer par quelques thésards, se situaient très à gauche sur l'échiquier politique. J'en faisais partie, tout comme Eric Lenneberg [3] – et tous deux, nous étions très influencés par l'œuvre de Konrad

1. Où se trouvent le Massachusetts Institute of Technology, où travaille Chomsky, et l'université Harvard.

2. Pour une critique par Chomsky de Skinner et du behaviorisme, voir « Psychology and Ideology », in *The Chomsky Reader*, éd. James Peck, New York, Pantheon Books, 1987. Pour les vues de Chomsky concernant Quine, voir entre autres : Noam Chomsky, *Nouveaux Horizons dans l'étude du langage et de l'esprit*, Paris, Stock, 2005.

3. Auteur entre autres de : *Biological Foundations of Language*, New York, John Wiley and Sons, 1967. Chomsky discute de cet ouvrage dans : *Règles et représentations*, Paris, Flammarion, 1985.

Lorenz, qui avait été un sympathisant nazi. Quelle conclusion peut-on donc tirer de ces observations en ce qui concerne le rapport entre l'innéisme et les attitudes politiques ?

Beaucoup de marxistes prônaient aussi une position extrême sur « l'organisme vide », allant même jusqu'à maintenir qu'il n'y avait pas de nature humaine hors de l'histoire humaine [1] ; mais il est difficile de voir comment on peut donner un sens à cette doctrine. On voit mal, également, comment comprendre dans ces termes les idées mêmes de Marx, par exemple, des concepts tels que « l'aliénation » et le besoin humain inné de faire un travail créatif que l'on dirige et contrôle soi-même ; des idées que Marx puisait dans le milieu intellectuel des Lumières et du romantisme, richement nourri de conceptions libertaires et innéistes.

On pourrait peut-être soutenir l'idée, qu'en général les intellectuels, de droite comme de gauche, sont attirés par les conceptions de la malléabilité humaine. Chaque individu peut avoir ses propres raisons d'adhérer à ces conceptions-là, mais une telle tendance ne serait guère surprenante, étant donné le rôle habituel des intellectuels en tant que gestionnaires : doctrinaux, politiques et économiques. En effet, les doctrines de la malléabilité humaine suppriment une barrière morale qui pourrait s'opposer au contrôle et à la manipulation, d'où leur attrait naturel aux yeux des gestionnaires. Mais ce ne sont là, au mieux, que des tendances.

1. Voir par exemple, Noam Chomsky, *Réflexions sur le langage* (Paris, Flammarion, 1981, p. 158) où Chomsky cite et commente l'idée de Gramsci selon laquelle « l'innovation fondamentale introduite par le marxisme dans la science de la politique et de l'histoire est d'avoir prouvé qu'une nature immuable, fixée, abstraite […] n'existe pas mais que la nature humaine est la totalité des relations sociales déterminées historiquement » (voir *Gramsci dans le texte*, Paris, Éditions sociales, p. 181-183, p. 429-430).

Je ne suis pas très convaincu par la façon dont, la plupart du temps, ces questions sont présentées. Si l'on prend les livres à succès de vulgarisation scientifique écrits ici à Cambridge, ils ont tendance à attribuer les doctrines de la « *tabula rasa* » à la gauche (*The Blank Slate* de Steve Pinker [1], par exemple). C'est une façon de discréditer la gauche en l'associant à ces positions ridicules. Ce discrédit existe bien que tous ceux qui s'occupent de ces questions, à Cambridge, sachent qu'ici même, cette corrélation ne tient pas debout. En fait, c'est la corrélation inverse qui est plus proche de la vérité, si l'on veut insister sur cette question (qui est plutôt futile, à mon avis).

**JB.** *Les raisons pour lesquelles les innéistes sont conservateurs, et vice versa, sont plus ou moins évidentes : on n'a qu'à considérer les éléments suivants qui semblent, si l'on observe l'histoire, appartenir à la nature humaine, à supposer qu'une telle chose existe.*

*La tendance à souscrire à des croyances irrationnelles ; en Europe, même le déclin des religions institutionnalisées n'a pas amené plus de rationalité. Regardez, par exemple, le succès des pseudosciences, des médecines alternatives, etc. Mais si les gens ne sont pas rationnels, comment peut-on espérer qu'ils gèrent leurs affaires d'une façon sensée ?*

**NC.** Pouvons-nous vraiment dire : « à supposer qu'une telle chose existe » ? Personne ne doute que notre héritage biologique détermine le fait que nous ayons des bras plutôt que des ailes, ou que notre système visuel soit celui des mammifères et non celui des insectes, ou… à vous de compléter, pour tout ce qui concerne les aspects de notre être « en dessous du cou », pour utiliser une

1. Steve Pinker, *Comprendre la nature humaine*, Paris, Odile Jacob, 2005 (édition originale en anglais, 2002).

métaphore. On peut évidemment imaginer que le cerveau humain échappe aux limites de la biologie et de la logique, et soit une sorte d'organe non naturel, auquel cas il n'y aurait pas de nature humaine dans le domaine des facultés mentales supérieures. Mais cette hypothèse n'est pas à prendre au sérieux. Si les êtres humains font partie du monde naturel, alors leurs facultés cognitives, esthétiques, morales et autres sont fermement ancrées dans leur nature biologique. Et c'est ce que nous découvrons, dans la mesure limitée où l'on comprend quelque chose à ce sujet.

Quant au reste, je ne pense pas que nous puissions en conclure grand-chose. Les êtres humains ont tendance à accepter des croyances irrationnelles, mais ils sont aussi attachés à la raison – sans cela, ils ne pourraient guère survivre. Je ne pense pas que le fait que les pseudo-sciences soient répandues dans la culture occidentale contemporaine soit très probant, ne serait-ce que parce qu'une petite minorité seulement a l'opportunité d'apprécier les réalisations intellectuelles merveilleuses des sciences naturelles et des mathématiques. Pour ceux qui n'ont pas cette possibilité – la plupart des gens – tout cela peut sembler n'être qu'un mystère de plus, comme les mystères admirés et prônés par le Grand Inquisiteur des Frères Karamazov de Dostoïevski, admiration qui s'accordait avec sa conception de la nature humaine. Nous n'avons aucun moyen raisonnable de mesurer à quel point les gens sont rationnels de façon naturelle, ou même dans la pratique. Je ne connais aucune raison de croire que les personnes qui sont en général vouées à la rationalité dans leur vie intellectuelle « gèrent leurs affaires d'une façon sensée » : les mathématiciens et les logiciens, par exemple. Je doute que quiconque souhaite avancer sérieusement une telle hypothèse et cherche à la vérifier.

**JB.** *La tendance à suivre un leader, un chef : si un changement radical se produisait, à la suite d'un désastre socio-économique, ne serait-il pas vraisemblable que les gens se mettent à suivre un grand chef, comme ils l'ont fait par exemple en Russie après 1917 ?*

**NC.** Parfois les gens veulent suivre un chef, parfois ils refusent de le faire, parfois ils se révoltent avec courage et détermination, faisant face à des châtiments sévères dus à leur refus de se soumettre à l'autorité. Par ailleurs, je ne pense pas que nous devions présupposer que le changement social radical exige un désastre socio-économique. Pour ce qui est de la Russie de 1917, j'aurais tendance à tirer des conclusions assez différentes. Les conseils d'usine, les soviets, les organisations et les communautés paysannes, l'Assemblée constituante, et d'autres initiatives populaires ne furent pas abandonnés par leurs participants parce qu'ils préféraient un Grand Leader : tout cela fut détruit, avec beaucoup de force et de violence, et la discipline fut imposée d'en haut. On peut examiner les facteurs historiques et autres qui ont conduit à cette issue, mais je ne vois aucune raison de l'attribuer à la nature humaine.

**JB.** *La tendance à intérioriser l'oppression : vous approuvez l'idée du combattant noir sud-africain Steve Biko, selon laquelle l'instrument le plus puissant aux mains de l'oppresseur est l'esprit des opprimés. Si nous acceptons le point de vue innéiste, comment peut-on s'attendre à ce que cela change ? Une telle intériorisation de l'oppression paraît tellement généralisée.*

**NC.** Effectivement. Et la révolte contre la domination et l'oppression paraît généralisée aussi, malgré le prix élevé à payer dans la plupart des cas. Si le point de vue innéiste est celui de Rousseau (dans la partie la plus libertaire de son œuvre, profondément imprégnée de conceptions innéistes, certaines tirées directement de la tradition cartésienne), ou celui de Wilhelm von Humboldt et d'autres fondateurs du libéralisme classique, ou celui des traditions libertaires de gauche (anarchistes) qui se sont développées à partir de ces racines, tous ces points de vue suggèrent des conclusions très différentes en ce qui concerne la volonté d'intérioriser l'oppression. L'histoire ou la pratique actuelle peuvent être invoquées pour appuyer presque toutes les conclusions que l'on souhaiterait tirer à propos de ces questions, or la contribution des sciences sur ce sujet reste très mince.

**JB.** *L'égoïsme : la règle du chacun pour soi. Y a-t-il moyen de concevoir un ordre social alternatif qui ne dépende pas de la supposition invraisemblable que tout d'un coup les gens deviennent altruistes ?*

**NC.** Pourquoi invraisemblable ? Supposons qu'une personne qui a faim se promène dans la rue en l'absence de policiers et croise un enfant affamé qui tient un morceau de pain. Est-ce que l'instinct naturel sera de voler le pain de l'enfant ? S'il en était ainsi, nous considérerions cette action comme pathologique. Lorsque des dauphins s'échouent sur une plage à la suite d'une marée descendante, des centaines de personnes courent à leur secours et travaillent dans des conditions difficiles pour essayer de les sauver. Pouvons-nous expliquer cela par l'égoïsme – ou même par des théories plus sophistiquées selon lesquelles la sélection naturelle favorise l'aide aux gens de sa famille et l'altruisme réciproque ? Je pense que ni l'histoire ni l'expérience ne démentent la supposition d'Adam Smith et de David Hume – qui figurent parmi les héros du chœur contemporain chantant les louanges de l'égoïsme –, selon laquelle la sympathie et le souci pour le bien-être des autres sont des traits fondamentaux de la nature humaine. Croire que l'égoïsme est un instinct humain prédominant est très commode pour les riches et les puissants qui espèrent démanteler les institutions sociales qui se sont développées sur la base de la sympathie, de la solidarité et de l'aide mutuelle. Les éléments les plus barbares des secteurs riches et puissants – ceux par exemple qui aujourd'hui tiennent la barre à Washington, ou les enthousiastes du « TINA » ailleurs – sont déterminés à démolir la sécurité sociale, les programmes de santé, les écoles, en fait, toutes les réalisations des luttes populaires qui servent les besoins du public et ne diminuent que très légèrement leurs propres richesses et leur pouvoir. Pour ceux-là, il est très commode d'inventer des théories fantaisistes selon lesquelles l'égoïsme est au centre de la nature humaine, pour montrer qu'il est erroné (ou « mal », pour utiliser la terminologie en vogue) de se soucier de savoir si la veuve infirme de l'autre côté de la ville est nourrie et soignée, ou si l'enfant d'en face a accès à une éducation convenable. Avons-nous des arguments solides qui justifient ces doctrines commodes pour ceux qui les avancent ? Pas que je sache.

**JB.** *L'inégalité : d'un point de vue innéiste, certaines sinon toutes les inégalités (par exemple, celles concernant les capacités intellectuelles) doivent être innées. Mais si les gens sont à la fois égoïstes et inégaux, que peut-on espérer de mieux qu'une combinaison entre l'État de droit et une certaine régulation par le marché, soit l'ordre social actuel ? Un environnementaliste dirait (ou, du moins, espérerait) que de nouvelles conditions sociales parviennent à façonner l'esprit humain différemment, de façon à tendre vers plus de solidarité ou de lucidité. Mais de votre point de vue, cette réponse est exclue. En revanche, les arguments précédents sont fréquemment avancés par les conservateurs. Alors, pourquoi n'êtes-vous pas de leur côté ?*

**NC.** Je ne me range pas de leur côté parce que leurs arguments ne sont que des affirmations, ce ne sont pas de vrais arguments, et ils sont peu crédibles, pour autant que je puisse voir. Il n'est d'ailleurs pas facile de donner un sens à ces affirmations posées sans argument. Si l'ordre social actuel est le seul possible compatible avec la nature humaine, alors comment expliquons-nous qu'il n'ait pas existé pendant la quasi-totalité de l'histoire de l'humanité, et n'ait été imposé que très récemment, en Angleterre et ailleurs, et encore par la contrainte et la force ? On pourrait aussi bien se demander pourquoi les « conservateurs » ne rejoignent pas les socialistes libertaires, en vertu du fait que les gens ont une tendance innée à sympathiser les uns avec les autres et à prêter attention aux autres, ainsi que l'ont maintenu Hume, Smith et d'autres héros du « TINA ». Et je pense que des gens raisonnables peuvent s'entendre sur le fait que l'inégalité des capacités à résoudre des problèmes de mathématiques, ou à écraser la tête d'autrui d'un seul coup, ne mène à aucune conclusion précise quant à la manière dont il faudrait organiser la société.

Ayons les idées claires sur le peu que nous savons sur ces questions.

Tout d'abord, il va de soi pour tout le monde que l'environnement influence le développement : celui des bras et des jambes, du système de perception visuelle, ou de toute autre propriété d'un organisme. Seuls des dualistes acharnés pourraient croire que les facultés humaines, intellectuelles, morales, esthétiques, etc., échappent en quelque sorte à ces principes de la nature. Ajoutons une note historique : il y avait, entre les deux cofondateurs de la théorie de l'évolution, Charles Darwin et Alfred Russel Wallace, un célèbre désaccord sur l'origine de « la nature intellectuelle et morale de l'homme ». Contrairement à Darwin, Wallace a soutenu l'idée que la sélection naturelle était insuffisante pour expliquer son émergence au cours de l'évolution, et que cette nature était basée sur un nouveau principe de la nature, en plus de celui de la gravitation, de celui de la cohésion et des autres forces sans lesquelles l'univers matériel ne pourrait exister. Mais il ne doutait pas du fait que la nature humaine fasse partie du monde naturel et soit soumise à ses lois, et les questions qu'il a soulevées, quoique formulées autrement aujourd'hui, n'ont pas pour autant disparu.

Deuxièmement, il n'y a aucune preuve empirique pour soutenir l'idée que, parmi les nombreuses caractéristiques partagées par tous les êtres humains normaux, l'égoïsme et la cruauté soient dominants au point de supprimer la sympathie, la compassion, la solidarité, l'aide mutuelle, et d'autres traits et tendances. Là encore, avec logique égale (c'est-à-dire, sans logique du tout), on pourrait tout aussi bien se demander pourquoi les conservateurs ne rejoignent pas les anarchistes communautaristes du genre de Kropotkine. Ou encore, nous pourrions soutenir que les sociétés devraient nécessairement être fondées sur la torture, l'esclavage, l'oppression brutale et le mauvais traitement des femmes, le génocide… La fréquence de ces pratiques dans l'histoire humaine prouve bien qu'elles reflètent ce qui est intrinsèque à la nature humaine, et que nous ne devrions pas nous y opposer en essayant de les surmonter. Je présume que peu de gens adopteraient cette position. Et ce pour de bonnes raisons. Il n'y a rien dans l'histoire, dans la science ou dans la logique qui suggère que les formes particulières d'organisation sociale qui se sont développées à un moment ou à un autre de l'histoire soient le reflet nécessaire de la nature humaine fondamentale – une telle croyance pourrait s'appliquer aux insectes, mais elle est certainement complètement dépourvue de sens en ce qui concerne les êtres humains. Nous pouvons dire que ces rapports sociaux – à savoir ceux que l'on vient de citer – sont enracinés dans certains aspects de la nature humaine, ou nous pouvons affirmer – ce qui me semble plus raisonnable – qu'il s'agit de pathologies graves de certaines formes d'organisation humaine apparues pour une raison ou une autre, et appelées à être dépassées par des changements sociaux constructifs. Mais nous ne pouvons pas prétendre avoir une base scientifique sur laquelle reposent nos jugements sur ces questions.

Les données comparatives sont aussi très limitées. Les chimpanzés et les bonobos sont à peu près à la même distance des êtres humains, du point de vue de l'évolution. Les chimpanzés sont très agressifs, les bonobos sont parfois décrits par ceux qui les ont étudiés comme semblables aux hippies des années 1960, agissant en accord avec le slogan « faites l'amour, pas la guerre ». Nous pouvons en tirer peu – ou pas – de leçons quant aux êtres humains et aux formes d'organisation sociale que nous devrions chercher à construire.

JB. Q2. *Les mots en « R ». Vous êtes parfois accusé par d'autres anarchistes d'être réformiste. Quelle est votre réponse ?*

NC. Si « réformiste » signifie se soucier des conditions de vie des gens qui souffrent, et travailler pour les améliorer, alors toute personne avec qui il vaut la peine de parler est un « réformiste ». Pour être concret, les « réformistes », dans ce sens, soutiennent des mesures pour améliorer la sécurité sur les lieux de travail, pour s'assurer qu'il y ait de la nourriture, des soins de santé et de l'eau potable pour tout le monde, etc. « Accuser » quelqu'un d'être réformiste dans ce sens revient à l'accuser d'être un être humain avec un minimum de décence – une drôle d'accusation. Bien entendu, nous observons parfois que certaines personnes qui prétendent être réformistes dans ce sens – c'est-à-dire être des êtres humains ayant un minimum de décence – peuvent adopter cette posture dans le but de préserver la répression et la domination. Mais cela est une tout autre question.

**JB.** *Enfin, que souhaitez-vous ? Une révolution ?*

**NC.** La révolution est un moyen, pas un but. Personne ne souhaite choisir certains moyens. Si nous nous engageons en faveur d'objectifs donnés, quels qu'ils soient, nous chercherons à les réaliser pacifiquement, par la persuasion et le consensus si possible – du moins, si nous ne sommes pas fous et si nous avons un minimum de sens moral. Cela est vrai, notre but fût-il révolutionnaire ou pas. Il n'existe pas de formule générale pour savoir si – ou quand – d'autres moyens seraient nécessaires et appropriés. Même le révolutionnaire le plus ardent est d'accord avec cela – de nouveau, à supposer qu'il ne soit pas fou et qu'il possède un minimum de sens moral.

**JB.** *De toute manière, la révolution n'est-elle pas un moyen de changement social révolu, qui appartient à une période où la majorité des gens étaient beaucoup plus miséreux qu'ils ne le sont aujourd'hui, du moins en Occident ?*

**NC.** C'est un dogme sans fondement, que je sache. En utilisant la terminologie de Marx, on pourrait tout aussi bien maintenir qu'au fur et à mesure que leurs « besoins animaux » sont mieux satisfaits, les gens deviennent plus capables de consacrer leurs pensées et leur énergie à la satisfaction de leurs « besoins humains » – ce qui exigerait des changements radicaux dans l'organisation sociale et les rapports humains. Notez encore que si cette supposition (plutôt plausible) est valide, elle laisse toujours complètement ouvert le choix des moyens, à propos desquels aucune formule rigide ne peut être donnée.

**JB.** *Par contre, le réformisme n'est-il pas toujours récupéré par le système ?*

**NC.** Je ne sais pas très bien ce que cela veut dire. Prenons, par exemple, l'esclavage. Mettre fin à l'esclavage est du « réformisme ». Son abolition fut-elle « récupérée par le système » ? Dans un certain sens, oui ; aux États-Unis, par exemple, les conditions, les lois et les pratiques post-esclavagistes ont maintenu en place un héritage de servitude qui n'a pas encore complètement disparu. Faut-il pour autant nier que l'élimination de l'esclavage fut un véritable succès, ou que les efforts « réformistes » entrepris depuis cette époque pour dépasser cet héritage ont eux aussi connu des succès significatifs ? Ce n'est certainement pas la bonne conclusion. Allons plus loin. À l'époque de la guerre civile aux États-Unis, les ouvriers au Nord considéraient « l'esclavage salarié », ainsi qu'ils l'appelaient – et cela sans recevoir l'aide douteuse d'intellectuels radicaux – comme n'étant pas très différent de l'esclavage proprement dit ; ils ont donc essayé de le surmonter. Un siècle et demi plus tard, cette lutte n'en est encore qu'à ses débuts, mais faudrait-il l'abandonner sous prétexte que les structures de pouvoir existantes vont faire naturellement tout leur possible pour récupérer le moindre progrès dans ce sens ? Cela aussi est insensé.

Si par « récupération » on entend que demeurent certains aspects d'un ordre injuste, malgré les progrès humains, cela est sans doute vrai. Mais personne ne pense sérieusement atteindre l'utopie d'un seul coup – ou même l'atteindre un jour. Le progrès dans les affaires humaines est un peu comme l'alpinisme. Vous voyez un sommet, vous peinez à y monter, et soudain vous découvrez que plus loin se trouvent d'autres pics que vous n'aviez peut-être même pas imaginés. Il est indéniable que de vraies avancées dans l'extension des droits et des libertés et dans l'atténuation de la souffrance et de l'oppression se sont développées tout au long de l'histoire. Chaque victoire fournit l'occasion d'explorer plus attentivement notre nature profonde et permet de se rendre compte de l'existence de formes d'injustice et de violence dont nous n'étions même pas conscients. Par ailleurs, comme dans l'alpinisme, il y aura souvent des chutes, parfois abruptes, et il faut poursuivre la tâche à partir du niveau auquel on se trouve. Pourquoi supposer que ce processus est terminé, ou qu'il se terminera jamais ?

**JB.** *Regardez ce que les sociaux-démocrates ont soutenu depuis qu'ils ont accepté de participer à certains gouvernements (à l'époque de la Première Guerre mondiale) : le colonialisme, y compris plusieurs guerres (Algérie, Vietnam), et maintenant ils sont devenus essentiellement des néolibéraux. Ou bien regardez les Verts : c'est un mouvement relativement nouveau et il leur a fallu moins de temps qu'aux socialistes pour s'intégrer au système. Eux aussi ont fini par soutenir* de facto *le programme néolibéral ainsi que la guerre de l'Otan contre la Yougoslavie. On pourrait en dire tout autant d'anciens mouvements révolutionnaires tels que l'ANC ou les sandinistes. Pourquoi cela ne vous rend-il pas pessimiste ?*

**NC.** Je pense que cette vision de l'histoire est très trompeuse. Tout d'abord, il faut regarder chaque cas individuellement. Tous sont très différents. Ensuite, le fait que l'on n'atteigne pas la perfection ne signifie pas que l'on n'ait rien accompli. Pour reprendre le premier exemple, celui de la social-démocratie, elle a réalisé des avancées importantes et nombreuses ; cela reste indiscutable. Si les gens qui ont lutté pour atteindre ces objectifs, avec succès, continuent à tolérer ou même à soutenir vigoureusement d'autres abus graves, cela ne met pas en question la réalité de ces avancées. Il n'y a aucune conclusion à tirer du fait que l'histoire n'est pas un processus permanent de progrès vers plus de droits et de justice, sans qu'il ne se produise une quelconque régression. Ni le pessimisme ni l'optimisme ne découlent du fait qu'il y a eu beaucoup de progrès dans la promotion de la liberté et des droits humains au cours des siècles passés, et même au cours de ces dernières années, sachant que simultanément, il a pu y avoir parfois des régressions et qu'on a été incapable de réaliser plus de choses – au moins jusqu'à présent.

**JB.** *Envisagez-vous quelque forme d'organisation, à l'image des mouvements anarchistes, par exemple, pour éviter ces embûches ? Et, si oui, quel serait votre raisonnement ?*

**NC.** Si « éviter des embûches » signifie une garantie de progrès ininterrompu sans qu'il existe de régressions, ce n'est pas un objectif sérieux. Nous pouvons nous opposer à la torture, à l'esclavage, à l'exploitation, à l'oppression, à la violence et à d'autres abus sans pour autant nous soumettre à l'illusion qu'il faille faire un choix entre : (1) l'utopie demain ou (2) aucun progrès. Cela n'a pas de sens : c'est une forme de capitulation face au pouvoir et aux abus d'autorité. Personne ne peut rêver d'une forme d'organisation dont on puisse garantir qu'elle « évite les embûches » dans ce sens. Par contre, il y a de bonnes raisons de croire que des formes d'organisation plus démocratiques et participatives peuvent surmonter les embûches propres au Comité central ou aux lieux de travail tyranniques ou à d'autres formes de hiérarchie et de domination illégitimes. Pouvons-nous en être certains ? Bien sûr que non. Il n'y a pas de certitude hors des mathématiques – et, pour être précis, même en mathématiques, il n'y en a pas.

**JB. Q3.** *Quel est votre point de vue sur la violence ? Quand est-elle légitime ?*

**NC.** Seuls les pacifistes absolus peuvent répondre à cette question. Ils peuvent dire que la violence n'est jamais légitime. Je ne trouve pas cette position moralement justifiée, et je ne la partage pas. Si ce n'est pour les pacifistes absolus, il ne peut y avoir de réponse générale à cette question. Cela dépend de toutes sortes de circonstances, et quand il s'agit de quelque chose d'aussi complexe que les affaires humaines – et même de systèmes beaucoup plus simples – on ne peut énoncer une réponse à l'avance et la soumettre à des formules abstraites. Le monde ne fonctionne pas ainsi. Nous pouvons raisonnablement dire que la violence est le dernier recours, mais ce truisme laisse sans réponse un grand nombre de dilemmes de la vie humaine, qu'il s'agisse des affaires personnelles ou de relations internationales. Toutes ces questions doivent être examinées au cas par cas.

**JB.** *Par exemple, comment réagissez-vous aux tactiques du « Bloc Noir*[1] *» ?*

**NC.** Tout d'abord il faut se poser la question de savoir ce qui a réellement été fait par le « Bloc Noir » et ce qu'il faut attribuer aux provocateurs de la police. Des

1. Le Bloc Noir (ou *Black Bloc*) désigne des groupes « autonomes » qui se sont livrés à des attaques contre des bâtiments tels que banques ou sièges de multinationales, en particulier à l'occasion des manifestations altermondialistes à Seattle (1999) ou à Gênes (2001).

indices crédibles montrent qu'il y a eu, en effet, de la provocation policière déguisée en action du « Bloc Noir », ce qui n'a rien de surprenant.

Les autorités se félicitent de ces tactiques qui leur permettent de diffamer la dissidence et la protestation, détruisant leur contenu véritable et démoralisant ceux qui s'engagent dans des actions constructives. Il est donc très vraisemblable qu'elles encouragent ces tactiques. Nous connaissons un grand nombre de cas semblables. Quiconque a participé à des mouvements militants en a fait une expérience de première main. Dans les années 1960, tout le monde savait qu'il fallait prendre des précautions pour identifier les probables provocateurs – ce qui est souvent plutôt facile, le FBI manquant d'imagination – et pour les exclure des discussions et des décisions délicates. Il y a aussi beaucoup d'exemples historiques importants. Pour ne citer qu'un exemple, dont les conséquences actuelles sont très significatives, le coup manigancé par la CIA pour renverser le gouvernement parlementaire conservateur d'Iran en 1953, en ramenant au pouvoir le Shah, a commencé par la violence de la part de foules recrutées et organisées par la CIA pour faire semblant de soutenir le premier ministre Mossadegh [1]. C'est une tactique raisonnable pour des barbares.

Cela explique plus ou moins ma réaction aux tactiques du « Bloc Noir », à un niveau très général. Il y a sans doute certaines variations, mais, en général, je pense que les autorités de l'État savent ce qu'elles font quand elles incitent les militants à la violence et au fanatisme. En général, je pense que ces pratiques sont mauvaises d'un point de vue moral et tactique, et je n'ai donc pas été

1. Sur ces événements, voir William Blum, *Les Guerres scélérates*, Paris, Parangon, 2004.

étonné d'apprendre que certaines de ces actions aient pu être incitées par les autorités de l'État.

**JB.** *Puisque presque tous les médias caractérisent les gens du « Bloc Noir » comme étant des anarchistes, ne craignez-vous pas que cela ne nuise à la réputation de l'anarchisme, tout comme l'a fait la tactique de la « propagande par le fait*[1] *» au XIX*e *siècle ?*

**NC.** Les actions ne sont pas bonnes ou mauvaises selon que les médias les décrivent ou non comme étant « anarchistes ». Nous ne devrions pas nous intéresser aux étiquettes, ni déterminer ce qui est bien et ce qui est mal en fonction des pratiques des médias. Cela s'applique aussi bien aux médias du capitalisme d'État qu'à ceux de sociétés fascistes, staliniennes, théocratiques ou autres. Ceux qui ont organisé des cliniques de santé publique rurales dans les États de sécurité nationale néonazis soutenus par les États-Unis en Amérique latine étaient généralement désignés par les autorités et leurs serviteurs comme étant des « communistes ». Nous n'en tirons pas pour autant la conclusion qu'ils furent donc véritablement communistes – à supposer que ce terme signifie quelque chose. L'École des Amériques[2] de triste renom, qui entraîne les forces de sécurité latino-américaines, s'enorgueillit publiquement de ce que l'armée des États-Unis « a contribué à vaincre la théologie de la libération », sauvant ainsi le monde civilisé du Goulag. Nous

1. Qui désigne les méthodes violentes utilisées vers la fin du XIXe siècle par certains anarchistes, dont Ravachol est l'un des plus connus ; ces méthodes furent abandonnées au début du XXe siècle.

2. Établie dans la zone du canal de Panamá, en 1946, puis en Géorgie, l'École des Amériques a formé plus de 60 000 militaires latino-américains, dont de nombreux dictateurs (entre autres, Pinochet, Noriega, Somoza, Stroessner). Outre son aspect idéologique, cette formation inclut la formation à des pratiques anti-insurrectionnelles telles que la torture.

ne condamnons pas pour autant les prêtres, les religieuses et les laïcs qui ont adopté « l'option préférentielle pour les pauvres » et qui ont cruellement souffert pour ce crime – bien plus en fait que les dissidents de l'Europe de l'Est, même si les cercles intellectuels occidentaux d'élite sont incapables de reconnaître cette vérité.

Quant à la « propagande par le fait », nous nous posons la question de savoir si c'était un bien ou un mal, et non de savoir si ceux qui ont accompli ces actes s'appelaient « anarchistes » ou si d'autres ont exploité leurs actions pour diffamer l'anarchisme.

**JB.** *En revanche, supposons qu'il n'y ait pas de « Bloc Noir ». Est-ce que les médias n'ignoreraient pas tout simplement les manifestations altermondialistes ?*

**NC.** On n'entreprend pas des actions pour attirer l'attention des médias. Le Forum social mondial est à peine remarqué par les médias aux États-Unis, et les quelques reportages qui lui sont consacrés frôlent le ridicule. Les cent mille participants aux dernières réunions du FSM n'en tirent pourtant pas la conclusion que leurs efforts sont une perte de temps. Quant aux médias, il vaudrait mieux les laisser passer sous silence ces manifestations plutôt que d'adopter des tactiques qui leur offrent l'occasion de les diffamer et de passer sous silence leurs objectifs valides. Je suppose également que ce serait là l'objectif des provocations policières si – comme j'en ai été informé – elles ont eu lieu. Mais, cela mis à part, le but des manifestations n'est pas de s'assurer l'attention des médias. Ces manifestations font partie d'un processus continu d'éducation, d'organisation, de résistance et de construction d'alternatives. Elles réussissent dans la mesure où elles contribuent à ces objectifs. On peut naturellement s'attendre à de la diffamation, venant de la part d'institutions qui soutiennent les structures existantes de pouvoir et de domination.

**JB. Q4.** *Vous rejetez souvent d'emblée la notion selon laquelle le socialisme a échoué (en Europe de l'Est). Mais n'est-ce pas un peu trop facile ? Non seulement ce système était considéré comme une forme de socialisme par la plus grande partie de la gauche (d'où le découragement actuel), mais, de plus, l'allocation des ressources doit être effectuée d'une manière ou d'une autre. Si ce n'est par la planification, alors ce doit être par une forme ou l'autre de marché. Ou avez-vous autre chose à suggérer ? Mais la planification a échoué, comme nous l'avons vu en Europe de l'Est, et le marché mène aux inégalités, ce que tout le monde peut observer.*

**NC.** C'est facile, mais je ne pense pas que ce soit « trop facile ». Beaucoup de choses dépendent de ce que nous entendons par « socialisme [1] ». Le socialisme tel que je le comprends implique, au minimum, le contrôle démocratique de la production et des autres aspects de la vie. Si l'on accepte ce point de vue, alors le socialisme n'a même pas été entrepris en Europe de l'Est, pas plus que sous le national-socialisme. La direction bolchevique en 1917-1918 et leurs successeurs n'avaient même pas l'intention d'établir le socialisme [au sens indiqué ici]. On peut soutenir, peut-être, que Lénine et Trotsky ont suivi la seule voie possible, étant donné les circonstances, mais elle était aussi éloignée du socialisme que tout ce qu'on peut imaginer. La gauche aurait dû, à mon avis, accueillir l'effondrement de la tyrannie soviétique

1. Chomsky explique ses vues sur le socialisme et l'Union soviétique entre autres dans : *De l'espoir en l'avenir. Propos sur l'anarchisme et le socialisme*, Marseille, Agone, 2001.

comme une victoire pour le socialisme, tout comme l'effondrement du fascisme : il élimine certains obstacles au socialisme.

Bien sûr, le mot « socialisme » n'est la propriété de personne. On peut choisir d'utiliser ce terme pour désigner un système de gestion centralisée par des autorités dictatoriales, commandant une « armée ouvrière » qui suit les ordres avec une discipline stricte (dans la terminologie de Lénine). Dans ce sens du mot, on a effectivement essayé de construire le socialisme et, heureusement, il s'est effondré.

Il faut souligner que les deux principaux systèmes de propagande dans le monde s'accordaient pour dire que le système tyrannique institué par Lénine et Trotsky, et transformé en monstruosité par Staline, était le « socialisme ». Les systèmes doctrinaux occidentaux étaient ravis par cet usage absurde et scandaleux du terme pour diffamer le socialisme authentique. Le système russe de propagande a adopté le même usage avec enthousiasme en tentant d'exploiter, à ses propres fins, la sympathie et l'engagement envers les idéaux socialistes authentiques. La convergence des deux principaux systèmes doctrinaux peut amener des gens à adopter cet usage du mot socialisme, ce qui permet de faire progresser l'objectif commun de ces systèmes, qui est de miner le socialisme authentique. Nous pouvons choisir d'être des esclaves de la propagande si cela nous plaît, mais c'est un choix, pas une nécessité.

Je ne sais pas non plus ce que cela signifie de dire que la « planification a échoué ». Le système soviétique était une monstruosité totale, mais en tant que modèle de développement économique, en fonction de quel critère a-t-il échoué ? Cela n'était certainement pas le point de vue des dirigeants occidentaux, qui se souciaient sérieusement des réussites de la planification soviétique, et craignaient qu'elles n'inspirent d'autres pays et ne les encouragent à imiter cette planification. Cela fut vrai jusqu'au milieu des années 1960, comme nous pouvons le constater en lisant des documents déclassifiés. Pendant les années 1960, le système soviétique a commencé à stagner et à décliner, pour des raisons complexes qui ne se réduisent pas aux échecs de la planification centrale, entendus en termes étroitement économiques. L'idée que le système a été une « faillite » se fonde souvent sur une comparaison entre les sociétés de l'Est et de l'Ouest, mais cela est plus ou moins aussi sensé que de dire que les écoles maternelles à Cambridge, Massachusetts, échouent parce que les diplômés du MIT savent plus de physique quantique que les élèves de ces écoles. La dernière époque à laquelle l'Europe de l'Est et de l'Ouest furent plus ou moins au même niveau économique est probablement le XV^e^ siècle. Depuis, la disparité s'est élargie jusqu'à ce que l'Europe de l'Est se soit dégagée des relations quasi coloniales qui s'étaient développées, et se soit mise à suivre le cours d'un développement indépendant, brutal et pénible. Si nous comparons l'Europe de l'Est à des sociétés plus ou moins semblables il y a un siècle mais qui ont été soumises à des modèles de développement occidentaux – par exemple, si nous comparons la Russie au Brésil, ou la Bulgarie au Guatemala – il est assez difficile de conclure à l'échec du système soviétique. Bien sûr, deux cas ne sont jamais identiques, mais si nous regardons de près des comparaisons réalistes, ces conclusions s'en trouvent renforcées – ce n'est guère un compliment pour le bolchevisme, bien que cela nous en apprenne beaucoup sur les pratiques occidentales et les idéaux occidentaux véritablement opérationnels. C'est pourquoi on ne procède pas à de telles comparaisons, aussi réalistes soient-elles, et simplement suggérer de les faire provoque horreur et indignation [1].

Existe-t-il des alternatives préférables à la planification centralisée dictatoriale, aux systèmes monstrueux imposés au tiers-monde, ou aux systèmes du capitalisme d'État, dans lesquels la planification est réalisée principalement par un réseau d'institutions fondamentalement totalitaires, liées de façon complexe les unes aux autres ainsi qu'à des États puissants, et n'ayant en général aucun compte à rendre au public ? Je ne vois aucune raison de douter qu'il puisse exister des possibilités préférables ; de même, au XVIIIe siècle, il était possible d'envisager, et de réaliser, des systèmes alternatifs au féodalisme, telles que la démocratie parlementaire, systèmes qui étaient significativement différents de celui-ci, et de loin préférables – malgré la survivance, comme toujours, d'une quantité d'injustices fondamentales à surmonter. Le contrôle démocratique des lieux de travail et des communautés, qui peut prendre une multitude de formes, n'est qu'un point de départ pour des alternatives préférables.

**JB. Q5.** *Parfois vous signalez qu'il existe un rapport entre vos idées et celles du libéralisme classique, y compris celles de compagnons de route aussi surprenants (pour un homme de gauche) qu'Adam Smith.*

**NC.** Il existe une tendance malheureuse à ranger les individus (par exemple, Smith) et les idées (le libéralisme classique) dans des catégories abstraites que nous devons soit accepter soit rejeter, aimer ou détester. Cela n'a pas de sens ! Il y a beaucoup de choses valables dans le libéralisme classique, et, pour ma part, je n'ai envie de rejeter

1. Pour une plus longue discussion de ces comparaisons, voir Noam Chomsky, *Deterring Democracy*, Londres et New York, Verso, 1991, en particulier le chapitre 7, « The Victors », disponible sur : http://www.chomsky.info/articles/199011--.htm.

ni l'attachement d'Adam Smith à l'égalité, ni sa critique tranchante de la division du travail – critique basée sur l'observation que ses effets néfastes ne seraient tolérés par aucune société civilisée –, ni ses arguments contre les principes fondamentaux de ce qu'on appelle aujourd'hui le « néolibéralisme » (qui, espérait-il, pourrait être évité comme par une « main invisible » ; notons qu'il utilise cette expression une seule fois dans la *Richesse des nations*), ni d'autres idées du même genre, pour la seule raison que l'on n'accepte pas tout ce qu'il défendait. À penser ainsi, les physiciens contemporains ne devraient pas reconnaître les contributions de Newton, parce que l'on sait aujourd'hui que nombre de ses idées et de ses croyances étaient complètement erronées et souvent plutôt bizarres.

**JB.** *Pourtant, vous dites aussi que, lorsque les idées du marché libre pur ont été appliquées, elles ont été vite abandonnées, car elles auraient mené à l'effondrement total de la société.*

**NC.** Je ne prétends à aucune originalité par cette observation. Il s'agit quasiment d'un lieu commun, développé par exemple dans une œuvre classique comme *La Grande Transformation* de Polanyi, que j'ai mentionnée plus haut[1]. Il y a de bonnes raisons pour accepter la logique de l'argument de Polanyi selon laquelle les marchés libres mèneraient à l'effondrement de la société. Notre connaissance limitée de l'histoire renforce en fait ces conclusions et nous apprend également que les dirigeants de l'économie les ont très bien comprises et ont rapidement cherché à prendre des mesures pour se protéger eux-mêmes des ravages du marché. Les travailleurs ont fait de même, par d'autres moyens, parfois appelés

1. Voir note 1 p. 55.

« réformistes » ; ils ont ainsi accompli beaucoup de choses et ont amélioré la qualité de la vie humaine : en adoptant des mesures « réformistes » prônées par Marx et Engels, par exemple. Nous devrions pourtant reconnaître que cette notion, « les idées pures du marché libre », contient, au départ, une grande part de mythe. Les marchés, peu importe leur forme, sont institués, souvent par la force ; le fait qu'ils soient des reliquats de l'histoire leur impose de sérieuses distorsions. Les riches et les puissants ne les ont jamais tolérés pour eux-mêmes, bien qu'ils se plaisent à les imposer à leurs sujets. Même au moment classique du « laisser-faire » moderne – l'expérimentation de la Grande-Bretagne dans les dernières décennies du XIX^e^ siècle, qui n'a pas duré longtemps –, le puissant État britannique s'est livré à des ingérences massives dans le fonctionnement du marché libre, en créant par exemple le plus grand empire narcotrafiquant de l'histoire, sur lequel reposait de façon décisive tout le système impérial, il a utilisé à cet effet les marchés contrôlés de l'Inde et de l'Afrique de l'Est pour ses exportations, et ainsi de suite. Même chose pour d'autres expérimentations très limitées.

**JB.** *Et si on appliquait cela aux idées anarchistes ? S'il n'y avait pas de gouvernements, pas de tribunaux, pas de police du tout, pourquoi n'y aurait-il pas la guerre de tous contre tous ? Avez-vous une vision optimiste de la nature humaine, et si oui, sur quoi est-elle basée ? Et s'il faut préserver une forme quelconque de gouvernement, en quel sens êtes-vous anarchiste ?*

**NC.** Cela dépend des idées anarchistes auxquelles vous pensez. Les plus importants mouvements populaires anarchistes de masse, et les personnalités anarchistes marquantes, ont envisagé, et parfois en partie établi, des sociétés hautement organisées, basées sur plusieurs sortes d'associations libres, interagissant à travers des structures fédérales, etc. Parfois ces projets ont été développés très en détail, voyez les modèles d'Abad de Santillan [1] pour l'Espagne révolutionnaire. Ces projets mèneraient-ils à la guerre de tous contre tous ? Ou bien à une coopération fructueuse entre des gens qui s'épanouiraient grâce aux nouvelles formes de liberté, explorant les opportunités qu'elles fourniraient ? Nous ne pouvons pas répondre avec certitude à ces questions, de même que personne ne pouvait savoir au XVIIIe siècle si une société dans laquelle le droit de vote aurait été largement partagé pouvait exister. Le changement social implique toujours de l'expérimentation et exige un esprit ouvert. En ce qui concerne la nature humaine, on en sait si peu que toute spéculation est plutôt vaine. L'optimisme et le pessimisme reflètent les états d'esprit et les préférences personnelles, et ne sont fondés sur aucune connaissance, aucune compréhension solide. Le pessimisme, par exemple, est un choix commode pour ceux qui cherchent, peut-être inconsciemment, à éviter de s'engager dans les luttes difficiles visant à élargir les domaines de la liberté et de la justice. Mais supposons qu'un jour, nous découvrions des preuves convaincantes montrant qu'il faille maintenir une certaine forme de gouvernement pour que la société puisse survivre. Dans ce cas-là, aucune personne sensée n'irait rejeter cette conclusion pour le plaisir de se dire « anarchiste ». Ce serait là une forme d'égocentrisme obsessionnel frôlant la démence. Il n'est pas très utile d'agiter des drapeaux et de crier des slogans. Nous

---

1. Diego Abad de Santillan, anarchiste argentin et espagnol, auteur de plans détaillés concernant l'organisation d'une société anarchiste. Voir entre autres : *After the Revolution*, New York, Greenberg Publishers, 1937 ; disponible sur http://membres.lycos.fr/anarchives/site/syndic/aftertherevolution.htm.

devons essayer de découvrir quelles sont les formes d'interaction et d'organisation susceptibles de favoriser la liberté, la justice, l'épanouissement de chacun, ainsi que de nos autres valeurs.

**JB. Q6.** *Quid des rapports de force ? De nos jours, il y a une concentration énorme de puissance (pensez aux arsenaux nucléaires), entre les mains, en réalité, d'une toute petite minorité. Et vu la brutalité avec laquelle les classes dirigeantes réagirent par le passé (la Commune de Paris, la révolution espagnole) lorsque leur pouvoir était menacé, qu'est-ce qui pourrait les empêcher aujourd'hui d'écraser un nouveau mouvement visant à un changement social radical ?*

**NC.** Cela me semble être une mauvaise interprétation de l'histoire, et de la situation actuelle. Sans aucun doute, les systèmes de pouvoir essayent toujours de se maintenir, parfois en ayant recours à la violence. Parfois ils y réussissent. Souvent, ils échouent, et les luttes pour la justice et la liberté peuvent alors se poursuivre, à un niveau plus élevé. Supposons qu'un mouvement populaire de masse se développe aux États-Unis pour réclamer le contrôle de l'industrie par les travailleurs – ou qu'il se passe quelque chose d'un peu moins radical, par exemple, un programme national de santé tel que celui qui est décrit aujourd'hui comme « politiquement impossible », parce que le capital financier et l'industrie pharmaceutique s'y opposent, alors qu'il est souhaité par une large majorité de la population. Les armes nucléaires pourraient-elles permettre d'affaiblir et de détruire ces mouvements ? Ou même l'armée et la police, qui peuvent facilement se désintégrer face à des mouvements authentiquement populaires (elles sont composées d'autres membres de la population, après tout) ?

En réalité, le contrôle du pouvoir est fragile, et ceux qui détiennent le pouvoir le savent très bien ; nous apprenons cela en lisant leurs documents internes. Même aux États-Unis, où le pouvoir du monde des affaires est particulièrement fort, les dirigeants de l'économie, parfois rejoints par l'élite des intellectuels, expriment régulièrement leurs graves soucis quant aux « risques qu'affrontent les industriels » venant du « pouvoir politique récemment acquis par les masses » ; ils s'inquiètent aussi de la « crise de la démocratie » (c'est-à-dire, trop de démocratie), et se soucient de mener et de gagner « la bataille éternelle pour les esprits des hommes » et d'« endoctriner les citoyens avec le point de vue capitaliste » jusqu'à ce qu'ils « soient capables de le réciter avec une remarquable fidélité [1] ». Ils consacrent des efforts énormes pour contrôler la « grande bête », terme utilisé par Alexandre Hamilton pour désigner le peuple. Ils croient, avec raison je pense, qu'il y a beaucoup de vérité dans l'observation de David Hume dans ses *Premiers principes du gouvernement* selon laquelle, « puisque la force est toujours du côté des gouvernés, ceux qui gouvernent n'ont pour les appuyer que l'opinion. C'est donc sur l'opinion seule que se fonde le gouvernement, et cette maxime s'applique autant aux plus despotiques et

---

1. La phrase sur la « bataille éternelle » est de J. Warren Klinsmann, président du comité de relations publiques de la National Association of Manufacturers au début des années 1950 et est citée dans : Elisabeth Fones-Wolf, *Selling Free Enterprize : the Business Assault on Labor and Liberalism, 1945-1960*, Urbana, University of Illinois Press, 1992 ; voir aussi : Alex Carey, *Taking the Risk out of Democracy : Corporate Propaganda versus Freedom and Liberty*, Urbana, University of Illinois Press, 1997. Voir également les notes de *Understanding Power* (*Comprendre le pouvoir*, t. 1 et 2, Bruxelles, Aden, 2005), disponibles sur http://www.understandingpower.com, pour plus de références, en particulier les notes 74-79 du chapitre 10.

plus militaires des gouvernements, qu'aux plus libres et aux plus populaires » – en fait, davantage aux gouvernements les plus libres et les plus populaires [1]. C'est pour cela que nous observons que, plus certains droits sont acquis par les luttes populaires, plus les dirigeants se tournent vers des modes sophistiqués de propagande. Il est tout à fait naturel que les techniques modernes de contrôle de la pensée et des attitudes aient été forgées principalement dans des sociétés relativement libres, l'Angleterre et les États-Unis.

JB. Q7. *Pis encore, que dire du contrôle exercé par les médias sur nos modes de pensée ? N'allons-nous pas vers une société dans laquelle la grande masse de la population est sous-éduquée, et dont le cerveau est lavé par l'industrie de l'*infotainment, *de l'infodivertissement ? Celle-ci n'est-elle pas beaucoup plus dangereuse que les mensonges du* New York Times *(que vous dénoncez volontiers), qui, après tout, est un journal d'élite ? Prenons la guerre du Golfe ou celle du Kosovo. Elles n'ont suscité que des protestations limitées. Mais puisque les gens sont attirés par l'industrie de l'infodivertissement, qui satisfait leur désir de distractions, que peut-on faire ?*

NC. Je lis attentivement le *New York Times* et d'autres journaux d'élite pour plusieurs raisons. Tout d'abord parce que ce sont eux qui déterminent l'ordre du jour, les autres journaux n'ayant plus qu'à suivre. Ensuite, ils appartiennent à la culture intellectuelle dominante, ce qui m'intéresse particulièrement. Sans aucun doute, l'industrie de l'*infotainment* est énorme. Et, ainsi que ses

1. Cette phrase est discutée en détail par Chomsky dans « Force and Opinion », chapitre 12 de *Deterring Democracy*, Londres et New York, Verso, 1991, disponible sur : http://www.zmag.org/chomsky/dd/dd-c12-s01.html.

dirigeants ont l'obligeance de nous l'expliquer, ils sont voués d'une part à l'établissement du contrôle « *off job*/ hors travail » comme contrepartie du contrôle « *on job*/ au travail » des systèmes tayloristes conçus pour transformer les travailleurs en robots inconscients et obéissants, et d'autre part au détournement de l'attention du peuple vers « les choses superficielles de la vie telles que la consommation à la mode », et à l'inculcation d'une « philosophie de la futilité » à la population. Il est sans aucun doute important de souligner tout cela, et il existe de bons travaux sur ce sujet, je les ai souvent cités. Je suis content de laisser ce travail à d'autres, qui, je pense, le font très bien, car je n'y connais pas grand-chose, et je n'ai ni l'intérêt ni les ressources nécessaires pour en apprendre davantage, sur la télévision par exemple. En revanche, l'analyse critique de la culture intellectuelle et de ses médias d'élite qui déterminent l'ordre du jour du débat public est, et ce n'est pas surprenant, une entreprise très peu appréciée au sein des élites intellectuelles, et qui, par conséquent, est rarement faite sérieusement. Mais je ne voudrais pas essayer de convaincre quiconque d'adopter mes propres priorités, même si je pense qu'elles sont raisonnables, au moins pour moi.

Prenons les deux exemples que vous avez mentionnés. La guerre du Kosovo a été fortement encouragée par les intellectuels d'élite, qui n'ont cessé de propager les inventions les plus extraordinaires à son sujet, esquivant une documentation massive, provenant pourtant de sources occidentales irréprochables et démontrant, à un niveau de fiabilité rarement atteint dans l'étude de l'histoire, que les affirmations et les justifications qui ont été acceptées couramment sont complètement intenables. On sert à la majorité de la population des bribes de tout cela, or peu de gens disposent du temps, de l'énergie et des ressources pour entreprendre un projet personnel de recherche qui décèlerait la vérité. Pour la majorité de la population, la question ne se posait guère : cette guerre était lointaine, sans aucun sang versé (du côté américain), et était présentée comme un exercice humanitaire pour mettre fin à la purification ethnique – qui, comme on le savait et comme on persiste à le cacher, fut la conséquence prévisible et prévue des bombardements. C'est un cas édifiant, mais aussi une démonstration de l'importance cruciale de l'analyse critique de la culture intellectuelle d'élite et de ses médias.

Sous certains de ses aspects importants, la première guerre du Golfe fut aussi une guerre des intellectuels, encouragée par les médias d'élite. Illustration : au début des bombardements, près des deux tiers du public américain étaient favorables à un retrait irakien du Koweït dans le contexte d'une conférence régionale sur des mesures de sécurité, y compris sur le conflit arabo-israélien. Ce pourcentage aurait sans doute été beaucoup plus élevé encore si l'on avait permis aux gens de savoir que l'Irak venait justement de faire une telle offre, regardée par les spécialistes du Département d'État comme « sérieuse » et « négociable », mais elle fut rejetée sur-le-champ par Washington [1]. Les médias qui déterminent l'ordre du jour du débat public et la culture intellectuelle d'élite ont caché ces faits, et continuent en général de le faire ; il y a eu, littéralement, un seul quotidien aux États-Unis, *Newsday* (de Long Island, New York), qui a correctement rapporté les faits sur le déroulement de la crise, d'août 1990 à janvier 1991. Le public était donc induit en erreur, mais pas par l'industrie de l'*infotainment*.

---

1. Pour une discussion de ces événements, voir Noam Chomsky, « Nefarious Aggression », chapitre 6 de *Deterring Democracy*, Londres et New York, Verso, 1991, disponible sur : http://www.zmag.org/chomsky/dd/dd-c06-s01.html.

Néanmoins, la première guerre du Golfe a donné lieu aux plus grandes manifestations antiguerre de l'histoire américaine, que je sache – des manifestations de centaines de milliers de personnes organisées avant même le début de la guerre. Et la deuxième guerre du Golfe a suscité ici des protestations encore plus massives, bien avant qu'elle ne fût lancée, des actions sans aucun précédent historique. Le contraste avec les années 1960 est spectaculaire. La colère contre la guerre du Vietnam était si faible que peu de gens en connaissaient l'existence. Des années se sont écoulées après la première attaque de grande envergure menée par les États-Unis contre le Sud-Vietnam sans qu'il y ait de protestation ou d'opposition perceptibles. Lorsque enfin la protestation eut atteint un niveau significatif, l'historien des affaires militaires français Bernard Fall s'inquiéta : « Le Vietnam en tant qu'entité culturelle et historique [...] est menacé d'extinction [...]. Les campagnes sont en train littéralement de mourir sous les coups de la plus grande machine militaire jamais lâchée sur une région de cette dimension. » Et même ces protestations tardives furent focalisées sur l'attaque contre le Nord, bien que ce fût le Sud-Vietnam qui ait toujours eu à subir le plus gros de l'attaque des États-Unis. Aujourd'hui, le public n'est toujours pas conscient de l'impact horrible de la guerre chimique initiée par John F. Kennedy en 1962 : cette atrocité, qui continue d'affecter sévèrement les nouveau-nés dans le Sud, a au moins été épargnée à ceux du Nord. D'abondantes preuves sont disponibles, y compris des études scientifiques faites par d'éminents scientifiques nord-américains. Mais il faut chercher longtemps pour les trouver, ou pour découvrir les récits bouleversants des quelques journalistes (notamment, ceux de l'excellent journaliste israélien Amnon Kapeliouk [1]) et des travailleurs de la santé qui ont fait l'effort d'enquêter. À nouveau, la responsabilité de tout cela incombe de façon cruciale à la culture intellectuelle d'élite et aux médias qui fixent l'ordre du jour du débat public, et non pas à l'industrie de l'*infotainment*.

Il appartient aux Européens d'établir des comparaisons avec leur propre comportement ; par exemple, en comparant les protestations qui ont eu lieu en France à l'encontre des guerres meurtrières françaises en Indochine, ou à l'encontre du rôle de la France dans les atrocités affreuses qui se sont produites en Algérie au cours de cette dernière décennie, ou encore en analysant la réaction britannique par rapport aux crimes choquants qui ont été commis au Kenya, par les Britanniques, dans les années 1950, ou beaucoup d'autres choses dans l'histoire passée et actuelle de la violence européenne un peu partout dans le monde. Il est vrai que les protestations contre les crimes perpétrés par autrui sont plus aisées et séduisantes que le fait de se regarder dans un miroir.

Les planificateurs gouvernementaux sont bien conscients et soucieux de l'énorme augmentation de l'opposition populaire aux États-Unis par rapport aux agressions commises par leur pays depuis les années 1960. Chaque fois qu'une nouvelle administration arrive au pouvoir, elle commande aux agences de renseignements une étude sur la situation internationale. Ces études sont bien entendu secrètes, parfois déclassifiées des décennies plus tard. Cependant, en 1989, il y

1. Voir Amnon Kapeliouk, « Thousands of Vietnamese still die from the effects of American Chemical Warfare », *Yediot Ahronot*, 7 avril 1988. Voir note 52 du chapitre 3 de *Understanding Power* (*Comprendre le pouvoir*, t. 1 et 2, Bruxelles, Aden, 2005), disponible sur http://www.understandingpower.com, pour plus de références.

eut des fuites au moment de l'accession de Bush père au pouvoir, en ce qui concerne les conflits contre « les ennemis beaucoup plus faibles » – c'est-à-dire les seuls ennemis qui risquaient d'être attaqués. Les services de renseignements ont conseillé aux États-Unis de gagner « rapidement et de façon décisive », sinon le soutien populaire à la guerre serait vite miné, tellement il était mince. La situation a changé par rapport aux années 1960, époque où la population était prête à tolérer des années de guerre, d'énormes dévastations et des tueries avant que ne se développe la moindre protestation. Lorsque le monde des affaires s'est retourné contre la guerre, que les élites intellectuelles et les médias d'élites ont commencé à faire de même, c'était en général sur la base très étroite du coût et de l'échec ; or, pour la population, la question était morale. Contrairement aux élites intellectuelles (et aux médias d'élite), en 1969, environ 70 % de la population jugeait la guerre « fondamentalement mauvaise et immorale », et non pas « une erreur ». Ces chiffres sont restés plutôt stables jusqu'aujourd'hui, malgré le manque d'argumentation articulée en faveur de ce point de vue et malgré le consensus de l'élite selon lequel il s'agissait au pire d'une « erreur », qui était devenue trop coûteuse.

Je pense que les questions sont posées sous une forme qui est injuste à l'égard de la majorité de la population. Je ne connais aucun élément qui puisse indiquer que celle-ci soit plus soumise aux assauts de la propagande que ne l'est l'élite intellectuelle, et j'ai de bonnes raisons de soupçonner que le contraire puisse bien être le cas. Ceux qui fréquentent les clubs de facultés universitaires et les bureaux des journaux ne passent en effet peut-être pas autant de temps à regarder les séries télévisées et les matchs sportifs que ne le fait « la grande bête », car ils ont d'autres méthodes pour se « distraire » face à des réalités peu commodes à accepter.

**JB. Q8.** *Vous dites parfois, en parlant de la violence, que vous n'avez pas de points de vue absolutistes ni sur cette question ni sur n'importe quelle autre. Mais la liberté d'expression n'est-elle pas un contre-exemple ? N'avez-vous pas une attitude absolutiste sur ce point ? Vous dites parfois qu'il n'y a que deux attitudes possibles envers la liberté d'expression : soit l'attitude totalitaire soit l'attitude libertaire – la vôtre. Mais pourquoi ne pas adopter un point de vue intermédiaire, comme celui qui existe en France ou en Allemagne, où certaines opinions extrêmes et horribles sont interdites mais où tout le reste est permis ? Vous ne pouvez sûrement pas utiliser l'argument de la « pente glissante » pour prétendre qu'une censure ainsi limitée risquerait de s'étendre à d'autres opinions. Après tout, dans ces pays il existe encore une grande variété de points de vue politiques et philosophiques (peut-être même encore plus diversifiés qu'aux États-Unis).*

**NC.** Je n'ai certainement pas de point de vue absolutiste sur quoi que ce soit, y compris sur la liberté d'expression. On peut envisager des situations, parfois réelles, où limiter la liberté d'expression serait légitime, à mon avis, et je l'ai toujours dit de façon parfaitement explicite. Ainsi, ai-je soutenu, et je persiste à le croire, que la Cour suprême des États-Unis est finalement arrivée à une caractérisation convenable des limites de la liberté d'expression en 1969 – en réitérant le point de vue des Lumières, celui de Jeremy Bentham par exemple. Il s'agit là d'un accomplissement allant bien au-delà de tout ce qui a pu se faire en Europe ou ailleurs, que je sache ! En passant, il s'agissait d'un cas concernant le Ku Klux Klan, qui prône des idées « extrêmes et horribles » à l'origine de dégâts terribles par le passé, et qui restent très nocives aujourd'hui. Tout en détestant bien entendu leurs idées, la Cour a tout de même maintenu leur droit à la liberté d'expression. Appeler à la suppression des idées qu'on considère comme « extrêmes et horribles » n'a rien d'extraordinaire. Même Hitler et Staline voulaient bien accorder la liberté d'expression aux idées qu'ils approuvaient. Le test d'un dévouement authentique à la liberté d'expression se trouve dans l'aphorisme attribué à Voltaire [1].

Si on le prenait au sérieux, le « point de vue intermédiaire » mènerait virtuellement à la fermeture des médias, des universités, et de la culture intellectuelle d'élite en général. Il est clair que le « point de vue intermédiaire » interdirait tout soutien aux atrocités massives constamment commises ou appuyées par l'Occident, quelque chose de beaucoup plus grave que le déni des crimes du passé, même les plus affreux, ou celui des crimes d'autrui. Que ce soutien-là soit bien plus grave devrait être trop évident pour être même discuté, du moins parmi ceux qui acceptent les critères moraux les plus élémentaires. Il s'ensuit donc, en toute logique, que si le « point de vue intermédiaire » accorde à l'État le droit d'interdire ce que les autorités de l'État définissent comme les « idées extrêmes et horribles », l'État devrait interdire des idées encore plus extrêmes et horribles, telles que le soutien aux atrocités massives constamment commises ou appuyées par l'Occident – c'est-à-dire, fermer les systèmes de propagande d'État, les médias, les universités et la culture intellectuelle d'élite en général. Les cas cités plus haut sont des cas isolés parmi une multitude d'exemples.

---

1. « Je ne suis pas d'accord avec ce que vous dites, mais je me battrai jusqu'à la mort pour que vous ayez le droit de le dire. »

Mais le « point de vue intermédiaire » n'est jamais pris au sérieux. Il accorde à l'État le pouvoir de réduire au silence les « idées extrêmes et horribles » que l'on n'aime pas, mais non celles que l'on trouve tolérables, telles que le soutien direct aux crimes massifs en cours. Pis encore, beaucoup d'intellectuels européens sont même prêts à accorder à l'État le droit d'être le gardien officiel de l'Histoire, de déterminer la « Vérité Historique » et de punir toute déviation, se plaçant ainsi du même côté que Goebbels et Jdanov. Ils peuvent essayer de se convaincre qu'ils s'opposent ainsi au nazisme et au stalinisme, mais la réalité est qu'ils adoptent certaines de leurs doctrines monstrueuses, de façon hautement sélective, bien entendu. L'argument de la « pente glissante » n'apparaît jamais, à cause de la sélectivité extrême de ces jugements. Ceux qui préconisent ces principes, honteux selon moi, ne songeraient jamais à les utiliser pour réduire au silence la défense des terribles crimes commis par leurs propres États et leurs propres grandes sociétés, ou l'apologie de ces crimes, ou encore leur négation fréquente, qui défigure la culture intellectuelle. Ce sont des armes faites pour être utilisées contre des ennemis, pas pour être appliquées à soi-même.

Par ailleurs, je suis en désaccord avec bon nombre d'intellectuels européens qui croient qu'il existe, plus en Europe qu'aux États-Unis, « une grande variété d'opinions politiques et philosophiques ». Je ne crois pas que ces idées confortables et qui servent ceux qui les énoncent puissent résister à l'analyse.

**JB. Q9.** *Vous vous opposez avec force à toute forme de « dictature populaire ». Mais ne prenez-vous pas vos désirs pour des réalités ? Regardez la Commune de Paris, Allende, les sandinistes et beaucoup d'autres exemples. Si une révolution populaire n'est pas suffisamment puissante, elle sera* *écrasée par la subversion interne et la pression externe. De fait, la pensée de Lénine se fonde en grande partie sur une réflexion sur l'échec de la Commune de Paris. N'est-il pas préférable, en fin de compte, de limiter en quelque sorte les libertés politiques, comme c'est le cas à Cuba, et de pouvoir préserver un niveau minimal de subsistance et de soins de santé pour la majorité de la population plutôt que de les voir tomber dans l'extrême misère, comme ailleurs en Amérique latine ? Étant donné l'insignifiance de la plupart des élections aujourd'hui, sur quelle base humaine peut-on considérer de tels jeux comme plus importants que les soins de santé et la nourriture ?*

**NC.** J'entends ces exemples d'une tout autre manière. Lénine n'a pas établi une « dictature populaire », mais plutôt la dictature du Comité central, et, en fin de compte, celle d'un Grand Leader sur la population – tout comme Rosa Luxemburg et Trotsky (avant de s'y rallier) l'avaient prévu des années auparavant. Lénine et Trotsky ont très rapidement pris des mesures pour réprimer la révolution populaire et pour démolir ses réussites et les institutions de pouvoir populaire qui se formaient dans les mois avant la prise du pouvoir bolchevique, laquelle était davantage un coup d'État ou une contre-révolution qu'une révolution, à mon avis. Ils ont dirigé la subversion et la destruction de ces institutions populaires. À nouveau, on peut prétendre qu'ils n'avaient pas le choix. Il se fait que je ne le crois pas, mais c'est une tout autre question. La même chose est vraie dans d'autres cas. On peut donner de très bons arguments pour soutenir l'idée que la destruction, menée par les communistes, des mouvements populaires libertaires en Espagne n'a pas contribué à la défense de la République contre Franco, mais a constitué un facteur significatif de son effondrement, et que d'autres modes de lutte populaire, tels que ceux prônés par Camillo Berneri [1] avant son assassinat, auraient eu plus de chances de réussir, même si ces derniers étaient une abomination aux yeux des communistes totalitaires et des démocraties occidentales. Tel est le cas pour bien d'autres situations, y compris celles qui ont été mentionnées, si nous les regardons de près. Il est tout à fait possible que, même dans le meilleur des cas, les sandinistes n'auraient pas pu résister à la guerre terroriste cruelle menée contre eux par les États-Unis, et soutenue par beaucoup d'Européens qui se plaisent à se donner des airs d'opposition courageuse à la terreur et à l'oppression dès que celles-ci sont dues à des ennemis officiels, imitant ainsi les commissaires politiques soviétiques. Mais n'importe qui ayant suivi les événements au Nicaragua sait parfaitement bien que les pratiques autoritaires des sandinistes ont contribué à saper l'appui populaire qui aurait pu résister à la terreur, et que ces pratiques étaient exploitées efficacement par les partisans de la guerre terroriste de Washington pour saper les mouvements de solidarité aux États-Unis et en Europe. Les opposants à la guerre terroriste de Washington ont discuté de ces choses très franchement et ouvertement pendant ces années-là. J'ai eu moi-même pas mal d'expériences à ce sujet, surtout au Nicaragua. Et il y a beaucoup d'autres exemples que peuvent facilement fournir ceux qui se sont engagés dans les mouvements de solidarité, au niveau international ou sur le plan interne.

1. Camillo Berneri, anarchiste italien qui s'est engagé en Espagne en 1936 et a été assassiné pendant les « journées de mai » en 1937 à Barcelone. Il prônait une stratégie révolutionnaire opposée aux compromis sociaux adoptés par le gouvernement de la République. Ses idées sont défendues par Chomsky dans *L'Amérique et ses nouveaux mandarins*, Paris, Seuil, 1969.

Je ne suis pas non plus d'accord avec la supposition implicite selon laquelle la « limitation de la liberté politique » contribue à la préservation des moyens de subsistance et de la santé publique à Cuba. Au contraire, je pense qu'elle sert à saper ces réussites, qui sont très impressionnantes, certainement par rapport aux niveaux des États-clients des États-Unis et de l'Europe. Il faudrait donner des arguments pour démontrer que le fait d'avoir des élections est en quelque sorte en conflit avec les soins de santé et la nourriture, ce que présupposent implicitement ces remarques. Je ne connais aucun argument de cet ordre, et je pense que la liberté politique et le bien-être social s'appuient mutuellement, au lieu d'être contradictoires. L'idée que la défaite de la Commune de Paris, d'Allende, et des sandinistes s'explique parce qu'ils ont autorisé la liberté à l'intérieur du pays va tout à fait à l'encontre des faits, à mon avis. Toutes les suppositions qui sous-tendent les remarques précédentes doivent être, je crois, contestées d'un bout à l'autre. Elles ne peuvent pas être tout simplement avancées sans argumentation, et elles ne résisteront pas, je pense, à une analyse sérieuse. Puisque je ne vois aucune raison d'accepter ces suppositions, je ne peux pas répondre à ces questions.

Je ne suis pas non plus d'accord avec l'idée que les élections dans les démocraties occidentales sont « insignifiantes ». L'éventail politique est beaucoup trop étroit et trop limité par les concentrations du pouvoir privé. Et l'attaque néolibérale contre la démocratie – sa cible principale – a imposé des limites encore plus étroites au fonctionnement de la démocratie, ce qui était son intention. Mais il ne s'ensuit pas que la politique soit devenue un « jeu insignifiant », ni que l'attaque néolibérale contre la démocratie ne puisse pas être repoussée. Dans le passé, la politique électorale a permis d'accomplir des progrès pour le bien-être humain qui sont loin d'être insignifiants, ce que la grande masse de la population comprend très bien. Et il n'y a pas de raison pour que les élections dans les pays occidentaux ne puissent pas atteindre le niveau, disons, du Brésil, qui se trouve dans des conditions beaucoup plus difficiles. Ni de raisons pour lesquelles nous devions abandonner la liberté et les privilèges obtenus suite à des siècles de lutte seulement parce qu'il y a des obstacles sérieux à leur emploi.

**JB. Q10.** *Vous êtes souvent considéré comme un des « penseurs » du mouvement antimondialisation*[1]. *Comment répondriez-vous donc aux questions suivantes : que veut ce mouvement ? Il y a beaucoup de manifs, mais il n'y a pas de dirigeants, pas de revendications politiques précises, pas de parti cherchant à gagner des élections dans les pays démocratiques. Que peut-on donc faire pour le satisfaire ?*

**NC.** Il existe peut-être un mouvement « antimondialisation » marginal quelque part, mais je n'en fais pas partie, et je sais très peu de chose à son sujet. Être opposé à la mondialisation serait certainement une position très bizarre pour la gauche ou pour les mouvements syndicaux. Le développement d'une authentique « Internationale » est un objectif primordial de la gauche et des mouvements ouvriers depuis leurs origines modernes, et c'est vrai aussi d'autres mouvements populaires, par exemple le mouvement paysan, qui est en pleine croissance. La Via Campesina[2] vise à être une organisation

1. Sur les critiques du néolibéralisme par Chomsky, voir entre autres : *Entretiens avec Chomsky*, Normand Baillargeon, David Barsamian, Montréal, Écosociété, 2002 et *Le Profit avant l'homme*, Paris, Fayard, 2003 ; rééd. Paris, 10-18, 2004.

2. La Via Campesina est un mouvement international de paysans, né en 1993 ; en France, la Confédération paysanne (dont fait partie José Bové) en est membre.

internationale, liée à d'autres. Les systèmes de propagande dominants prétendent naturellement que la forme de mondialisation qu'ils préfèrent, celle des droits des investisseurs, est « la mondialisation », et que les efforts pour construire d'autres formes d'intégration internationale, qui mettent les droits des gens avant ceux des concentrations privées du pouvoir, sont une forme primitive et irrationaliste d'« antimondialisation ». Mais, comme d'habitude, c'est une erreur de succomber aux machinations de la propagande des pouvoirs centralisés. La question n'est pas la « mondialisation », mais plutôt une autre, très différente : quelle forme doit prendre l'intégration internationale, économique ou autre, et quelles doivent être ses priorités ? Sur ces questions, les mouvements en faveur d'une justice globale (comme il serait plus correct de les appeler) sont remarquablement explicites et détaillés dans leurs revendications. Naturellement, on ne l'apprendra pas en lisant les médias d'élite, mais il suffit de jeter un petit coup d'œil sur les programmes des réunions des Forums sociaux mondiaux à Porto Alegre, par exemple, pour voir qu'ils couvrent toute une gamme de questions de grande importance d'un point de vue humain, et il suffirait d'assister à leurs sessions pour découvrir des discussions sérieuses, souvent avec des programmes bien définis. C'est vrai aussi des conférences parallèles telles que celles de la Via Campesina. Même sur les problèmes spécifiques de l'Organisation mondiale du commerce (OMC), il y a des revendications bien définies, par rapport aux TRIMS, TRIPS, GATS [1], aux subventions, à la dette, aux programmes de développement indépendant, et beaucoup

1. Sigles désignant des accords internationaux sur les investissements, la propriété intellectuelle et les services.

d'autres choses. Et les préoccupations de ces divers mouvements, ainsi que leurs propositions, vont bien au-delà de cela, traitant d'un grand nombre d'autres problèmes.

JB. *Le mouvement n'est-il pas rempli de contradictions ? Il a l'air d'être puissant, et il est présent partout dans le monde, mais n'est-ce pas seulement parce qu'il rassemble beaucoup de protestataires avec cependant des programmes très différents ? Pour ne prendre qu'un seul exemple, le Sud réclame moins de protectionnisme de la part du Nord pour ses exportations ; mais si l'on accédait à sa requête cela entraînerait des pertes importantes d'emplois dans le Nord, ce qui ne plairait pas aux syndicats du Nord. Pour son développement, le Sud a besoin de plus de mondialisation (au moins d'un certain type), pas de moins.*

NC. Il est vrai que les médias internationaux présentent les questions dans ces termes, et il y a un élément de vérité qui se cache là-dedans comme c'est souvent le cas, même pour la propagande la plus vulgaire. Mais la réalité est tout autre. Pour comprendre pourquoi, il faut dépasser les formulations très abstraites et regarder les exemples concrets. Pour en prendre un parmi les plus importants, considérons l'Accord de libre-échange nord-américain (ALENA), qui est entré en application en 1994. L'image donnée par la propagande prétend que les besoins des travailleurs des États-Unis étaient en conflit avec la revendication du Mexique demandant moins de protectionnisme, et que les syndicats américains se sont opposés à l'ALENA pour cette raison. À l'extrémité la plus dissidente des médias de l'élite (qui ont soutenu l'ALENA avec force), Anthony Lewis, du *New York Times*, a reproché au mouvement syndical « arriéré, obscurantiste » ses tactiques « grossières et menaçantes » envers l'ALENA, motivées par la « peur du changement et des étrangers ». La réalité était radicalement différente, ce qu'on découvre en examinant la position officielle du mouvement syndical ainsi que la position d'autres mouvements populaires. Certes, il faut faire des efforts pour les découvrir. La position officielle du mouvement syndical des États-Unis était et reste éliminée des médias. C'est pareil pour l'analyse très semblable et les propositions du bureau de recherche du Congrès même, l'Office of Technology Assessment [OTA, le bureau de l'évaluation de la technologie] : également éliminées. On peut en apprendre un peu à leur sujet en lisant la littérature dissidente (j'ai écrit à ce sujet, par exemple, dans *Z Magazine* et dans un livre qui est paru en 1994, *World Orders Old and New*). Mais peu de gens sont au courant de leurs analyses et de leurs propositions. Le mouvement syndical et l'OTA étaient tous deux favorables à une version de l'ALENA, mais non pas à la version des chefs d'entreprise, qui était l'objet exclusif de l'attention des médias. Tous les deux ont expliqué que la version des chefs d'entreprise de l'ALENA serait nocive pour les travailleurs des trois pays concernés – ce qui s'est produit – un argument qui a aussi été bien documenté dans des rapports d'organisations de grand renom qui ont, eux aussi, été éliminés du débat de façon plutôt édifiante. Avec d'autres j'ai parlé de cela au Forum social mondial, par exemple. L'OTA et le mouvement syndical ont tous deux présenté des projets spécifiques pour une forme d'ALENA très différente, avec des financements de compensation et d'autres mécanismes qui permettraient une intégration économique étroite, mais par des moyens qui seraient bénéfiques, plutôt que nocifs, pour la masse de la population des trois pays participants. Cela contrastait avec la version des chefs d'entreprise qui, comme le soutenaient (apparemment avec raison) ces organisations, profiterait à des secteurs étroits possédant argent et pouvoir. Cela dit, l'ALENA (comme les règles de l'OMC) est loin d'être un « accord de libre-échange ». Si l'on jette un coup d'œil sur les faits, on voit que les questions ci-dessus devraient être reformulées de façon significative.

On pourrait aussi rappeler que le libre-échange, selon son très peu lu saint patron, Adam Smith, est fondé sur « la libre circulation du travail ». Et comme je l'ai déjà mentionné, Smith s'est clairement aperçu des dangers de la libre circulation du capital et il a cherché à montrer que cela serait évité « comme par une main invisible ». L'ALENA et l'OMC sont basés sur le principe contraire : le premier souci est la libre circulation du capital, et la libre circulation du travail n'est même pas prise en considération, du moins, si elle s'oppose aux intérêts de l'élite. À regarder de plus près, nous découvrons que lorsque l'ALENA fut établie en 1994, l'administration Clinton a également initié « l'Opération Gatekeeper » [opération gardien de porte], en militarisant la frontière entre le Mexique et les États-Unis. Comme la plupart des frontières, celle-ci est artificielle, et est le résultat des conquêtes. Elle avait été relativement perméable, de part et d'autre, avant l'ALENA. Mais les champions de l'ALENA ont reconnu que celle-ci produirait un « miracle économique » profitable aux grandes sociétés et aux riches et nocif au reste de la population, et ils voulaient faire obstacle à la « libre circulation du travail » du Mexique vers les États-Unis. Et cela se poursuit.

Les images de propagande sont très éloignées de la réalité, et il existe des propositions très concrètes concernant des formes alternatives d'intégration internationale qui pourraient bénéficier, en général, à la masse de la population.

Cela ne veut pas dire qu'il n'y aura pas de conflits, à l'intérieur des sociétés nationales ou entre elles. Bien sûr il y en aura. Cela fait partie de la vie humaine. Mais si cela montre que « le mouvement est rempli de contradictions », alors la même chose est vraie pour toute institution, pour tout effort humain. Par ailleurs, il n'y a pas de « mouvement » ; il y a plutôt beaucoup de mouvements imbriqués les uns aux autres, auxquels les individus peuvent s'associer de nombreuses façons, et de manière complexe. Il faut insister sur le fait qu'il y a très peu de gens qui s'opposent à « davantage de mondialisation », sauf si nous limitons le terme « mondialisation » à la version spécifique favorisée par les pouvoirs centralisés et appelée « mondialisation » par leurs systèmes doctrinaux et leurs médias.

**JB.** *Il y a un an, la Banque mondiale a publié une étude qui montre que la croissance aide les pauvres*[1]*. Pourquoi donc s'opposer à la croissance économique ? N'est-il pas pour le moins égoïste de la part des élites occidentales de s'opposer, aux dépens des pauvres, aux échanges, et, donc, à la croissance ?*

**NC.** Je suppose que vous faites allusion à l'étude de Dollar et Kraay, qui a été vivement critiquée pour ses erreurs de raisonnement par un certain nombre d'économistes internationaux, y compris l'économiste de Harvard Dani Rodrik[2]. Dans ce cas, il ne s'agit pas de savoir

1. Voir : David Dollar and Aart Kraay, « Growth Is Good for the Poor », World Bank Policy Research Department Working Paper n° 2587 (Washington). Et David Dollar and Aart Kraay, « Trade, Growth, and Poverty », World Bank Policy Research Department Working Paper n° 2615 (Washington). Disponibles sur : http://www.worldbank.org/research/growth.

2. Voir : Dani Rodrik, *Comments on « Trade, Growth, and Poverty » par D. Dollar and A. Kraay*, Harvard University, octobre 2000, disponible sur http://ksghome.harvard.edu/~drodrik/Rodrik%20on%20Dollar-Kraay.PDF.

si la croissance aide les pauvres (une question qu'on ne peut pas poser en ces termes, à moins de caractériser la « croissance » plus soigneusement), mais de questions plus étroites, spécifiquement, si oui ou non une baisse des barrières commerciales et une augmentation des échanges bénéficient aux pauvres, en favorisant la croissance. Il se peut qu'il existe un rapport entre la croissance et le commerce, mais il est au mieux obscur, et, comme le constatent les figures les plus marquantes de la théorie moderne de croissance, même s'il y a un rapport, personne ne sait quelle pourrait être la direction causale (d'après le prix Nobel d'économie Robert Solow, fondateur de la théorie moderne de la croissance, dans une interview récente dans la revue économique *Challenge* [1]). Certains spécialistes de renom de l'histoire économique ont fait observer qu'il serait en fait possible de conclure, sur la base des données historiques, que le protectionnisme augmente les échanges, et ils ont même suggéré une explication possible : le protectionnisme a eu tendance à augmenter la croissance, et la croissance augmente les échanges (Paul Bairoch [2]). Rodrik a soutenu que la croissance remarquable des exportations des « tigres » de l'Asie de l'Est est le résultat de la croissance de la production, et non l'inverse, et il est généralement admis que cette croissance de la production n'a pas été le résultat de l'application des maximes néolibérales, bien au contraire. En fait, les économistes internationaux

1. Voir « Three Nobel Laureates on the State of Economics – Robert Solow, Kenneth Arrow and Amartya Sen », Interview, *Challenge*, janvier 2000.

2. Voir Paul Bairoch, *Victoires et déboires : histoire économique et sociale du monde du XVI^e siècle à nos jours*, en trois tomes, Paris, Gallimard, 1997 ; *Mythes et paradoxes de l'histoire économique*, Paris, La Découverte, 1999 ; et *Le Tiers-Monde dans l'impasse*, Paris, Gallimard, 1992.

sérieux sont bien conscients du fait que l'économie internationale est un sujet qui est très mal compris, et ils n'offrent pas de généralisations hâtives à son sujet.

Qui s'oppose à la croissance économique et au commerce ? Keynes ? Herman Daly[1] ? Les paysans du tiers-monde et les environnementalistes du Nord qui partagent les mêmes préoccupations quant à la destruction de l'environnement ? Il est vrai que ceux-ci avancent des arguments sérieux contre la « croissance » et le « commerce » sans entrave. Nous devrions, pourtant, reconnaître que, tels qu'ils sont couramment employés, ces termes comportent un élément idéologique d'une portée considérable. La façon dont on mesure la croissance exclut les « externalités », et serait très différente si l'on prenait en compte des questions essentielles pour la vie humaine, telles que : le développement durable, les effets sur l'environnement, l'épuisement des ressources, le fait que l'on produise pour l'utilisation ou pour le profit, l'énorme transfert des coûts aux consommateurs associé à l'augmentation de la productivité (une autre notion hautement idéologique), et beaucoup d'autres choses. Ou prenons le cas du commerce. Depuis l'ALENA, les « échanges » entre les États-Unis et le Mexique ont augmenté, si l'on se réfère aux façons de les mesurer, hautement idéologiques, qui sont adoptées. Pourtant, la fraction des « échanges » qui ont lieu à l'intérieur d'une même grande société – c'est-à-dire, à l'intérieur d'énormes économies dirigées qui ont fondamentalement un caractère totalitaire – a augmenté d'environ la moitié ou des deux tiers. J'ai quelques doutes sur le fait qu'Adam Smith aurait appelé cela « des échanges », pas

1. Économiste partisan d'un développement écologique et durable ; voir entre autres : Herman Daly, *Beyond Growth : The Economics of Sustainable Development*, Boston, Beacon Press, 1997.

plus qu'il ne s'agit d'« échanges » quand General Motors transfère des pièces de l'Illinois à l'Indiana pour le montage, puis envoie le produit à New York pour la vente. Quant aux échanges véritables, nous en savons très peu de chose, parce qu'ils ne sont pas mesurés comme tels, mais il ne serait guère surprenant d'apprendre qu'ils ont diminué depuis l'ALENA.

On pourrait aussi soutenir, avec de bons arguments, que les adversaires les plus formidables de la croissance, et même du commerce, sont les champions du néolibéralisme. Parmi les pays qui ont suivi leurs règles, les taux de croissance ont baissé de façon significative sous le régime néolibéral[1] ; il y eut une croissance importante ailleurs, mais comme dans le passé, le refus des règles néolibérales semble avoir été un facteur significatif contribuant à cette croissance. Et comme l'a fait remarquer l'économiste international David Felix[2], la croissance apparente des échanges est en partie illusoire (même en utilisant le concept bizarre d'« échanges » que je viens de discuter) : le rapport entre la croissance des échanges et la croissance du PNB a augmenté, mais cela s'explique en grande partie par le ralentissement de la croissance économique, attribué par un grand nombre d'économistes éminents aux principes fondamentaux du néolibéralisme, tels que l'élimination des contrôles sur le capital et sur la régulation monétaire, qui faisaient partie

1. Voir, par exemple, les études du Political Economy Research Institute (http://www.umass.edu/peri/) et du Center for Economic and Policy Research (http://www.cepr.net/), ainsi que Noam Chomsky, *Failed States The Abuse of Power and The Assault on Democracy*, New York, Metropolitan Books, 2006.

2. David Felix, « Asia and the Crisis of Financial Liberalization », in Dean Baker, Gerald Epstein and Robert Pollin (éd), *Globalization and Progressive Economic Policy*, Cambridge, Cambridge University Press, 1998.

du système de Bretton Woods, démantelé il y a trente ans en faveur des mesures néolibérales.

En général, je ne peux pas répondre aux questions telles qu'elles sont posées parce que, encore une fois, elles sont basées sur les présuppositions que je ne vois aucune raison d'accepter – dans la mesure où j'arrive même à les comprendre.

**JB.** *Que dites-vous du préjugé antitechnologique du mouvement opposé à la globalisation ? Croyez-vous vraiment que, mettons, les OGM posent un sérieux risque pour la santé ? Ne s'agit-il pas là d'un exemple de la technophobie habituelle, qui a toujours existé ? Par ailleurs, qu'est-ce qui autorise les Occidentaux privilégiés à s'opposer à de telles technologies, adoptées par des pays pauvres, par exemple la Chine ?*

**NC.** Pourquoi devrais-je croire que les OGM représentent un risque sérieux pour la santé ? La question présuppose que les mouvements en faveur de la justice globale sont des organisations totalitaires dans lesquelles les participants doivent partager les mêmes croyances et les mêmes engagements, peut-être sous peine d'expulsion. Le fait est que je ne connais aucune preuve montrant que les OGM posent des risques sérieux pour la santé, ou même des risques tout court. Mais je crois aussi que les gens ont le droit d'adopter le « principe de précaution » s'ils le veulent, et de suspendre leur jugement jusqu'à ce qu'ils soient convaincus que j'ai raison sur ce point. Appeler cela de la « technophobie » est un peu comme si l'on appelait « technophobie » la volonté de tester les produits pharmaceutiques avant qu'ils ne soient approuvés pour la consommation publique. Il y a des questions de jugement par rapport à des questions incertaines, dans tous les cas de ce genre. Je ne sais pas quels sont les Occidentaux qui demandent à empêcher, en quelque sorte, les paysans chinois de cultiver des OGM, s'ils le souhaitent, donc je ne peux pas répondre à cette dernière question. Si la question est de savoir si des Occidentaux privilégiés, mettons, en Europe, choisissent d'observer le principe de précaution, pour eux-mêmes, dans ce cas particulier, allant à l'encontre de mon opinion, alors il faut leur demander à eux, et pas à moi, quelles sont leurs raisons. Il se fait que mon propre jugement est différent, mais ils ont le droit de prendre leurs propres décisions, sans tenir compte de mon opinion.

**JB. Q11.** *N'est-il pas vrai que toutes les formes d'auto-organisation selon les principes anarchistes se sont finalement effondrées (pensez aux diverses communautés dans les années 1960 et 1970, mais il y a eu aussi des expérimentations antérieures) ? Encore une fois, étant donné vos positions fermement innéistes (qui peuvent bien être correctes, là n'est pas la question), pourquoi pensez-vous que cela puisse changer ?*

**NC.** Par un raisonnement semblable, on aurait pu conclure au XVIIIe siècle que les tentatives d'établir la démocratie politique ou d'abolir l'esclavage ou de protéger les droits des femmes ou bien... ayant toujours échoué, pourquoi alors devrions-nous même essayer de promouvoir la paix et la justice et les droits de l'homme ? C'est là à coup sûr un piètre argument. Par ailleurs, cela n'a absolument rien à voir avec l'innéisme, à moins d'attribuer à l'innéisme l'idée que l'environnement (dans ce cas, un ensemble de structures de pouvoir d'une impressionnante complexité, etc.) n'a aucun effet sur le comportement humain. Cette position n'est pas du nativisme, mais plutôt de la démence. Je suis aussi en désaccord avec l'observation historique que vous faites. Il n'y a pas de « principes anarchistes » fixes, une sorte de catéchisme auquel il faudrait prêter allégeance. L'anarchisme, du moins tel que je le comprends (d'une façon qui est très bien justifiée je crois, mais c'est une autre question), est une tendance de la pensée et de l'action humaine qui cherche à identifier les structures d'autorité et de domination, à leur demander de se justifier, et, dès qu'elles en sont incapables (ce qui arrive fréquemment), à tenter de les dépasser. Loin de s'être « effondré », l'anarchisme se porte très bien. Il est la source de beaucoup de progrès – très réels – des siècles passés, y compris des années très récentes, depuis les années 1960 et 1970. Des formes d'oppression et d'injustice qui étaient à peine reconnues, et encore moins combattues, dans un passé récent, ne sont plus considérées aujourd'hui comme tolérables. C'est une réussite, pas un échec. Je pense que cela fournit quelques faibles indications quant à ce qui est fondamental dans la nature humaine, et quant à ce que nous découvrons sur nous-mêmes lorsque nous renversons les barrières qui s'opposent à cette autocompréhension, mais ce sont là d'autres questions.

**JB. Q12.** *Vous avez affirmé que la guerre du Kosovo avait eu l'effet de renforcer le pouvoir de Milosevic*[1]. *Mais cela n'était vrai au mieux qu'à très court terme, ainsi que l'ont montré les événements ultérieurs.*

**NC.** Je ne suis pas d'accord avec ces assertions factuelles. Les événements ultérieurs, je crois, tendent à appuyer le point de vue des militants pour les droits de l'homme et la démocratie à Belgrade, qui estimaient que la guerre du Kosovo a retardé le renversement du régime

1. Sur la guerre du Kosovo, voir Noam Chomsky : *Le Nouvel Humanisme militaire, « Leçons du Kosovo »*, préface de Gilbert Achcar, Lausanne, Page deux, 2000.

Milosevic. J'ai écrit là-dessus en d'autres endroits, comme l'ont fait d'autres personnes, et je ne comprends pas pourquoi il faudrait simplement présumer que l'évaluation de militants démocrates de premier plan, ou du vainqueur des élections [Kostunica], était fausse. Je ne pense pas qu'on puisse si facilement balayer l'opinion de la directrice du Centre de Belgrade pour les Droits de l'Homme, et de beaucoup d'autres militants anti-Milosevic, à savoir que le bombardement de la Serbie a effacé « les résultats de dix années de dur travail » de l'opposition démocratique. Peut-être la propagande occidentale, que la question présuppose, est-elle correcte, mais, pour la justifier, il faudrait des arguments plutôt que de simples affirmations.

**JB.** *En fait, on peut soutenir que les États-Unis ont donné beaucoup d'aide aux forces pro-occidentales en Serbie, et cela serait certainement admis en privé par les gens au pouvoir aujourd'hui à Belgrade ; tout d'abord, le pays sous Milosevic a été affaibli par des sanctions et des bombardements, d'autre part des financements massifs ont été accordés à l'opposition pendant la campagne électorale. On peut en dire autant du bloc soviétique, qui était affaibli régulièrement par les campagnes idéologiques et la course aux armements. Mais cela était principalement réalisé par les forces anticommunistes les plus dures d'Occident. Dans la mesure où vous considérez la chute du communisme comme une victoire de l'esprit humain, ne devriez-vous pas remercier ces forces-là pour cette victoire ?*

**NC.** Ce point de vue est probablement celui de ceux qui ont pu accéder au pouvoir à Belgrade, en sapant les efforts de longue date de l'opposition démocratique, et qui sont partisans des programmes néolibéraux pour toutes les raisons habituelles. Mais le mot « admis » va trop loin, parce qu'il présuppose que leur opinion est correcte, et cela exige des preuves et une argumentation. Être en conformité avec la propagande occidentale et avec la position de ceux qui ont accédé au pouvoir ne suffit pas. La formulation de la question présuppose aussi que les bombardements et les sanctions ont affaibli Milosevic, et non pas son opposition, mais on ne peut pas simplement présupposer ce point de vue : il doit être argumenté, et je ne connais aucun argument convaincant qui montre que les militants de l'opposition démocratique (ou même Kostunica) se trompent dans leurs analyses.

Quant à l'effondrement du bloc soviétique, il est vrai que l'extrême droite aux États-Unis adopte la position décrite dans la question, sans fournir le moindre argument sérieux, mais là encore, nous ne pouvons pas simplement présupposer que le système doctrinal – dans ce cas, sa composante chauvine la plus à droite – ait nécessairement raison. Des études universitaires conservatrices respectées concluent que de telles assertions sont sans fondement ; Raymond Garthoff[1], pour ne citer qu'un exemple bien connu et de grande notoriété, a soigneusement passé en revue ces assertions et il est arrivé à la conclusion, sur la base de recherches dans les archives russes et d'autres matériaux, qu'elles sont sans substance.

Néanmoins, on peut avancer un argument plutôt convaincant selon lequel l'administration Kennedy a apporté une contribution significative à l'affaiblissement de l'Union soviétique, en rejetant les propositions de Khrouchtchev pour une réduction mutuelle de forces

1. Raymond Garthoff, *The Great Transition, American-Soviet Relations and the End of the Cold War*, Washington, Brookings Institution Press, 1994. Et Raymond Garthoff, *A Journey through the Cold War, A Memoir of Containment and Coexistence,* Washington, Brookings Institution Press, 2001.

militaires offensives et en réagissant aux coupes claires et unilatérales faites par Khrouchtchev dans le budget militaire soviétique par une énorme augmentation des dépenses militaires américaines, afin d'augmenter de façon importante l'avantage militaire déjà énorme des États-Unis ; et par ses actions pendant la crise des missiles à Cuba, affaiblissant Khrouchtchev encore davantage en refusant péremptoirement d'annoncer publiquement que les États-Unis n'envahiraient pas Cuba et que les États-Unis retireraient leurs missiles nucléaires Jupiter de la Turquie (qui étaient en train d'être remplacés par des sous-marins Polaris bien plus meurtriers) [1]. Ces décisions ont mis fin aux tentatives de Khrouchtchev pour transférer des ressources du militaire vers le développement économique. Il fut remplacé, ses initiatives réformistes furent abandonnées, et la Russie se tourna vers l'accumulation massive d'armements dans l'effort (désespéré) de rattraper les États-Unis. Cela mena à une course aux armements renouvelée, à une menace accrue de destruction nucléaire, et à la stagnation de l'économie soviétique. Exactement comme Khrouchtchev l'avait soutenu dans des documents internes (ce que nous savons grâce à l'ouverture des archives), la Russie ne pouvait absolument pas concurrencer l'économie beaucoup plus riche des États-Unis dans la course aux armements. Une analyse plausible serait la suivante : le type de réformes tentées bien trop tard par Gorbatchev aurait pu être initié dans les années 1960, de sorte que l'on aurait assisté à une transition bien plus constructive de la société et de l'économie russe, évitant les conséquences

1. Pour une discussion approfondie à propos de la crise des missiles de Cuba en 1962, voir Noam Chomsky, *Dominer le monde ou sauver la planète ? L'Amérique en quête d'hégémonie mondiale*, Paris, Fayard, 2004 ; rééd. Paris, 10-18, 2005.

catastrophiques des années 1990 et de nombreuses autres tragédies entre-temps.

Naturellement nous ne pouvons pas savoir avec certitude ce qui aurait pu se passer, mais c'est là une interprétation plus plausible que ne l'est la version courante donnée par la droite chauvine sur les effets de la course aux armements, et sur les effets des campagnes idéologiques dures. Qui, ne l'oublions pas, étaient largement conçues et appliquées pour soutenir de vastes atrocités telle la répression qui a sévi en Amérique latine et ailleurs dans le monde, sous prétexte de « lutte contre le communisme », et cela au prix d'un nombre terrifiant de victimes ; tout cela n'intéresse ni les intellectuels aux États-Unis ni leurs homologues européens, à part quelques exceptions.

## Science et philosophie

**JB.** *Je sais que vous rejetez souvent les mots « polysyllabiques » comme philosophie, mais au moins deux philosophes, McGinn et McGilvray (peut-être d'autres encore) ont écrit des livres*[1] *qui sont inspirés, disent-ils, par votre philosophie*[2]*. Permettez-moi donc de poser quelques questions sur vos idées « philosophiques ».*

1. Colin McGinn, *Problems in Philosophy. The Limits of Enquiry*, Oxford, Blackwell, 1993. James McGilvray, *Chomsky. Language, Mind, and Politics*, Cambridge, Polity Press, 1999.

2. Sur la « philosophie » de Chomsky, en particulier sur les questions discutées ici, voir (en français), *La Linguistique cartésienne, un chapitre de l'histoire de la pensée rationaliste,* Paris, Seuil, 1969 ; *Réflexions sur le langage*, Paris, F. Maspero, 1977 ; Paris, Flammarion, 1981 ; *Le Pouvoir mis à nu*, Montréal, Écosociété, 2002 ; *Nouveaux Horizons dans l'étude du langage et de l'esprit*, Paris, Stock, 2005 ; et *Sur la nature humaine : Comprendre le pouvoir. Interlude*, avec Michel Foucault, Bruxelles, Aden, 2006.

**NC.** Soyons clairs, je n'ai aucune objection au mot « philosophie », ni à la philosophie. Les « mots polysyllabiques » que je n'aime pas sont ceux qui sont conçus, pour autant que je puisse le voir, afin de rendre obscur ce que l'on peut dire de façon simple, en créant une impression fausse de profondeur. Je ne prétends à aucune originalité sur ce point. C'est un des principaux thèmes de la philosophie anglo-américaine du XX$^{e}$ siècle, et de ses prédécesseurs du XVIII$^{e}$ siècle (y compris des Lumières françaises et écossaises), pour lesquels j'ai beaucoup de sympathie.

**JB. Q1.** *Vous donnez souvent l'impression d'être un réaliste, un scientifique terre à terre, peut-être même le dernier positiviste (voir la question 5, ci-dessous). Par contre, vos idées innéistes ont un fort aspect constructiviste. Parfois, vous suggérez que l'expérience a peu d'impact sur notre vue du monde, qui se développe surtout selon des mécanismes internes. Vous semblez représenter une version biologique de Kant. Mais comment concilier ces deux points de vue ? Si notre vision du monde est à ce point donnée* a priori, *alors comment peut-elle être objective ? Ou bien est-elle seulement une construction mentale, qui a peu de contact avec la réalité ? Ou y a-t-il une coïncidence entre les deux, et la considérez-vous comme une sorte d'accident ? Et dans ce cas, comment l'expliquer ? Vous ne croyez sûrement pas à quelque harmonie préétablie ? Cette coïncidence s'explique-t-elle par la sélection naturelle ?*

**NC.** Je ne suggère jamais que l'expérience a peu d'impact sur notre vue du monde. J'adopte plutôt le point de vue qui est courant dans les sciences biologiques envers les organismes, y compris humains. Ce que l'on appelle nos « états mentaux », comme d'autres états de l'organisme, sont déterminés par l'interaction entre des facteurs déterminés génétiquement, l'expérience, et l'action des lois de la nature extra-organique. Nous cherchons à comprendre cette interaction et ses effets, sans imposer d'*a priori*. Je ne connais aucune raison pour supposer que les « facultés humaines supérieures » se situent d'une façon ou d'une autre en dehors de la nature. Il existe une sorte de « version biologique de Kant », explicitement développée, pratiquement dans ces termes, par Konrad Lorenz, et je pense que la formulation est plutôt sensée, mais pour d'autres raisons. La vague similitude avec Kant résulte du fait que Kant faisait appel à des idées antérieures avec lesquelles il existe une similitude bien plus grande : celles des cartésiens et des néoplatoniciens du XVIIe siècle en particulier. Cela est parfois discuté dans des œuvres classiques de l'histoire de la philosophie, par Arthur Lovejoy par exemple [1]. J'ai écrit à ce sujet il y a plusieurs années. James McGilvray, dans le livre que vous citez, explore davantage ces questions.

Il n'y a pas à concilier les deux points de vue [que vous mentionnez], pas plus que nous ne devons concilier notre connaissance du système visuel des mammifères avec la conception habituelle du « scientifique terre à terre » selon laquelle il existe un monde réel indépendant de nos perceptions (et indépendant aussi des perceptions très différentes d'une abeille ou d'un pigeon dans le même monde extérieur donné).

Une question demeure : comment se fait-il que nos interprétations du monde extérieur soient plus ou moins réalistes ? Cela fait partie des questions traditionnelles et

1. Voir Arthur O. Lovejoy, « Kant and the English Platonists », in *Essays Philosophical and Psychological, in Honor of William James*, New York, Longmans, Green and Co, 1908 et *The Great Chain of Being, A Study of the History of an Idea*, New York, Harper and Row, 1936 ; Cambridge, Harvard University Press, 2005. Voir aussi Noam Chomsky, *La Linguistique cartésienne, un chapitre de l'histoire de la pensée rationaliste,* Paris, Seuil, 1969.

importantes qui existent à propos des abeilles et des pigeons. Dans le cas des êtres humains, une question supplémentaire apparaît néanmoins : comment se fait-il que nos efforts intellectuels, dans les sciences, soient en mesure de nous montrer que nos interprétations intuitives de sens commun nous égarent considérablement, et comment ces efforts peuvent-ils mener à une compréhension plus profonde du véritable monde extérieur, dont nous supposons qu'il existe ? Ce sont des questions sérieuses sur les abeilles, les pigeons, d'autres organismes, et, de façon apparemment unique, sur les êtres humains et leurs efforts intellectuels conscients. Avec raison, elles ont préoccupé de nombreux philosophes à travers les âges. Dans notre période post-darwinienne, il est devenu conventionnel d'adopter la formule selon laquelle tout cela est le résultat de la sélection naturelle. Cela ne pose pas de problème, tant que nous avons conscience du fait que nous ne disons que peu de chose lorsque nous répétons cette formule, tout en n'accomplissant pas le travail nécessaire pour qu'elle devienne significative. En effet, la simple répétition de ce slogan dit seulement que les organismes ne pourraient pas survivre assez longtemps pour se reproduire s'ils étaient si peu adaptés à leur environnement, qu'ils ne puissent survivre assez longtemps pour se reproduire. Cela est sans doute vrai, mais pas très instructif. C'est ici que les questions sérieuses apparaissent, et ce sont des questions difficiles.

Certains philosophes influents, dont Charles Sanders Peirce, ont soutenu que les capacités intellectuelles à l'œuvre dans la recherche scientifique mènent à la vérité grâce à la sélection naturelle, mais cela reste très peu convaincant : la capacité à résoudre les problèmes de la mécanique quantique, ou même d'étapes plus primitives des sciences, n'est pas, pour autant que nous le sachions, un facteur dans l'évolution humaine. Ainsi nous reste-t-il encore des questions scientifiques non résolues, à ajouter à la longue liste qui existe déjà – heureusement pour ceux qui apprécient la quête du savoir et de la compréhension.

**JB. Q2.** *En discutant de l'esprit et du corps, vous dites parfois que la physique a démontré que « rien n'est une machine ». Mais votre propre vue de l'esprit n'est-elle pas très mécanique ? Les gens construisent la grammaire de leur langue maternelle, sur la base de données fragmentaires, selon des règles innées. Vraisemblablement ils font de même avec d'autres propriétés mentales – peut-être même avec leurs convictions éthiques. Tout cela me semble très mécanique –, J. de La Mettrie avec son esprit-machine (à qui vous faites parfois allusion) serait bien content.*

**NC.** Cette question opère un amalgame entre des notions tout à fait différentes de ce qu'est une « machine ». De La Mettrie semble avoir adopté la conception usuelle de ce qu'on appelle la « philosophie mécanique » : une machine est quelque chose avec des engrenages et des leviers, comme une horloge complexe, avec des interactions résultant de contacts directs. Mais, comme Newton l'avait déjà démontré, tout en étant lui-même consterné et incrédule face à cette idée, le monde ne fonctionne pas comme ça. Après Newton, on est arrivé petit à petit à comprendre cela, mais non sans une résistance considérable, même de la part des scientifiques les plus éminents [1].

1. Pour une discussion plus approfondie, voir Noam Chomsky, *Nouveaux Horizons dans l'étude du langage et de l'esprit*, Paris, Stock, 2005, et *Sur la nature humaine : Comprendre le pouvoir. Interlude*, avec Michel Foucault, Bruxelles, Aden, 2006.

Si en revanche, on entend par « mécanique » ce qui fonctionne en accord avec des principes physiques déterministes, alors la croissance d'un organisme (pour autant que nous sachions), y compris l'acquisition du langage, et d'autres systèmes cognitifs (éthiques, etc.), est mécanique – il en va de même pour le système solaire, bien qu'il ne soit pas une machine au sens où l'entendaient Galilée, Descartes, Newton, et d'autres pionniers de la révolution scientifique moderne. Mais là n'est pas la question. De La Mettrie, pour sa part, n'a absolument pas réussi à apprécier ni à aborder les problèmes majeurs qu'avaient soulevés Descartes et ses disciples à propos des limitations évidentes des machines, limitations qui n'avaient rien à voir avec l'acquisition du langage ni avec d'autres « systèmes mentaux », mais plutôt avec leur utilisation, ce qui est tout autre chose.

Ce sont des réflexions sur l'utilisation du langage qui avaient amené Descartes et ses disciples (ainsi que quelques-uns de ses prédécesseurs, tel Juan Huarte) à se demander si les êtres humains appartiennent oui ou non à la catégorie des machines ? Bien sûr, comme Newton l'a démontré, rien n'appartient à cette catégorie, dans le sens de « machine », tel qu'il était généralement admis à l'aube de la révolution scientifique moderne, et que de La Mettrie apparemment acceptait encore. Mais cela laisse sans réponse les questions non triviales concernant les choix effectués lorsque l'on agit, questions qui avaient préoccupé les cartésiens et les autres. L'utilisation quotidienne de la langue servait, pour eux, d'exemple spectaculaire et particulièrement clair (mais pas unique) de ce genre de problèmes.

Descartes n'aurait pas considéré l'acquisition du langage (ou d'autres facultés cognitives) comme problématiques, et, par conséquent, il n'a jamais avancé l'idée que ces facultés mettaient en question la philosophie mécanique. La façon dont nous utilisons le langage est un tout autre problème.

**JB. Q3.** *Vous écartez souvent le problème du corps et de l'esprit en disant que nous n'avons pas de concept fixe de « corps ». Certes, mais qu'importe ? Nous avons un concept fixe de corps à une certaine échelle : la mécanique des fluides n'a pas changé radicalement avec l'avènement de la mécanique quantique, et le mouvement des planètes peut toujours, pour l'essentiel, être expliqué par les lois de Newton. Ainsi, si des découvertes nouvelles nous attendent en ce qui concerne les quarks ou les cordes, il y a peu de chance qu'elles affectent notre conception des cellules et des connexions neuronales dont est composé le cerveau. Mais, même en faisant abstraction de tout cela, la façon traditionnelle de poser le problème du corps et de l'esprit est de dire que, quoi que vous puissiez connaître à propos des cellules et de leurs connexions, vous n'allez pas en voir émerger les sensations, par exemple, la douleur (à moins de connaître ces sensations par expérience directe). Les sensations ne font tout simplement pas partie de nos descriptions physiques, parce que celles-ci sont quantitatives, tandis que celles-là possèdent un aspect irréductiblement qualitatif.*

**NC.** Ce qui « importe » dépend de ce qui nous intéresse. Ceux qui s'intéressent au problème du corps et de l'esprit doivent commencer par nous dire ce qu'ils entendent par « corps ». Galilée, Descartes et Newton pouvaient le faire, mais les post-newtoniens se sont petit à petit rendu compte que ce que Newton regardait comme une « absurdité », qu'aucune personne raisonnable ne pouvait prendre au sérieux, est finalement vrai : il n'y a pas de corps (machines, monde physique) dans le sens où c'était une évidence pour Newton et ses prédécesseurs, et rien n'a remplacé cette notion. C'est un moment remarquable dans l'histoire de la science, car il a de nombreuses conséquences, y compris un changement significatif affectant les normes mêmes de ce qui constitue l'intelligibilité scientifique.

Comme l'a reconnu le principal historien de la science du XIX^e siècle, Friedrich Lange[1], cette prise de conscience, qui s'est imposée petit à petit, marque la fin du matérialisme en tant que doctrine intéressante. Aucun problème significatif à propos du corps et de l'esprit ne subsiste. Il nous reste la position exprimée avec beaucoup de lucidité par des scientifiques de la fin du XVIII^e siècle, tels que Joseph Priestley, qui ont conclu que ces propriétés « appelées mentales » sont le résultat de la « structure organique du cerveau ». Cela aurait dû mettre fin à la discussion du problème du corps et de l'esprit, qui a été alors reconnu comme fictif, et qui a laissé la place à l'énorme et fascinant problème scientifique de savoir comment la structure organique du cerveau produit les propriétés appelées mentales. Malheureusement, la compréhension de ces questions a régressé considérablement au cours des deux derniers siècles, de sorte qu'aujourd'hui d'éminents philosophes et scientifiques répètent les observations de Priestley, souvent en utilisant pratiquement les mêmes mots, et en les présentant comme une « hypothèse stupéfiante[2] », « une idée radicalement nouvelle dans la philosophie de l'esprit » ou « une hypothèse hardie » ou encore la principale idée spectaculaire de la neurophysiologie actuelle, etc. Si nous nous rendons compte que nous sommes en train de répéter des

1. Friedrich-Albert Lange, *Histoire du matérialisme et critique de son importance à notre époque*, Paris, Coda, 2004 (édition originale en allemand, 1873).

2. Allusion au livre de Francis Crick, *L'Hypothèse stupéfiante. À la recherche scientifique de l'âme*, Paris, Plon, 1994.

truismes familiers il y a deux siècles, nous pouvons laisser tout cela de côté et nous tourner vers les problèmes difficiles.

Une doctrine contemporaine consiste à affirmer que le rôle particulier des sensations (la conscience, etc.) constitue le « problème difficile ». Mais cela n'est pas le problème traditionnel de l'esprit. Descartes, par exemple, regardait le libre choix de l'action adapté à des situations mais non causé par elles, ni par des états internes, comme étant le vrai critère de l'esprit ; ses disciples ont eux cherché à concevoir des tests expérimentaux qui nous permettraient de juger si oui ou non une autre créature possède un esprit comme le nôtre. On pourrait voir ces tests comme précurseurs du test de Turing [1], sauf qu'ils étaient beaucoup plus sérieux. Les tests développés par Cordemoy, par exemple, étaient assez semblables au test du papier de tournesol pour l'acidité [2] : il s'agissait de déterminer si un objet donné possédait la propriété d'avoir un esprit, au sens de la science des cartésiens. Comme je l'ai déjà fait remarquer, cette question a disparu avec Newton, ou en tout cas aurait dû disparaître. En revanche, le test de Turing, que beaucoup de philosophes contemporains et de chercheurs en sciences cognitives considèrent comme ayant une signification essentielle pour leur discipline, n'est pas proposé dans un cadre réellement scientifique : il ne s'agit pas d'un effort pour découvrir un quelconque aspect du monde réel,

1. Test consistant à voir si un ordinateur est capable de donner des réponses à une série de questions (non définies à l'avance) d'une façon telle que quelqu'un qui ne verrait que les questions et les réponses serait incapable de deviner si ces dernières sont fournies par un être humain ou par une machine. Bien entendu, les ordinateurs actuels sont incapables de passer ce test.

2. Voir Noam Chomsky, *Nouveaux Horizons dans l'étude du langage et de l'esprit*, Paris, Stock, 2005, chapitre 5.

mais plutôt d'une question de terminologie. Turing lui-même était parfaitement clair sur ce point, mais, à mon avis, d'autres se sont sérieusement mépris sur ce dont il s'agissait.

Je crois que les problèmes qui préoccupaient Descartes au cours de ses méditations sur l'esprit restent aussi obscurs qu'ils ne l'étaient déjà à son époque (quoique d'autres personnes ne soient pas d'accord avec moi). Il en va de même pour d'autres problèmes souvent trop difficiles pour être abordés, et qui, abandonnés, restent non résolus. Quant aux sensations et à la conscience, la première tâche serait de formuler le problème suffisamment clairement pour qu'il soit abordé. Cela ne nous apprend rien de dire que les sensations possèdent un « aspect qualitatif irréductible » – c'est vrai pour nous et, vraisemblablement aussi, pour les abeilles et les pigeons (même si on ne peut pas leur poser la question). Cela ne nous avance pas de nous poser la question suivante : « Que ressent-on si on est moi ? » ou « si on est une chauve-souris[1] » ? Une question a un sens dans la mesure où nous pouvons penser à des réponses possibles : sinon, il s'agit d'une expression qui a une forme interrogative, mais qui n'est pas une question à laquelle on peut apporter une réponse. Et, dans ce cas, il est difficile, sinon impossible, de formuler une réponse cohérente, même erronée.

Chaque scientifique sait que le fait de formuler une question qu'on peut étudier sérieusement n'est pas une

1. Chomsky fait allusion au célèbre article de Thomas Nagel, « What is it like to be a bat ? ». Dans cet article, Nagel explique que nous n'avons aucun moyen de savoir ce que *ressent* une chauve-souris lorsqu'elle utilise son sonar, et cela même si nous connaissions dans les moindres détails le fonctionnement de son cerveau. Voir Thomas Nagel, *Questions mortelles*, Paris, PUF, 1983.

affaire triviale, et une formulation réussie est parfois capable d'ouvrir des domaines de recherche scientifique complètement nouveaux. Le passage de la perplexité à la formulation d'une question significative est souvent un exploit considérable de l'intelligence et de l'imagination. Sur les problèmes fondamentaux de l'esprit, tels que ceux posés par Descartes, ou ceux qui sont l'objet des préférences contemporaines, c'est la perplexité qui prévaut.

**JB. Q4.** *Vous avez souvent été interrogé (par exemple, sur Znet*[1]*) par ceux qui adhèrent aux théories non virales du sida. D'après vos réponses, on dirait que votre foi dans la science officielle est sans réserve. Pourtant, lorsque vous parlez de l'économie, vous êtes plutôt sceptique envers cette science, surtout envers les experts de la Banque mondiale et du FMI. Ne s'agit-il pas d'un cas de « deux poids, deux mesures », qui est politiquement motivé ? Vous n'aimez pas les conclusions des économistes, surtout ceux qui adhèrent au marché libre, tandis que la véritable origine du sida vous laisse indifférent. Puisque vous n'êtes ni économiste ni biologiste, qu'est-ce qui vous permet de faire confiance à certains experts et pas à d'autres ?*

**NC.** Je ne suis pas du tout sceptique envers la science économique. S'il m'arrive de m'intéresser aux conclusions de la Banque mondiale ou du FMI, j'examine leurs suppositions, les théories sous-jacentes et les phénomènes du monde réel assez attentivement pour me permettre de tirer quelques conclusions qui me semblent raisonnables. Que j'y arrive ou pas, c'est aux autres de juger. Il se fait que les théories non virales du sida ne m'intéressent pas, et je ne vois pas de raison de m'y intéresser. Mais si cela m'intéressait, je ferais de même. En fait, j'ai regardé un

1. Site sur lequel Chomsky répond à diverses questions qui lui sont posées : http://blog.zmag.org/blog/13.

certain nombre d'articles qui prétendent mettre en question les théories généralement acceptées sur le sida, et j'ai discuté de cela avec des scientifiques et des médecins éminents, et je n'ai trouvé aucune raison de douter de leur jugement, à savoir que les théories non virales sont mal fondées. Ne voyant aucune raison de poursuivre la question plus avant, je l'ai laissée tomber, de même que pour d'innombrables questions dans d'autres domaines.

Je n'y vois aucun « deux poids, deux mesures », à part le fait qu'aucun être humain ne peut maîtriser toutes les disciplines, et il faudrait être fou pour essayer de le faire. Je ne saisis pas la suite de la question. Sur la porte de mon bureau, il est écrit « linguiste », mais est-ce que cela veut dire que je suis expert en hittite ? Sur la porte de celui d'un ami qui travaille sur les macromolécules, il est écrit « biologiste ». Est-ce que cela veut dire qu'il est un expert sur le sida ? Il est écrit « économiste » sur la porte d'un autre ami. Est-ce que cela veut dire qu'il sait expliquer comment les dépenses militaires ont servi de couverture pour une grande partie de la « nouvelle économie », ou quels sont les effets du néolibéralisme au Brésil ? Nous entreprenons des recherches sur les sujets que nous trouvons intéressants et importants. Pour le reste, nous dépendons d'autres personnes que nous avons quelque raison de croire plus ou moins fiables, tout comme je ne suis pas obligé de suivre un cours avancé en ingénierie avant de traverser un pont.

**JB. Q5.** *Vous plaidez souvent en faveur du monisme méthodologique*[1]*, en rejetant l'application de méthodes non scientifiques lors de l'étude des « êtres humains au-dessus du*

---

1. L'idée que l'être humain « au-dessus du cou », comme dit métaphoriquement Chomsky, c'est-à-dire l'objet de la psychologie et de la sociologie, doit être étudié avec les mêmes méthodes scientifiques que celles utilisées pour étudier le reste de l'univers.

*cou ». Dans ce sens, vous pouvez être considéré comme le dernier positiviste. Mais n'est-ce pas trop simple ? Il existe une vaste école de pensée, avec de nombreuses sous-disciplines, qu'on peut appeler approximativement « herméneutique ». Cette école est importante depuis toujours en Europe continentale et se développe actuellement aux États-Unis suite à la disparition du positivisme et à la montée du post-modernisme. Son argument principal est de dire qu'il y a beaucoup de situations, ayant une grande importance humaine, qu'on ne peut pas étudier par les méthodes scientifiques ordinaires. Par exemple, les sensations humaines subjectives dans certaines situations (d'oppression par exemple), ou ce qui motive les réactions humaines et ainsi de suite. Est-ce que vous rejetez cette approche comme non scientifique ? Et si c'est le cas, n'est-ce pas une attitude qui trahit une certaine insensibilité quant à l'importance humaine de telles questions ?*

**NC.** Je ne sais pas ce que signifie ici « positivisme ». S'il s'agit du positivisme de Comte, il a disparu il y a bien longtemps, du moins dans les domaines que je connais un peu. S'il s'agit du « positivisme logique » de Carnap, il a été l'objet d'une incompréhension complète et je ne suis pas au courant du fait qu'il ait disparu, du moins sous sa forme réelle. Si la question est de savoir si l'on devrait adopter les méthodes d'investigation rationnelle en étudiant « les êtres humains au-dessus du cou », alors oui, je suis positiviste dans ce sens, comme toute personne qui croit à l'investigation rationnelle (par définition). Si la question présuppose qu'il existe une différence entre l'investigation rationnelle et les méthodes de la science, je ne peux pas répondre avant qu'on ne m'explique cette différence. Quant à la signification du « positivisme » dans la littérature post-moderne et herméneutique, je ne peux rien en dire, parce que ce à quoi cette littérature semble faire référence, dans la mesure (limitée) où je la comprends, ne ressemble guère à des choses qui me sont connues, ni à ce qu'on a appelé « positivisme », du moins dans les traditions intellectuelles qui me sont plus ou moins familières.

Si ceux qui travaillent dans les traditions herméneutiques et post-modernes ont quelque chose d'intéressant ou d'instructif à dire sur les vastes domaines où l'investigation rationnelle (scientifique) ne nous apprend pas grand-chose, je serai le premier à l'applaudir. Mais il est « trop simple » – pour emprunter votre expression – de dire d'une voix profonde en prenant une allure sombre que nous sommes en train de réfléchir sur le problème des « sensations humaines subjectives dans certaines situations (d'oppression par exemple), ou ce qui motive les réactions humaines, etc. ». J'y réfléchis aussi, mais je regrette de dire que j'en apprends davantage en lisant la littérature qu'en lisant de volumineux ouvrages herméneutiques ou post-modernes. Il se peut bien qu'il s'agisse là de mes propres limitations intellectuelles.

Je ne peux pourtant pas m'empêcher d'être frappé par quelque chose de singulier. Si j'ouvre les pages d'une revue professionnelle en science ou en mathématiques, d'habitude je n'y comprends pas grand-chose. Mais s'il se fait que j'aimerais en apprendre davantage, je sais ce que je dois faire, et parfois je l'ai fait. D'habitude la tâche est trop ardue et éloignée de mes propres préoccupations. Néanmoins, si cela m'intéresse d'en comprendre davantage, je sais exactement ce qu'il faut faire : demander à quelqu'un qui est spécialisé dans ces domaines de m'expliquer ce que je veux savoir à un niveau qui correspond à mon intérêt et à ma compréhension. Et il est fréquent qu'ils satisfassent cette demande, du moins lorsqu'ils maîtrisent sérieusement leur discipline. Mon expérience se révèle être très différente dès que j'essaie de lire de la littérature herméneutique ou post-moderne. Parfois j'ai l'impression de comprendre, mais dans ces cas-là je ne vois pas pourquoi on ne dit pas les choses beaucoup plus simplement (ce qui pourrait, bien sûr, indiquer que je ne saisis pas ce qui est dit). Mais dès qu'on me dit, ou que je reconnais, que je ne comprends pas, je ne sais comment procéder pour arriver à une meilleure compréhension, et ceux qui pratiquent ces arts ne semblent pas capables de m'expliquer ni le contenu de ce qui est dit, ni les éclaircissements qui résulteraient de cette compréhension, à l'inverse de ce qui se passe habituellement dans les sciences, les mathématiques, la composition musicale ou dans d'autres domaines.

Peut-être existe-t-il diverses raisons à ces différences. Peut-être ces entreprises intellectuelles ont-elles atteint des niveaux de profondeur ignorés jusqu'ici. Peut-être me manque-t-il un gène. D'autres possibilités me viennent néanmoins à l'esprit. Je ne me prononce pas sur ces questions-là, mais je ne vois absolument pas de fondement à l'accusation portée à mon endroit, à savoir que le fait que je ne réussis pas à comprendre des œuvres que personne n'arrive à me rendre compréhensibles signifierait que je suis « insensible » ou que je montrerais une absence d'intérêt à des questions d'« une grande importance humaine ».

Avec une certaine hésitation, J'ai parfois accepté, de participer à des discussions publiques autour de ces questions-là, en compagnie de personnalités marquantes et, dans certains cas même, avec des amis proches. J'ai le regret de dire que ces discussions m'ont laissé aussi perplexe après qu'avant. Je ne peux vraiment pas en dire plus que ce qui a déjà été publié [1].

1. Pour un exemple de telles discussions, voir Noam Chomsky « Le vrai visage de la critique post-moderne », *Agone*, n° 18-19, 1998, p. 47-62.

**JB. Q6.** *Il y a actuellement une nouvelle tendance intellectuelle au sein des sciences sociales, connue sous l'étiquette de « darwinisme », et ses adeptes sont très déçus par votre attitude. D'une part, ils vous étaient très reconnaissants d'avoir ramené la problématique de la nature humaine au centre du débat intellectuel. Ils ont applaudi votre critique du behaviorisme, par exemple. Mais, par la suite, vous avez l'air de refuser de franchir le pas suivant, à savoir admettre que la nature humaine a été formée par l'évolution et que le seul mécanisme connu qui fait avancer l'évolution est la sélection naturelle.*

**NC.** Je ne l'« admets » pas seulement, *j'insiste* sur le fait que la nature humaine a été formée par l'évolution. Quelle alternative y a-t-il ? Qu'elle soit créée par quelque divinité ? Mais je n'« admets » pas que « le seul mécanisme connu qui fasse avancer l'évolution soit la sélection naturelle », pas plus que je n'« admets » ce que tout biologiste sait être faux. C'est un truisme que de dire que l'évolution se fait à l'intérieur de contraintes fixées par les lois physiques et chimiques, et c'en est un autre que de dire que ces lois « font avancer » l'évolution. Il est aussi bien établi qu'il existe beaucoup d'autres processus impliqués dans l'évolution en dehors de la sélection naturelle. Que la sélection naturelle soit un facteur essentiel dans l'évolution ne fait pas de doute. Mais ce qui est toujours très incertain c'est le rôle qu'elle y joue. Il est inutile de faire ses dévotions dans un temple que chaque biologiste sait être dédié à un faux dieu.

**JB.** *Alors, pourquoi ne pas utiliser la pensée adaptative pour deviner quels éléments pourraient faire partie de la nature humaine ?*

**NC.** Comment pourrait-on faire une objection à cela ? Ce n'est assurément pas ce que je fais. Ceux qui trouvent cette façon de penser utile pour leurs spéculations doivent sans aucun doute procéder de cette manière. Mais, comme on le sait, la tâche, exprimée dans ces termes-là, est à la fois trop facile et trop difficile. Trop facile, parce qu'il y a d'innombrables conjectures qui viennent rapidement à l'esprit dès qu'il s'agit d'un cas intéressant – par exemple si l'on prend celui de l'évolution du langage humain. Trop difficile, parce que nous savons trop peu de chose pour pouvoir évaluer ces conjectures. Mais, encore une fois, si les spéculations adaptationnistes mènent à des conjectures ayant une certaine plausibilité, et que de plus on peut les explorer, qui pourrait objecter quoi que ce soit ? Certainement pas moi.

**JB.** *Bien entendu, toute conjecture doit être vérifiée de façon indépendante, mais n'est-ce pas là une façon naturelle de procéder ? Encore une fois, votre opposition ne serait-elle pas politiquement motivée, du fait que la conception darwinienne de la nature humaine n'est pas aussi optimiste que celle à laquelle vos idées anarchistes vous amènent à souscrire ?*

**NC.** Puisque je n'ai pas d'opposition à cette approche, cette opposition n'est motivée ni par la politique ni par rien d'autre. Il n'y a pas de « conception darwinienne de la nature humaine » qui ait un contenu substantiel, donc elle ne peut être ni optimiste ni pessimiste. Mes « idées anarchistes » ne sont ni plus ni moins darwiniennes que celles de ceux qui préfèrent adopter des conclusions pessimistes. Quelles que soient les raisons pour lesquelles ces positions sont adoptées – il ne s'agit certainement pas de raisons biologiquement ou historiquement fondées. Peut-être y a-t-il des motivations politiques derrière le rejet habituel des spéculations « darwiniennes » de Kropotkine, selon lesquelles l'aide mutuelle est un facteur dans l'évolution suggérant par là que l'évolution humaine tend donc naturellement vers l'anarchisme communiste. Peut-être y a-t-il de telles motivations derrière la position adoptée par de nombreux marxistes ou par d'autres, à savoir qu'il « n'y a pas de nature humaine en dehors de l'histoire » (encore faudrait-il savoir ce que cela signifie), ou derrière l'idée que la nature humaine nous oblige à accepter le « TINA » de Thatcher, de sorte qu'Adam Smith, David Hume et d'autres fondateurs du libéralisme classique avaient complètement tort sur certains points fondamentaux. Il pourrait même être intéressant de se demander pourquoi de telles idées sont répandues parmi les intellectuels. Je pense en effet qu'il est intéressant de poser la question, et j'ai suggéré quelques tentatives de réponse. Mais je ne sais rien et je ne peux rien trouver de sérieux à dire au niveau de généralité auquel ces questions sont posées.

*Traduction de l'anglais par Diana Johnstone.*

# II

# THÉORIE LINGUISTIQUE ET PROCESSUS LANGAGIERS

# Les différents objectifs de la linguistique théorique

**Cedric Boeckx**
**et Norbert Hornstein**

Le programme « génératif » de la linguistique théorique date aujourd'hui de près de cinquante ans. Au cours de sa brève histoire, les objectifs et les méthodes du programme ont changé, comme il faut s'y attendre pour n'importe quelle approche scientifique de phénomènes naturels. Cet article décrit trois périodes de l'entreprise générative. Ces phases peuvent être (approximativement) identifiées par les différents buts que se sont fixés les générativistes, chacune fixant des critères de succès différents et proposant des agendas de recherche (quelque peu) différents. Les trois buts correspondants sont toujours présents et inspirent des recherches linguistiques de types voisins mais cependant différents. En conséquence, clarifier ces périodes historiques permettrait aussi de clarifier la pratique actuelle.

Les trois phases ou périodes que nous voudrions considérer peuvent être désignées comme les phases (i) *combinatoire*, (ii) *cognitive*, et (iii) *minimaliste*. Chacune offre des parallélismes conceptuels avec les sciences plus développées (et y cherche de l'inspiration). Ainsi, la phase Combinatoire se « connecte » à un certain niveau avec l'ingénierie, la phase Cognitive avec la biologie, et la phase Minimaliste avec la physique.

Chaque période est aussi associée avec un texte central (ou deux) de Noam Chomsky, ce qui permet de donner à la recherche dans chacune des périodes son aspect technique distinctif et sa couleur théorique. Le texte central de la phase Combinatoire est *Structures syntaxiques* (Chomsky, 1957). L'époque Cognitive a une partie ancienne et une partie plus tardive. Le texte central de la première est *Aspects d'une théorie de la syntaxe* (Chomsky, 1965), celui de la seconde est *Lectures sur le gouvernement et le liage* (Chomsky, 1981). La dernière phase reflète l'esprit du *Programme minimaliste* (Chomsky, 1995). Bien que ces ouvrages comportent nombre de thèmes qui se chevauchent, chacun insiste aussi sur une recherche particulière et identifie de façon générale différents critères de succès [1]. À ce titre, ils serviront de balises dans la discussion qui suit.

L'article est structuré comme suit. Dans la section 1, nous discutons la phase Combinatoire. Dans la section 2, nous mettons d'abord en lumière le mouvement conceptuel qu'a subi le Programme génératif et la façon

1. En fait, on peut montrer que les trois phases que nous mettons en lumière sont présentes (bien que sous une forme embryonnaire) dans l'œuvre majeure de Chomsky *La Structure logique de la théorie linguistique* (LSLT, Chomsky, 1955/1975), sur laquelle fut basée *Structures syntaxiques*. Comme Chomsky lui-même le note, « [LSLT] contient à peu près tout ce qu'[il] a fait depuis, au moins à l'état de brouillon » (Chomsky, 1988, p. 129). Lightfoot (2003) fait observer combien la transition de la phase Combinatoire à la phase Cognitive a été facile, malgré l'absence de discussion explicite des thèmes « cognitifs » dans *Structures syntaxiques*. De même, Freidin et Vergnaud (2001) soulignent la présence dans les premiers écrits de Chomsky (Chomsky, 1951, 1955) de considérations d'économie et de simplicité qui sont maintenant au centre du Programme Minimaliste.

dont la phase Cognitive a été définie (section 2.1). Nous décrivons ensuite la logique de l'argument central de la « pauvreté du stimulus » (section 2.2), et nous montrons finalement comment un agenda de recherche couronné de succès a finalement émergé (section 2.3). La section 3 se concentre sur le Programme Minimaliste, le stade le plus récent de l'entreprise générativiste. Nous tentons ici de clarifier les diverses questions et méthodes qui sont actuellement explorées par la linguistique théorique.

## I. Le stade combinatoire

Au commencement, il y avait *Structures syntaxiques*. Ce petit ouvrage, pas plus de cent pages, a lancé la révolution générative de l'étude du langage. Le livre se concentre sur le développement d'un formalisme explicite (d'où le terme *génératif*) qui puisse représenter les phénomènes linguistiques. Chomsky exprimait le but général de la linguistique comme ceci :

> « Le but fondamental de l'analyse linguistique d'une langue L est de séparer les séquences grammaticales qui sont des phrases de L des séquences non grammaticales qui ne sont pas des phrases de L. La grammaire de L sera donc un dispositif qui engendre toutes les phrases grammaticales de L, et aucune des phrases non grammaticales » (p. 13).

Ce passage donne le ton de l'entreprise. Son but principal est computationnel ou combinatoire [1]. Le problème est cadré par deux remarques. D'abord, l'ensemble des

1. Ce qui suit, croyons-nous, est moins une description de ce que Chomsky voulait dire que de la façon dont il a été compris. Chomsky lui-même n'a jamais été particulièrement mû par la perspective combinatoire. Cependant, nous croyons que beaucoup d'autres dans le domaine ont cru qu'il défendait ce que nous esquissons ici.

phrases bien formées d'une langue naturelle est infini. Ensuite, les phrases en langue naturelle se séparent de façon naturelle en deux ensembles : celles qui sont bien formées, et celles qui sont mal formées. Étant donné cette partition en deux ensembles infinis, le but du grammairien est de les caractériser en trouvant un ensemble de règles (une grammaire) qui engendrera toutes les phrases bien formées et aucune des phrases mal formées. En cas de succès, de telles grammaires constitueraient des théories d'ensemble du langage comparables aux théories que les chimistes et les biologistes construisent dans leurs domaines respectifs (ce sentiment est rendu particulièrement explicite dans la recension de *Structures syntaxiques* de Lees en 1957).

*Structures syntaxiques* contient deux arguments importants qui reflètent son vaste agenda de recherche. Ils sont développés dans le contexte de l'examen des avantages et désavantages de formalisations alternatives des grammaires des langues naturelles. Examinons-en quelques-uns.

D'abord, Chomsky soulève des arguments contre l'adéquation des grammaires d'états finis comme modèles corrects du langage naturel. Le chapitre 3 est consacré à ce sujet. Chomsky fait observer que les processus d'états finis dits markoviens sont formellement incapables de modéliser les « langues » qui présentent certaines dépendances non locales entre les expressions d'une chaîne, par exemple celles qui ont *n* occurrences de *a* suivies de *n* occurrences de *b*. Il y en a partout dans le langage naturel. Comme le dit Chomsky (p. 22) [la numérotation dans cette citation a été modifiée] :

Soient $S_1$, $S_2$, $S_3$, …, des phrases déclaratives en français. Alors on peut avoir des phrases telles que :

(A)(1) (i) Si $S_1$, alors $S_2$

(ii) Soit $S_3$, soit $S_4$

(iii) La personne qui a dit $S_5$ va arriver aujourd'hui

Dans (1i) on ne peut avoir « ou » au lieu de « alors » ; dans (1ii), on ne peut avoir « alors » au lieu du deuxième « soit » ; dans (1iii), on ne peut avoir « vont » à la place de « va ». Dans chacun de ces cas, il y a une dépendance entre les mots de part et d'autre de la virgule… Mais entre les mots interdépendants, dans chacun des cas, on peut insérer une phrase déclarative et cette phrase déclarative peut en fait être l'une de (1i-iii). Par exemple, si dans (1i) on prend (1ii) pour $S_1$ et (1iii) pour $S_3$, on aura la phrase :

(B) Si, soit (1iii) soit $S_4$, alors $S_2$

et $S_5$ dans (1iii) peut à nouveau être l'une des phrases de (1). Il est alors clair qu'en français, on peut trouver une suite $a + S_1 + b$ où il y a une dépendance entre $a$ et $b$ et l'on peut choisir pour $S_1$ une autre phrase contenant $c + S_2 + d$ où il y a une dépendance entre $c$ et $d$, puis choisir pour $S_2$ une autre séquence de cette forme, etc.

Un ensemble de phrases construit de cette façon aura toutes les propriétés qui les excluent de l'ensemble des langages à états finis.

Chomsky conclut que la présence (en pratique, d'un nombre infini) de phrases comme ceci en anglais (et dans toute autre langue naturelle que l'on pourrait étudier) exclut toute théorie de la structure linguistique basée exclusivement sur les processus en états finis. En résumé, précisément parce qu'elles ne peuvent pas engendrer *toutes* les suites grammaticales de l'anglais, de telles grammaires sont des modèles formels inadéquats de la grammaire.

La sorte de grammaire que Chomsky considère ensuite est une grammaire à structure de phrase. Celles-ci n'échouent pas de la même façon que les grammaires à états finis. Cependant, Chomsky soutient que de telles grammaires ne réussissent pas non plus à être *complètement* adéquates parce que les grammaires construites exclusivement en termes de structures de phrases seront « extrêmement complexes, *ad hoc*, et "peu transparentes" » (p. 34). Pour le dire autrement, les grammaires limitées aux formats de structure de phrase seront incapables d'exprimer les généralisations significatives évidentes que montrent les langues naturelles. Remarquons que le point important ici n'est *pas* que ces grammaires seraient incapables de séparer les phrases grammaticales ou non grammaticales. Mais plutôt qu'elles ne puissent le faire d'une façon qui soit fidèle aux généralisations que montre la langue, c'est-à-dire qu'elles le font de façon grossière, sans, si l'on peut dire, trancher proprement dans la langue à ses articulations.

Chomsky illustre ce type d'échec dans divers exemples, dont le plus fameux est sa discussion du système d'auxiliaires de l'anglais au chapitre 7. Lasnik (2000) propose une explication détaillée de cet argument. Nous nous limiterons à proposer un échantillon du raisonnement de Chomsky en examinant sa discussion de la relation entre les phrases actives et passives (p. 42-44). Des phrases comme (1) et (2) sont dans la relation de l'actif au passif.

(1) *John ate a bagel* {Jean a mangé un petit pain}

(2) *A bagel was eaten by John* {Un petit pain a été mangé par Jean}

Des paires actif/passif comme (1)-(2) ont plusieurs propriétés intéressantes. D'abord, les restrictions imposées par *ate* {a mangé} dans (1) sur le sujet et l'objet sont identiques à celles imposées par *was eaten by* {a été mangé par} dans (2) sur son objet et son sujet. Donc en général, si (3) est correct, alors le passif (4) l'est aussi. Mais sinon, alors (4) ne l'est pas non plus. Cela est illustré par (5) et (6).

(3) $NP_1$ V $NP_2$

(4) $NP_2$ *be* V + *en by* $NP_1$ {$NP_2$ *être* V + *é par* $NP_1$}

(5) a. *John drinks wine* {Jean boit du vin}

b. *Wine is drunk by John* {Du vin est bu par Jean}

c. *Sincerity frightens John* {La franchise effraie Jean}

d. *John is frightened by sincerity* {Jean est effrayé par la franchise}

(6) a. **Wine drinks John* {*Du vin boit Jean}

b. **John is drunk by wine* {*Jean est bu par du vin}

c. **John frightens sincerity* {*Jean effraie la franchise}

d. **Sincerity is frightened by John* {*La franchise est effrayée par Jean}

La généralisation qui paraît se cacher ici est que les restrictions qu'un verbe transitif impose à ses arguments (son sujet et son objet) sont identiques à celles qu'une version passive de ce verbe impose aux siens (le NP dans la proposition-*by* et le sujet). Coder ces faits dans une grammaire à structure de phrase exige beaucoup de redondance parce que toute restriction que la grammaire encode dans un prédicat transitif doit être réencodée pour les formes passives *be* + *en* {*être* + *é*} de ces prédicats. En elles-mêmes, les grammaires à structure de phrase ne peuvent faire apparaître la généralisation exprimée dans (5) et (6) et ceci, soutient Chomsky, est un argument contre l'adoption exclusive de ce genre de grammaires comme machinerie formelle derrière les langues naturelles.

Les paires de phrases active-passive sont liées de façons différentes. Chomsky observe qu'il y a de « lourdes restrictions » sur la sélection de *be* + *en* {*être* + *é*} dans une opération de structure de phrase. Par exemple, *be* + *en* peut être sélectionné seulement si le verbe qui suit est transitif (par exemple, *was* + *eaten* {*a été* + *mangé*} est permis, mais pas *was* + *occurred* {*a été* + *arrivé*}). » Cette forme ne peut pas non plus être sélectionnée si le verbe est suivi d'une proposition nominale, par exemple **lunch was eaten John* {**le déjeuner a été mangé Jean*}. On ne peut davantage avoir de phrases actives comme **John is eating by lunch* {**Jean mange par le déjeuner*}. Toutes ces restrictions devraient être incluses dans les règles de structures de phrases, ajoutant au caractère *ad hoc* et inélégant du système. Chomsky conclut donc que la langue naturelle va au-delà des grammaires à structures de phrases et contient des règles qui transforment les structures. Par exemple, il propose que les actives et les passives soient liées par une transformation passive comme (7).

(7) Si $S_1$ est une phrase grammaticale de la forme

$NP_1$-Aux-V-$NP_2$

Alors la chaîne correspondante de la forme

$NP_2$-Aux + *be* + *en*-V-*by*-$NP_1$
{$NP_2$-Aux + *être* + *é*-V-*par*-$NP_1$}

est aussi une phrase grammaticale

Exploiter des règles telles que (7) évite « l'inélégante duplication » requise dans un système à structure de phrase et permet toutes les restrictions spéciales sur *be* + *en* observées plus haut. En résumé, des grammaires avec des règles transformationnelles permettent d'engendrer *élégamment* ces phrases, l'élégance du processus transformationnel venant du fait de relier directement les actives et les passives de façon transformationnelle.

Une bonne part du travail réalisé dans la première phase de la grammaire générative a examiné diverses combinaisons de règles de structure de phrase et d'opérations transformationnelles dont l'objectif était (i) engendrer toutes les phrases et seulement les phrases grammaticales d'une langue L donnée (par exemple l'anglais) et (ii) refléter les relations perçues entre types de phrases telles que les locuteurs natifs les devinaient. Les propositions étaient évaluées en fonction de ces critères. Ainsi, une critique commune d'une proposition donnée pouvait être qu'une certaine transformation proposée échouait à engendrer une phrase grammaticale de l'anglais ou engendrait une phrase agrammaticale ou échouait à « capturer une généralisation » entre des phrases alors que les locuteurs natifs la reconnaissaient.

À l'époque, de pareilles normes d'évaluation étaient familières dans d'autres domaines de recherche. Par exemple, à peu près à cette époque, les logiciens et les philosophes étaient occupés par l'axiomatisation de diverses formes d'inférence. L'objectif était de trouver un ensemble d'axiomes à partir desquels on pourrait dériver toutes les inférences, et rien que les inférences valides. Un objectif secondaire était de dériver de la même façon toutes les inférences dont on devinait qu'elles étaient de la même sorte. Le programme génératif était très clairement parallèle à cela. Deux hypothèses empiriques tacites se trouvaient derrière ces projets [1]. Premièrement celle selon laquelle il était possible de séparer l'ensemble des phrases en grammaticales et non grammaticales (ou la classe d'inférences entre valides et non valides), et

1. Cependant, voir Chomsky (1955, chapitre V) pour les germes du rejet de cette hypothèse.

deuxièmement celle selon laquelle il était possible de voir quelles phrases étaient directement liées à quelles autres phrases. En d'autres termes, on supposait que les locuteurs natifs pouvaient immédiatement deviner la *grammaticalité* d'une phrase et aussi certaines relations générales de nature grammaticale entre des phrases. À cette époque donc, il était tacitement admis que les locuteurs disposaient d'un aperçu direct de la structure grammaticale de leur langue et pouvaient donc évaluer des systèmes de règles candidats selon leur capacité à respecter correctement les intuitions de ces locuteurs. L'adéquation empirique d'une grammaire reflétait la mesure dans laquelle elle satisfaisait à ces conditions. Comme nous allons le voir dans la section suivante, cela changea vite, lorsque le foyer de l'attention passa de la détermination des axiomes corrects (comme c'était le cas) à la résolution de ce qui fut désormais connu comme le problème de Platon.

## 2. L'ÈRE COGNITIVE

La période cognitive eut deux parties : une partie ancienne (section 2.1), durant laquelle le Programme génératif devint en fait la « biolinguistique », et une partie ultérieure (section 2.3) où l'agenda de recherche biolinguistique rencontra de grands succès expérimentaux et théoriques. Une discussion de l'argument de la « pauvreté du stimulus » (section 2.2) sert de pont entre ces deux sous-sections.

### 2.1 Préliminaires méthodologiques

Le premier chapitre d'*Aspects d'une théorie de la syntaxe* (ci-dessous nommés *Aspects*) place fermement l'étude du langage dans un cadre cognitif, et finalement biologique, et on peut soutenir que cela reste jusqu'à ce jour la déclaration la plus claire de l'entreprise générative tout entière [1]. Chomsky soutient ici que le problème central de la linguistique est d'expliquer la capacité des enfants d'acquérir leur langue maternelle. Il expose deux normes d'évaluation des suggestions grammaticales, connues comme les niveaux d'adéquation.

Une *grammaire* est *descriptivement adéquate* « dans la mesure où elle décrit correctement la compétence intrinsèque du locuteur natif idéalisé » (p. 24). La citation suivante clarifie cet énoncé : les « distinctions que fait [la grammaire] entre les expressions bien formées et déviantes, etc., correspondent à l'intuition linguistique du locuteur natif... dans une classe substantielle et significative de cas cruciaux ».

Une *théorie de la grammaire* est descriptivement adéquate « si elle fournit une grammaire descriptivement adéquate pour chaque langue naturelle ».

Plusieurs points méritent d'être soulignés ici. D'abord, l'adéquation descriptive s'applique tant aux grammaires particulières qu'aux théories de la grammaire. Dans le premier cas, la grammaire décrit correctement ce que connaît un locuteur en connaissant une langue particulière. Remarquer qu'ici les grammaires ne sont pas évaluées en termes de leur capacité à engendrer toutes les phrases grammaticales et celles-ci seulement, mais en des termes plus abstraits : savoir si elles décrivent correctement un certain état cognitif, la connaissance qu'a un locuteur natif de sa langue maternelle. Ensuite, les grammaires ne sont pas seulement évaluées pour chaque langue, mais l'objectif de la recherche est fixé de façon

1. Le programme biolinguistique fut clairement influencé par Eric Lenneberg, cf. Lenneberg, 1967.

plus abstraite encore en ceci que nous voulons que nos grammaires descriptivement adéquates dérivent de théories descriptivement adéquates de la grammaire. Nous pouvons dire qu'une grammaire est *explicativement adéquate* si elle satisfait à cette seconde condition.

Chomsky fait remarquer que les notions d'adéquation deviennent plus claires si nous les examinons par rapport au « problème abstrait » de construire un « modèle d'acquisition [1] » pour le langage (p. 25). Le problème qui se pose à l'enfant se présente comme suit.

> … [Un] enfant qui a appris une langue a développé une représentation interne d'un système de règles… Il l'a fait sur la base d'observations de ce que nous pouvons appeler des *données linguistiques primaires*. À partir de telles données, l'enfant construit une grammaire, c'est-à-dire une théorie du langage dont les phrases bien formées des données linguistiques primaires constituent un petit échantillon.

Cela fait concevoir la question centrale de la linguistique comme suit : comment l'enfant va-t-il des données linguistiques primaires (DLP), c'est-à-dire de courtes phrases bien formées de la langue cible, à une grammaire pour cette langue, c'est-à-dire une procédure pour engendrer un nombre infini d'objets linguistiques ? Le problème auquel l'enfant fait face paraît tout à fait formidable lorsqu'on le considère dans cette perspective car il devient vite évident que les témoignages linguistiques dont l'enfant dispose durant la période d'acquisition de la langue sont simplement trop pauvres pour expliquer comment il généralise de cet échantillon réduit de cas à

1. Le terme « acquisition » est inapproprié dans un cadre génératif. Malheureusement, il semble s'être fossilisé dans la littérature, de sorte que nous nous y conformons, en notant que « croissance » ou « développement » conviennent mieux.

une grammaire qui engendre l'ensemble infini de phrases bien formées de la langue. Au vu de cet écart, l'objectif le plus large de la linguistique théorique est de découvrir la « linguistique théorique innée qui fournit la base de l'apprentissage de la langue » (p. 25). En d'autres termes, le but d'une théorie de la grammaire est de décrire les structures cognitives biologiquement données qui permettent aux enfants humains de projeter des grammaires à partir des DLP de façon tellement sûre et aisée. Les grammaires candidates satisfont à la condition d'*adéquation explicative* « dans la mesure où une linguistique théorique réussit à sélectionner une grammaire descriptivement adéquate sur la base des données linguistiques primaires » (p. 25).

L'insistance sur l'adéquation descriptive et explicative (et spécialement cette dernière) a provoqué un changement des types de travail que les grammairiens menaient. Dans la période précédente des *Structures syntaxiques*, l'objectif était de développer des systèmes de règles qui aient les propriétés combinatoires appropriées. À l'ère des *Aspects*, le but de l'entreprise générative est compris dans un cadre cognitif beaucoup plus large. Les objectifs se déplacent, par exemple de l'identification de grammaires qui engendrent toutes les séquences grammaticales et seulement les séquences grammaticales correctes à celle de grammaires que les locuteurs natifs ont vraiment intériorisées cognitivement (« cognitisées »).

À l'ère des *Aspects*, les grammaires sont empiriquement motivées de deux façons : *intérieurement*, en ce qu'elles respectent les intuitions d'un locuteur à propos de la grammaire, et *extérieurement* en ce qu'elles peuvent être acquises par un enfant dans les circonstances caractéristiques de l'acquisition de la langue.

La première motivation interne est une descendante de l'objectif combinatoire antérieur, quelque peu révisé. Les grammaires doivent respecter les intuitions du locuteur largement interprétées. Il n'y a pas de suggestion (comme il y en avait au cours de la période précédente) que la grammaticalité est une qualité observable des phrases, que les locuteurs peuvent détecter par inspection. Les sortes de « données » par rapport auxquelles les évaluations internes sont faites pourraient plutôt comprendre ce qui suit : les jugements d'un locuteur natif sur l'acceptabilité des phrases (par exemple, celle-ci paraît « drôle », je ne dirais pas comme cela, cela fait archaïque, etc.), ou son acceptabilité relative par comparaison avec d'autres phrases (cette phrase-ci sonne mieux que celle-là), ou sa signification (celle-ci peut être adéquatement paraphrasée de deux façons, celle-ci est difficile à comprendre dans tel ou tel sens), ou son acceptabilité dans un sens donné (cette phrase-ci est acceptable avec cette interprétation, mais celle-là non). La notion descriptive primaire n'est pas la « grammaticalité » mais « l'acceptabilité ». La première est un terme théorique, la seconde, un terme d'observation. Des phrases que l'on sent comme acceptables devraient bien sûr être grammaticales (c'est-à-dire engendrées par une grammaire descriptivement adéquate). Des phrases jugées inacceptables ne devraient pas être engendrées ainsi. Cependant, il est important de voir que cela est vrai *la plupart du temps*. On reconnaît que des phrases acceptables pourraient être non grammaticales, et que des phrases grammaticales pourraient être inacceptables ; ce que les locuteurs natifs peuvent sentir avec sûreté, c'est l'acceptabilité (ou l'acceptabilité dans une interprétation), et *non pas* la grammaticalité.

Mettons ceci sous une autre forme. Faire décoller le programme combinatoire antérieur demandait de pouvoir trier avec sûreté les objets linguistiques en deux groupes, grammaticaux et non grammaticaux. Cela étant fait, la recherche de systèmes capables d'engendrer tous les premiers et aucun des seconds pouvait commencer. Cependant, si le fait d'être (non) grammatical n'est pas quelque chose dont les locuteurs peuvent juger immédiatement, alors on ne voit pas bien comment poursuivre le programme. L'entreprise combinatoire repose donc sur l'hypothèse tacite que les locuteurs, en se fiant à leurs intuitions, peuvent dire si oui ou non une phrase est grammaticale. À la réflexion, une telle hypothèse paraît non fondée. Les locuteurs ont bien des intuitions à propos des objets linguistiques dans leur langue maternelle, mais ces intuitions sont brutes et non autorisées. Ils peuvent dire de façon sûre *comment* ils ressentent une « phrase » donnée. Mais ils ne peuvent pas dire avec sûreté si elle est grammaticale. La grammaticalité est une évaluation théorique menée par le linguiste, et non pas un témoignage qu'un locuteur réalise par examen introspectif de ses intuitions. Lorsqu'on a compris ceci, l'objectif central de la théorie grammaticale s'en trouve modifié. Pourquoi ? Parce que engendrer toutes les phrases grammaticales et seulement celles-là signifie en fait fournir une description de ce qui se trouve derrière la compétence d'un locuteur natif à juger de façon consistante de l'acceptabilité d'une phrase (probablement quelque sorte d'état cognitif). Devant ce plus vaste arrière-plan, la connaissance grammaticale d'un locuteur lui permet de juger des phrases, mais elle n'est pas proportionnelle à cette capacité. Le problème immédiat n'est pas seulement combinatoire, mais c'est un projet, d'abord en psychologie cognitive et en fin de compte plus généralement en biologie.

Quelque chose d'autre devient aussi patent à ce stade. Trouver un système qui explique les jugements d'un locuteur n'est que la première étape d'un problème plus large, celui de trouver comment le locuteur a acquis la connaissance qui sous-tend ces jugements. Cela nous amène à la seconde question, celle de la justification externe de la grammaire. Disons que ce que les locuteurs natifs connaissent (en partie) c'est un peu de la grammaire transformationnelle de leur langue. La question qui se pose immédiatement est de savoir comment ils sont arrivés à cette connaissance. La justification externe s'appuie sur la description de théories grammaticales explicativement adéquates, théories qui soient intégrées dans des explications de la façon dont les grammaires supposées pourraient être apparues. L'obstacle majeur est ici que les ressources descriptives des grammaires transformationnelles sont très larges. L'ensemble des grammaires transformationnelles humaines *réelles* est un très petit sous-ensemble de celles qui sont possibles. Pourquoi alors les enfants convergent-ils avec sûreté et aisance vers les leurs et pas vers d'autres ? La réponse ne peut pas se trouver entièrement dans le fait que les enfants construisent les grammaires de façon à les conformer à la langue qu'ils entendent autour d'eux (bien que cela soit, *bien sûr*, une partie de la réponse), car, lorsqu'on y regarde de près, il y a trop de façons dont les enfants pourraient généraliser à partir de l'input linguistique à leur disposition vers des règles qui soient consistantes avec ces inputs. Et pourtant, la plupart de ces options logiquement possibles ne sont pas choisies. Alors, qu'est-ce qui dirige l'enfant ?

Dans *Aspects*, cette question est approchée en recherchant parmi les grammaires des langues naturelles des invariances qui puissent être prises comme contraignant de manière *innée* la classe des grammaires possibles. Autrement dit, il doit y avoir des principes de Grammaire universelle qui restreignent les candidatures à des grammaires particulières de langues possibles. Il y a différentes façons de rechercher de telles invariances. L'une est d'examiner de nombreuses langues et de voir, le cas échéant, quelles caractéristiques communes émergent.

C'est ce qu'on appelle l'approche typologique [1]. Cependant, la manière dont *Aspects* cadre ce problème suggère une méthode alternative plus abstraite pour examiner les propriétés invariantes de la faculté de langage. La logique derrière cette approche est connue comme l'argument de « la pauvreté du stimulus » (PDS {en anglais *POS*}). Comme l'argument est central pour l'entreprise et comme il a été fréquemment mal compris, nous l'esquissons dans la sous-section suivante.

## 2.2 L'argument de la « pauvreté du stimulus »

Dans cette sous-section, nous plantons d'abord le décor pour l'argument de la PDS en discutant un exemple concret (la formation de question) [section 2.2.1] ; nous nous tournons ensuite vers la logique de la PDS en relation avec l'exemple en question [section 2.2.2] et nous concluons que la PDS nous est virtuellement imposée. Finalement, nous réexaminons les

1. Le texte de base serait ici Greenberg (1963). Chomsky (1965, p. 118) jette le doute sur l'approche typologique ainsi : « Dans la mesure où l'attention est restreinte aux structures de surface, le maximum que l'on puisse attendre est la découverte de tendances statistiques telles que celles présentées par Greenberg (1963). »

Plus récemment, à la lumière du travail qui a étendu l'hypothèse d'Antisymétrie de Kayne (1994), Chomsky a qualifié sa position comme l'exprime la citation suivante (Chomsky, 1998, p. 33) :

« Il y a eu aussi une étude très productive des généralisations qui sont plus directement observables : les généralisations à propos de l'ordre des mots que nous voyons dans la réalité, par exemple. Le travail de Joseph Greenberg a été particulièrement instructif et influent à ce point de vue. Ces universaux sont probablement des généralisations descriptives qui devraient être dérivées des principes de la G[rammaire] U[niverselle]. »

Pour comprendre cette dernière observation, le lecteur est renvoyé à la section 2.3.

prémisses de la PDS et nous montrons qu'elles sont également irrésistibles [section 2.2.3].

### *2.2.1 Le problème de l'acquisition*

Examinons comment l'anglais forme les questions fermées (en anglais, *Yes/No questions*, les questions dont la réponse est soit « oui » soit « non »).

(8) a. *Is Mary at home ?* {Marie est-elle à la maison ?} (Réponse : *Yes, Mary is at home* {Oui, Marie est à la maison})

b. *Can Bill sing ?* {Bill sait-il chanter ?} (Réponse : *Yes, Bill can sing* {Oui, Bill sait chanter})

c. *Will Mary be at the party tomorrow ?* {Marie viendra-t-elle à la fête demain ?} (*Yes, Mary will be at the party tomorrow* {Oui, Marie viendra à la fête demain})

Les questions semblent liées à leur réponse (affirmative) comme suit :

(9) Pour former une question fermée *Y[es]/N[o]* à propos d'un état des choses décrit par une structure S, transformer S comme suit :
Trouver l'auxiliaire de S et le placer en tête.

Ainsi, dans (8a), la proposition pertinente est décrite par la phrase « *Mary is at home* ».

L'auxiliaire dans cette phrase est *is*. La règle dit de le déplacer au début de la phrase pour obtenir la question fermée *Y/N : Is Mary at home*[1] *?*

1. Il y a bien des enjolivements que l'on peut ajouter à la règle pour la rendre plus complète. Par exemple, toutes les phrases n'ont pas d'auxiliaire explicite. Les détails du processus avaient déjà été discutés en détail dans *Structures syntaxiques* et le processus dit du *do-support* était proposé comme un moyen de régulariser le processus. Cependant, pour notre étude actuelle, ces détails additionnels ne sont

La procédure en (9) fonctionne bien pour ces cas simples, mais elle échoue pour des phrases plus complexes comme (10) :

(10) *Will Mary believe that Frank is here ?* {Marie croira-t-elle que Frank est ici ?} (*Yes, Mary will believe that Frank is here* {Oui, Marie croira que Frank est ici})

(10) pose problème parce qu'il y a plus d'un auxiliaire, de sorte que l'injonction de déplacer l'auxiliaire au début est inapplicable. Nous devons spécifier lequel des deux auxiliaires doit être déplacé.

Nous pouvons modifier (9) de plusieurs façons pour pouvoir traiter (10). Voici quelques possibilités :

(11) a. Déplacer la proposition auxiliaire principale au début
b. Déplacer la proposition auxiliaire la plus à gauche au début
c. Déplacer n'importe quelle proposition auxiliaire au début

Chacune de ces révisions de (9) suffit à engendrer (10). Cependant, à l'exception de (11a), elles conduisent également toutes à des phrases inacceptables. Examinons comme (11c) s'applique à la réponse affirmative de (10). Elle peut former la question fermée indiquée. Toutefois, elle peut aussi former la question fermée (12) si la règle choisit de déplacer *is*. En d'autres termes, (11c) surengendre.

(12) **Is Mary will believe that Frank here ?*

(12) est une salade de mots anglais et elle sera jugée très inacceptable par pratiquement n'importe quel locuteur natif. Nous savons donc que les locuteurs de langue

---

d'aucun intérêt. Nous nous en tiendrons donc aux cas simples comme (8).

maternelle anglaise n'utilisent pas une règle telle que (11c). Nous sommes tout aussi sûrs qu'ils n'utilisent pas de règles comme (11b), au vu de phrases comme (13) :

(13) *The man who is tall will leave now* {L'homme qui est grand va partir maintenant}

La question fermée correspondant à (13) est (14a), et non pas (14b), qui est affreuse :

(14) a. *Will the man who is tall leave now ?*
b. **Is the man who tall will leave now ?*

(11b) prédit le schéma exactement inverse. Donc (11b) sur-engendre et sous-engendre à la fois.

(11a) n'amène pas à de telles difficultés. La principale proposition auxiliaire est *will.* L'auxiliaire *is* se trouve dans une proposition subordonnée et ne sera donc pas déplacé par (11a). Ainsi, il apparaît que nous avons une preuve que la règle acquise par les locuteurs de langue maternelle anglaise est à peu près celle en (9), modifiée en (11a).

Maintenant, la question typique d'*Aspects* est celle-ci : comment les adultes sont-ils arrivés à intérioriser (11a) ? Il y a deux réponses possibles. Premièrement, les adultes ont d'abord été des enfants, et en tant que tels, ils ont observé les témoignages linguistiques et ils en ont conclu que la règle correcte pour former les questions fermées était (11a). L'autre option est que les humains sont ainsi faits qu'ils ne considèrent possibles que des règles comme (11a) ; la raison pour laquelle ils s'accordent sur (11a) n'est pas qu'ils y sont conduits par les données linguistiques, mais qu'ils n'ont jamais vraiment examiné d'autre possibilité.

La seconde réponse est généralement considérée comme la plus étrange. Certains continuent de la refuser aujourd'hui encore. Pourtant, la logique sur laquelle elle s'appuie nous paraît impossible à réfuter. Par ailleurs, elle illustre bien la stratégie de la PDS, comme nous le montrons maintenant.

### *2.2.2 La logique de la PDS*

Supposons, pour la discussion, que la règle correcte, (11a), soit apprise. Cela signifie que les enfants sont arrivés à cette règle sur la base des données disponibles, les DLP. Une question pertinente est de savoir à quoi ressemblent les DLP ? Autrement dit, de quoi a l'air l'input linguistique utilisé par les enfants ? Quel est le caractère général des DLP ? Voici quelques propriétés raisonnables des DLP. Premièrement, elles sont finies. Les enfants ne peuvent utiliser que ce à quoi ils sont exposés, et cela sera nécessairement fini. Deuxièmement, les données utilisées par les enfants seront des fragments bien formés de la langue cible, par exemple des propositions ou des phrases bien formées. Remarquons que cela *exclut* les cas mal formés et l'information mal formée (par exemple [12] et [14] ci-dessus *ne* feront *pas* partie des données dont l'enfant dispose pour deviner la règle des questions fermées *Y/N*, elles n'appartiendront pas à ses DLP pour cette règle). Troisièmement, l'enfant utilise des phrases relativement simples. Dans l'ensemble, ce seront des phrases courtes et simples comme celles en (8). *Si* ceci est la caractérisation correcte des DLP à disposition de l'enfant, nous pouvons en conclure qu'une version de la conclusion plus étrange mentionnée ci-dessus est correcte. En d'autres termes, on ne peut pas dire que l'enfant a appris la règle en exploitant les données pour exclure *toutes* les alternatives pertinentes. Ce serait plutôt que la plupart des « mauvaises » alternatives n'ont dès l'abord jamais été considérées comme des options admissibles.

Comment défendre cette seconde conclusion ? En soutenant que les DLP ne suffisent pas à guider l'acquisition observée. Considérons le cas présent. D'abord, les locuteurs de langue maternelle anglaise ont en fait intériorisé une règle comme (11a) puisque cette règle indique correctement quelles questions fermées *Y/N* ils trouvent acceptables et lesquelles sont rejetées. Ensuite, on apprend probablement la règle pour les questions fermées *Y/N* en étant exposé à des instances de telles questions plutôt que, par exemple, en voyant des objets tomber de la table ou en étant embrassé par sa mère. Disons que les DLP pertinentes pour cela sont des instances simples et bien formées de questions fermées *Y/N*, des phrases analogues à celles en (8). Sur la base de tels exemples, l'enfant doit se fixer sur la règle correcte, approximativement quelque chose comme (11a). La question est alors : les données en (8) suffisent-elles pour conduire l'enfant à cette règle ? Nous savons déjà que la réponse est non, puisque nous avons vu que les données en (8) sont compatibles avec *n'importe laquelle des règles en (11)*. Étant donné qu'il n'y a qu'un seul auxiliaire dans ces cas-ci, la question de savoir lequel déplacer parmi plusieurs ne se pose jamais. Qu'en est-il de données comme (10) ? Ces cas comportent plusieurs auxiliaires, mais une fois encore, les trois options en (11) sont compatibles tant avec les données en (10) qu'avec celles en (8).

Y a-t-il une donnée qui pourrait décisivement conduire l'enfant vers (11a) (au moins parmi les trois alternatives) ? Oui. Nous avons remarqué que des exemples comme (14a) s'opposent à (11b), et que (14b) et (12) fournissent des témoignages contre (11c). Cependant, l'enfant ne pourrait pas utiliser ce genre de cas pour converger vers la règle (11a) *s'il n'utilisait que des fragments simples bien formés de la langue comme données.*

Pour le dire autrement, si les DLP sont à peu près comme on les a décrites ci-dessus, alors des phrases comme (14b) et (12) ne font pas partie des données à disposition de l'enfant. Ces exemples (14b) et (12) sont exclus des DLP parce qu'ils sont inacceptables. Si de telles « mauvaises » phrases sont rarement énoncées, ou bien, si elles sont énoncées, sont rarement corrigées, ou bien, si elles sont corrigées, ne reçoivent pas d'attention des enfants, alors elles ne feront pas partie des DLP que l'enfant exploite pour acquérir la règle des questions fermées *Y/N*. De façon similaire, il est parfaitement possible que des exemples comme (14a), quoique bien formés, soient trop complexes pour faire partie des DLP. Si c'est le cas, ces exemples non plus ne serviront pas à l'enfant. En résumé, bien qu'*il y ait* des preuves linguistiques décisives pour dire quelle est la règle correcte (c'est-à-dire c'est (11a), pas (11b) ni (11c)), il n'est pas nécessaire que de telles preuves figurent dans les DLP, les témoignages qui sont à disposition de l'enfant. Et cela impliquerait donc que l'enfant n'arrive pas à la bonne règle *uniquement* sur la base de l'input linguistique de la langue cible. Mais *si* le processus n'utilise pas l'input linguistique (et quelle autre sorte serait pertinente pour la question de savoir à quoi ressemble la règle des questions fermées en anglais ?) et que tous les locuteurs de langue maternelle anglaise acquièrent bien la règle (11a), cela doit être que ce processus est guidé par quelque mécanisme interne aux apprenants de la langue. En d'autres termes, cela implique que l'acquisition est guidée par quelque caractéristique biologique des enfants plutôt que par quelque propriété de l'input linguistique. La conclusion est alors que les enfants ont un certain talent biologique qui leur permet de converger vers (11a) et de ne pas même considérer (11b) ou (11c) comme des options viables.

Cela est un bref exemple de l'argument de la PDS. La logique en est stricte. Si les prémisses sont données, la conclusion est inéluctable. Qu'en est-il alors de ces prémisses ? Par exemple, est-ce bien vrai que les enfants n'ont accès qu'à des formes acceptables de la langue (c'est-à-dire pas de cas du genre [12] ou [14b]) ? Est-il vrai que les enfants n'utilisent pas d'exemples complexes ? Avant d'examiner ces questions, répétons que si les prémisses sont posées, alors la conclusion paraît inattaquable : si l'acquisition ne poursuit pas les contours de l'environnement linguistique, alors la convergence vers la règle correcte requiert une explication biologique, plus endogène. Alors, que valent les prémisses ?

### *2.2.3 Les prémisses de la PDS revisitées*

Si les DLP sont le principal facteur causal dans le choix entre les options (11), nous devrions nous attendre, à tout le moins, à ce que les données pertinentes soient robustes, dans le sens où l'on s'attendrait à ce que *tout* enfant rencontre assez d'exemples des données décisives. Rappelons-nous que pratiquement tous les locuteurs de langue maternelle anglaise se comportent comme si (11a) était la règle correcte. Ainsi, la possibilité que *certains* enfants pourraient être exposés aux données décisives est sans importance, puisque *tous* les locuteurs convergent vers la même règle. De plus, ces données doivent être robustes dans un autre sens : il faut non seulement que tous les locuteurs rencontrent les données pertinentes, mais il faut aussi que cela arrive un nombre suffisant de fois. Tout système d'apprentissage doit être assez souple pour ignorer le bruit dans les données. Par conséquent, l'apprentissage ne peut pas fonctionner sur base d'un exemple unique. Il faut un nombre suffisant de phrases comme (12) et (14b) dans les DLP si de telles phrases doivent offrir quelque utilité.

On observe régulièrement que les DLP contiennent *en effet* des exemples tels que (14a) [1]. Cependant, une fois de plus, ceci n'est pas le point important. Ce qu'il faut, c'est qu'il y en ait suffisamment. Pour en décider, il nous faut déterminer combien est suffisamment. Legate et Yang (2002) et Yang (2002) traitent précisément de ce problème. Sur la base des résultats empiriques dans Yang (2002), ils proposent de « quantifier » l'argument de la PDS. Pour cela, ils situent la question dans un cadre comparatif et proposent « un étalon indépendant pour rapporter quantitativement l'expérience linguistique pertinente au résultat de l'acquisition de la langue » (Yang, 2002, p. 111). L'étalonnage indépendant qu'ils proposent est l'usage bien étudié des sujets nuls dans le langage des enfants. Ils font observer que l'usage du sujet atteint les niveaux adultes vers 3 ans. Cela est comparable à l'âge des enfants que Crain et Nakayama ont testés pour les questions fermées *Y/N* (groupe le plus jeune : 3,2 ans). Les principaux exemples qui informent les enfants que toutes les phrases anglaises (finies) demandent des sujets phonologiquement manifestes sont des phrases comportant des sujets explétifs (par exemple, *There is a man here* {Il y a un homme ici}). De telles phrases représentent 1,2 % des DLP potentielles (toutes les phrases). Legate et Yang suggèrent, très raisonnablement, que les DLP pertinentes pour la fixation de la règle des questions fermées *Y/N* devraient être d'une proportion à peu près comparable. Pour être larges, disons que même 0,5 – 1 % devrait suffire. Pullum (1996) et Pullum et Scholz (2002) ont trouvé dans une recherche de phrases dans le *Wall Street Journal* qu'environ 1 % des phrases ont la forme de (14a), ce qui met ce résultat

1. Voir, pour les plus récents, Pullum et Scholz (2002), Cowie (1998) et Sampson (1999).

dans l'estimation que nous avons acceptée. Cependant, comme le font remarquer Legate et Yang, le *Wall Street Journal* n'est pas un bon représentant de ce à quoi les enfants sont exposés. Une meilleure recherche porterait sur quelque chose comme la base de données CHILDES, un compendium d'interactions linguistiques entre des enfants et les personnes qui s'en occupent. Dans une recherche dans cette base de données, il apparaît qu'on trouve entre 0,045 et 0,068 % de phrases comme (14a), plus d'un ordre de grandeur de *moins* que ce qu'il faut. En fait, comme l'observent Legate et Yang, ce nombre est si faible qu'il est probablement négligeable, dans le sens où il n'est pas assurément disponible pour tout enfant ! Rappelons-nous cependant que c'est bien ce genre de phrases qui fournirait les témoignages pour choisir (11a) plutôt que (11b). Et si elles sont absentes des DLP, comme cela semble être le cas, alors il apparaît que les DLP sont trop pauvres que pour expliquer les faits concernant l'acquisition de la règle des questions fermées *Y/N* en anglais. Pour nous résumer, la conclusion de l'argument de la PDS esquissé ci-dessus s'en déduit.

Nous avons consacré tout ce temps à cette question parce qu'elle a été récemment avancée (une fois de plus) pour réfuter les conclusions nativistes de l'argument de la PDS. Cependant, pour faire bonne mesure, nous devrions remarquer que notre discussion précédente est trop bienveillante pour les opposants de la PDS. La discussion s'est centrée sur la question de savoir si l'on rencontrait des exemples comme (14a) dans les DLP. Même s'il y en avait, cela n'affaiblirait pas le raisonnement présenté ci-dessus. La présence de phrases telles que (14a) nous indiquerait seulement que les DLP *peuvent* distinguer (11a) de (11b). Cela n'explique pas encore comment éviter de généraliser vers (11c). Ce sont (12) et (14b) qui sont intéressantes ici. De telles données, souvent appelées « témoignages négatifs », sont celles qui importent. Des témoignages négatifs existent-ils dans les DLP ? Et si c'est le cas, comment se manifesteraient-ils ?

Une façon serait que les adultes fassent les erreurs en question et se corrigent eux-mêmes de quelque manière. Cependant, personne ne fait de fautes comme (12) ou (14b). De telles phrases sont même difficiles à prononcer pour des locuteurs natifs ! Une deuxième possibilité serait que les enfants fassent des erreurs de cette sorte et soient repris de quelque façon. Mais ceci aussi est non attesté en pratique. Les enfants ne font jamais d'erreurs telles que celles en (12) et (14b) même lorsqu'ils y sont fortement poussés (voir Crain et Nakayama, 1987 pour une discussion détaillée). S'ils ne font pas ces erreurs, ils ne peuvent évidemment pas être corrigés. De plus, les preuves abondent de ce que les enfants sont très résistants aux corrections (voir McNeill, 1966 ; Jackendoff, 1994, p. 22 ff). Ainsi, même lorsque les erreurs se produisent, les enfants paraissent ignorer les efforts les mieux intentionnés destinés à les aider grammaticalement. Une troisième possibilité est d'inclure l'option de témoignages négatifs dans le processus d'apprentissage lui-même. Par exemple, nous pourrions dire que les enfants sont des apprenants très prudents et qu'ils ne considéreront pas comme possibles des structures dont ils n'ont pas rencontré d'exemples (cela est souvent appelé « les témoignages négatifs indirects »). Le problème avec cela est néanmoins qu'il est difficile d'exprimer la restriction d'une façon qui ne soit pas manifestement erronée. Rappelons-nous que les enfants sont exposés au plus à un nombre fini de phrases, et par conséquent au plus à un nombre fini de schémas de phrases. Rappelons-nous aussi qu'il semble que seul un nombre négligeable de phrases telles que (14a) apparaisse dans les DLP, de sorte que si les enfants étaient trop prudents, ils ne formeraient jamais de telles questions. Par ailleurs, les locuteurs natifs adultes sont capables d'utiliser et de comprendre un nombre illimité de phrases et de schémas de phrases. Si les enfants étaient prudents dans le sens indiqué ci-dessus, ils ne pourraient jamais acquérir complètement la langue du tout, puisqu'ils ne seraient jamais exposés à la plupart des schémas de la langue. Donc en tout cas aucune idée simple de prudence ne convient, et nous en sommes réduits à la conclusion que l'hypothèse selon laquelle les enfants n'ont pas accès à des données négatives dans les DLP est en effet raisonnable.

Pour en revenir au point principal, si ce que nous avons dit ci-dessus est correct, alors on ne peut pas expliquer pourquoi les enfants ne choisissent pas des règles telles que (11c). Rappelons que seules les données négatives plaident contre (11c) comme option correcte, et que (11a) est seulement un cas particulier convenable de (11c). Il semblerait donc que tant la logique que les prémisses de l'argument de la PDS suffisent à nous amener à conclure que l'acquisition de la langue ne peut pas s'expliquer *exclusivement* sur la base de l'input linguistique. Il faut davantage. En particulier, nous suivons Chomsky en affirmant la nécessité de quelque mécanisme biologique spécifique à l'être humain pour le développement langagier [1].

Le projet d'*Aspects* de développer des théories explicativement adéquates a apporté aussi plusieurs conditions abstraites que Chomsky a énumérées (p. 31) :

> « … nous devons exiger d'une telle linguistique théorique qu'elle fournisse

1. Quant à savoir quelle propriété du cerveau correspond à la propriété mentale discutée ici, c'est loin d'être clair. On peut espérer que des recherches neurolinguistiques approfondies nous aideront à combler ce fossé et à unifier l'esprit et le cerveau.

[(A)] (i) une énumération de la classe $s_1$, $s_2$… des phrases possibles

(ii) une énumération de la classe $SD_1$, $SD_2$… des descriptions structurelles possibles

(iii) une énumération de la classe $G_1$, $G_2$… des grammaires génératives possibles

(iv) la spécification d'une fonction $f$ telle que $SD_{f(I, j)}$ est la description structurelle assignée à la phrase $s_i$ par la grammaire $G_j$, pour i, j arbitraires

(v) la spécification d'une fonction $m$ telle que $m$ (i) est un entier associé avec la grammaire $G_i$ comme étant sa valeur (avec, disons, des valeurs inférieures indiquées par des nombres plus grands) »

Un dispositif qui rencontre ces exigences pourrait employer les DLP pour former des grammaires adéquates à l'input. La cinquième condition, la « métrique d'évaluation », ordonne les grammaires biologiquement disponibles selon une hiérarchie d'accessibilité. Le dispositif d'acquisition de la langue (c'est-à-dire l'enfant) choisit la grammaire qui a reçu la valeur la plus élevée (celle avec la valeur entière la plus basse dans (v)) qui soit compatible avec la mise en correspondance de descriptions structurelles pour chaque phrase des DLP. Ainsi, la métrique d'évaluation, en combinaison avec les DLP, choisit une grammaire, et c'est en cela que consiste l'acquisition de la langue.

Il est clair que le défi empirique consiste à spécifier la fonction d'évaluation en (v) et la classe de grammaires génératives possibles en (iii). Il s'est avéré qu'on y réussissait tout à fait en restreignant la classe des grammaires possibles. Par exemple, des arguments de PDS comme celui qu'on a vu plus haut ont conduit à la conclusion que les grammaires humaines ne pouvaient utiliser que des opérations « dépendantes de la structure », celles qui exploitaient la structure hiérarchique (plutôt que linéaire). Cela devrait exclure de la classe des opérations grammaticales possibles des règles comme (11a) qui exploitaient des notions linéaires comme « le plus à gauche ». De même, la recherche sur les propriétés des transformations a-t-elle conduit à la découverte que certaines configurations grammaticales n'étaient pas affectées par certaines sortes d'altérations, et formaient ainsi ce qu'on appelle des « îles ». Le travail de Ross (1967/1986) mérite ici une mention spéciale. De façon intéressante, Ross a soutenu que le déplacement d'une catégorie grammaticale en dehors d'une proposition relative la rendait inacceptable. Remarquons que cette contrainte sur le déplacement, connue comme la Contrainte de la NP complexe, empêche la génération d'exemples comme (11c) parce qu'ils comporteraient un mouvement de sortie d'une proposition relative. Au total, de nombreuses restrictions grammaticales ont été découvertes qui ont servi à contingenter la classe des opérations possibles et à restreindre ainsi l'espace des options admissibles. (En dehors de la thèse fructueuse de Ross, voir spécialement Chomsky, 1973 et Emonds, 1970.)

Il y eut cependant peu de progrès sur le point (v) ci-dessus. Exprimée d'un point de vue cognitif, la question est celle-ci : le problème de l'acquisition est balisé par deux faits importants. D'abord, la nature PDS du processus d'acquisition. Et ensuite, le fait que les langues (et leurs grammaires) diffèrent. Ainsi, le problème qui se pose à l'enfant est de choisir parmi la classe des grammaires possibles une grammaire qui soit adaptée aux DLP. Le résultat mesuré de l'évaluation dispose la classe des grammaires possibles en ordre descendant de préférence. La tâche consiste alors à prendre les DLP et à trouver la « meilleure » grammaire (celle de plus haut rang) qui s'y adapte.

Même si cette caractérisation est correcte dans l'abstrait, elle s'est révélée difficile à implémenter. Il est en fait juste de dire que la caractérisation abstraite au point (v) n'a été rendue empiriquement utilisable qu'au début des années 1980, avec l'introduction du modèle des principes et des paramètres. En conséquence, bien que le problème ait été clairement identifié dans *Aspects* et que la forme générale d'une solution y soit esquissée, une proposition *réalisable et utilisable* manquait. Pour dire les choses comme elles sont, personne ne savait tout à fait comment spécifier la métrique d'évaluation. Une proposition réalisable a émergé dans les *Lectures on Government and Binding* {Lectures sur le gouvernement et le liage} (*LGB*, Chomsky, 1981), sous la forme d'une architecture de « Principes et Paramètres », vers laquelle nous nous tournons maintenant.

## 2.3 Principes et paramètres

Depuis *Aspects*, le problème central de la linguistique a été identique à celui de cette branche de la biologie connue sous le nom de « morphologie théorique » (voir McGhee, 1998). Ceux que Kauffman (1993) surnommait les « morphologistes rationalistes » comme Goethe, Cuvier, St Hilaire, avaient déjà réalisé que les formes d'organismes qui existaient encore n'étaient qu'un sous-ensemble de la gamme des morphologies théoriquement possibles. La question principale de la morphologie théorique est parallèle à celle de la grammaire générativiste :

> « Le but est d'explorer la gamme possible de variabilité morphologique que la nature pourrait produire en construisant des hyperespaces géométriques n-dimensionnels (appelés “morphospaces théoriques”), qui peuvent être produits en variant systématiquement les valeurs paramétriques d'un

> modèle géométrique de forme. [...] Une fois ce modèle construit, la gamme de variabilité de forme existante peut être examinée dans ce morphospace hypothétique, tant pour quantifier la gamme de forme existante que pour faire apparaître des formes organiques qui n'existent pas. C'est-à-dire pour révéler des morphologies qui théoriquement pourraient exister [...] mais qui n'ont jamais été produites dans le processus d'évolution organique de la planète Terre. Le but ultime de ce domaine de recherche est de comprendre pourquoi les formes existantes existent dans la réalité et pourquoi les formes inexistantes n'existent pas » (McGhee, 1998, p. 2).

*Aspects* identifiait essentiellement cet objectif « ultime », mais aucun mécanisme réalisable pour engendrer les « morphospaces théoriques » ne fut disponible avant les années 1980.

Dans *LGB*, la question était conçue comme suit [1]. Les enfants naissent équipés d'un ensemble de principes de construction de grammaires (c'est-à-dire d'une grammaire universelle [GU]). Les principes de la GU ont des paramètres ouverts, non fixés. Les grammaires spécifiques apparaissent lorsque ces paramètres ouverts ont été spécifiés. Les valeurs des paramètres sont déterminées sur la base des DLP. Une grammaire spécifique d'une langue est alors simplement une spécification des valeurs que les principes de la GU laissent ouvertes. Cela fait concevoir le processus d'acquisition comme sensible aux détails de l'input environnant (tout comme pour le niveau de développement d'autres capacités cognitives) puisque ce sont les DLP qui fournissent les valeurs des paramètres.

1. Pour une introduction à l'approche Principes et Paramètres de la variation et de l'acquisition de la langue qui développe ce thème en détail, voir Baker (2001).

Cependant, la forme de la connaissance atteinte (la structure de la grammaire acquise) n'est pas limitée à l'information qui peut être glanée dans les DLP puisque celles-ci exercent leur influence contre les riches principes que la GU met à disposition. Une bonne partie du travail mené depuis le milieu des années 1970, et spécialement les innombrables études inspirées par Kayne (1975), peut être vue avec le recul comme démontrant la viabilité de cette conception. Et elle fut en effet jugée viable ! Il y eut une explosion de recherche grammaticale comparative qui exploitait cette combinaison de principes fixés et de valeurs paramétriques variables qui montrait que les langues, en dépit de leur apparente diversité de surface, pouvaient être vues comme des schémas avec un noyau commun fixé. Un exemple, basé sur Pollock (1989), devrait donner un aperçu de ces recherches.

Examinons la position des adverbes en anglais et en français. En anglais, un adverbe ne peut pas se glisser entre le verbe et l'objet direct, au contraire du français.

(15) a. **John eats quickly an apple*
b. Jean mange rapidement une pomme
c. *John quickly eats an apple*
d. *Jean rapidement mange une pomme

Le paradigme en (15) semble être le résultat d'une variation paramétrique entre la grammaire de l'anglais et celle du français. Dans les deux langues, la proposition a une structure proche de celle en (16) :

(16) [$_{S}$ Sujet [Inflexion [Adverbe [$_{VP}$ Verbe Objet]]]]

Ce qui rend une phrase finie, ce sont des caractéristiques de la position de l'Inflexion. Elles doivent être ajoutées au verbe dans les deux langues (appelons ceci le principe de « l'ajout de l'inflexion »). Les langues diffèrent cependant quant à la manière dont cela se fait (appelons cela le paramètre de « l'ajout de l'inflexion »). En anglais, l'Inflexion descend vers le verbe, tandis qu'en français, le verbe monte vers l'Inflexion. La différence est illustrée en (17).

(17) a. $[_S$ Suj < ~~Infl~~ > [Adv $[_{VP}$ V + Infl Obj]]]]
b. $[_S$ Suj [Infl + V [Adv $[_{VP}$ < ~~V~~ > Obj]]]]

Remarquons que cette seule différence explique les données en (15). En anglais, puisque le Verbe ne monte pas, et que l'adverbe est supposé rester en place, l'adverbe sera à la gauche, non à la droite du verbe fini (17a), tandis qu'en français c'est le contraire, en raison du mouvement-V par-dessus l'adverbe (17b). Ainsi, une simple différence paramétrique rend compte des faits en (15). Remarquons aussi, à propos, que la structure propositionnelle de base reste *la même* dans les deux langues. De même, l'exigence que l'Inflexion soit ajoutée au verbe reste constante. Ce qui change, c'est la façon dont cet ajout se produit [1].

Ainsi que cela devrait apparaître clairement, cette sorte d'explication peut se multiplier pour rendre compte de toutes sortes de différences entre langues (voir Baker, 2001). Et une bonne partie des recherches durant les années 1980 comportait exactement ces sortes d'analyses. Cela s'avéra très éclairant, et les grammairiens arrivèrent à la conclusion qu'une explication de la faculté de langage par des principes et des paramètres était essentiellement correcte. Observons que cela *ne dit pas* laquelle des

1. Lasnik (2000) soutient que la différence centrale entre l'anglais et le français est que Infl est affixale dans le premier (et requiert donc l'opération de saut/descente de l'affixe) alors qu'elle est un trait dans le second (ce qui force le mouvement vers le haut).

nombreuses théories de principes et paramètres possibles est la bonne. Tout ce que cela dit, c'est que la bonne théorie devrait avoir cette architecture générale. Ce consensus ouvrit la porte à l'évolution la plus récente de la théorie grammaticale, le programme minimaliste, vers lequel nous nous tournons maintenant.

## 3. Le programme minimaliste

La brève histoire ci-dessus nous a menés à travers deux périodes de la recherche grammaticale. La première a réussi à développer des outils formels adéquats pour l'étude des grammaires des langues naturelles. La seconde a fermement placé l'entreprise dans un contexte cognitif, et finalement biologique, plus large, et elle a réussi à cadrer un type général de solution au problème de l'acquisition pris dans son acception la plus large. La proposition des Principes et Paramètres présente trois grandes qualités : (a) elle est compatible avec le fait que la langue qu'une personne finit par parler est liée de près à celle à laquelle elle est exposée ; (b) elle est cohérente avec le fait que l'acquisition se réalise, en dépit d'une pauvreté significative du stimulus linguistique, grâce aux DLP actives sur le fond fixe de principes invariants ; et (c) elle est immédiatement applicable dans la recherche grammaticale quotidienne. En particulier, et au contraire des caprices de la métrique d'évaluation, le modèle de fixation des paramètres a été largement employé pour rendre compte de la variation grammaticale. Ces trois faits ont amené les linguistes à un consensus général selon lequel la faculté de langage a bien une architecture en Principes et Paramètres (P & P).

Ce consensus pose une nouvelle question : étant admis que la faculté de langage a un caractère P & P, lequel des nombreux modèles P & P est le bon ? Autrement dit, quelles autres conditions sur l'adéquation grammaticale y a-t-il et comment peut-on s'en servir pour faire avancer l'entreprise générative ? Le Minimalisme est une tentative de répondre à cette question. Cependant, comme la légitimité d'un programme minimaliste pour la linguistique théorique a fait l'objet de critiques (voir Lappin, Levine et Johnson, 2000), nous voulons d'abord faire observer que le tournant minimaliste est tout à fait dans la ligne de l'agenda de recherche lancé dans *Aspects* (voir Freidin et Vergnaud, 2001 sur ce point), et qu'il s'intéresse à des questions tout à fait communes dans les sciences bien développées[1].

Pour le dire en peu de mots, le programme minimaliste fait l'hypothèse que le système computationnel (« syntaxe ») central du langage humain est une solution « optimale » à la tâche essentielle du langage : relier les sons et les significations. Cette hypothèse sera justifiée une fois que les complexités apparentes des approches précédentes (telles que *LGB*) auront été éliminées, ou alors que l'on aura montré qu'elles ne sont qu'apparentes, dérivant de propriétés plus profondes et plus simples. Exprimée de la sorte, la Conjecture Minimaliste ne diffère en rien de l'insistance de la Morphologie théorique à « modéliser une forme existante avec un minimum de paramètres et de complexité mathématique » (McGhee, 1998, p. 2). En fait, le Minimalisme répond à une pulsion profondément enracinée, caractéristique des sciences. Comme le dit Feynman (1963, p. 26) :

> « Maintenant dans le progrès des sciences, nous voulons davantage qu'une simple formule. D'abord nous avons une

1. La seule réserve qui vaille d'être gardée à l'esprit est que le Programme minimaliste est peut-être prématuré (Chomsky, 2001, p. 1).

observation, puis nous avons des nombres que nous mesurons, et ensuite nous avons une loi qui résume tous ces nombres. Mais la vraie *gloire* de la science, c'est que *nous pouvons trouver une façon de penser* telle que la loi soit évidente. »

Ou, dans les mots d'Einstein,

> « [le but de la physique est] non seulement de savoir comment est la nature et comment sont conduites ses transactions, mais aussi d'atteindre autant que possible l'objectif utopique et apparemment arrogant de savoir pourquoi la nature est ainsi et pas autrement » (cité dans Weinberg, 2001, p. 127).

Nous soupçonnons que cet objectif « apparemment arrogant » du Programme minimaliste est ce que beaucoup ont trouvé ingrat. Mais comme la citation de Feynman le fait apparaître, une fois que les niveaux observationnel [l'observation], descriptif [les « nombres »] et explicatif [la « loi »] sont atteints, le désir d'aller « au-delà de l'adéquation explicative » (Chomsky, à paraître) émerge naturellement et est logique dans le contexte d'une approche naturaliste du langage (Chomsky, 2000a).

Vu dans ce contexte, le Minimalisme émerge du succès du programme *LGB*. Parce que l'approche en Principes et Paramètres « résout » le problème de Platon, il y a davantage de critères méthodologiques d'évaluation de la théorie, tournant autour de la simplicité et de l'élégance, et davantage d'autres notions, difficiles à quantifier mais omniprésentes dans la science, qui peuvent prendre plus d'importance. Jusqu'aux *LGB*, résoudre le problème de l'acquisition était la mesure la plus haute du succès théorique. Mais une fois que ce problème est considéré comme essentiellement compris, la question *n'est pas* comment le résoudre, mais bien comment le résoudre *au mieux*. Par sa nature même, cette question s'abstrait du problème de la

PDS et s'oriente vers d'autres critères d'adéquation, c'est-à-dire « au-delà de l'adéquation explicative ».

Les succès des *LGB* sont importants d'une seconde manière dans le Minimalisme. La théorie du Gouvernement et du Liage (*GB*) est une théorie P & P très bien développée, avec une large couverture expérimentale et une structure déductive intéressante. Elle fournit donc un socle pour la réflexion méthodologique, un point de départ pour la subtilité explicative. Cette sorte d'évaluation comparative est bien illustrée par la discussion des niveaux de représentation dans le premier article minimaliste (Chomsky, 1993).

Le *GB* est une théorie qui identifie quatre sortes importantes d'informations grammaticales, associées à quatre « niveaux » grammaticaux distincts. Ces quatre niveaux sont la structure profonde D (pour *Deep-structure*), la structure de surface S (pour *Surface-structure*), la forme logique LF (pour *Logical form*) et la forme phonétique PF (pour *Phonetic form*). Les deux derniers indiquent deux endroits (techniquement, des niveaux de représentations) où la grammaire s'interface avec d'autres composantes cognitives. Ainsi, comme on l'a observé depuis Aristote, le langage apparie les sons et les significations. La LF est la partie de la grammaire qui alimente les composantes cognitives qui traitent les intentions, les croyances et autres formes de connaissance conceptuelle. La PF est ce que la grammaire apporte à la structure sonore du langage.

Observons que cela fait concevoir la grammaire comme interagissant avec d'autres parties de l'esprit/du cerveau. De plus, cela suppose que cette interaction est modulaire ; toutes les parties de la faculté de langage n'interagissent pas avec toutes les parties des autres modules mentaux. Au lieu de cela, elles interagissent de façon spécifique et en des points spécifiques. Chomsky remarque que pratiquement tous ceux qui réfléchissent sur le langage utilisent des niveaux similaires à la LF et à la PF, points d'interaction entre la grammaire et d'autres domaines cognitifs. De sorte que le fait d'avoir ces niveaux dans le *GB* n'est pas surprenant ni unique à ce cadre. Pratiquement toute explication raisonnable aurait quelque chose d'analogue. Ainsi, ces niveaux sont motivés non pas sur des bases empiriques *étroites* (disons à cause d'un désir de représenter la portée des quantificateurs ou les effets sandhi) mais sur des bases très larges (presque conceptuelles). N'importe quelle théorie raisonnable aurait des interfaces phonétique et sémantique.

Il n'en va pas de même pour la DS et la SS. Ce sont, dans le module de langage, des niveaux internes à la théorie. S'ils existent, ils sont motivés par des raisons empiriques étroites (remarquons que ceci n'est pas une critique, mais juste une observation), et non sur de plus larges bases conceptuelles.

Chomsky avance alors l'argument méthodologique suivant : il est préférable d'avoir une théorie à deux niveaux qui n'a qu'une LF et une PF, plutôt qu'une théorie à quatre niveaux avec une DS et une SS en plus. Méthodologiquement (ce qu'on appelle parfois la thèse minimaliste faible), le raisonnement du rasoir d'Ockham appuierait la conclusion que la multiplication des niveaux est conceptuellement coûteuse à moins d'avoir une motivation empirique solide. Conceptuellement (ce que Chomsky appelle la thèse minimaliste forte), il serait étonnamment commode que le langage ne fasse usage que des niveaux qui sont nécessaires pour relier les sons et les significations.

De façon intéressante, Chomsky (1993) parvient à montrer que la plupart des indices à l'appui de l'existence des DS et SS sont moins empiriques que technologiques.

En faisant des hypothèses techniques légèrement différentes, il est possible de couvrir la même base expérimentale sans exiger de niveaux du genre des DS et SS. Si cela est exact, alors une meilleure sorte de théorie, d'un point de vue conceptuel – une théorie sans niveaux DS et SS – n'est pas moins empiriquement adéquate que la théorie normale. Cela est alors un exemple où l'adéquation descriptive et l'adéquation explicative peuvent aller de pair.

Les niveaux de représentation ne sont que l'un des domaines d'intérêt du Minimalisme. Et comme on pourrait s'y attendre, il y a différentes façons de conduire le Programme minimaliste. Il n'est pas surprenant que les directions de recherche prises par les linguistes soient similaires à celles des sciences plus développées. Deux approches avaient été clairement identifiées par Dirac en 1968 [1]. Une méthode consistait à faire disparaître les incohérences, « en isolant les erreurs [dans la théorie] et ensuite [en essayant de] les enlever, [...] sans détruire les très grands succès de la théorie existante ». L'autre méthode consiste à unifier des théories qui étaient disjointes jusque-là. Appelons la première méthode « méthode verticale » (extraire les incohérences), et la seconde, « méthode horizontale » (réunir des ensembles disjoints de phénomènes et de lois). Ensemble, elles forment les axes de la recherche scientifique, s'efforçant d'approfondir la compréhension, et on peut les voir à l'œuvre toutes les deux dans le programme minimaliste pour la linguistique théorique.

À titre d'illustration, prenons le fait que la théorie *GB* est modulaire au sens technique ; c'est-à-dire qu'elle est

1. La procédure mathématique est un autre terme pour ce que Husserl surnommait « la science de style galiléen », caractérisée par Weinberg (1976) comme « [...] faire des modèles mathématiques abstraits de l'univers, auxquels au moins les physiciens accordent un plus haut degré de réalité qu'au monde sensible ordinaire ».

conçue comme comportant des systèmes indépendants en interaction, par exemple le module de liage, le module X', le module de contrôle, le module de mouvement, le module de cas, etc. Ces modules ont leurs propriétés particulières (principes ou « lois »), s'occupent de différents aspects de la structure grammaticale (par exemple l'anaphore ou le cas), et fonctionnent à des échelles différentes (par exemple les catégories gouvernantes ou les domaines subjacents). Ces modules se sont avérés très importants pour expliquer les observations de base sur les structures grammaticales de diverses langues. D'un point de vue méthodologique, cependant, une explication avec moins de modules est préférable à une autre avec plus de modules. Par conséquent, une sorte de projet minimaliste consiste à réduire autant que possible le nombre de modules internes de la grammaire, et de préférence à un seul. Pour y parvenir en respectant les données empiriques, il est nécessaire de montrer que les généralisations que les divers modules ont encodées peuvent trouver place dans une théorie d'une forme moins modulaire. En fait, le but est d'unifier les sous-composants et de montrer que les diverses généralisations et restrictions qui les caractérisent ne sont en réalité toutes que des aspects des mêmes principes et « lois » sous-jacents. Cela serait un exemple de minimalisme horizontal. Le paradigme de cette sorte d'entreprise se trouve dans la physique, qui a eu depuis longtemps l'ambition d'unifier toutes les forces fondamentales. L'entreprise n'est pas aussi imposante dans le cas de la linguistique, mais l'ambition est similaire. Est-il possible d'unifier ces divers domaines et de montrer qu'ils reflètent tous les mêmes principes et forces grammaticales sous-jacents ? Cela n'est pas le lieu pour présenter des propositions spécifiques dans la ligne de cet effort réducteur. Qu'il suffise de dire que des propositions préliminaires pour l'unification des modules ont été avancées, en particulier en unifiant les théories du mouvement, du contrôle et du liage avec celles du cas et de l'accord (voir Hornstein, 2001, Boeckx, 2003, et leurs références).

Il y a une seconde ligne, plus verticale, de recherche minimaliste. Elle se centre davantage sur un effort pour rationaliser les propriétés grammaticales en d'autres termes, typiquement surtout en termes d'une forme de complexité computationnelle. À la limite, le but est ici de montrer que les propriétés qui émergent sont exactement celles qu'aurait un dispositif computationnel optimal chargé de lier le système des sons au système conceptuel. Ce projet partage les ambitions d'un autre genre de style réducteur de la physique, celui qui ramène la thermodynamique à la mécanique statistique.

Les motivations du minimalisme vertical sont visibles dans les propositions qui soutiennent que les grammaires font au moins ce qu'il faut pour produire des objets utilisables par les interfaces son/signification. Ainsi par exemple, si quelque chose doit se déplacer pour satisfaire à une certaine exigence, alors le mouvement doit être le plus court possible, ou si quelque exigence doit être rencontrée, elle doit l'être par la première expression qui en soit capable (voir Collins, 1997 ; Kitahara, 1997). Si une recherche est nécessaire, alors le système est conçu pour assurer que cette recherche soit optimale, que l'information pertinente soit facile à atteindre et que les opérations appropriées soient faciles à implémenter. Considérons un exemple de cette forme de raisonnement. Les constructions existentielles anglaises telles que (18) ont une propriété que l'on rencontre communément dans les langues. Le verbe *(is, are)* s'accorde en nombre avec un sujet qui n'est pas à sa place canonique à la gauche du verbe (19).

(18) a. *There was/*were a man in the halls*
b. *There were/*was men in the hall*
(19) a. *A man was in the halls*
b. *Men were in the hall*

Comme indiqué en (18), le modèle d'accord présenté est sévèrement restreint. Remarquons qu'en (18a), nous exigeons *was* et nous ne pouvons pas avoir *were* et que le contraire est vrai pour (18b)[1]. En fait, le verbe *doit* s'accorder avec l'élément le plus proche, ici la proposition nominale immédiatement à sa droite[2]. Ou pour le dire négativement, il ne peut pas s'accorder avec les propositions nominales soulignées (observons que nous disons : *the halls were/*was* et *the hall was/*were*). La raison avancée pour justifier cet état de choses est que la grammaire est conçue de façon optimale et que l'accord doit donc se faire avec l'élément d'accord *le plus proche* possible. Dans (18) et (19), *man/men* est plus proche que *hall/halls*, et donc l'accord doit se faire avec le premier et non avec le second. En d'autres termes, les modèles que nous voyons s'adaptent à ce que fournirait un système bien conçu.

Ce type d'explication peut être rendu fonctionnel de façon très générale. Par exemple, Chomsky (2004) a soutenu que nombre de propriétés de la grammaire, par exemple le fait qu'il y ait des groupes étiquetés (les VP, propositions verbales, et les NP, propositions nominales),

1. Observons que nous avons écarté des exemples quasi figés, non productifs, comme *there's two men in the room* {il y a deux hommes dans la pièce}.

2. Utiliser des termes comme « à sa gauche/droite » est seulement une manière de parler. En fin de compte, la proximité est définie en termes structuraux (profondeur d'emboîtement), ce dont les détails ne présentent pas d'intérêt pour la présente discussion.

ont pour but de faciliter la recherche dans le processus d'une dérivation. On a fait des suggestions de même genre à propos de la propriété de branchement binaire des grammaires et de la nature locale du mouvement.

Il est important d'observer que les méthodes horizontale et verticale ne sont pas mutuellement exclusives. Comme Dirac le faisait déjà remarquer, il est beaucoup plus difficile d'unifier des théories si elles ne contiennent pas d'incohérences. Ainsi, la méthode verticale peut rendre plus facile la méthode horizontale. De même, l'unification révélera souvent des anomalies que la méthode verticale s'efforcera de faire disparaître. C'est important parce que cela souligne le fait, souvent remarqué par Chomsky, qu'il n'y a pas qu'une seule manière de faire du Minimalisme. Typiquement, un article scientifique invoquera un mélange de considérations verticales et horizontales. En pratique cependant, les deux styles sont différents, et nous espérons en avoir donné le sentiment au lecteur. En dépit des différences, pourtant, les deux constituent des tentatives de faire avancer la théorie grammaticale dans de nouvelles directions, vers une plus grande profondeur explicative. Seul le temps dira si ces efforts mèneront à des voies théoriques et expérimentales fructueuses.

## 4. Conclusion

Le langage fait partie de l'univers biologique. Dès que ce fait est au foyer de la recherche, comme il l'a été en grammaire générative, « il est raisonnable de penser ce niveau de recherche comme similaire en principe à la chimie au XX$^{e}$ siècle : en principe, c'est-à-dire pas en termes de la profondeur et de la richesse des “masses de doctrine” établies » (Chomsky, 2000b, p. 26).

Comme toute autre entreprise scientifique, la linguistique s'est centrée sur différents objectifs au fil des années, et elle a fait appel à différentes méthodes pour les atteindre. Nous avons distingué ici trois périodes où des objectifs et des méthodes distincts furent mis en valeur : le stade combinatoire, le stade cognitif, et le stade minimaliste. Nous espérons avoir communiqué l'impression que l'évolution de la linguistique théorique n'a pas été erratique, mais qu'elle a au contraire suivi une voie d'investigation cohérente, similaire dans son esprit à ce qu'on trouve dans les sciences plus fondamentales et plus couronnées de succès. Les résultats obtenus jusqu'ici sont prometteurs, et leur utilisation s'est déjà étendue au-delà des matières linguistiques [1]. En effet, si l'hypothèse minimaliste à propos du caractère optimal de l'organe du langage se révèle tenable, on pourra tirer des « conclusions de quelque importance, non seulement pour l'étude du langage lui-même » (Chomsky, 2004), mais pour l'univers biologique entier. De bien des façons, la linguistique vit des temps excitants.

*Traduction de l'anglais par Thierry van Steenberghe.*

1. Par exemple, Searle (2001) montre comment les résultats de la hiérarchie de Chomsky (machines markoviennes, à états finis >> grammaires à structures de phrases >> grammaires transformationnelles) et le formalisme des *Structures syntaxiques* peuvent être étendus pour modéliser les interactions à l'intérieur du code génétique. Pour plus de ramifications, voir Jenkins (2001) et Jenkins (2004).

## Bibliographie

Baker, M., *The Atoms of Language : the Mind's Hidden Rules of Grammar*, New York, Basic Books, 2001.

Boeckx, C., *Islands and Chains*, Amsterdam, John Benjamins, 2003.

Chomsky, N., *Morphophonemics of Modern Hebrew*, MA thesis, University of Pennsylvania, 1951. Publiée en 1979, New York, Garland.

–, *The Logical Structure of Linguistic Theory*, Ms., Harvard/MIT, 1955. Publié en partie en 1975, New York, Plenum.

–, *Syntactic Structures*, La Haye, Mouton, 1957.

–, *Aspects of the Theory of Syntax*, Cambridge, Mass, MIT Press, 1965.

–, « Conditions on transformations », in *A festshrift for Morris Halle*, éd. S. Anderson and P. Kiparsky, 1973, p. 232-286. New York, Holt, Rinehart, and Winston.

–, *Lectures on Government and Binding*, Dordrecht, Foris, 1981.

–, « A minimalist program for linguistic theory », in *The View From Building*, 20, K. Hale and S. J. Keyser (éd.), 1-52, Cambridge, Mass., MIT Press, 1993.

–, *The Minimalist Program*, Cambridge, Mass., MIT Press, 1995.

–, *Noam Chomsky's Minimalist Program and the Philosophy of Mind*, interview avec C. J. Cela-Conde et G. Marty. Syntax, 1998, 1, p. 19-36.

–, *New Horizons in the Study of Language and Mind*, Cambridge, Cambridge University Press, 2000a.

–, « Linguistics and brain science », in *Image, Language, and Brain*, A. Marantz, Y. Miyashita, et W. O'Neil (éd.), Cambridge, Mass., MIT Press, 2000b, p. 13-28.

–, « Derivation by phase », in Ken Hale : *A Life in Language*, M. Kenstowicz (éd.), Cambridge, Mass., MIT Press, 2001, p. 1-52.

–, « Beyond explanatory adequacy », in *Structures and Beyond*, A. Belletti (éd.), Oxford, Oxford University Press, 2004, p. 104-131.

Collins, Ch., *Local Economy*, Cambridge, Mass, MIT Press, 1997.

Cowie, F., *What's within ? : Nativism Reconsidered*, Oxford, Oxford University Press, 1998.

Crain, S., et Mineharu N., « Structure dependence in grammar formation », *Language*, n° 63, 1987, p. 522-543.

Dirac, P., « Methods in theoretical physics », in *From a Life in Physics : Evening Lectures at the International Center for Theoretical Physics*, Trieste, Italie, 1968. A special supplement of the International Atomic Energy Agency Bulletin, Austria. Réimprimé in *Unification of Fundamental Forces*, A. Salam (éd.), Cambridge, Cambridge University Press, p. 125-143.

Emonds, J., *Root and Structure Preserving Transformations.* Doctoral dissertation, MIT, 1970. Publiée en 1976 sous le titre *A Transformational Approach to English Syntax*, New York, Academic Press.

Feynman, R., *The Feynman Lectures in Physics*, vol. 1, Reading, Mass., Addison-Wesley, 1963.

Freidin, R. et Vergnaud, J.-R., « Exquisite connections : some remarks on the evolution of linguistic theory », *Lingua*, n° 111, 2001, p. 639-666.

Greenberg, J., « Some universals of language with special reference to the order of meaningful elements » in *Universals of Language*, J. Greenberg (éd.), Cambridge, Mass., MIT Press, p. 73-113.

Hornstein, N., *Move ! A Minimalist Approach to Construal*, Oxford, Blackwell, 2001.

Jackendoff, R., *Patterns in the Mind*, New York, Basic Books, 1994.

Jenkins, L., *Biolinguistics*, Cambridge, Cambridge University Press, 2001.

Jenkins, L. (éd.), *Variation and Universals of Biolinguistics*, Leyde, Brill, 2004.

Kauffman, S., *The Origins of Order*, Oxford, Oxford University Press, 1993.

Kayne, R., *French Syntax : the Transformational Cycle*, Cambridge, Mass., MIT Press, 1975.

–, *The Antisymmetry of Syntax*, Cambridge, Mass., MIT Press, 1994.

Kitahara, H., *Elementary Operations and Optimal Derivations*, Cambridge, Mass., MIT Press, 1997.

Lappin, S., Levine, R. et Johnson, D., « The structure of unscientific revolutions », *Natural Language and Linguistic Theory*, n° 18, 2000, p. 665-671.

Lasnik, H., *Syntactic Structures Revisited*, Cambridge, Mass., MIT Press, 2000.

Lees, R.E., « Review of Chomsky, N., *Syntactic Structures* », *Language*, n° 33, 1957, p. 375-407.

Legate, J. et Yang Ch., « Empirical re-assessment of stimulus poverty arguments », *The Linguistic Review*, n° 19, 2002, p. 151-162.

Lenneberg, E., *Biological Foundations of Language*, New York, John Wiley, 1967.

Lightfoot, D., *Introduction to Syntactic Structures* (2e éd.), Berlin, Mouton/de Gruyter, 2003, V-XVIII.

McGhee, G., *Theoretical Morphology*, New York, Columbia University Press, 1998.

McNeill, D., « Developmental Psycholinguistics », in *The Genesis of Language*, F. Smith et G. Miller (éd.), Cambridge, MA, MIT Press, 1966, p. 15-84.

Pollock, J.-Y., « Verb movement, universal grammar, and the structure of IP », *Linguistic Inquiry*, n° 20, 1989, p. 365-424.

Pullum, G., « Learnability, hyperlearning, and the poverty of the stimulus ». Paper presented at the parasession on learnability, 22nd Annual Meeting of the Berkeley Linguistic Society.

Pullum, G. et Scholz B., « Empirical assessment of stimulus poverty arguments », *The Linguistic Review*, n° 19, 2002, p. 9-50.

Ross, J.R., *Constraints on Variables in Syntax*. Doctoral dissertation, MIT, 1967. Publiée en 1986 sous le titre *Infinite Syntax !* XX.

Sampson, G., *Educating Eve : the Language Instinct Debate*, Cassel Academic Publishers, 1999.

Searls, D.B., « The language of genes », *Nature*, n° 420, 2002, p. 211-217.

Weinberg, S., « The forces of nature », *Bulletin of the American Academy of Arts and Sciences*, n° 29 (4), 1976, p. 13-29.

–, *Facing Up*, Cambridge, Mass., Harvard University Press, 2001.

Yang, Ch., *Knowledge and Learning in Natural Language*, Oxford, Oxford University Press, 2002.

# Les structures mentales et la langue : la théorie du langage de Chomsky [1]

**Tanya Reinhart**

## Postulats de base : la capacité langagière

Durant les années 1950, alors que Chomsky commençait à développer sa théorie du langage, la pensée empiriste originaire du XVII^e^ siècle était fort répandue dans les sciences humaines. Chomsky réintroduisit le débat entre empirisme et rationalisme dans le domaine de la connaissance humaine et de la méthodologie des sciences.

Les philosophes empiristes comme Locke ou Hume postulaient que l'être humain arrive au monde comme une table rase, et que l'expérience grave ses signes sur cette table. Ainsi, la connaissance d'un homme serait la somme des expériences de sa vie. Les rationalistes, et

1. Le présent article, qui vise initialement des lecteurs hébréophones, a été écrit au début des années 1990. Quelques mises à jour et modifications mineures de contenu ont donc été opérées afin d'adapter le texte pour un lecteur francophone et de saisir les développements de la discipline durant cette dernière décennie. Chaque écart du texte original a été discuté avec l'auteur et a reçu son approbation [*NdT*].

particulièrement Descartes (sur lequel Chomsky se concentre dans son livre *La Linguistique cartésienne* [1]), avançaient qu'il est impossible de réduire le savoir humain à la seule somme de ses expériences. Pour expliquer comment traduire l'expérience en connaissance, il faut admettre des structures et concepts innés dans lesquels s'inscrit l'expérience. À partir de ces notions se dégagent différentes conjectures sur la nature humaine. Selon la vision rationaliste, il existe des différences fondamentales entre l'être humain et l'animal. Alors que les empiristes considèrent que l'être humain arrive au monde équipé seulement de ses capacités à apprendre à partir de l'expérience, ce qu'il partage avec tous les animaux, les concepts innés que posent les rationalistes définissent l'être humain comme un organisme particulier, distinct des autres formes de vie.

Plusieurs raisons expliquent pourquoi, jusqu'au XX^e^ siècle, les sciences adoptèrent le courant empiriste. L'empirisme offre une apparence plus « scientifique ». Il ne présuppose que des notions et des phénomènes visibles et mesurables, alors que les rationalistes, avec leurs concepts mentalistes innés, étaient considérés comme vagues. Il y avait aussi des raisons historiques pour préférer l'empirisme. Cette conception permettait de séparer plus facilement la science de la religion et de la surveillance de l'Église, parce que la science, qui ne s'intéresse qu'aux phénomènes physiques observables et laisse les choses de l'âme au jugement de la religion, n'est pas si dangereuse pour l'Église. À cela s'ajoutaient des raisons idéologiques qui convenaient à la pensée capitaliste en développement. L'idée de la table rase de l'empirisme s'accordait avec la conception libérale classique.

1. Noam Chomsky, *La Linguistique cartésienne : un chapitre de l'histoire de la pensée rationaliste*, Paris, Seuil, 1969.

Tous les êtres humains arrivent au monde égaux et dénués de tout, et à partir de cet instant, tout est dans leurs mains ; ainsi, le fils d'un cordonnier peut devenir président des États-Unis. Par ailleurs, l'idéologie du contrôle de l'État dans les moyens de production, qui s'était développée en Union soviétique, s'appuyait également sur la vision de table rase dans son interprétation marxiste.

Durant les années 1950, l'empirisme se manifeste en psychologie dans le courant béhavioriste par les travaux de Skinner, qui a même développé une approche pour expliquer la connaissance langagière et l'étude scientifique du langage. Selon Skinner, le comportement humain est un système de réflexes conditionnés. Parler de volontés, d'intentions ou de manifestations de la pensée qui se situent dans les fondements du comportement est vague et provient de l'illusion de liberté que chérissent les philosophes. L'acquisition de la connaissance ou l'apprentissage est une réaction en chaîne par rapport à des renforcements positifs ou négatifs. C'est également ainsi que l'enfant apprend une langue. Lorsqu'une combinaison sonore qu'il a produite reçoit un renforcement positif (disons qu'il a reçu une pomme), celle-ci est stockée comme utile. Dans l'approche de Skinner, la source du concept de *grammaire* ou de *structure* d'une langue provient également de ce mentalisme vague, qui suppose l'existence de concepts inobservables. Selon les béhavioristes, nous apprenons à produire des phrases nouvelles par analogie avec d'autres phrases par rapport auxquelles nous avons reçu un renforcement positif dans le passé, similairement aux autres formes de vie qui apprennent à fonctionner dans une nouvelle situation par analogie avec des situations précédentes. Ainsi, selon cette approche, la connaissance langagière comprend une liste de combinaisons (acquises par l'expérience), qui peut être étendue par analogie.

C'est à cette position par rapport à la connaissance du langage que s'attaque Chomsky. Examinons tout d'abord l'argument de Skinner par rapport à la structure de la connaissance langagière, puis posons-nous la question de la manière dont celle-ci est acquise. En fait, il n'existe pas de moyen pour décrire la connaissance langagière sans poser un système abstrait de règles pour la production de phrases – la grammaire ou le système computationnel, dans les termes de Chomsky – parce que chaque langue humaine comprend un nombre infini de phrases et qu'il n'est pas possible de définir un système infini par une liste et des extensions analogiques. Comment le prouver ? Un système est infini si, pour chaque membre inclus, d'autres membres peuvent être ajoutés au sein du système. Par exemple, dans le système des nombres naturels, si l'on a compté jusqu'à un milliard neuf cents membres, on remarquera que le nombre un milliard neuf cent un est également un membre du système. Pour vérifier que toute langue humaine représente bien ce type de système, on peut imaginer une sous-langue du français que nous appellerons le français optimiste, similaire au français en tout, sauf qu'il ne contient que les mots *tout, ira, bien, il, elle, pense* et *que*. Même au sein de cette langue limitée, on peut produire un nombre infini de phrases :

(1) Tout ira bien.

(2) Il pense que tout ira bien.

(3) Elle pense qu'il pense que tout ira bien.

(4) Il pense qu'elle pense qu'il pense que tout ira bien.

(5) Il pense qu'il pense qu'elle pense qu'il pense que tout ira bien.

Nous avons énuméré ici cinq phrases qui peuvent être produites en français optimiste, mais il est facile de voir que si l'on ajoutait au début de la phrase (5) la séquence *elle pense que*, on obtiendrait une nouvelle phrase qui serait également un membre du système, et ainsi jusqu'à l'infini. Évidemment, dans notre vie finie, nous ne pourrons pas compter tous les membres du système. Nous pouvons également admettre que la plupart d'entre nous perdraient notre concentration bien avant d'avoir réussi à compter trente phrases en français optimiste. Néanmoins, il n'existe pas de nombre à partir duquel les combinaisons produites s'arrêtent d'être des phrases correctes dans ce sous-français.

Comment décrire le savoir qui nous permet de produire les phrases considérées ici ? Comme dans chaque système infini, savoir quels sont les membres du système équivaut à connaître les règles qui définissent ou produisent ces membres. Toute personne sachant compter est équipée d'une règle qui produit un nombre infini de membres (« ajoute le nombre *1* à un membre du système »). Il est insensé de décrire la connaissance d'un système de ce type comme la connaissance d'une liste de tous ses membres, vu que nous ne pouvons pas acquérir et stocker une liste infinie dans une vie finie.

Pour décrire le savoir langagier, il importe de distinguer, selon Chomsky, entre compétence et performance : entre la capacité langagière et ce que nous en faisons effectivement. Les contraintes de traitement des données [1], la concentration ou le besoin de communication limitent la longueur des phrases que nous utilisons en pratique, tout comme il n'est pas raisonnable que quelqu'un parmi nous se mette réellement à compter jusqu'à

1. Nous traduisons par *traitement des données* le terme anglais *processing*, qui est devenu habituel dans le jargon linguistique pour désigner le traitement primaire des données de la langue par le cerveau [*NdT*].

un milliard. Mais la connaissance langagière – l'objet de recherche du linguiste – est la compétence de produire un nombre infini de phrases, une aptitude qui ne peut être décrite qu'à l'aide d'un système de règles formatrices que sont la grammaire ou le système computationnel. Par la suite, nous nous pencherons sur un autre problème du béhaviorisme, à savoir qu'il n'explique pas comment un enfant peut, sans enseignement systématique, déterminer si une phrase quelconque au sein de sa langue est bien formée ou mal formée, même s'il n'a jamais entendu cette phrase.

Il n'existe donc aucune base solide pour l'argument de Skinner, selon lequel le savoir langagier peut être décrit sans poser une structure abstraite sous-jacente. En fait, Skinner fait entrer la structure abstraite par la petite porte quand il parle d'analogie. Que signifie l'argument selon lequel la phrase (3) plus haut en français optimiste, par exemple, est produite ou comprise par analogie à la phrase (2) ? La phrase (2) contient six mots, et la phrase (3) en contient neuf. De quelle façon ces phrases sont-elles analogues ? Il n'y a pas plus de sens à cette question qu'à la question d'un rapport d'analogie entre les nombres 23 et 586 ou qu'à l'argument que nous apprenons le second nombre par analogie par rapport au premier. Si nous essayons de définir le concept vague d'analogie qui est présupposé ici, nous arriverons à la réponse que les phrases (2) et (3) sont produites par application de la même règle langagière (nous y reviendrons), comme les nombres 23 et 586 sont les produits de l'application de la règle opérant sur les membres du système des nombres naturels. Ainsi, connaître les phrases d'une langue implique d'en connaître les règles.

La théorie de l'analogie, qui a été délaissée vers la fin des années 1950, a trouvé un nouvel essor dans le cadre de l'approche connexionniste (l'approche des réseaux neuronaux), dans le cadre de la recherche en intelligence artificielle, qui essaie de produire des machines à apprendre qui acquièrent une langue selon ce système (sans succès jusqu'ici pour produire des phrases comme [2-5], par exemple). Nous allons donc évaluer ses limites à la lumière d'un autre exemple :

(6) L'investigateur a reçu deux livres d'Oxford.

(7) L'investigateur a perdu deux livres d'Oxford.

Contrairement aux exemples précédents, il est facile de saisir intuitivement des rapports d'analogie en comparant (6) et (7) – les phrases se ressemblent en tout sauf en ce qui concerne le verbe. L'on pourrait peut-être argumenter que l'une d'elles est produite par analogie à l'autre. Si tel est le cas, l'apprenant de la langue qui fait face à la phrase (8) continuera gaiement à appliquer le principe d'analogie et produira la séquence en (9) :

(8) C'est d'Oxford que l'investigateur a reçu deux livres.

(9) *C'est d'Oxford que l'investigateur a perdu deux livres.

Mais (9), contrairement à (8), n'est pas une phrase française bien formée (les combinaisons mal formées sont indiquées par une étoile). Quelle conception de l'analogie peut expliquer cette différence ? L'explication ne peut provenir que d'un système de règles que le locuteur connaît (nous y reviendrons par la suite). Jusqu'ici, nous avons insisté sur le fait que le savoir linguistique doit être basé sur un système conceptuel abstrait, et que nous n'apprenons pas les phrases de la langue par analogie. Mais quelle est la source de ce système de concepts ? Comment pouvons-nous l'apprendre ? La réponse que Chomsky a offerte à l'encontre de l'empirisme des années 1950 se situait dans l'esprit rationaliste. La faculté langagière doit être un savoir inné, et non une connaissance acquise socialement. La structure du langage – le système computationnel abstrait que connaît tout locuteur d'une langue – est inscrite en lui dès sa naissance ; et durant le processus d'acquisition du langage, l'enfant projette son expérience – l'information langagière à laquelle il est exposé – sur ces fondements préexistants. Les linguistes nomment la structure innée et abstraite du langage *grammaire* (la description théorique d'une langue). Comme les autres caractéristiques génétiques de l'espèce humaine, cette grammaire est universelle et partagée par tous, mais elle donne lieu à des réalisations différentes que nous pouvons appeler langues humaines.

La chose remarquable dans les premières conclusions de Chomsky, c'est qu'il y soit arrivé par une analyse logico-conceptuelle de la connaissance langagière. Avec les années, beaucoup de recherches empiriques dans différentes disciplines se sont accumulées et ont confirmé ces conclusions, mais le point de départ de Chomsky était qu'il n'y a pas d'autre façon d'expliquer pourquoi la faculté linguistique est exactement ce qu'elle est, pourquoi chaque langue a des caractéristiques structurales identiques, et comment un enfant peut acquérir sa langue en si peu de temps. Approfondissons brièvement quelques-uns de ses arguments.

### Langage et systèmes d'utilisation

La question qui se pose tout d'abord est : comment expliquer pourquoi la structure du langage humain se présente telle qu'elle se présente ? Par exemple, pourquoi trouve-t-on dans chaque langue certaines structures et non d'autres, comme nous l'avons vu dans les exemples mentionnés plus haut ? Dans le domaine des sciences, l'explication est une relation de conséquence : la théorie A explique le fait B si B découle logiquement de A. La question est donc : existe-t-il une explication alternative à la théorie de la structure innée, une théorie alternative dont découlent les caractéristiques du langage ?

Le langage humain est en relation avec plusieurs systèmes d'utilisation (c'est la notion d'*interfaces*), ce qui veut dire que le langage peut être utilisé à des fins distinctes, par exemple avancer une assertion, tirer des conclusions logiques ou communiquer. Une des questions qui revient toujours dans les débats avec Chomsky est de savoir s'il est possible de déduire les caractéristiques langagières de ces systèmes d'utilisation. Si cela s'avère possible, alors le langage reçoit une explication fonctionnelle, ce qui veut dire que la structure spécifique du langage provient des fonctions pour lesquelles nous l'utilisons. Le fil rouge dans la réponse de Chomsky à ces arguments est que les besoins d'utilisation pourraient correspondre à plusieurs langages possibles, et c'est pourquoi on ne peut expliquer, par ces besoins, pourquoi la structure existante du langage humain a effectivement été choisie.

Prenons un exemple : une approche sémantique fonctionnelle (basée sur la théorie du sens) essaiera de déduire les règles du langage de règles logiques ; elle dira que la structure de la phrase découle de la syntaxe logique et que le langage s'est développé de façon à nous permettre d'exprimer des arguments logiques à l'aide de ses phrases. Il est facile de voir qu'il ne s'agit pas là d'une explication plausible à l'aide de l'exemple suivant :

(10) Le ministre a requis de résister aux pressions financières.

(11) Le ministre a requis la résistance aux pressions financières.

Les phrases (10) et (11) expriment des assertions identiques, ce qui veut dire qu'elles sont équivalentes en termes logiques et aussi du point de vue du sens. Mais sur la base de la phrase (10), il est possible de poser la question (12) ci-dessous, qui est une phrase bien formée en français, alors qu'au contraire la question (13), basée sur la phrase (11), est mal formée en français (et dans d'autres langues).

(12) À quelles pressions le ministre a-t-il requis de résister ?
(13) *À quelles pressions le ministre a-t-il requis la résistance ?

Le problème ne peut pas provenir du contenu de la question, car si celle-ci était bien formée, les questions (12) et (13) seraient équivalentes dans leur sens comme leurs phrases indicatives respectives (10) et (11). Ces exemples montrent qu'il existe dans le langage humain des contraintes particulières sur la structure des questions qui ne peuvent pas être déduites de leur structure logique. Le langage logique admet pareillement les deux questions (12) et (13), alors que le langage humain n'en admet qu'une. Cet exemple nous permet de généraliser et de soutenir que les phrases produites dans une langue humaine ne sont qu'un sous-ensemble des phrases bien formées selon les exigences de la logique, à savoir les phrases appartenant au langage logique. Il s'ensuit qu'il est impossible d'expliquer à l'aide de règles logiques le fait que les langues naturelles ne produisent que ce sous-ensemble. D'autres approches fonctionnelles, encore assez populaires actuellement et dont le centre de recherche est situé sur la côte Ouest des États-Unis, essaient de déduire la structure du langage humain des besoins de communication ou de contraintes pragmatiques plus générales. Sans entrer dans les détails, ces approches souffrent du même problème que celui mentionné plus haut. Il est possible d'imaginer plusieurs systèmes de communication dont les caractéristiques seraient différentes de celles des langues humaines, et c'est la raison pour laquelle les besoins de communication ne peuvent pas expliquer pourquoi c'est précisément le système utilisant les structures spécifiques du langage humain qui a été choisi. Par contre, si nous admettons que le langage s'est développé sur une base génétique, il devient possible d'expliquer tous les problèmes que les autres systèmes n'étaient pas en mesure d'expliquer. Ce sont des contraintes dont l'origine se trouve dans la structure innée du langage – que nous examinerons par la suite –, qui limitent ses options d'utilisation (par exemple l'exclusion de la phrase (13) ci-dessus, bien qu'elle soit cohérente du point de vue logique). Ainsi, la solution de Chomsky nous permet d'admettre que si une voie génétique alternative avait développé une grammaire qui produise des langues impossibles à utiliser, à savoir qui ne puissent pas être utilisées pour la communication ou pour établir une assertion, il est vraisemblable, selon les principes de sélection naturelle, que ce développement génétique n'aurait pas survécu. De toute façon, le langage humain est en relation avec des systèmes d'utilisation. C'est une caractéristique importante du langage dont la théorie linguistique doit rendre compte, mais qui ne fournit pas d'explication pour la structure spécifique du langage.

## L'acquisition du langage

Un autre problème qui a pu être résolu grâce au postulat d'une structure innée est celui de l'acquisition du langage : comment une langue est-elle acquise ? Même sans recherche empirique systématique, il est évident, pour toute personne ayant vu des enfants acquérir une langue, qu'en fait l'enfant l'apprend par lui-même (à condition qu'il soit exposé à un environnement langagier, à des locuteurs). Il ne reçoit pas d'enseignement systématique, comme il est nécessaire, par exemple, pour qu'un adulte apprenne une langue étrangère. L'éducation langagière de parents ambitieux peut au plus influencer le vocabulaire. L'information langagière à laquelle l'enfant est exposé est accidentelle et limitée, et malgré cela, il maîtrise en quelques années un système qui produit un nombre infini de phrases, et peut comprendre et produire des phrases auxquelles il n'a jamais été exposé. Pour expliquer ce processus, la meilleure hypothèse est celle selon laquelle l'acquisition d'une langue n'est que l'activation d'une base génétique donnée. Toute autre hypothèse est confrontée à un problème central, à savoir comment l'enfant apprend à distinguer ce qu'est une phrase bien formée dans sa langue de ce qui ne l'est pas. Par exemple, comment apprend-il à distinguer entre les phrases (8) et (9) ou (12) et (13) ci-dessus ? Si l'on admet que la phrase (9) est incorrecte, l'enfant ne l'entendra jamais. Il en va de même pour un nombre infini de phrases bien formées, qu'il n'entendra également pas ; et si néanmoins il en entendait une, il saurait immédiatement qu'il s'agit d'une phrase bien formée. Il est probable que la plupart d'entre nous n'ont jamais entendu la phrase (5) ci-dessus *(Il pense qu'il pense…)*, et cependant nous la reconnaîtrions comme une phrase française bien formée.

Donc, l'absence d'exposition aux données n'est pas suffisante pour amener l'enfant à la conclusion que les combinaisons (9) et (13) ne sont pas des phrases bien formées en français. Selon une théorie empiriste qui déduit la connaissance de l'expérience, nous aurions dû stipuler de l'*évidence négative* pour toutes les combinaisons incorrectes, à savoir, nous aurions dû admettre le postulat irréaliste que quelqu'un enseigne à l'enfant ce qui n'est pas possible dans sa langue. Par contre, si, comme il s'avérera par la suite, ces constructions ne sont pas permises par la structure innée – *la grammaire universelle* – l'enfant n'essaiera même pas de les produire.

Selon la théorie du langage de Chomsky, qui a obtenu des résultats empiriques dès qu'elle a été introduite, l'acquisition du langage est un processus d'activation d'une base préexistante. La structure du langage est génétiquement donnée, mais permet plusieurs options : par exemple, les langues peuvent varier dans leur agencement des mots. Les données auxquelles l'enfant est exposé dès ses premiers contacts avec la langue lui indiquent quelle option est réalisée dans sa langue. Le postulat théorique, aujourd'hui, est que le marquage est morphologique : les systèmes morphologiques et flexionnels définissent l'ordre des mots dans une phrase bien formée de la langue. L'activation de la base génétique innée nécessite une stimulation langagière pour fixer sa forme finale. Comme dans d'autres domaines du développement humain, dans l'acquisition du langage aussi, les premières années sont décisives dans le contact entre les bases génétiques et l'expérience ou l'environnement (il se peut qu'il existe une explication à cela en termes de protéines de constitution dont le stock diminue avec l'âge). Durant cette période, l'activation des bases du langage est naturelle et rapide, et l'enfant peut apprendre plusieurs langues à un niveau de langue maternelle. Un apprentissage plus tardif d'une langue seconde, après stabilisation de la faculté du langage, reste possible, mais cela exige un effort comparable à toute autre forme d'apprentissage. S'il n'y a pas d'activation des bases génétiques durant les années cruciales, par exemple dans le cas de « l'enfant loup » – un bébé « adopté » par des loups et qui n'a pas été exposé à une langue humaine durant son enfance – l'enfant ne sera plus capable d'apprendre quelque langue que ce soit durant son adolescence.

## Le système computationnel

En 1995, Chomsky publia *Le Programme minimaliste* ; bien qu'il s'agisse d'un ouvrage condensé et technique, c'est la formulation la plus aiguë du programme chomskyen jusqu'ici, et aux yeux de beaucoup le stade le plus captivant de celui-ci [1].

Le problème central de la théorie linguistique est de définir la relation entre son et sens, parce que savoir une langue veut dire avoir la capacité d'associer du son à du sens. Dans les états antérieurs de la théorie, le système qui associait les deux était lourd et exigeait plusieurs

1. Voir Noam Chomsky, *The Minimalist Program*, MIT Press, Cambridge, Mass., 1995. Cette dernière formulation du programme chomskyen a été présentée initialement dans un article, » A Minimalist Program For Linguistic Theory », *MIT Occasional Papers in Linguistics* 1, *MITWPL*, Cambridge, Mass., 1992 (aussi dans *The View from Building 20*, édité par K. Hale & S. J. Keyser, MIT Press, Cambridge, Mass., 1993, p. 1-52). Depuis, plusieurs ouvrages moins techniques ont paru et intègrent cette nouvelle phase de la linguistique chomskyenne, dont notamment Noam Chomsky, *New Horizons in the Study of Language and Mind*, Cambridge University Press, Cambridge, 2000 ; Noam Chomsky, *The Architecture of Language*, Oxford University Press, New Delhi, 2000 (version éditée par N. Mukherji, B. N. Patnaik et R. K. Agnihotri d'une conférence donnée à New Delhi en janvier 1996) ; Noam Chomsky, *On Nature and Language*, Cambridge University Press, Cambridge, 2002 (inclut des transcriptions de trois conférences et d'une interview à l'occasion d'une visite de Chomsky à l'Université de Sienne en novembre 1999) [*NdT*].

niveaux intermédiaires : la structure profonde, la structure de surface et la structure de la forme logique. Après une quarantaine d'années de recherche où la linguistique théorique chomskyenne a abouti à des résultats empiriques impressionnants en s'appuyant sur un grand nombre de langues très diverses, Chomsky propose de réévaluer les mécanismes engrangés par la théorie, d'éliminer les détails superflus pour arriver à une formulation minimale, indispensable pour expliquer la structure langagière : le système computationnel, qui associe son et sens.

Le système computationnel (la syntaxe) est un système qui dérive des phrases (des structures linguistiques) en puisant dans le lexique mental qui, lui, contient des mots et d'autres unités lexicales (morphèmes) de la langue. Le processus de dérivation – l'engendrement des phrases – est direct et n'exige pas de pauses intermédiaires en termes de niveaux de représentation. La dérivation aboutit à deux interfaces en relation avec des systèmes d'utilisation : le système articulatoire perceptuel, qui concerne les aspects physiques (sonores) de la dérivation (de la phrase à construire), et le système intentionnel-conceptuel, qui permet l'utilisation de phrases dans le but de penser, de soutenir des assertions ou des théories, et évidemment aussi pour communiquer.

Le système computationnel est universel et, au point terminal des dérivations qu'il engendre – l'interface avec le système intentionnel-conceptuel, la structure de toutes les langues humaines est identique. Les différences entre les langues se situent à l'interface avec la réalisation sonore, qui est liée à un environnement langagier de locuteurs spécifiques. À chaque stade de la dérivation, il est possible d'engendrer une réalisation sonore, et en fonction du stade auquel cela a lieu, on obtiendra, par exemple, des ordres de mots différents. La question de savoir à quel point dans la dérivation on passera à la réalisation sonore est déterminée par des caractéristiques morphologiques spécifiques au lexique de la langue en question, et c'est ainsi que la grammaire universelle permet des réalisations différentes, et par là, des langues différentes.

Le système computationnel produit donc un ensemble infini de phrases de la langue (des paires de représentations structurales qui recevront une réalisation sonore et de représentations structurales qui recevront une signification). La théorie n'est pas seulement évaluée en examinant si elle définit correctement toutes les phrases de la langue (et elles seulement), mais aussi si elle donne lieu à des interactions correctes au niveau des interfaces. Nous ne pourrons évidemment pas introduire ici tous les détails du système computationnel, mais nous essaierons de présenter brièvement quelques-unes de ses caractéristiques principales, sans utiliser trop de termes techniques. Nous nous concentrerons sur les éléments de la théorie qui permettent de répondre aux problèmes dont Chomsky a montré qu'ils sont laissés en suspens par d'autres approches linguistiques, et plus spécifiquement d'expliquer les exemples et les phrases que nous avons examinées plus haut et qui témoignent des échecs des autres approches.

## Le schéma de la dérivation

Nous commencerons par la phrase (7), reproduite ici, et verrons ce que son analyse nous permet d'apprendre sur la structure du système computationnel :

(7) L'investigateur a perdu deux livres d'Oxford.

Le mot *livre* ou *livres* est un nom (commun) que nous marquerons comme N. N est une catégorie de base qui regroupe une partie des mots d'une langue. Le terme *nom* réfère à des groupes d'entités, dans ce cas la classe des livres, dont beaucoup de livres sont membres : des livres sur la linguistique et sur l'astronomie, des livres du XX^e^ siècle et du Moyen Âge, des livres d'Oxford et de la Bibliothèque nationale israélienne à Jérusalem. Mais dans la phrase donnée, un sous-ensemble de livres a été sélectionné : ceux d'Oxford (qui peuvent toujours concerner la linguistique ou l'astronomie). La représentation syntaxique de la catégorie de base N (livres) crée ici un nom de niveau supérieur $N^1$ (livres d'Oxford), qui domine des catégories et non des mots. N est la tête du groupe, et le groupe prépositionnel *d'Oxford* est appelé le complément – il caractérise le groupe discuté.

Le quantificateur *deux*, appelé ici spécificateur, sélectionne *deux* membres de ce groupe – *deux* livres, que l'investigateur a perdus. La structure entière du groupe nominal (c'est ainsi que nous appellerons un groupe dont la tête est un nom), inclut donc des niveaux additionnels en dessus du niveau de base *(livres)*.

La structure obtenue peut être illustrée par le schéma suivant (14), que nous appellerons l'arbre de dérivation de ce groupe [1]. Comme la structure interne du complément (le groupe *d'Oxford*) n'est pas importante pour nos propos, nous abrégerons sa structure détaillée et le marquerons comme un triangle :

1. Le terme technique utilisé en français est *indicateur syntagmatique*. Par souci de simplicité et de transparence, nous ne faisons pas appel à ce terme dans le texte [*NdT*].

(14)

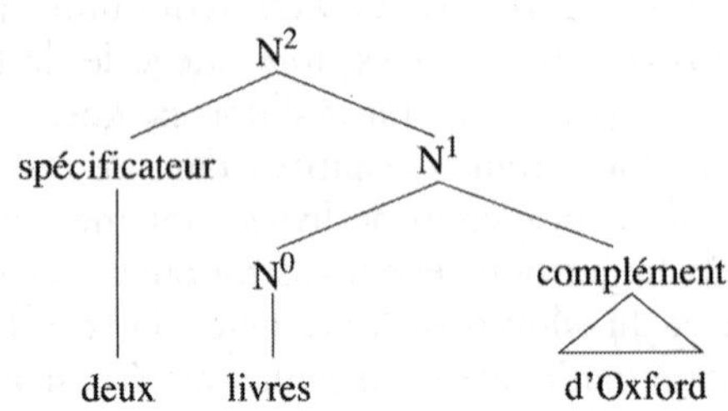


Il s'est avéré que la structure obtenue est la structure générale de tous les groupes de toutes les langues, ce qui veut dire qu'au lieu de la catégorie N, on peut sélectionner n'importe quelle catégorie X, qui pourrait dominer un verbe (V), par exemple.

Le complément et le spécificateur sont facultatifs et peuvent être omis. On peut donc trouver des groupes nominaux sans spécificateur ni complément, par exemple *Marie* dans la phrase *L'investigateur a revu Marie*. Il est également possible de trouver plus d'un complément dans un groupe, par exemple *le livre d'Oxford dans la bibliothèque nationale*.

Si nous remplaçons N dans l'arbre (14) par n'importe quelle catégorie X, nous obtiendrons le schéma de dérivation général de la grammaire (15) :

(15) Schéma de dérivation de la grammaire universelle (X-barre) :

a. $X^2 \rightarrow$ (Spécificateur) $X^1$

b. $X^1 \rightarrow X^0$ (compléments)

Ce schéma sert d'instruction pour la construction de groupes complexes sur la base de catégories de base. Dans chaque groupe de ce type, il existe au moins la catégorie de base. Comme le spécificateur et les compléments peuvent être absents, nous les avons mis entre parenthèses. À l'aide de ce simple schéma de dérivation, il est possible d'engendrer tous les groupes de toute langue humaine. Quand la catégorie de base – la tête du groupe – est N (un nom), nous appellerons ce groupe un groupe nominal ; quand il s'agit d'un verbe, nous l'appellerons un groupe verbal, et ainsi de suite.

Nous continuerons la dérivation de la phrase (7) à l'aide du schéma introduit plus haut. La séquence *a* + *perdu* est un verbe, et nous le représenterons par l'abréviation V [1]. Selon la règle de dérivation, il peut apparaître avec un spécificateur. Les verbes peuvent aussi être définis comme un groupe d'événements ou de situations (par exemple l'événement que quelqu'un a perdu quelque chose). Le complément réduit l'ensemble d'événements possibles. Dans ce cas, il sélectionne dans l'ensemble d'événements celui qui concerne la perte de deux livres d'Oxford. La structure du groupe verbal contiendra donc cette fois V (pour verbe) comme catégorie de base, alors que son complément sera le groupe nominal *deux livres d'Oxford*.

Pour terminer la dérivation de la phrase entière, nous ajouterons, pour les besoins de cet aperçu, une règle de formation de phrases. En fait, cette règle est une autre application du schéma général représenté en (15), mais comme les détails techniques impliqués ici ne peuvent pas être introduits dans ce cadre, nous nous restreindrons, pour nos besoins, à la règle de formation de phrases (16), qui détermine que la phrase (P) consiste en un groupe nominal et un groupe verbal qui peuvent être précédés par le morphème *que*.

---

1. Le texte hébraïque fait appel à un temps simple, que nous aurions pu transcrire par le passé simple. Le temps composé (auxiliaire + participe) utilisé ici pour une traduction plus naturelle est représenté comme un temps simple ; sa structure interne ne sera pas abordée [*NdT*].

(16) P → (que) groupe nominal groupe verbal

Par l'activation des règles (15) et (16), la phrase (7) est alors représentée par la structure suivante [1] :

(17)

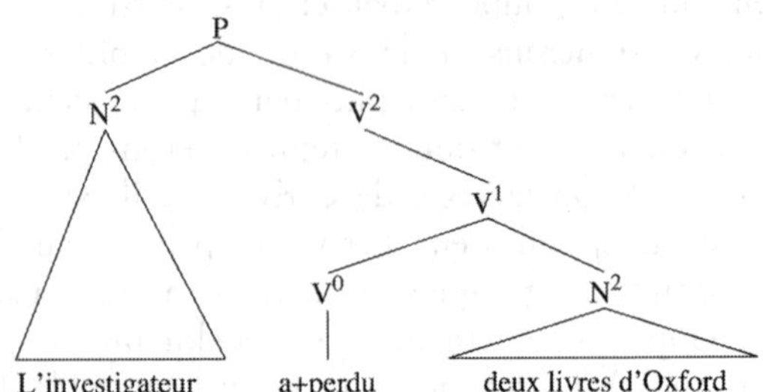


**Récursivité**

Abordons la phrase suivante (18).

(18) Elle pense que l'investigateur a perdu deux livres d'Oxford.

Il s'agit en fait de la phrase (7) *(L'investigateur a perdu deux livres d'Oxford)* combinée avec le verbe *penser*. Quelles sont les relations de sens entre les deux phrases ? La nouvelle phrase réduit l'ensemble des situations que le verbe *pense* peut désigner (penser à plusieurs choses différentes) et choisit parmi elles l'événement de penser dont l'objet

1. La structure interne des groupes nominaux est illustrée ici sous forme abrégée utilisant des triangles. La catégorie $V^2$ ne branche pas, parce qu'il n'y a pas de spécificateur dans ce cas. Elle est indiquée ici pour des raisons d'uniformité, mais ne serait techniquement pas nécessaire, car dans ce cas le niveau $V^1$ clôt en fait le syntagme verbal. Pour une discussion de cela, voir Noam Chomsky, « Bare Phrase Structure », *MITWPL*, Cambridge, Mass., 1994.

est que l'investigateur a perdu deux livres. Cela veut dire que cette phrase *(L'investigateur a perdu deux livres d'Oxford)* fonctionne ici comme complément du verbe *pense*. Comme nous l'avons déjà dit, le complément dans le schéma de dérivation de phrases peut être n'importe quelle combinaison, et entre autres il peut être lui-même une phrase. Ainsi, le schéma (15) nous permet de produire, à partir du verbe *(penser)*, un groupe verbal dont le complément est l'ancienne phrase entière, à savoir, *que l'investigateur a perdu deux livres d'Oxford.* En ajoutant maintenant ce groupe verbal au groupe nominal *elle* à l'aide de la règle de formation de phrases (16), nous obtenons la phrase (18) plus haut, dont la structure sera donc la suivante :

(19)

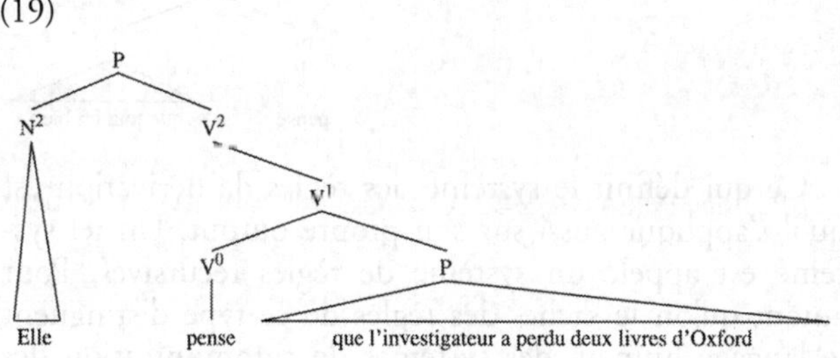


Notons que sous cette forme et selon la règle de formation de phrases, nous pouvons engendrer un nombre infini de phrases et, plus spécifiquement, nous pouvons produire de la même façon toutes les phrases du français optimiste (1-5) mentionnées plus haut. L'application de la règle de formation de phrases résulte en une phrase (P), sur laquelle on peut ré-appliquer la règle de formation de groupes verbaux et la règle de formation de phrases, et rien n'empêche de ré-appliquer indéfiniment les mêmes règles.

À chaque stade, nous pouvons décider d'arrêter la dérivation et pouvons donc construire pour P la phrase *tout ira bien*, mais nous pouvons aussi continuer et appliquer sur P les mêmes règles à l'infini. Voici, par exemple, la façon de représenter la phrase (3) :

(20)

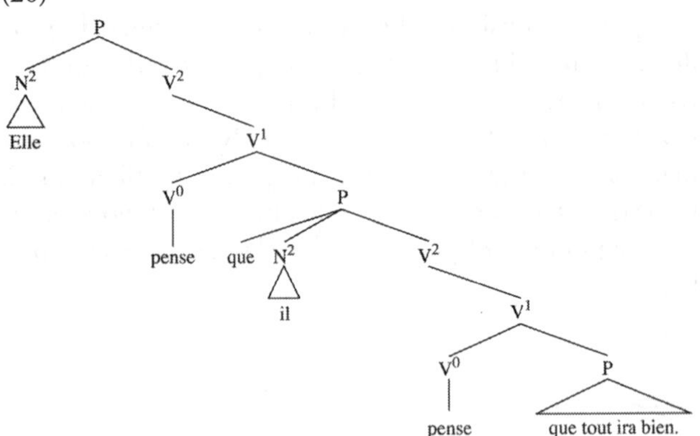


Ce qui définit le système des règles de dérivation est qu'il s'applique aussi sur son propre output. Un tel système est appelé un système de règles récursives. Pour autant qu'on le sache, des règles de ce type distinguent le langage humain des systèmes de communication des animaux. Seul le langage humain connaît des règles récursives. Le système de communication des abeilles, par exemple, permet en principe la production d'un nombre infini de séquences, mais cette infinitude est obtenue en répétant les séquences elles-mêmes et non par le biais d'une règle récursive.

## Ambiguïté syntaxique

Dans notre discussion sur l'analogie, nous avons noté la ressemblance entre la phrase (6) et la phrase (7) :

(6) L'investigateur a reçu deux livres d'Oxford.

(7) L'investigateur a perdu deux livres d'Oxford.

À ce stade, nous pouvons voir qu'en fait, la ressemblance entre ces deux énoncés n'est pas si évidente. La séquence (7) n'a qu'une signification, alors que (6) permet deux lectures, et non seulement une. (6) peut être compris comme exprimant, tout comme (7), que la source des livres reçus par l'investigateur est Oxford. Dans ce cas, on ne sait pas d'où il les a reçus (de la bibliothèque nationale ? d'une librairie à Tel-Aviv ? ou peut-être d'Oxford même ?). Une autre possibilité est que l'investigateur a reçu les livres d'Oxford. Dans ce cas, la phrase ne nous permet pas de conclure quelle est la source des livres (peut-être s'agit-il de livres de Paris qui sont vendus dans des magasins à Oxford ? Peut-être s'agit-il même de livres de la Bibliothèque nationale qui ont été volés il y a des années et sont arrivés à Oxford ?). D'où provient cette ambiguïté ? On obtient parfois plus d'une signification parce qu'un mot est ambigu. Par exemple, dans la phrase *Je suis le directeur*, le verbe peut exprimer le fait d'être ou de suivre. Mais dans la phrase considérée, aucun des mots n'est ambigu, et c'est pourquoi l'ambiguïté doit provenir de la structure. L'épreuve de notre système computationnel consiste, entre autres, à se poser la question s'il donne lieu à des dérivations qui assignent deux significations distinctes à la séquence (6), à savoir, si nous pouvons correctement décrire le lien entre le système computationnel et les systèmes d'utilisation ; dans ce cas, le système de la forme logique qui définit le sens – la sémantique. Vu que les systèmes d'utilisation permettent d'utiliser la phrase (6) dans deux sortes de contextes et avec des conclusions logiques distinctes, le système computationnel doit fournir la base à cette observation. Et effectivement, les règles de dérivation que nous avons définies permettent, sans aucune addition ou modification, de dériver deux structures pour la séquence (6) et donc de produire ici deux phrases et non seulement une :

(21)

a.

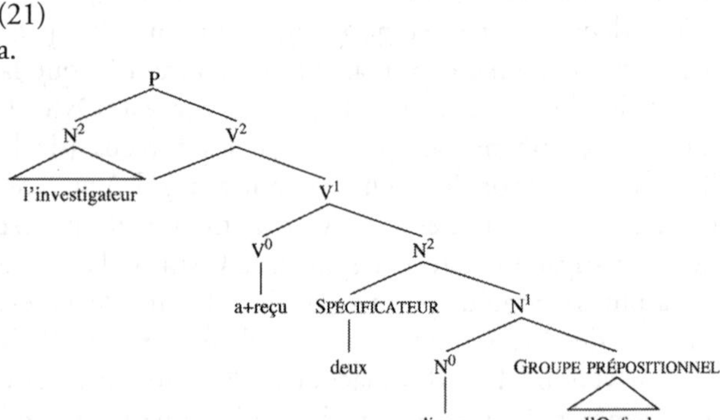


b.

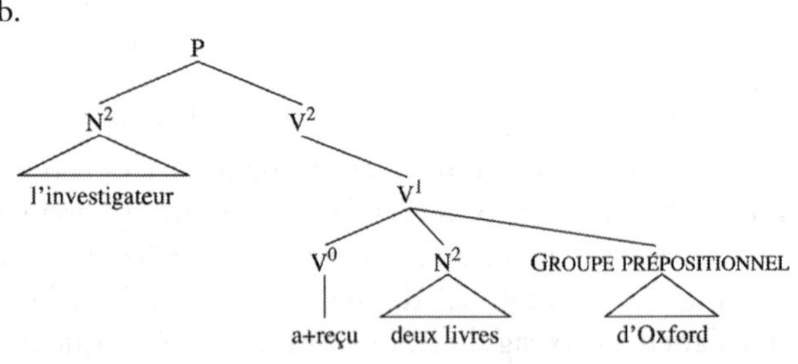


La question qui se pose est de savoir à quoi est associé le groupe prépositionnel *d'Oxford*. S'il s'agit d'un complément du nom *livres*, nous obtiendrons la structure (21a), qui ressemble à celle obtenue pour la phrase (7) et dont la signification est que l'investigateur a reçu deux livres dont la source est à Oxford ; mais reste alors inconnu d'où ceux-ci ont été reçus (nous tenterons d'éclaircir cela à l'aide de questions portant sur la phrase, et dont les réponses clarifieront la signification. Question : Qu'a reçu l'investigateur ? Réponse : deux livres d'Oxford. Question : D'où a-t-il reçu les livres ? Réponse : inconnu.)

Mais le groupe prépositionnel *(d'Oxford)* peut également être le complément du verbe *recevoir.* Dans ce cas, nous obtiendrons une structure distincte (21b), où le verbe *(recevoir)* a deux compléments : un groupe nominal *(deux livres)* et un groupe prépositionnel *(d'Oxford)*, ce qui assignera un sens différent à la phrase, à savoir que la source des livres est inconnue, mais qu'ils ont été reçus d'Oxford (Question : Qu'a reçu l'investigateur ? Réponse : deux livres. Question : D'où ont été reçus les livres ? Réponse : d'Oxford. Question : Quelle est la source des livres ? Réponse : inconnu.)

Cela n'est toutefois pas suffisant. Ayant observé que le système assigne deux structures à (6), nous noterons qu'il assigne également deux structures à la phrase (7), de façon exactement parallèle. Cependant, la phrase (7) n'est pas ambiguë (il n'est pas possible de comprendre le groupe prépositionnel *d'Oxford* comme le complément du verbe *perdre ;* il est évident que l'investigateur a perdu deux livres dont la source est Oxford, et une autre lecture est impossible). Notre prochaine question concernera donc ce qui empêche de produire deux structures pour (7). À cette fin, nous examinerons un autre élément du savoir linguistique, et par conséquent de la théorie linguistique.

## Le lexique

Comme nous l'avons vu, les règles de dérivation nous permettent de combiner des catégories de base en des groupes plus amples de catégories, et cela jusqu'à la phrase entière. Mais la « matière première » de ces règles, les unités à partir desquelles sont assemblées les phrases, ce sont les mots et les morphèmes (les unités lexicales) de la langue.

En dehors du système computationnel, qui concerne la structure de la phrase – la syntaxe, chaque locuteur d'une langue connaît son lexique. Le lexique (mental) contient de l'information sur la catégorie des mots (s'il s'agit d'un nom, d'un verbe, etc.), sur le sens des mots, sur les relations possibles qu'un mot peut entretenir avec d'autres constituants. Selon la théorie chomskyenne, le système de concepts à la base du lexique est également inné et universel, et les langues diffèrent les unes des autres essentiellement par rapport à la valeur sonore qu'elles assignent aux concepts lexicaux. Dans la recherche actuelle, l'hypothèse est que les verbes et les noms sont définis par un réseau de *rôles thématiques* qui déterminent les relations sémantiques entretenues avec le sujet et les compléments.

Par exemple, dans la phrase *Gila a dessiné un cercle avec une craie sur le tableau*, le verbe *dessiner* désigne une relation entre quatre participants de l'événement : Gila est l'*Agent* et le cercle est le *Thème*, la craie est l'*Instrument* et le tableau le *Lieu*. On retrouve un réseau différent de rôles thématiques avec les verbes qui impliquent un mouvement ou un changement de possession. Dans la phrase *Ami a couru de sa maison chez Tami*, *de sa maison* reçoit le rôle thématique de *Source* et *chez Tami* celui de *But*. Dans la phrase *Gila a reçu la craie de l'huissier*, c'est le groupe prépositionnel *de l'huissier* qui porte le rôle thématique de Source.

Chaque entrée – disons verbale – du lexique définit les rôles thématiques assignés par le verbe. Par exemple, l'entrée lexicale du verbe *dessiner* contient l'information suivante :

*dessiner* : V, Agent (qui dessine), Thème (ce qui est dessiné), Instrument (avec quoi il a été dessiné). (Tous les verbes assignent des rôles thématiques de Lieu et de Temps et il n'est donc pas nécessaire de les indiquer.)

Les rôles thématiques ne doivent pas toujours être réalisés syntaxiquement dans la phrase, mais même si un rôle thématique particulier assigné par le verbe n'est pas réalisé dans une phrase, son existence reste déductible de la valeur lexicale du verbe. Par exemple, si nous entendons la phrase *Gila a dessiné*, nous en déduirons qu'elle a dessiné quelque chose et qu'il existe quelque chose à l'aide de quoi elle a dessiné ; mais de la phrase *Gila a éternué*, nous ne déduirons pas qu'il existe quelque chose que Gila a éternué, parce que le verbe *éternuer* n'assigne pas de rôle thématique de Thème. Nous ne discuterons pas ici quels rôles ont une réalisation obligatoire et lesquels sont facultatifs.

Dans le processus de dérivation d'une phrase, le système computationnel sélectionne les unités de construction dans le lexique et active le schéma de règles de dérivation afin de les combiner en des phrases. La sélection de compléments du verbe est toujours guidée par l'entrée lexicale de ce dernier : il n'est possible de sélectionner des compléments que jusqu'à concurrence du nombre de rôles thématiques assignés par le verbe. Formulons ce principe de combinaison de façon simplifiée :

(22) Le principe thématique : chaque complément (d'une tête lexicale) dans l'arbre de dérivation doit recevoir un rôle thématique.

Nous allons vérifier par un exemple le fonctionnement de ce principe : pourquoi la phrase (23a) est-elle bien formée alors que (23b) ne l'est pas ?

(23) a. Le ministre a fondé une colonie.
b. *Le ministre a éternué une colonie.

La réponse se trouve dans les rôles thématiques assignés par les deux verbes *fonder* et *éternuer* :

fonder : Agent, Thème
éternuer : Agent

Le schéma de dérivation présenté plus haut permet au verbe de réaliser un ou plusieurs compléments, et c'est pourquoi le problème ne peut pas être situé là. Pourquoi alors la phrase (23b) est-elle mal formée ? Le verbe *éternuer* n'assigne qu'un rôle thématique (d'Agent). Si nous l'insérons dans la phrase, le groupe nominal *le ministre* recevra ce rôle thématique d'Agent, mais le complément du verbe, le groupe nominal *une colonie*, restera sans rôle thématique. La dérivation viole le principe thématique (22), et c'est pourquoi elle est illégitime. Au contraire, si nous insérons le verbe *fonder*, le verbe assigne son rôle de Thème au second groupe nominal *(une colonie)*, et c'est pourquoi la dérivation est légitime.

Nous pouvons maintenant retourner au problème concernant les phrases (6-7) :

(6) L'investigateur a reçu deux livres d'Oxford.

(7) L'investigateur a perdu deux livres d'Oxford.

Le verbe *recevoir* assigne trois rôles thématiques (de But – le receveur ; de Thème – ce qui est reçu ; de Source – d'où, ou de qui la chose est reçue). Le rôle de Source peut être réalisé syntaxiquement ou être implicite (déduit de l'entrée lexicale), et c'est pourquoi l'insertion du verbe est possible dans les deux structures à significations distinctes, comme mentionné plus haut. Mais le verbe *perdre* ne contient pas de rôle thématique de

Source (la question *De qui l'investigateur a-t-il perdu deux livres ?* ne fait pas sens, contrairement à la phrase (6), où la question *De qui ou d'où l'investigateur a-t-il reçu deux livres ?* est parfaitement sensée), ce qui veut dire que *perdre* n'assigne que deux rôles thématiques. Dans la structure de la phrase considérée jusqu'ici, le groupe nominal est *deux livres d'Oxford.* Ce groupe reçoit le rôle de Thème de *perdre* et ainsi il ne reste pas d'élément sans rôle thématique.

Cependant, si nous insérions le même verbe dans une structure où *deux livres* et *d'Oxford* sont deux compléments du verbe, le groupe nominal recevrait le rôle de Thème, mais le groupe prépositionnel resterait sans rôle thématique, violant ainsi le principe thématique ; c'est pourquoi cette dérivation spécifique n'est pas légitime.

Nous avons donc obtenu le résultat désiré : (6), avec le verbe *recevoir,* est ambigu, alors que (7), avec le verbe *perdre*, n'a qu'une structure, et ne peut donc pas être ambigu [1].

## Mouvement

Examinons la question en (24) et voyons comment nous pouvons la dériver à partir de la phrase (7) :

(24) Quel livre l'investigateur a(-t-il) perdu [2] ?

---

1. À savoir, des deux structures en (21), seule (21a) est possible pour *perdre*. L'insertion de *perdre* dans la structure (21b) laisse le groupe prépositionnel sans rôle thématique.

2. Dans ce qui suit, nous ne nous occuperons que de la position de l'élément interrogatif en tête de phrase. La question du redoublement du sujet par un pronom – inexistant en hébreu – sera ignorée, d'où les parenthèses. Notons que sans ce redoublement, (24) est d'un style moins soutenu, mais reste parfaitement acceptable et se retrouve couramment en français parlé [*NdT*].

L'élément interrogatif *quel livre* reçoit le rôle de Thème du verbe *perdre*. Cela veut dire que malgré la position de ce groupe en tête de phrase (et sa portée sur toute la phrase), il est compris comme un complément du verbe. Dans le processus de dérivation de la phrase, il sera inséré dans un premier stade comme complément du verbe, comme dans la séquence (25a) suivante, et c'est à ce niveau que son rôle thématique sera assigné. Un autre processus de dérivation déplacera le complément en tête de phrase (il s'agit de la position de spécificateur de la phrase que nous n'avons pas discutée ici). Sa position d'origine laissera une trace, que nous marquerons par le symbole ø, et ainsi nous obtiendrons la dérivation (25b) :

(25) a. L'investigateur a perdu quel livre ?
b. Quel livre l'investigateur a perdu ø ?

La trace nous permet de reconstruire à chaque stade de la dérivation d'une phrase le rôle thématique de l'élément déplacé, comme dans la séquence suivante :

(26) Avec qui Gila a-t-elle convenu qu'elle partira ?

Cette phrase est ambiguë et est donc compatible avec les deux structures en (27) : a et b.

(27) a. Avec qui Gila a-t-elle convenu ø qu'elle partira ?
b. Avec qui Gila a-t-elle convenu qu'elle partira ø ?

(27a) est la structure où *avec qui* est le complément de *convenir* (la réponse assignera une valeur pour les personnes avec qui Gila a convenu qu'elle partira – à savoir avec qui Gila a convenu et non avec qui Gila partira). En (27b), *avec qui* est le complément de *partira* (la réponse fournira une valeur pour les personnes avec qui elle partira).

Dans notre discussion sur l'explication fonctionnelle du langage, nous avons vu à la première section que la différence entre (12) et (13), répétés ici, pose un problème pour des approches sémantico-fonctionnelles :

(12) À quelles pressions le ministre a-t-il requis de résister ø ?
(13) *À quelles pressions le ministre a-t-il requis la résistance ø ?

Sémantiquement, il n'y a pas de différence entre les deux questions, et c'est la raison pour laquelle une approche basée sur la structure logique ne peut pas expliquer pourquoi (12) est une question licite dans les langues humaines, alors que (13) est illicite dans toute langue naturelle. La réponse se trouve dans la syntaxe des langues humaines et dans les limites génétiques imposées sur les opérations de mouvement dans le système computationnel. Les recherches effectuées sur un grand nombre de langues ont montré que l'opération de mouvement peut déplacer un élément d'une position dans la phrase à une autre position, et même en dehors de la phrase simple, mais qu'il existe des structures qui représentent des sortes d'« îlots » pour le mouvement, qui ne peuvent pas être franchis. Un de ces « îlots » est le groupe nominal. Alors que dans la phrase (12) *à quelles pressions* a été extrait d'un groupe verbal *(résister à quelles pressions)*, dans la phrase (13) *à quelles pressions* a été extrait d'un groupe nominal *(la résistance à quelles pressions)*.

Un mouvement de ce type est illicite. Nous formulerons cette impossibilité comme une condition spéciale :

(28) Il est impossible d'extraire un groupe prépositionnel d'un groupe nominal.

Cette condition n'est qu'un cas particulier de contraintes qui peuvent être expliquées en termes de traitement des données (bien que nous n'ayons pas fourni ici les détails nécessaires à une explication en ces termes). L'extraction hors d'un groupe nominal est une opération complexe, parce qu'elle requiert de laisser le groupe nominal « ouvert », sans être traité, jusqu'à ce que nous arrivions au spécificateur de la phrase où l'élément déplacé peut être positionné. La recherche actuelle essaie d'expliquer toutes les limitations sur le mouvement à l'aide d'une théorie uniforme sur l'économie du traitement des données ; quoi qu'il en soit, il est connu qu'une condition de ce type limite les opérations de mouvement dans toutes les langues humaines examinées. Le mouvement dans la phrase (13) viole cette condition, et c'est pourquoi la dérivation est impropre.

Nous sommes maintenant en mesure de retourner au problème que nous avons mentionné par rapport à la théorie de l'acquisition du langage par analogie, comme proposé par les béhavioristes. À cette fin, nous reprendrons les exemples suivants :

(6) L'investigateur a reçu deux livres d'Oxford.

(7) L'investigateur a perdu deux livres d'Oxford.

(8) C'est d'Oxford que l'investigateur a reçu deux livres ø.

(9) *C'est d'Oxford que l'investigateur a perdu deux livres ø.

Si le locuteur étend son ensemble de phrases par analogie, sans notion de syntaxe ou de structure, l'analogie entre (6) et (7) s'étendra à une analogie entre (8) et (9), et il sera impossible d'expliquer pourquoi (9) est illicite et comment l'enfant qui acquiert sa langue apprend ce fait. Le système computationnel que nous avons examiné permet de résoudre ce problème facilement.

Les structures en (8) et (9) sont produites par une opération de mouvement qui déplace le groupe prépositionnel *d'Oxford* en tête de phrase. Dans notre analyse de (7), nous avons déjà constaté que le groupe prépositionnel ne peut être que le complément du nom *livres* et non le complément du verbe *perdre*, parce que le verbe *perdre* n'assigne pas de rôle thématique de Source. Pour dériver (9) il faut d'abord insérer le groupe prépositionnel *(d'Oxford)* au sein du groupe nominal *(deux livres d'Oxford)*, puis le déplacer en tête de phrase. Mais ce déplacement n'est pas licite, en vertu de la condition (28) qui interdit d'extraire un groupe prépositionnel hors d'un groupe nominal. Comme cette condition fait partie du système computationnel inné, l'enfant n'essaiera même pas d'activer la dérivation en (9).

Comme nous l'avons vu, la phrase (6) comporte en revanche une dérivation où le complément *d'Oxford* n'appartient pas au groupe nominal, mais au groupe verbal, parce que le verbe *recevoir* assigne un rôle thématique de Source. Si le groupe prépositionnel est construit comme le complément du verbe, l'opération de mouvement peut donner lieu à la phrase (8) sans violer aucune condition.

Pour finir, notons que la séquence en (6) est ambiguë, alors que l'énoncé en (8) n'a qu'une lecture. Comment la deuxième lecture s'est-elle « perdue » ? La signification manquante est dérivée de la structure où *d'Oxford* est le complément du nom *livres*, donc inséré au sein du groupe nominal. Or, il est impossible de l'extraire de cette structure en vertu de la condition (28), qui interdit de déplacer un élément hors d'un groupe nominal. C'est pourquoi la seule façon de dériver (8) est à partir de la structure où *d'Oxford* est un complément verbal.

En résumé, bien que nous n'ayons examiné que quelques éléments de la théorie proposée par Chomsky pour l'analyse du système computationnel inné, ces quelques éléments nous ont permis de répondre à tous les problèmes soulevés par rapport aux autres approches et sont d'une valeur explicative remarquable. Le système produit un nombre infini de phrases et impose simultanément des limitations sérieuses par rapport à ce qui est possible de produire dans une langue humaine. Ainsi, le système définit également ce qui n'est pas une phrase possible, un problème non résolu par les autres approches de la faculté du langage que nous avons survolées à la première section. En plus, dans les exemples examinés, le système rend compte du lien entre la dérivation de phrases et les systèmes d'utilisation. Nous nous concentrerons maintenant sur ces interfaces entre le système computationnel et les systèmes d'utilisation.

## Les interfaces entre langage et systèmes d'utilisation

Comme nous l'avons vu, les arguments de Chomsky contre les approches fonctionnelles concernent aussi le postulat selon lequel il est possible de rendre compte des caractéristiques du langage par le biais de ses utilisations : vu que les systèmes d'utilisation sont compatibles avec plusieurs langages – dont le langage humain n'est qu'une alternative, ces systèmes ne peuvent pas être la raison pour laquelle c'est effectivement le langage humain qui a été sélectionné ; l'explication doit donc être de nature génético-biologique. Cependant, il est un fait que le langage humain contient des interfaces avec les systèmes d'utilisation et un lien adéquat avec ceux-ci est donc une condition pour confirmer la théorie du système computationnel. Si les structures définies et dérivées par la théorie s'avèrent incompatibles avec ce que nous savons sur les systèmes d'utilisation, s'il est par exemple prouvé qu'elles ne permettent pas d'identifier correctement le sens d'une phrase ou son utilisation pour tirer une conclusion logique, alors il ne peut pas s'agir des structures appropriées, car nous savons que les phrases du langage humain permettent de tirer des conclusions logiques.

La compréhension d'une phrase sous-entend une maîtrise (souvent) inconsciente de toutes les règles logiques, et implique notamment une identification correcte des conclusions logiques à tirer de la phrase en question. La théorie syntaxique doit être formulée de façon à ce que les phrases produites puissent être utilisées comme des arguments logiques et doit donc rendre compte du lien entre la structure et la forme logique. Les structures engendrées par notre théorie pour les exemples discutés plus haut satisfont à cette exigence. Comme nous l'avons vu, elles déterminent si une suite sonore correspond à un seul argument ou à plusieurs, et ainsi définissent correctement les conclusions qu'on peut en tirer.

Les systèmes d'utilisation sont eux-mêmes l'objet de recherches de différentes disciplines : la philosophie et particulièrement la philosophie du langage, la logique, la psychologie, l'intelligence artificielle, la pragmatique et même la sociologie. Mais la recherche sur la capacité langagière innée se doit d'examiner pour chaque système quels sont ses rapports avec le langage, à savoir avec les produits du système computationnel. Chomsky a publié des travaux qui concernent presque tous ces domaines, mais la recherche dont il a le plus favorisé le développement est la théorie du langage lui-même (la syntaxe). Les différentes interfaces du langage constituent des sous-disciplines de la recherche linguistique : la phonétique et la phonologie s'occupent de l'interface entre le système computationnel et les systèmes physiques d'utilisation (les sons), et la sémantique de l'interface avec la logique, les règles de conclusions logiques et les relations entre le langage et le monde (ou son modèle). La relation entre langage et contexte forme une autre interface, l'interface entre les produits du système computationnel et le contexte dans lequel ils sont utilisés ; ainsi, la situation (temps, lieu, participants), les buts du discours, ses rapports avec un discours antérieur, l'identification des entités discursives, les contraintes pragmatiques et communicatives et bien d'autres problèmes constituent le terrain de la théorie du discours. La psycholinguistique s'occupe de l'interface entre le système computationnel et les contraintes de traitement des données et leur stockage en mémoire, mais aussi de l'acquisition et l'apprentissage du langage. Un domaine relativement jeune qui s'est développé ces dernières années se consacre au lien entre le lexique et les systèmes conceptuels : la structure interne des concepts et l'agencement de concepts en catégories.

## Langage et liberté

Parallèlement à ses recherches scientifiques, Chomsky est devenu l'étendard d'une critique sans compromis de l'ordre social actuel, des idéologies dominantes et de tous les crimes d'oppression sociale. Il voue une grande partie de son temps à l'écriture et à l'activité politiques – collection de faits, analyse des médias et mise en œuvre d'une histoire alternative du XX^e^ siècle. Peut-on trouver une connexion entre ses deux domaines d'activité ? Quelques-unes de ses idées sur le rapport entre le langage et la liberté sont parues dans le recueil *Langage et liberté*, dont nous citerons certains passages ici [1].

1. *Lashon ve-herut*, Mifras, 1979. Il s'agit d'une traduction en hébreu de « Language and Freedom », conférence donnée à l'Université de Loyola, Chicago en 1970 [*NdT*].

Nous avons vu que dans le domaine du savoir linguistique, Chomsky a adopté et développé l'approche rationaliste par rapport à la connaissance, à l'encontre de la tradition empiriste qui domina durant la première moitié du siècle. Pour les raisons historiques que nous avons mentionnées, l'empirisme était compris, en vertu de son postulat de la table rase, comme la base idéologique de la conception de l'égalité, aussi bien dans les cercles capitalistes que dans les régimes dits socialistes. Mais sur quoi est basée l'égalité entre êtres humains selon cette conception ? Elle se base sur l'absence et le manque. L'être humain, tout comme les autres formes de vie, arrive au monde sans rien, équipé de ses seules capacités à réagir aux stimulations de l'expérience. Mais c'est précisément ce postulat sur la nature humaine qui a mené aux idées communes selon lesquelles l'être humain, comme les autres formes de vie, peut être dressé. « S'il est vrai que l'être humain est une matière à modeler, dénué par lui-même de toute structure de pensée et de tout besoin culturel, alors il est un sujet idéal pour le façonnement de la personnalité par les pouvoirs étatiques, les corporations dirigeantes, les technocrates ou le comité central » (*op. cit.*, p. 31).

Est-ce par hasard que Skinner, le fondateur de l'approche béhavioriste, qui voit dans la connaissance langagière un ensemble de stimuli et de réflexes conditionnés, est également l'auteur de l'ouvrage philosophique sur l'ordre social souhaitable « Au-delà de la liberté et de la dignité [1] » ? Selon Skinner, le concept fallacieux de liberté de choix, développé par les philosophes, est l'un des obstacles à une société humaine convenable. Ces concepts mentalistes sont sans fondement si l'on maintient que la connaissance est la somme

1. *Beyond Freedom and Dignity*, New York, Knopf, 1971.

de toutes nos expériences physiques. Leur invention serait ainsi une source d'angoisses superflues et une entrave à la création d'une société fonctionnelle et efficace. Parmi les idées de Skinner sur l'ordre social efficace, on trouve que « le contrôle des populations doit être assigné à des spécialistes – la police, les dirigeants religieux, les propriétaires, les enseignants et les docteurs » (*op. cit.*, p. 62).

Une conception totalement différente de l'égalité ressort de la théorie de la faculté du langage de Chomsky. Dans l'esprit de la tradition rationaliste, il s'agit d'une égalité basée sur la notion de capacité et non sur celle d'absence de capacité, parce que tous les êtres humains arrivent au monde équipés d'un système inné sophistiqué qui, lui, définit la nature humaine. Cela est un développement de la pensée cartésienne : l'identification du langage dans un organisme nous permet de le reconnaître comme une créature qui contient une capacité de pensée identique à la nôtre. C'est pourquoi l'existence de langage ou d'une capacité langagière exige de conclure que les êtres humains sont égaux. À partir de là, tout ordre social basé sur l'absence d'égalité sera infondé et manquera de justification morale. Une question plus difficile est de savoir si l'on peut également déduire le concept de liberté de la faculté du langage.

La faculté du langage est une caractéristique fondamentale qui définit l'espèce humaine et la distingue des autres espèces. Chaque être humain connaît au moins une langue. Ainsi, comprendre ce qu'est une langue signifie comprendre ce qu'est une pensée humaine – ou nous comprendre nous-mêmes. C'est l'idée directrice dont Chomsky trouve les racines chez Descartes et qu'il développe. Que pouvons-nous apprendre sur nous-mêmes, à savoir sur la nature humaine, à partir de la recherche sur la faculté du langage ?

Passons en revue nos conjectures sur ce qu'inclut la faculté du langage. Même notre aperçu très partiel nous permet de comprendre que l'être humain arrive au monde équipé d'une capacité complexe et extraordinaire. D'abord, la capacité à produire un nombre infini de structures et à construire grâce à elles un nombre infini d'assertions implique que nous pouvons toujours exprimer de nouvelles assertions par le biais du langage. C'est l'élément créatif de la capacité humaine, qui lui permet de se perfectionner continuellement. Ensuite, nous avons vu que la maîtrise du langage implique également la maîtrise de règles logiques – comprendre une phrase implique de comprendre toutes ses conclusions logiques. Être né équipé de cette capacité veut dire être capable d'argumentation et de pensée rationnelle, et aussi avoir les outils pour se défendre contre la propagande et la manipulation. Un autre élément déterminant de la faculté du langage sur lequel Chomsky s'arrête quand il soulève la relation entre langage et liberté est le fait que le langage obéit à des contraintes. C'est précisément cette sujétion à des contraintes qui permet à la pensée humaine un perfectionnement continu. « Sans un système de contraintes formelles, il n'y a pas d'actions créatives ; en l'absence de caractéristiques fondamentales et contraignantes de la pensée, il n'est possible que d'améliorer le comportement, mais pas d'arriver à une activité créative de perfectionnement » (*Langage et liberté*, p. 21).

Il est aisé de comprendre ce point en examinant les théories scientifiques. Si nous essayons de développer des théories à partir de rien, sans aucune contrainte – si nous cherchons juste à voir où les faits nous amènent – nous n'arriverons jamais à estimer les résultats que nous avons atteints, et nous n'arriverons également pas à comparer des hypothèses concurrentielles. Chaque théorie scientifique et chaque développement en science assume des contraintes auxquelles les hypothèses doivent obéir. Et il en va de même pour d'autres actions humaines : « De façon similaire, la tradition classique parlait de talent artistique qui opère dans le cadre de règles, et défie également ce cadre » (*op. cit.*, p. 31).

Il se peut que la continuité culturelle soit rendue possible grâce à cette alliance entre la capacité créative et les contraintes innées qui la guident. Rousseau définit comme caractéristique typique de l'espèce humaine le perfectionnement de soi-même et de l'humanité par le biais de la continuité culturelle de génération en génération. Le fait que de nouvelles idées s'intègrent dans un système prédéfini de contraintes innées qui guide leur agencement permet aussi, en dehors du perfectionnement continuel, la continuité de la connaissance humaine de génération en génération.

Si les choses sont ainsi, tous les êtres humains naissent équipés d'une capacité immense de pensée, de création et de perfectionnement, et avec un potentiel de continuité historique. C'est de ce point de vue que Chomsky perpétue la tradition rationaliste, qui cherche à faire émaner la conception de l'humain comme une créature libre de la capacité humaine existante, et cherche là la base morale pour un ordre social (même s'il ne peut pas arguer que le concept de liberté dérive logiquement et formellement de ce que nous savons de la capacité langagière) :

> « Si nous combinions ces idées et pensées, nous pourrions développer un lien intéressant entre langage et liberté. Le langage, dans ses caractéristiques fondamentales et dans ses modes d'utilisation, offre le critère de base permettant de décider si l'organisme est une créature dotée de raisonnement et des capacités humaines pour la pensée libre et l'expression de soi ; un organisme doté du besoin humain vital d'être libre de contraintes extérieures, imposées par une

autorité opprimante. Ainsi, nous pouvons essayer d'étendre la recherche minutieuse sur le langage et ses utilisations à une compréhension plus profonde et définie de la pensée humaine. Selon ce modèle, nous pourrions essayer d'examiner un autre aspect de la nature de l'homme que, comme Rousseau l'a observé avec justesse, nous devons comprendre correctement si nous visons à développer une théorie sur les fondements de l'ordre social rationnel » (*op. cit.*, p. 20).

Dans la conception de Rousseau, la liberté est la caractéristique la plus particulière et fondamentale de l'être humain. Chomsky mentionne la critique opposée par Rousseau au postulat commun selon lequel l'être humain requiert une autorité. Les philosophes et les politiciens « assignent à l'être humain une tendance naturelle à l'assujettissement, sans penser que ce qui est vrai par rapport à la liberté l'est également par rapport à l'innocence et tout autre mérite – leur valeur est ressentie aussi longtemps que l'être humain en jouit, et avec leur perte, leur besoin s'en va aussi » (*op. cit.*, p. 18).

Il se peut qu'une personne dont la liberté a été enlevée par l'ordre social ne ressente pas cette perte à chaque instant, tout comme quelqu'un qui a perdu son innocence, sa foi et son optimisme n'est pas un être croyant et optimiste ; mais de cela nous ne devrions rien déduire sur le potentiel humain de liberté. Ou, comme Kant répondit aux défenseurs de l'hypothèse selon laquelle il existe des êtres humains qui ne sont pas mûrs pour la liberté : « Dans une hypothèse de ce genre, la liberté ne se produira jamais, car on ne peut pas mûrir pour la liberté si l'on n'a pas été mis au préalable en liberté » (*op. cit.*, p. 19).

L'ordre social doit donc d'abord s'appuyer sur les principes de réalisation de la liberté humaine et l'histoire humaine est aussi une bataille continuelle pour établir cet ordre, mais la voie en est encore éloignée. Dans un certain sens, il est possible de comprendre tout l'œuvre de Chomsky comme un accomplissement de la même conception de la nature humaine : la conception selon laquelle l'intelligence peut se perfectionner en transmettant la connaissance acquise par l'utilisation du langage de génération en génération ; voilà ce qui l'amène à sa recherche en linguistique. Sa conception de l'essence humaine définie par la liberté le situe à la tête du combat politique contre toute oppression. Il n'est pas impossible qu'un jour les deux domaines se rejoignent :

> « J'aimerais croire qu'une recherche intensive sur un des aspects de la psychologie humaine – le langage humain – puisse contribuer à une science sociale humaniste qui servira d'outil à l'action sociale. Il va de soi que l'action sociale ne peut pas attendre une théorie bien-fondée sur l'être humain et la société, tout comme il est impossible de décider de la validité de la théorie en fonction de nos attentes et de nos désirs moraux. Les deux – la philosophie et l'action – doivent progresser au mieux dans l'attente du jour où la recherche théorique fournira un guide stable au combat incessant pour la liberté et la justice sociale, un combat qui est souvent sombre mais qui est toujours plein d'espoir » (*op. cit.*, p. 33).

*Traduction de l'hébreu par Marc-Ariel Friedemann et Galia Maish.*

# Langage, pensée et réalité à la suite de Chomsky

**Gennaro Chierchia**

## 1. Introduction

En 1956 paraissait « Langage, pensée et réalité », un ouvrage célèbre de B. L. Whorf où étaient abordées quelques questions fondamentales et difficiles qui depuis lors sont restées au cœur d'un intense débat. Parmi ces questions, on peut citer les suivantes :

(1) a. Quelle est la relation entre langage et pensée ?

i. La pensée existe-t-elle indépendamment du langage ? Ou la structure de notre langage détermine-t-elle notre façon de penser ?

ii. Quel rapport y a-t-il entre nos capacités linguistiques et notre intelligence générale ?

b. Quelle est la relation entre langage et réalité ?

i. Le langage est-il un reflet du monde ?

ii. Ou le langage détermine-t-il la façon dont nous voyons le monde ?

c. Quelle est la relation entre langage et culture ?

i. Le langage est-il une construction culturelle et historique (à l'égal d'autres institutions humaines) ?

ii. Le langage offre-t-il une fonctionnalité complète et optimale pour nos besoins communicatifs ?

Je formule ces questions d'une manière informelle et quelque peu impressionniste. Dans la seconde moitié du siècle passé, elles ont été posées de façon nettement plus précise grâce à l'interaction et au débat entre les disciplines qui étudient nos diverses capacités cognitives (des disciplines telles que la linguistique, la psychologie, les neurosciences, la philosophie, l'anthropologie, etc.). Dans le présent article, je voudrais montrer comment dans le cadre de la grammaire générative, le paradigme de recherche inauguré par Noam Chomsky il y a près de 50 ans, la sémantique aide à mieux cerner quelques-unes de ces questions, en utilisant un exemple pris dans la grammaire des noms (la distinction massif/comptable).

Dans le reste de cette introduction, je commence par étoffer quelque peu ces questions. Nous interprétons le langage avec rapidité et pratiquement sans avoir conscience de ce que nous faisons. Décoder la langue est presque aussi immédiat que voir un objet. Dans les milliers de façons dont nous utilisons le langage dans notre vie quotidienne, nous passons constamment et sans effort des mots à la signification, et inversement nous mettons en mots ce que nous voulons exprimer. En faisant cela, nous nous servons d'un processus intériorisé de codage de l'information en expressions linguistiques. Le langage comporte un moyen qui permet de relier systématiquement des symboles arrangés de façon spécifique avec des significations, ce qui nous paraît parfaitement normal dans notre langue maternelle, bien que mystérieux et complexe lorsque nous considérons d'autres langues. Comment les expressions codent-elles la signification ?

Il n'y a pas de réponse rapide et simple à la question. La difficulté est traditionnellement illustrée par les problèmes posés par la traduction. La notion de traduction « exacte » est très difficile à saisir. On en trouve une preuve dans les succès relativement modestes des tentatives de traduction automatique par des machines. De grands efforts de recherche (et des investissements considérables) ont été consacrés au développement de programmes de traduction automatique. Et, bien qu'il y ait des progrès, on est encore loin de disposer d'outils réellement efficaces. Un aspect qui ressort clairement est que les différences entre les langues ne sont pas seulement des différences phonétiques (dans la forme des sons utilisés). Ce n'est pas simplement que les objets ou les concepts reçoivent des étiquettes phonétiques différentes d'une langue à l'autre. Nombre de mots ne se traduisent pas facilement, et lorsqu'il s'agit de traduire des phrases complètes, les choses se compliquent encore. Les différences interlinguistiques paraissent donc affecter l'entièreté du système de codage des significations. Le parallèle avec les différences culturelles (dans les habitudes, les institutions, les traditions, l'histoire) vient immédiatement à l'esprit, avec l'idée que le langage (et plus précisément la façon dont le langage encode l'information à propos de notre environnement) comporte une vision du monde, un cadre conceptuel, une manière de vivre. Cela expliquerait la difficulté que nous éprouvons à traduire. Nous voyons les choses différemment selon nos histoires, or il n'y a pas deux modes de vie, deux visions du monde, deux histoires qui correspondent parfaitement. Si les langues sont des manifestations culturelles tout comme les institutions politiques, les rites de mariage ou les systèmes monétaires, alors il n'est pas étonnant que nous ne puissions traduire plus facilement, que nous ne pouvons convertir une monnaie en une autre, ou trouver l'exact équivalent du président des États-Unis parmi les personnages institutionnels de l'Italie. Whorf, en se basant sur le travail de Sapir et d'autres, a formulé ces idées dans une vision particulièrement claire appelée le « relativisme linguistique » : le langage est essentiellement un produit culturel et il comporte/détermine la manière dont une communauté perçoit la réalité.

Même s'il peut très bien ne pas exister de traduction parfaite, des traductions partielles sont par ailleurs tout à fait possibles et utiles. Cela est dû, semble-t-il, à deux raisons. D'un côté, les êtres humains sont semblables : ils ont la même structure physique, les mêmes ressources cognitives, etc. En conséquence, il y aura des points communs dans leur façon de traiter et de coder l'information. D'un autre côté, il existe assez de terrain commun entre les cultures pour permettre, avec quelques précautions, l'interprétation mutuelle. La clé est ici l'intelligence humaine, un ensemble complexe et intégré de ressources cognitives. Ces ressources nous permettent d'extraire de notre environnement des informations complexes et de les communiquer à nos semblables, ce qui améliore notre capacité de nous adapter à notre environnement. Comme nos expériences diffèrent, nous pouvons catégoriser les informations différemment. Néanmoins, nous réussissons remarquablement dans cette tâche, et nous sommes capables de convertir nos catégorisations entre nos différentes expériences avec un certain succès.

Si nous voulions résumer ces observations de sens commun sous une forme qui corresponde aux préoccupations indiquées en (1), nous pourrions le faire comme suit :

(2) a. Les humains sont doués d'intelligence, c'est-à-dire d'une capacité d'adaptation universelle qui

i. nous rend capables d'isoler les régularités dans notre environnement, et

ii. nous dote de compétences avancées pour la résolution de problèmes.

b. Le langage est la réponse de notre intelligence à notre besoin de communication.

c. Les formes spécifiques que prend le langage reflètent :

i. la façon dont notre intelligence fait face à l'environnement extérieur [le langage comme miroir de la réalité] ;

ii. la façon dont notre intelligence donne forme à nos modes de vie [le langage comme artefact culturel].

Ce résumé place l'hypothèse de Sapir-Whorf dans une perspective plus large, celle de savoir comment la pensée et le langage peuvent interagir, une vision qui nous permet de rendre justice à l'idée selon laquelle le langage pourrait bien ne pas être entièrement culturel. Il se peut que nous ne sachions pas quelle est la part de culturel et la part de naturel/instinctif dans le langage humain (ou que nous soyons en désaccord sur cette question). Mais en tout cas, les quelque 6 000 à 7 000 langues que nous observons dans le monde sont principalement la réponse d'une capacité d'adaptation hautement développée, localisée dans le cerveau, à la pression extérieure de la nature et à la culture que nous développons.

Même si ce tableau général paraît plausible, je pense qu'il est erroné dans une large mesure. La thèse principale que je défendrai, en opposition avec (2), est que le langage est un système spécialisé, caractérisé par des dispositifs computationnels spécifiques, autonomes par rapport à d'autres capacités constitutives de l'intelligence humaine (comme les ressources statistiques ou les stratégies de résolution de problèmes). Chomsky parle souvent à ce sujet d'une sorte « d'organe du langage » situé dans le cerveau. Plus précisément, si on en arrive à la sémantique, on la comprend souvent en termes de connaissance du monde (qu'elle soit perceptuelle, encyclopédique, ou ce qu'on voudra), liée d'une façon plutôt conventionnelle à des représentations linguistiques. En linguistique générative moderne, la sémantique a pris une forme assez différente. Elle consiste à examiner les formes logiques et les structures de dénotation (semblables à celles exposées d'abord en sémantique logique), liées à la syntaxe des langues particulières par un ensemble de représentations universelles. Ces structures contraignent systématiquement notre façon de renvoyer aux objets et de raisonner à leur propos.

Dans ce qui suit, je discute quelques faits pertinents en me servant de la distinction entre ce qui est « massif » et « comptable ». Cette distinction, largement discutée dans la littérature, illustre parfaitement ce qui fait l'objet des débats actuels.

## 2. Substances et objets individuels

Une caractéristique du système nominal de nombreuses langues, parmi lesquelles le français, est qu'il distingue deux sortes de noms : les massifs et les comptables. Des noms comptables typiques sont *chaise, table, homme*, etc., tandis que des noms massifs typiques sont *eau, sang, sel*, etc. Les noms comptables semblent renvoyer à des classes d'objets individuels, bien identifiés, qui nous paraissent facilement accessibles. Les noms massifs, eux, renvoient plutôt à des substances ou à des quantités qui ne sont pas clairement constituées de parties individuelles. Cette différence se manifeste par un certain nombre de phénomènes morpho-syntaxiques que nous allons maintenant passer en revue.

Pour parler de tables ou de chaises individuelles, nous utilisons le singulier, alors que pour parler de groupes, nous ferons usage du pluriel :

(3) a. Cette table ne coûte pas cher
b. Ces chaises ne coûtent pas cher
c. *Ces table ne coûte pas cher
d. *Cette chaises ne coûtent pas cher

Dans (3a) un nom singulier *(table)* se combine avec le déterminant démonstratif *(cette)* ; le SN résultant (une unité syntaxique caractérisée par la présence d'un nom) renvoie à une unité particulière (SN, par exemple la table que nous désignons). Le SN pluriel en (3b), par contre, renvoie à un groupe. Les phrases (3c, d) sont incorrectes, et cela montre que les combinaisons de démonstratifs et de noms doivent s'accorder en nombre. Alors que la marque du pluriel est un dispositif général et très utile, elle est sujette à certaines contraintes ; en particulier, avec les noms massifs nous ne pouvons pas facilement utiliser le pluriel :

(4) a. Ce riz est savoureux
b. *Ces riz sont savoureux
c. L'eau de cette citerne est sale
d. *Les eaux de cette citerne sont sales

L'irrégularité des phrases (4b, d) n'est pas absolue. On ne peut pas dire que produire ou interpréter des phrases telles que (4b) ou (4d) soit complètement impossible.

Mais les noms massifs au pluriel sont « ressentis » de façon très différente des noms comptables ordinaires au pluriel. Par exemple, nous pouvons dire des choses comme *Marie a perdu ses eaux*. Mais il s'agit là d'une expression idiomatique ; nous ne pouvons pas simplement reconstruire sa signification à partir de la signification de *perdre* et de celle de *eau*. Pour la comprendre, nous devons savoir que *perdre les eaux* renvoie à une phase particulière (typiquement le début) de l'accouchement. Nous pourrions aussi dire quelquefois, *les eaux de la mer s'ouvrirent devant nous*. Mais cela sonne « poétiquement », évoquant des images bibliques. Si vous laissez tomber un verre d'eau par terre, il paraîtrait comique de dire que *vous avez renversé des eaux partout*.

Une caractéristique supplémentaire des noms massifs est qu'ils ne se combinent pas avec des numéraux. Considérons les exemples suivants :

(5) a. J'ai besoin de trois chaises
b. Il y a trois chaises
c. *J'ai bu trois eaux
d. *J'ai acheté 100 riz

Si je vous demande « combien de tranches de jambon avez-vous achetées ? » vous pouvez répondre « trois ». Mais pas si je vous demande « combien de jambon avez-vous acheté ? ». Dans ce cas, vous devez répondre quelque chose comme « trois tranches » ou « trois kilos ». Pour « compter » le jambon, le sang, le riz, etc., nous devons utiliser soit des « propositions de mesure » (kilos, litres, etc.) ou des « propositions de classificateur » (c'est-à-dire des choses comme des gouttes de sang, des tranches de pain). Les propositions de classificateur sont employées pour indiquer les objets comptables typiquement associés à des substances pertinentes ou « portions standard » dans lesquelles ces substances peuvent être divisées.

Le comportement des articles est également révélateur. L'article défini *le* se combine avec les noms tant comptables que massifs.

(6) a. Le riz dans ce tonneau

b. La chaise là-bas

c. Les tables dont j'ai hérité de tante Robertine

Mais l'article indéfini se combine seulement avec les noms comptables :

(7) a. Une chaise coûteuse

b. *Un riz que j'ai acheté

Le SN en (9b) ne peut recevoir que l'interprétation de type « un type de riz que j'ai acheté ». Cette opposition ne se limite pas aux articles. Elle se généralise à de nombreux composants du SN. La structure syntaxique d'un SN peut être schématisée comme suit :

(8) a. [Det N]
le chat

b. Det : le, un, ce, chaque, la plupart des, un, deux, …, plus de trois, etc.

La structure (8) nous dit qu'un SN typique est au minimum constitué d'un nom commun et d'un déterminant ; les déterminants comprennent les articles, les démonstratifs et des choses comme chaque, beaucoup, plusieurs, etc. De tels éléments déterminent combien de choses (de la sorte spécifiée par le nom commun) sont considérées. Nous dirons qu'un nom commun constitue la *restriction* d'un déterminant dans des structures comme (8). Certains déterminants sont morphologiquement simples (comme *le, chaque*, etc.), d'autres peuvent être complexes (*plus de trois, un grand nombre de*, etc.). Il est maintenant facile d'observer combien les déterminants sont sensibles aux types de noms avec lesquels ils se combinent. Par exemple, *chaque chaise* fonctionne parfaitement, mais *chaque sang* est étrange (dans la mesure où on peut le dire, cela ne peut être compris que comme « chaque type de sang »). Le déterminant *tout* est presque synonyme de *chaque ;* cependant, au contraire de ce dernier, *tout* se combine facilement avec les noms massifs (*cf. toute eau*, ou, en combinaison avec l'article défini, *toute l'eau*). Cette sensibilité variable au caractère massif/comptable semble donc imprégner tout le système des déterminants.

Considérons par exemple des déterminants comme *des, plusieurs* ou *nombre de*. Ils peuvent s'employer avec des noms comptables au pluriel (par ex. dans *J'ai vu des/plusieurs étudiants, nombre d'étudiants*). Mais ce n'est pas le cas avec les noms massifs. Il est étrange de dire *J'ai acheté des/plusieurs riz, nombre de riz* (marginalement acceptable avec le sens de « types »). D'un autre côté, le déterminant *du/de la* fonctionne avec les noms massifs *(J'ai mangé du riz)* mais pas avec les comptables (*J'ai vu du chat* est en effet étrange). *Du/de la* est un équivalent massif de *des*. Il est clair que tout le système des déterminants est affecté par la distinction massif/comptable : en effet, plusieurs généralisations centrées sur cette distinction apparaissent.

Donc, dans l'ensemble, la distinction massif/comptable présente une série de manifestations morpho-syntaxiques qui ont à voir avec la morphologie du pluriel, les numéraux, le système des déterminants. On peut les résumer ainsi :

(9) Les noms comptables :

(i) se mettent naturellement au pluriel

(ii) se combinent avec les numéraux (un, deux, trois…)

(iii) ne nécessitent pas l'emploi d'un classificateur ou d'une mesure pour se compter

(iv) fonctionnent avec *un, nombre de*, …, mais non avec *du/de la*, etc.

Les noms massifs :

(i) ne prennent pas la forme du pluriel

(ii) ne se combinent pas avec les numéraux

(iii) nécessitent l'emploi d'un classificateur ou d'une mesure pour se compter

(iv) fonctionnent avec *du*, …, et non avec *un, nombre de*, …, etc.

Comme ces remarques le montrent bien, l'opposition entre les noms massifs et comptables apparaît bien installée dans la façon dont nous parlons. Il y a une foule de constructions dans lesquelles cette distinction se manifeste. La question est de savoir pourquoi. D'où vient cette restriction ? Pourquoi tant de langues la réalisent-elles ? Dans la suite, nous examinerons un certain nombre de réponses possibles qui ont été proposées.

## 3. Les sources extra-linguistiques possibles de la distinction massif/comptable

Si nous considérons le monde, nous trouvons d'un côté des choses comme des galets, des chiens, des chaises, etc. ; de l'autre, nous trouvons des substances comme l'eau, l'air ou, si nous avons de la chance, l'or. Les objets forment des unités individuelles facilement comptables,

les substances pas. Les substances tendent à se trouver dispersées un peu partout, souvent mêlées à d'autres matières. Elles n'ont pas de parties minimales évidentes et elles ne sont par conséquent pas faciles à compter (même si elles peuvent être mesurées avec des dispositifs appropriés). Peut-être le langage reflète-t-il simplement cette réalité du monde. Si un nom est employé pour renvoyer à des objets, il est comptable ; s'il sert à dénoter une substance, il est massif. Les propriétés morpho-syntaxiques résumées en (9) sont simplement la manifestation linguistique des propriétés sémantiques extralinguistiques des choses auxquelles renvoient les noms.

Cette approche de la distinction massif/comptable illustre la vision du langage comme reflet du monde telle que proposée par Whorf et Sapir. Le langage est employé pour parler de la réalité. Nous donnons des noms aux choses de la même façon que nous mettons des étiquettes sur les médicaments ou sur les livres d'une bibliothèque. Un tel étiquetage est très utile, comme nous le savons bien. Si nous étiquetons les choses de façon systématique, nous pouvons les identifier, les localiser, et les retrouver selon les besoins. Le langage serait une forme spontanée, quelque peu complexe, d'étiquetage. L'opposition massif/comptable pourrait être considérée comme un argument en faveur de cette vision.

Cette approche générale explique en termes très simples comment le langage peut véhiculer de l'information à propos du monde. Quand nous attachons des noms (c'est-à-dire des symboles) aux choses, nous pouvons également former des suites de symboles pour exprimer comment les choses sont disposées dans le monde. Par exemple si A représente Jean et B représente Pierre, nous pourrions écrire AB pour exprimer que B suit A, et l'ordre inverse BA pour A suit B. Les suites symboliques AB et BA représentent deux formes différentes du rapport entre Jean et Pierre. Cela est simpliste, mais cela donne une idée de comment un simple étiquetage pourrait peut-être coder une information complexe. Diverses versions de cette vision du langage ont été proposées par les scientifiques au cours de l'histoire de la pensée, d'Aristote à Wittgenstein. Il y a probablement une grande part de vérité dans cette position.

Il y a par exemple des travaux en psychologie cognitive et comportementale qui appuient cette vision de la distinction massif/comptable. En particulier, des chercheurs comme Spelke et ses collaborateurs (Spelke, 1985 ; Soja, Carey et Spelke, 1991) ont montré que les bébés de quelques mois (bien avant qu'ils ne parlent) ont une théorie claire du monde. Ils croient que les objets solides ont des limites et une cohésion (c'est-à-dire que leurs parties tiennent ensemble) : de tels objets se déplacent comme un tout (sans se séparer ou se fondre), le long de trajectoires continues. Au contraire, les enfants croient (ou, devrions-nous dire, *savent*) que les substances non solides comme les liquides ou les poudres n'ont pas de cohésion. Lorsqu'elles se déplacent et entrent en contact les unes avec les autres, elles peuvent ne pas conserver leur délimitation : elles peuvent se mélanger ou se séparer. Comment a-t-on pu en venir à attribuer une vision si élaborée du monde à des bébés ? Le paradigme expérimental qui a été utilisé pour démontrer ces affirmations est du type suivant. Imaginez un ours en peluche posé sur une table et un écran déposé horizontalement devant l'objet et qui se relève lentement jusqu'à le masquer. Dans une première expérience, l'écran se relève complètement jusqu'à la verticale et empêche de voir l'ours. Cela est la situation « normale » (attendue). Dans une seconde expérience, il se passe quelque chose de « magique » (inattendu) : l'écran tourne encore, comme précédemment, et cette fois, il prend la place qui était occupée par l'ours (pendant que l'écran remonte, l'expérimentateur enlève l'ours). Il apparaît que les petits enfants tendent à fixer plus longtemps les événements inattendus que ceux attendus. C'est-à-dire que les enfants montrent leur surprise devant des événements « anormaux », ce qui suggère qu'ils s'attendent à ce que les objets restent à leur place et soient solides.

Ce qui est frappant, c'est que cela se passe avec des bébés de trois mois, alors qu'il n'est pas possible qu'ils aient déjà pu élaborer une théorie des objets solides sur la base de leur expérience. M. Hauser a poursuivi cette ligne de recherche et a montré qu'en fait des primates comme les singes rhésus sont dotés d'une théorie similaire des objets individuels opposés aux substances (Hauser, 1996). Revenant aux enfants, il est très plausible qu'une telle connaissance, dont les enfants paraissent être dotés à la naissance, les guide en leur servant de critère d'identification pour les nouveaux objets ou substances qu'ils rencontrent. Plus tard, une telle connaissance les guiderait dans l'acquisition du langage. Par exemple, lorsqu'il rencontre une classe d'objets solides, l'enfant en identifie certaines propriétés clés (la forme et la fonction) et les généralise à d'autres objets de la même sorte (formant ainsi le concept d'une classe uniforme). Lorsqu'il rencontre au contraire une nouvelle pâte ou une nouvelle poudre, il en identifie à nouveau certaines propriétés clés (ici ce ne sera plus la forme, mais disons la texture et ce qu'on en fait de façon typique) ; ensuite, il généralise ces propriétés à d'autres portions de la même substance (voir par ex. Soja, Carey et Spelke, 1991). Savoir que les choses sont ainsi faites (qu'elles sont naturellement triées en substances et en objets) en rend l'identification et la nomination plus facile. Lorsque apparaît le langage, les noms communs se répartissent naturellement en deux catégories.

Les idées que nous avons développées jusqu'ici peuvent se résumer comme suit. Le monde est structuré en objets et en substances (définis en termes de leurs manières spécifiques de se déplacer dans l'espace et d'interagir les uns avec les autres). Les enfants et d'autres primates semblent avoir une connaissance innée du fait que le monde est ainsi structuré. Il pourrait être tentant de spéculer sur les avantages pour l'adaptation au milieu qui découleraient d'une telle connaissance. Quoi qu'il en soit, la présence et l'universalité de la distinction objet/substance paraissent incontestables. La distinction comptable/massif enregistre ce fait.

## 4. La base grammaticale du massif et du comptable

Il y a deux arguments principaux à l'encontre de la position esquissée dans la section précédente. Le premier est basé sur l'existence de ce que nous pourrions regarder comme des objets ou des substances « bizarres ». Le second concerne la variation interlinguistique.

La première objection est liée à l'observation que la distinction massif/comptable est opératoire avec des noms qui ne correspondent pas facilement à des objets/substances tels que nous les avons définis. Considérons par exemple les paires suivantes :

(10) a. générosité, vertu/vertus
b. connaissance, croyance/croyances
c. fierté, préjugé/préjugés
d. gaieté, joie/joies, etc.

Ces exemples relèvent du domaine des noms abstraits. Remarquons maintenant que le premier membre de chaque paire en (10) est un massif typique, et le second membre, un comptable typique. Par exemple, nous pouvons dire « la générosité que vous m'avez témoignée... » mais nous ne pouvons pas dire « *une générosité que vous m'avez témoignée... ». Ou nous pouvons dire « Je n'ai pas rencontré de générosité là-bas », mais pas « *Je n'ai pas rencontré nombre de générosités là-bas ». Par ailleurs, *vertu* apparaît parfaitement comme un comptable : « Je vois nombre de vertus en vous, mon jeune apprenti », dit Obi Wan Kenobi à Anakin Skywalker.

Pourquoi ces exemples sont-ils problématiques pour la vision présentée dans la section précédente ? Il est évidemment difficile de voir, disons, la générosité comme une « substance » et la vertu comme un « objet », ou la connaissance comme une substance et les croyances comme des objets. Certainement pas dans le sens de Spelke, qui base sa distinction sur la manière dont les choses se déplacent dans l'espace, par exemple. Essayer d'étendre la distinction objet/substance aux objets abstraits implique manifestement de dépasser le système conceptuel que l'on a mis en évidence chez les bébés au stade prélinguistique et chez d'autres primates.

Un problème connexe vient de l'observation qu'il y a des choses qu'il est difficile de ne pas classer avec le sel, le riz, la salade, et qui sont cependant comptables : les lentilles, les fèves, les pousses, etc. Il y a de plus des choses qui sont clairement des objets individuels mais pour lesquelles le français utilise un nom massif. Considérez la chaise sur laquelle je suis assis : c'est une chaise (comptable) confortable. Mais aussi, c'est du mobilier (massif) bon marché. Le mobilier, l'habillement, l'argenterie, sont faits d'objets parfaitement individuels (les tables et les chaises, les chemises et les pantalons, les couteaux et les fourchettes, etc.). Cependant, grammaticalement, ce sont des noms massifs : ils ne se mettent pas naturellement au pluriel (ou s'ils le font, ils acquièrent l'interprétation « type de »), ils ne se combinent pas avec des numéraux, etc. Ces noms ont un parfum de collectif, en ce sens qu'ils sont typiquement utilisés pour référer à une pluralité d'objets. Mais ils n'en sont pas moins des massifs (et s'opposent à des noms collectifs comptables comme *bouquet, pile, groupe*, etc.). De plus, il n'est pas obligatoire d'utiliser des noms tels que *argenterie* pour des pluralités seulement. Je peux désigner une unique cuillère et dire « J'ai hérité cette argenterie de tante Robertine ». Si *argenterie* est constitué d'objets comptables, pourquoi ne pouvons-nous le combiner directement avec un numéral (c'est-à-dire pourquoi ne pouvons-nous pas dire « *ces trois argenteries sont tout ce qui reste après l'incendie ») ? C'est comme si la distinction massif/comptable cessait d'être une distinction « réelle » et devenait une façon de catégoriser les choses.

Cette circonstance devient particulièrement évidente lorsque nous la considérons d'un point de vue interlinguistique. Ce que nous trouvons, c'est que même des langues très voisines divergent parfois pour ce qui est des noms massifs ou comptables. Par exemple, en français, on dit « Je me suis coupé les cheveux », mais en anglais on dira « I cut my hair » (« *Je me suis coupé le cheveu* », singulier). *Cheveu*, employé pour désigner ce qui pousse sur nos têtes, semble être un comptable en français, et un massif en anglais. On parle cependant de la même chose : nos cheveux ne changent pas lorsque nous changeons de langue. Et le système conceptuel prélinguistique des enfants ne change pas selon qu'ils sont exposés au français ou à l'anglais. Il existe un bon nombre de cas de ce genre. En voici une petite liste :

(11)

| Comptable | Massif |
|---|---|
| cheveu | hair |
| pellicule | dandruff |
| bagage | luggage |
| meuble | furniture |
| chaussure | footwear |
| famille | relative |

Dans tous ces cas, les mêmes entités semblent classées comme massives ou comptables suivant la langue [1].

Une dernière remarque. Dans une même langue, on a souvent des paires de noms proches, dont l'un est massif et l'autre comptable. Cela peut nous donner un point de vue sur ce que les différences interlinguistiques que nous venons d'examiner sont réellement :

(12)

| | |
|---|---|
| a. pièce | monnaie |
| b. vêtement | habillement |
| c. meuble | mobilier |

Peut-être la façon dont le correspondant d'un nom comptable comme *homme* est compris dans une langue à classificateur (comme le chinois) est-elle similaire aux

1. Un cas extrême de cette sorte est constitué par ce qu'on appelle les langues à classificateurs, comme le chinois. Dans ces langues, les numéraux ne peuvent être directement combinés avec aucun nom. On ne peut dire des choses comme *deux hommes*, ou *trois tables*. On doit utiliser un classificateur :

a. liang il mi
deux CL riz (« deux grains de riz »)

b. liang zhang zhuozi
deux CL table (« deux pièces de table »)

Pour une discussion des problèmes pertinents, voir par ex. Chierchia (1988a, b). Pour une vision différente, cf. Cheng et Sybesma (1999).

oppositions en (12). Dans le correspondant massif d'un nom comptable (par ex. monnaie *vs* pièce) il y a une sorte de neutralisation de la distinction pluriel/singulier ; un ensemble de pièces peut se qualifier comme de la monnaie, mais quelquefois une seule pièce le peut aussi.

L'existence de paires comme celles de (12) est partiellement liée à une autre observation. Il y a des noms qui s'emploient aussi bien comme massifs que comme comptables. Considérons par exemple *vin, eau, bière.* Lorsque nous disons « il y a de la bière partout sur le sol », nous utilisons le mot comme un massif. Lorsque nous disons « nous avons commandé trois bières », nous l'utilisons comme un comptable. Dans ce cas-ci, *bière* signifie quelque chose comme « une portion standard de bière » (par ex. une bouteille). En fait, jusqu'à un certain point, pratiquement n'importe quel nom qui a une utilisation prédominante peut être poussé vers l'autre. Nous avons déjà noté que la plupart des noms massifs pouvaient être glissés dans un moule comptable et recevoir la lecture « type de ». Par exemple, on pourrait ainsi comprendre des propos tels que « dans ce labo, nous conservons trois sangs ». Nous voyons maintenant que les glissements de massif à comptable peuvent aussi s'accomplir en conceptualisant la substance en termes d'une notion de « portion/dose standard ». Imaginons par exemple une communauté de vampires parlant le français ; dans cette communauté, des portions standard de sang pourraient devenir habituelles, de sorte que dans un bar on pourrait dire des choses comme « nous avons commandé trois sangs ». Inversement, les noms comptables peuvent s'employer comme massifs. Ainsi, *pomme* est comptable, mais peut s'employer comme massif dans « il y a de la pomme dans la salade ». Ici aussi vous pouvez imaginer de pousser les choses : « Après que mon fils fut passé par là avec ses outils, il y avait de la voiture partout sur le sol. » Et ainsi de suite. D. Lewis parle à ce propos du Hachoir Universel. Vous y mettez n'importe quoi, et vous obtenez une substance. De même, comme le font remarquer Pelletier et Schubert (1989), nous semblons aussi disposer d'une sorte d'Emballeur Universel mental, qui transforme les substances en portions individuelles.

En résumé, nous avons fait les observations suivantes :

(13) a. La distinction massif/comptable ne coïncide pas avec la notion prélinguistique de substance/objet ; elle s'étend aux objets et éventualités abstraits, et elle ne coïncide pas non plus avec la notion prélinguistique d'objet solide.

b. Il y a de la variation interlinguistique pour ce qui est catégorisé comme massif ou comptable.

c. Dans une même langue il y a des paires de noms quasi synonymes, l'un massif et l'autre comptable, et il peut y avoir des glissements d'une catégorie à l'autre.

Quelles conclusions pouvons-nous tirer de cela ? Essentiellement des conclusions négatives pour ce que nous avons appelé la vision du langage comme miroir du monde. Le monde est fait de substances et d'entités individuelles, et l'enfant au stade prélinguistique semble savoir cela. Mais la distinction massif/comptable est autre chose. D'abord, les deux distinctions ne coïncident pas entièrement. De plus, les langues semblent jouir d'une certaine liberté dans la manière de classifier les noms. Nous devons conclure que la distinction massif/comptable n'apparaît facilement et complètement réductible à aucune distinction extra-linguistique connue. Elle a évidemment une certaine ressemblance avec la distinction objet/substance, mais elle semble avoir une vie propre. Elle est une marque abstraite formelle. Ce passage d'une distinction « substantielle » à une distinction

« formelle » arrive souvent dans le langage, et peut-être est-ce la clé pour comprendre comment fonctionne le langage. Pensez par exemple aux distinctions de genre. En anglais, le genre est simplement basé sur le genre naturel (un être femelle est *she*, un être mâle est *he*). Ensuite les stéréotypes jouent (ainsi une voiture peut être désignée par *she*). Mais dans nombre de langues, cela devient une marque formelle. Par exemple, en français, « bureau » est masculin tandis que « table » est féminin, sans pratiquement aucune distinction sémantique.

Cela signifie-t-il qu'une fois que la langue dépasse un concept extra-linguistique, elle le vide de son caractère original ? Par exemple, la distinction massif/comptable est-elle vide de tout rôle « cognitif » systématique (autre que celui de porter un air de famille avec les objets *vs* les substances) ? Probablement pas. Autrement, pourquoi tant de langues feraient-elles cette distinction ? Pourquoi la grammaire insisterait-elle de façon si fastidieuse pour faire fonctionner les expressions numérales et autres déterminants de la façon complexe que nous avons vue, s'il n'y avait pas une intention communicative derrière cette distinction ? De plus, à côté de la variation interlinguistique que nous avons observée, il y a aussi des tendances universelles assez évidentes dans ce domaine. Les noms de liquides, par exemple, ont tendance à avoir toujours une entrée lexicale de massif. De plus, comme nous l'avons vu ci-dessus, alors que dans certaines langues tout nom est massif, il semble qu'il n'y ait pas de langue où les noms soient tous comptables (ce qui est un corollaire de l'observation que les noms de liquides sont universellement des massifs). Les tendances universelles de cette sorte sont difficilement explicables si la distinction massif/comptable est purement morpho-syntaxique, purement formelle, sans effets sémantiques. Voilà une énigme qu'il serait intéressant d'élucider plus en profondeur. D'un côté, la distinction massif/comptable paraît formelle, en ce sens que nous pouvons l'appliquer à presque tout (la même « chose » peut être vue comme massive ou comptable). De l'autre, une telle distinction ne semble pas être purement formelle (une pure question de morpho-syntaxe), puisque sa corrélation avec des objets et des substances « réels » n'est pas arbitraire. S'attaquer à ce puzzle implique l'examen de la relation entre sémantique et cognition, une question difficile et objet de controverse.

## 5. Un modèle sémantique

Dans ce qui suit, je ferai d'abord une hypothèse sur ce qui se trouve derrière la distinction massif/comptable, en l'occurrence celle d'un univers du discours structuré de façon particulière et lié au système nominal par des principes de représentation universels (la « structure dénotationnelle » mentionnée à la section 1). J'expliquerai ensuite comment une telle approche peut répondre aux questions soulevées ci-dessus [1].

---

1. Il existe de nombreux travaux sur la sémantique des noms massifs et des pluriels, sur lesquels la proposition présentée ici se base. Pour une vision générale et des références bibliographiques à propos des approches tant philosophique que linguistique de la distinction massif/comptable, cf. Pelletier (1979) et Pelletier et Schubert (1989). La proposition présentée ici est exprimée plus en détail dans Chierchia (1998a, b) ; ses antécédents les plus récents sont Link (1983) et Landman (1991). La présentation de l'article défini esquissée ci-dessous est originellement due à Sharvy (1980). Pour l'acquisition de la distinction massif/comptable par les enfants, voir Gathercole (1982). Je devrais ajouter qu'à mon avis, le point principal de l'article resterait valable dans toute analyse actuelle de la sémantique formelle de la distinction massif/comptable.

### 5.1 Univers du discours

Supposons que la figure (14) ci-dessous montre toutes les tables du monde.

(14)

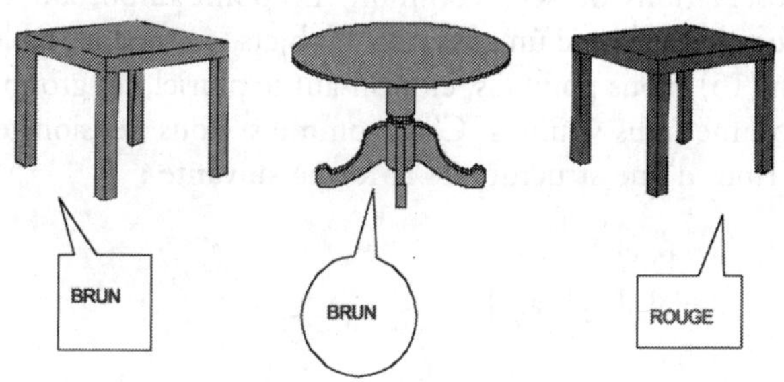


Avec le SN *cette table* (un SN défini, au singulier) je peux renvoyer à n'importe laquelle des tables dans (14), c'est-à-dire la table *a*, la table *b*, ou la table *c*. Avec le SN *ces tables* (un SN défini, au pluriel) je peux renvoyer à n'importe quel groupe de tables de (14). Par exemple, je peux désigner la table *a* et la table *b* et dire *ces tables ne sont pas chères*. Ou bien je peux les désigner toutes et dire *J'aime bien ces tables*. C'est pareil si j'emploie l'article défini : *les tables brunes*, cela renvoie à la table *a* et à la table *b* prises ensemble. *La table rouge* (comme dans « J'ai hérité de la table rouge de tante Robertine ») renvoie à la table *c*.

Donc, en général, le défini singulier peut renvoyer à n'importe quelle table individuelle, et le défini pluriel, à n'importe quel groupe de tables. Une classe d'exemples liés qui illustrent le même point est la suivante. Je peux désigner la table *b* en (14) et dire « Ceci est une (jolie) table ». Ou bien, je peux dire des tables *a* et *b ce sont des tables (solides)*. Dans ce type de phrases, le sujet est un

SN défini ; le prédicat est aussi un SN, mais *in*défini : *une (jolie) table/des (jolies) tables*. Les groupes nominaux dans leurs emplois prédicatifs sont utilisés pour classer les choses (plutôt que pour y renvoyer).

Vous pourriez vous demander où nous allons avec ces observations de sens commun. Le point important est que, étant donné un ensemble d'objets, comme les tables en (15), nous pouvons, en utilisant le pluriel, les grouper comme nous voulons. C'est comme si nous pensions en termes d'une structure de la forme suivante :

(15) {a, b, c}
{a, b} {b, c} {a, c}
a b c

En bas, on a les tables individuelles. Les accolades représentent toutes les façons possibles de les regrouper (c'est-à-dire les ensembles ou groupes que nous pouvons construire à partir de *a*, *b*, et *c* ; la notation entre accolades est empruntée à la théorie des ensembles). Les définis singuliers peuvent renvoyer indifféremment à *a*, *b*, ou *c* (c'est-à-dire aux tables prises individuellement) ; les pluriels, à n'importe lequel des groupes ou ensembles entre accolades. Appelons les entités individuelles des « atomes ». Par ce terme, je ne veux bien sûr pas dire que ce sont des atomes dans le sens physique du mot. Ce que je veux dire, c'est qu'en parlant de *la table rouge*, nous négligeons, ou nous mettons entre parenthèses ses parties (ses pieds, tiroirs, etc.) et la considérons comme une unité. Nous pouvons généraliser cette façon de penser. Chaque fois que nous nous engageons dans un échange conversationnel, nous avons typiquement un certain univers (ou domaine) de discours à l'esprit, c'est-à-dire une série d'entités pertinentes ou de groupes de telles entités (par ex. les choses que nous voyons dans notre environnement, celles qui constituent le topique de notre conversation, etc.). L'univers du discours va changer d'un contexte à l'autre, selon les circonstances de la conversation, les intentions et les intérêts des interlocuteurs, etc. Cependant, de tels univers auront une structure similaire à celle de (16), concrètement :

(16) {a, b, c, d, …}
{a, b, c} {a, b, d} …
{a, b} {b, c} {a, c} {c, d} …
a b c d …

Autrement dit, nos domaines de discours sont peuplés d'entités qui jouent le rôle d'atomes ou d'unités (auxquels nous pouvons renvoyer par des groupes nominaux définis au singulier), et par des groupes ou ensembles (auxquels nous pouvons renvoyer par des groupes nominaux définis au pluriel). Que font les noms ? Des noms comme *table* partitionnent l'ensemble des atomes en séparant les tables des non-tables. Dans l'exemple ci-dessus, en supposant que les tables sont *a*, *b*, et *c*, nous avons quelque chose qui peut se schématiser comme ceci :

(17) table → [a, b, c]

J'adopte ici la convention de placer entre des crochets carrés les atomes pour lesquels *(est une) table* est vrai (s'applique vraiment). D'autres noms (par ex. chaise, voiture, etc.) fonctionneraient de la même façon. Le rôle de la morphologie du pluriel est de changer quelque chose qui ne s'applique qu'aux atomes en quelque chose qui s'applique aux groupes correspondants.

(18)

$$\text{tables} \rightarrow \begin{bmatrix} & \{a, b, c\} & \\ \{a, b\} & \{b, c\} & \{a, c\} \end{bmatrix}$$

Cela est le point de départ. Lorsque je combine un nom tel que *table* avec un déterminant défini tel que *cette* ou *la*, je peux renvoyer à des atomes *particuliers*. Par exemple, avec le SN *cette table* je peux vous inviter à individualiser la table que je désigne de la classe des tables. De même pour les pluriels : si je dis *ces tables* je vous invite à considérer parmi la totalité des tables celles que je désigne. Et ainsi de suite.

Comme tableau du fonctionnement des noms et des groupes nominaux, cela est très approximatif. Mais on peut soutenir que c'est un pas dans la bonne direction. Le rôle des noms (sans le déterminant) est d'isoler une classe d'objets (qui auront des traits communs : ils peuvent partager une forme, une fonction ou ce qu'on veut). La morphologie du pluriel (-s en français ou en anglais) change les noms qui s'appliquent à des singularités en noms qui s'appliquent à des groupes. Aussi simple que cela puisse être, cela produit les bonnes conséquences. Supposons par exemple que *a* et *b* soient des tables ; supposons en plus que *c* soit également une table ; il s'ensuit alors inévitablement que *a*, *b*, et *c* prises ensemble sont aussi des tables ; et aussi par exemple que *b* et *c* prises ensemble sont des tables. C'est quelque chose que nous savons *a priori* ; et cela découle de notre manière de regarder la pluralité. Une fois que nous individualisons par un nom singulier un ensemble d'atomes, tous les groupes constitués de ces atomes seront quelque chose dont le pluriel correspondant est vrai.

Une autre conséquence importante de cette façon de penser la pluralité est la suivante. Peu importe si nous parlons d'objets concrets ou abstraits. Si *a* est l'honnêteté et *b* est la persévérance, alors *a* est une vertu et *b* aussi, et *a* et *b* ensemble (dans notre notation, {a, b}) seront des vertus (par ex. les principales vertus de Jean). Notre schéma s'applique tout aussi bien à des objets concrets qu'à des entités abstraites.

Qu'en est-il des noms massifs ? Il semble que nous ayons créé un monde d'objets bien identifiés qui paraît de prime abord convenir seulement aux noms comptables. Voyons cela. Imaginons que les tables et les chaises en (19) soient tout ce qui reste dans le monde après un énorme incendie.

(19)

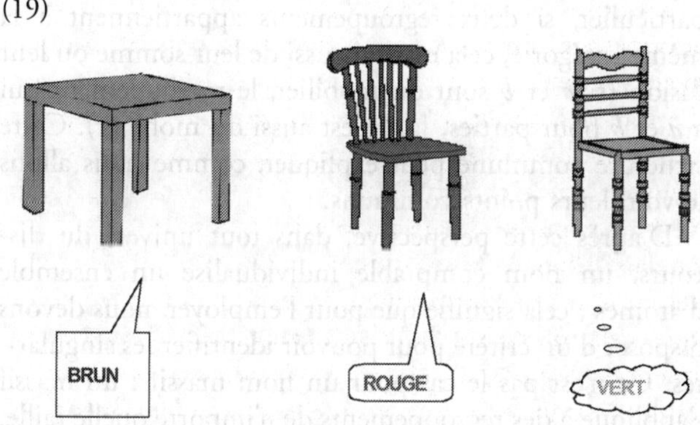


Dans ce cas, nous savons que *table* ne s'appliquera qu'à *a* et *chaise* à *b* et *c*. À quoi s'appliquerait *mobilier* ? La réponse la plus plausible, me semble-t-il, est que ce nom s'appliquerait indifféremment à *a, b, c* et à n'importe lequel de leurs regroupements. En d'autres termes, voici la structure de ce à quoi le nom massif *mobilier* s'applique :

(20)

$$\text{mobilier} \rightarrow \left[\begin{array}{ccc} & \{a, b, c\} & \\ \{a, b\} & \{b, c\} & \{a, c\} \\ a & b & c \end{array}\right]$$

Cela serait consistant avec l'observation que nous pouvons dire que la table et la chaise verte sont du mobilier, tout comme les chaises en sont, etc. On pourrait dire que même la table de (19) à elle seule est du mobilier coûteux, au contraire des chaises qui sont peu chères, et ainsi de suite.

Il est important de noter que les noms massifs partagent la même structure partie-tout que les pluriels. En particulier, si deux regroupements appartiennent à la même catégorie, cela est vrai aussi de leur somme ou leur fusion (si *a* et *b* sont du mobilier, le regroupement qui a *a* et *b* pour parties, {a, b} est aussi du mobilier). Cette structure commune peut expliquer, comme nous allons le voir, leurs points communs.

D'après cette perspective, dans tout univers du discours, un nom comptable individualise un ensemble d'atomes ; cela signifie que pour l'employer, nous devons disposer d'un critère pour pouvoir identifier les singularités. Ce n'est pas le cas pour un nom massif : un massif s'applique à des regroupements de n'importe quelle taille. Cela veut dire que pour l'employer, nous devons disposer d'un moyen de reconnaître les regroupements (pas besoin de pouvoir isoler les atomes) [1].

1. Il n'est pas vrai que pour utiliser un nom nous devions être capables de décider pour chaque entité du monde si elle appartient à l'espèce/classe/catégorie de choses pertinente ou pas. Il suffit d'avoir une idée générale de ce à quoi ressemblent les membres typiques de la classe, de quelle fonction ils pourraient remplir, etc. Cela semble suffisant pour que le nom produise son effet communicatif (et pour déterminer son statut grammatical).

Vous voyez que cette façon de penser s'étend aux liquides, aux poudres, etc. Pensez par exemple que *a*, *b*, et *c* dans (19) sont des grains de sable (laissez aller votre imagination). Très clairement, *a*, *b*, *c* et n'importe lequel de leurs regroupements seraient du sable. De même pour l'eau : *a*, *b*, *c*, etc. pourraient être des molécules d'eau. La chose importante est celle-ci. Un nom massif doit être associé à un critère permettant d'identifier les regroupements de quelque chose, mais pas les atomes ; c'est-à-dire, pas les éléments minimaux de la chose dont nous parlons.

Comme c'était le cas pour les noms comptables, cette façon de conceptualiser les choses ne s'applique pas seulement aux entités concrètes. En principe, elle s'applique tout aussi bien aux entités abstraites. Soit par exemple *a* un élément d'information (par ex., que la Terre est ronde) et *b* un autre élément d'information (par ex., que la Terre tourne autour du Soleil) ; alors *a* est de la connaissance générale (où *connaissance* est un nom massif abstrait) et il en va de même pour *a* et *b* pris ensemble. Même s'il peut nous paraître très difficile de donner des critères exacts de ce qui peut constituer un élément de connaissance « minimal », nous en savons assez sur ce qui constitue la connaissance en général pour pouvoir employer le nom massif abstrait correspondant d'une façon sensée.

En résumé, nos domaines de discours possibles ont une structure comme celle en (16). Certaines entités jouent le rôle d'atomes (concrets ou abstraits) ; d'autres sont des regroupements des premières. Tout ce qui peut être la référence d'un SN défini singulier est considéré comme un atome ; tout ce à quoi nous renvoyons par un SN défini pluriel est un regroupement. Les éléments lexicaux de base séparent notre univers en classes d'objets ; ils catégorisent nos domaines de discours. Il existe deux sortes de noms lexicaux. Certains peuvent identifier un ensemble d'atomes : dans ce cas ils sont comptables. D'autres peuvent identifier des ensembles de regroupements (sans s'occuper de trier les atomes et les non-atomes) : dans ce cas ils sont massifs. La dénotation d'un nom massif est « fermée sous la somme » : c'est-à-dire que si *a* est du mobilier et que *b* est du mobilier, alors leur somme {a, b} est du mobilier. Ce n'est pas le cas des noms comptables au singulier : si *a* est un chat et *b* est un chat, alors leur somme n'est pas un chat. Les pluriels, comme les noms massifs, sont fermés sous la somme. Si *a* et *b* sont des chats, et que *c* et *d* sont des chats, alors leur somme (*a*, *b*, *c*, et *d*) est aussi des chats. C'est simple !

Certains lecteurs pourront trouver ce tableau séduisant ; d'autres le trouveront étrange. Cependant, l'essentiel est que si vous supposez quelque chose de ce genre, les propriétés de la distinction massif/comptable s'expliquent bien. Voyons donc comment.

### 5.2 Dérivation des propriétés de la distinction massif/comptable

Pourquoi ne pouvons-nous pas mettre au pluriel les noms massifs ? L'observation pertinente à ce sujet est que, d'une certaine façon, ils sont déjà au pluriel. Le but du morphème pluriel est de faire voir clairement que nous voulons parler d'ensembles ; mais si un nom est massif, cela se sait déjà. Mettre un nom massif au pluriel, ce serait comme tenter de mettre un pluriel au pluriel : arbre/arbres/[arbre-s]-s. Ça ne marche pas.

Pourquoi pouvons-nous compter directement des tables, mais pas du mobilier ? L'idée est la suivante. Un ensemble d'atomes est nettement divisé en entités individuelles, sans recouvrements. Ce n'est pas le cas pour un ensemble de regroupements. Ils se recouvrent, sont faits d'autres regroupements de la même espèce, etc. Pour compter en utilisant le langage, il semble que nous devions avoir un domaine de choses individuelles sans recouvrements. Les noms comptables fournissent des domaines dotés de ces caractéristiques, mais pas les noms massifs.

Qu'en est-il alors des pluriels ? Les pluriels aussi renvoient à des regroupements, exactement comme les noms massifs. Mais nous comptons avec les pluriels, et c'est en fait typiquement comme cela que nous comptons : trois chaises, quatre ânes, sept péchés, etc. Il y a cependant ici une différence cruciale : les pluriels dérivent des singuliers. Nous devons d'abord comprendre ce qu'est une table, et ensuite, nous savons immédiatement ce que sont des tables. Pour les noms massifs, les choses sont très différentes. Pour comprendre un nom massif, nous devons avoir une certaine idée de ce à quoi ressemble un regroupement typique de cette chose, sans nécessairement avoir beaucoup d'idée de ce que sont ses parties minimales. C'est pourquoi un nom massif n'est pas suffisant pour compter. À partir des pluriels, par contre, nous savons que nous pouvons retrouver les atomes.

Considérons maintenant le cas des articles. Pourquoi ne pouvons-nous pas dire « une eau » ? L'article indéfini est typiquement soit identique au premier numéral (comme en français, *un*), ou en dérive historiquement (souvent par « simplification » morphologique, comme *a* en anglais). Dans un cas comme dans l'autre, l'article indéfini signifie probablement à peu près la même chose que le premier numéral *un*. Par conséquent, nous ne pouvons pas dire *une eau (a water)* pour les mêmes raisons pour lesquelles nous ne pouvons pas dire *une eau (one water)* ; compter (ou dans le cas de *une/one*, isoler un atome) exige un nom atomique.

Le cas de l'article défini *le/la (the)* est plus complexe et plus intéressant. Considérons d'abord comment il fonctionne avec les pluriels. Imaginez par exemple que nous discutions du comportement d'une classe de collège et que nous disions :

(21) Aujourd'hui, les filles sont calmes ; les garçons, par contre, chahutent beaucoup. Ce doit être à cause du match de football.

Quel est ici le rôle de *les* ? Il nous invite à considérer le *plus grand* groupe auquel s'applique le nom qu'il accompagne. Par exemple dans (21) nous attribuons le chahut à la totalité des garçons (dans le domaine pertinent, ici, la classe). Quelque chose de très similaire semble se produire avec les noms massifs. Si nous disons « l'eau dans cette région est polluée », il semble qu'à nouveau nous renvoyions à la totalité de l'eau (là où nous sommes), c'est-à-dire que nous renvoyons au plus grand regroupement d'eau. Jusqu'ici, tout est clair. Cependant, avec les noms singuliers, il semble qu'il se passe autre chose. Pour le voir, retournons à notre exemple (14). Nous pourrions facilement dire, par exemple, « la table ronde est cassée » ; mais nous ne pourrions pas dire « la table carrée est cassée aussi ». La raison en semble intuitivement claire : il y a seulement une table ronde, mais il y a deux tables carrées. Dire « la table carrée » ne détermine pas de laquelle des deux nous voulons parler, et par conséquent, nous ne pouvons pas facilement interpréter la phrase. Nous devrions dire quelque chose comme « la table carrée de droite », car là, il n'y en a qu'une. Il apparaît que *le/la* exige un nom suffisamment spécifique pour s'appliquer à un seul objet (dans le domaine pertinent).

Donc pour utiliser *le/la* bien à propos avec des singuliers, nous devons choisir un domaine de discours et un nom qui garantissent que le nom soit vrai pour une seule chose dans ce domaine. Cette « condition d'unicité » sur l'emploi des singuliers définis a été mise en évidence par Bertrand Russell, et a fait l'objet de beaucoup de discussions depuis lors. Le résultat de ces simples observations est qu'avec les noms massifs et les pluriels, *le/la/les* est une sorte de « maximiseur » : il nous invite à considérer la totalité de la substance ou des objets qui entrent dans une certaine catégorie (les garçons, les tables, etc.). Avec le singulier, il s'emploie pour renvoyer à une seule entité : le nom avec lequel il se combine doit donc isoler une telle entité. En fait, ces deux fonctions sont assez naturelles. Elles servent des usages communicatifs utiles, chacune de son côté. Mais pourquoi vont-elles ensemble, alors ? Pourquoi n'y a-t-il qu'un seul mot pour couvrir les deux fonctions, si elles sont distinctes ? Peut-on concevoir une langue dans laquelle deux mots différents seraient utilisés ? Un mot pour le référentiel singulier *le/la*, un autre pour la fonction de maximalisation ? Le fait est que cela ne semble pas exister. Si une langue a l'article défini, celui-ci remplit typiquement une fonction de maximalisation avec le pluriel et les noms massifs et est soumis à une condition d'unicité avec les noms comptables au singulier. Il serait intéressant de comprendre pourquoi.

Notre modèle simple nous fournit une réponse. Rappelez-vous notre hypothèse sur la structure d'un univers du discours, c'est-à-dire (16). Un tel domaine est structuré en singularités et en groupes ou regroupements. Les noms divisent un tel domaine en sortes d'objets qui, dans un certain sens, vont ensemble (ils ont en commun un trait ou une fonction). Supposons maintenant que *le/la* s'applique à une catégorie d'objets et en sélectionne le plus grand, s'il y en a un (sinon le résultat est ininterprétable). Ici, « le plus grand » ne signifie pas le plus lourd, le plus gros ou le plus haut. Cela signifie l'objet qui contient tous les autres en tant que parties (c'est-à-dire le plus grand par rapport à la relation partie-tout naturellement associée avec des domaines du discours). Considérons maintenant la structure des différents types de noms, répétée ici :

(22)

table → [a, b, c]

tables → [ **{a, b, c}**<br>{a, b} {b, c} {a, c} ]

mobilier → [ **{a, b, c}**<br>{a, b} {b, c} {a, c}<br>a b c ]

Si nous appliquons *les* au pluriel *tables*, il va trouver le plus grand objet qui contienne tous les autres comme parties (celui qui est en gras) ; de même pour les noms massifs, comme *mobilier*. Mais si nous appliquons *le/la* au singulier *table* dans une situation telle que celle en (23), nous sommes coincés puisque aucune table n'a aucune des autres comme partie. Supposons par ailleurs que nous soyons dans une situation où il n'y a qu'une seule table :

(23) table → [b]

Tout objet est une partie de lui-même. Donc dans un tel cas, *le/la* va trouver un plus grand objet qui contienne tous les autres comme parties, c'est-à-dire *b*. Conclusions : *le/la/les* est toujours un maximiseur (plus précisément un opérateur de supremum sur la structure [16]) ;

il sélectionne toujours le plus grand objet d'une catégorie d'objets. Dans le cas d'un nom singulier, *le/la* ne pourra remplir sa fonction que si le nom s'applique à une seule entité dans le domaine du discours choisi. L'article *le/la/les* a une signification uniforme qui, en interaction avec la façon dont sont structurés le singulier, le pluriel et les noms massifs, détermine notre manière de l'utiliser.

Voyons maintenant la question de la variation. Notre idée est que la manière élémentaire de passer du massif au comptable et vice versa est la suivante :

(24)

| comptable | massif |
|---|---|
| [ {a, b, c} <br> {a, b} {b, c} {a, c} ] | [ {a, b, c} <br> {a, b} {b, c} {a, c} ] |
| [ a b c ] | a b c |

Pour être concret, imaginons que *a*, *b*, et *c* soient des tables, et qu'elles soient le seul mobilier dans notre domaine du discours. Alors, la colonne de gauche représente l'organisation du nom *table*, la colonne de droite représentant celle du nom *mobilier*. Les mêmes entités sont structurées de façon légèrement différente. Ou si vous imaginez que *a*, *b*, et *c* sont des molécules d'eau, alors la colonne de gauche représente l'organisation du nom comptable composé *molécule d'eau*, celle de droite représentant celle du nom massif *eau*. Et ainsi de suite. La structuration différente illustrée dans l'exemple (24) est la raison du comportement différent des noms massifs ou comptables, suivant la discussion ci-dessus. D'après ce modèle, les composants de la distinction sont les mêmes, mais leur structuration est différente. Il s'ensuit la possibilité que les langues peuvent choisir des façons différentes d'organiser leur lexique. Voyons cela de plus près.

Le mécanisme en (24) est le mécanisme de base. Mais il interagit de façon intéressante avec d'autres mécanismes que nous avons examinés. Soient *a* et *b* des pommes (comptables). Coupons maintenant chacune d'elles en deux, et attachons une étiquette à chaque moitié. Chaque pomme est maintenant vue comme la somme (ou le regroupement) de ses moitiés (25). Les demi-pommes constituent les nouveaux atomes, et ils peuvent entrer dans notre schéma général (24). Par exemple, nous pouvons prendre deux demi-pommes pour faire un gâteau et dire « il y a de la pomme dans ce gâteau », un usage massif typique d'un nom comptable. Dans ce cas, nous voyons les pommes comme ayant une structure de noms massifs (c'est-à-dire celle de droite dans (24), avec les morceaux de pommes pertinents comme « atomes »).

(25)

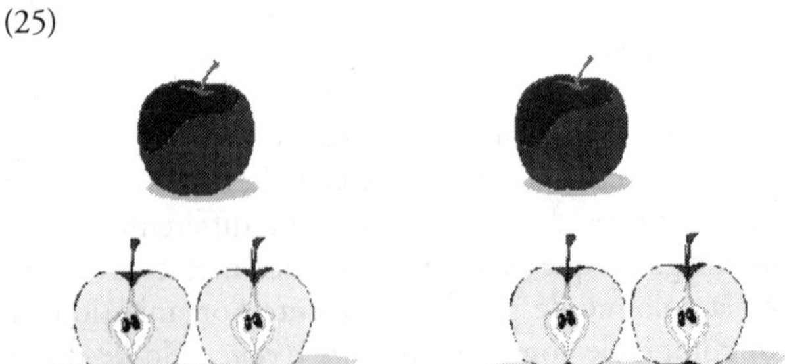

Notez qu'il n'est pas nécessaire de séparer les choses *physiquement* pour avoir un usage massif d'un nom comptable. Vous pouvez les diviser en parties pertinentes mentalement, pour ainsi dire. De cette façon, vous pouvez voir à peu près n'importe quoi comme une substance. C'est le Hachoir universel de D. Lewis. Le moyen de transformer un nom comptable en nom massif est de créer une structure telle que celle en (25). Cela peut respecter les unités du nom comptable original (comme lorsque nous passons de *meuble/pièce de mobilier* à *mobilier*), ou bien ces unités sont d'abord divisées en parties, et la structure de type massif est ensuite construite à partir de ces parties (comme lorsque nous passons des emplois comptables aux emplois massifs de *pomme*).

Un petit avertissement est nécessaire ici : les noms composés comme *morceau de pomme* sont parfaitement comptables, ce qui fait qu'on peut s'y perdre. Pourtant, la grammaire ne laisse aucun doute : *morceau de pomme* peut se mettre au pluriel, se combiner avec des numéraux, etc. En termes de notre approche, *pomme* (dans son sens comptable élémentaire) et *morceau de pomme* individualisent l'un comme l'autre des atomes. Ils le font de façon différente : ce qui vaut pour un morceau de pomme peut varier largement d'une occasion à l'autre, alors que notre notion de pomme est plus stable. Cependant, aussi bien *pomme* que *morceau de pomme* passent tous les tests de comptabilité. C'est pourquoi *pomme* dans notre emploi massif (par ex. « il y a de la pomme dans le gâteau ») n'est pas simplement la même chose que « morceau de pomme ». En tout cas, il devrait être équivalent à « morceau de pomme ou morceaux de pomme ». Un tel emploi massif vient de la conceptualisation des morceaux de pomme comme ayant la structure de noms massifs, c'est-à-dire celle schématisée dans la colonne de droite de (24) avec *a*, *b*, et *c* vus comme les portions « minimales » pertinentes. Encore une fois, *pomme* dans son emploi massif s'applique à tout regroupement de morceaux de pommes (jusqu'aux plus petits).

Il peut être utile de prendre un peu de recul pour avoir une vue plus générale de notre modèle. Dans tous les contextes, notre domaine du discours a la même structure (24). Ce qui change, ce sont les atomes. Le changement de structure atomique de notre domaine n'est pas nécessairement un changement dans la structure physique du monde (même si quelquefois ce peut l'être). Le plus souvent, le changement est dans nos têtes, c'est-à-dire que nous modifions ce que nous considérons comme atomes (les pommes ou leurs parties). En d'autres termes, le changement concerne notre manière de faire correspondre la structure de notre domaine du discours avec le monde extérieur. Nous sommes guidés dans ce processus par les noms dans notre lexique, qui catégorisent le domaine du discours en le divisant en massifs, en singularités et en groupes. La catégorisation que nous faisons via les noms contraint donc la manière de construire notre discours. En particulier, un objet *a* devra avoir certaines caractéristiques pour être considéré comme une pomme ; il devra en avoir d'autres pour être considéré comme un morceau de pomme. Les pommes sont physiquement séparées les unes des autres (et ont typiquement des parties physiquement non détachées). Les morceaux de pomme peuvent être physiquement séparés ou non l'un de l'autre.

Avec cela en tête, nous pouvons maintenant comprendre ce qui se trouve derrière la variation interlinguistique. Le mécanisme est essentiellement celui de (24). L'anglais *hair* est au français *cheveu* comme *mobilier* est à *pièce de mobilier* (ou à *meuble*). Sauf que ce qui compte pour une « unité de *hair* » est un peu plus vague que ce qui vaut pour une « unité de *mobilier* ». Prenez quelque chose de filiforme qui pousse sur la tête et coupez-le en deux. En anglais vous avez toujours simplement du *« hair » ;* en français, comme en italien, vous devrez décider si vous avez deux cheveux ou deux moitiés d'un seul et même cheveu : la décision n'est peut-être pas intéressante, mais la grammaire l'exige.

À un niveau plus macroscopique, peut-être peut-on voir maintenant pourquoi aucune langue n'a que des noms comptables et pourquoi les noms de liquides sont en général massifs quelle que soit la langue. Si le tableau ci-dessus est correct, nous pouvons catégoriser les choses de deux façons par le langage : en isolant les plus petites unités (les atomes), et en caractérisant simplement des regroupements de taille arbitraire. Si les composants minimaux d'une substance ne sont pas facilement accessibles à notre perception, il serait fastidieux d'aller les rechercher, si on a le choix. Nous devrions prendre soit une classification vague (comme des *parties d'eau*) soit une classification excessivement spécifique (comme des *molécules d'eau*). Opter pour des regroupements de taille arbitraire est clairement plus simple dans ce cas. Ce que ces considérations suggèrent, c'est qu'une langue dans laquelle chaque nom serait obligatoirement atomique soumettrait notre appareil conceptuel à un gros effort sans apporter aucun avantage pragmatique.

Nous avons conjecturé que notre domaine du discours, même s'il varie d'un contexte à l'autre, garde constante une certaine structure, représentée en (16). J'ai caractérisé une telle structure d'une façon naïve, en faisant des dessins, en décrivant en mots comment les choses fonctionnent, etc. Mais en fait, une telle structure est connue en algèbre comme un « semi-treillis » *(free atomic joint semilattice)*. En termes de cette structure, nous avons fait une hypothèse sur la façon dont diffèrent les noms massifs et comptables. Les noms comptables dénotent des ensembles d'atomes ; les noms massifs, eux, dénotent des sous-treillis fermés sous la somme du domaine entier. La phénoménologie de la distinction massif/comptable semble découler naturellement de cette hypothèse. En particulier, l'explication que nous avons proposée de la relation entre les aspects « formel/grammatical » et « substantif » de la distinction massif/comptable a la forme suivante. Notre sémantique contraint la façon dont nous renvoyons aux choses ; ces contraintes interagissent avec des aspects non spécifiques au langage de notre système conceptuel (notre connaissance des objets et des substances) pour fournir des effets tangibles « du monde réel » (aucun nom de liquide n'est comptable).

## 6. La modélisation sémantique et l'étude de la cognition

D'où vient donc la distinction massif/comptable ? Voici une manière de rappeler nos principales observations. Dans notre interaction avec notre environnement, nous reconnaissons des classes, des classes d'entités, des substances, etc. Parmi ces choses, certaines sont perçues comme des composants individuels, d'autres pas. En particulier, les travaux des psychologues cognitivistes comme Spelke et des chercheurs en cognition animale comme Hauser ont fait apparaître que les enfants humains, comme certains primates, ont une notion robuste des objets solides par opposition aux substances non solides. Il est clair que la distinction massif/comptable a quelques propriétés structurelles en commun avec ces notions prélinguistiques. Mais il est clair aussi que ce n'est pas du tout la même chose. Il ne semble pas y avoir une opposition extra-linguistique (ou prélinguistique) fiable à laquelle la distinction massif/comptable pourrait entièrement se réduire. On pourrait spéculer en disant que la distinction massif/comptable est un développement phylogénétique de la distinction prélinguistique entre substances et objets que nous partageons avec beaucoup d'autres espèces ; mais cela serait de la pure spéculation.

Quoi qu'il en soit, la caractéristique principale de la distinction massif/comptable, ce qui l'éloigne de l'opposition entre objets solides individuels et substances, c'est son caractère *formel.* « Formel » est ici opposé au lien avec l'arrangement « matériel » des choses. Même si la distinction massif/comptable se projette naturellement sur la distinction entre objets solides et substances non solides, elle la dépasse (dans le sens où les objets solides peuvent se grammaticaliser comme des massifs, et inversement). D'une certaine façon, la distinction cesse d'être ancrée dans un domaine spécifique (celui des substances et des objets individuels de la vie courante) et devient applicable à tout domaine dont nous pouvons parler, quel que soit son arrangement matériel.

On pourrait être tenté de dire que la distinction massif/comptable est néanmoins enracinée dans notre connaissance prélinguistique des objets et des substances, étendue à d'autres domaines par *analogie*, dans le but d'optimiser la communication en se servant d'une distinction très fondamentale et répandue. Le problème que je vois avec cela est qu'une analogie peut se faire de bien des manières, et il n'y a pas une seule bonne façon d'optimiser la communication. Supposez en effet que nous partions de notre connaissance des substances et des objets. Un nouveau domaine apparaît, auquel des notions telles que « se déplacer comme un tout le long de trajectoires continues » ne s'appliquent pas (disons le domaine des entités abstraites). Pourquoi devrions-nous étendre *les deux* modes à un tel nouveau domaine ? Choisir les deux modes semble nous forcer à appliquer les critères originaux d'une façon plutôt arbitraire (il ne semble en fait guère approprié de se demander si la connaissance, la croyance, l'amusement, la joie, etc., comportent des entités individuelles ou pas). De plus, il y a d'autres ressources disponibles que nous pourrions exploiter d'une façon hautement économique et efficace. Par exemple, il y a les noms propres (des choses comme Bill, Paris, Mars). Ils ne montrent pas d'opposition massif/comptable et ont un comportement morpho-syntaxique différent de celui des noms communs (par exemple, ils se combinent difficilement avec des déterminants, et certaines combinaisons sont bien pires que d'autres, *cf.* des choses comme **tout le Jean*, **tout le Paris*, par opposition à *toute l'eau*, *toute la connaissance*, etc.). Pour ce qui est des entités abstraites, nous pourrions bien recourir aux noms propres, c'est-à-dire choisir un moyen d'y renvoyer avec la même syntaxe que par exemple Jean ou Paris. Cependant, cela ne se passe dans aucune langue. En renvoyant à des noms abstraits, les langues insistent pour choisir soit une syntaxe de massif, soit une syntaxe de comptable. Ainsi, parmi les nombreuses manières dont on pourrait utiliser les analogies ou optimiser la communication, seules *certaines* semblent être attestées. Cela reste inexpliqué par l'appel à l'analogie ou à l'optimisation des besoins communicatifs.

Il semble qu'il ne nous reste plus qu'une seule possibilité. Celle selon laquelle la distinction massif/comptable est spécifique au langage humain et à sa grammaire. Ce serait une caractéristique propre à l'architecture du langage humain. Mais cela entraîne immédiatement que le langage n'est pas une simple manifestation de l'intelligence ou de la culture (puisque certaines de ses caractéristiques en sont indépendantes).

Avant d'examiner plus en détail cette grande question, je voudrais mettre en évidence un autre argument pertinent. Il provient de l'étude des déficits langagiers. Il est connu qu'il y a dans l'hémisphère gauche du cerveau des zones spécialisées auxquelles la capacité de langage apparaît liée. L'une d'elles est connue comme l'aire de Broca, et elle se trouve dans la partie inférieure de la région frontale ; l'autre, connue comme l'aire de Wernicke, est localisée vers la partie postérieure, contre le cortex auditif primaire. Les sujets qui souffrent de dommages cérébraux impliquant ces zones peuvent perdre en tout ou en partie la capacité de parler, tout en gardant parfois intactes d'autres capacités cognitives (y compris de brillantes aptitudes à la résolution de problèmes). La condition qui s'ensuit est le syndrome complexe appelé *aphasie* qui peut être temporaire ou permanent. L'étude de tels déficits langagiers s'est révélée être une formidable source de renseignements sur le langage et sur la façon dont il est organisé dans le cerveau. En étudiant les diverses formes d'aphasie, on peut mettre à l'épreuve des hypothèses linguistiques (*cf.* contribution de Grodzinsky dans l'édition intégrale de ce Cahier).

La pertinence de cela pour nous est que des déficits affectant spécifiquement cette distinction ont été rapportés dans la littérature. En particulier, Semenza, Mondini et Cappelletti (1997) ont décrit le cas de F.A., une femme italienne de 73 ans ayant subi une lésion dans la région temporale gauche du cerveau. Son aphasie se caractérisait par un type modéré d'anomie (une difficulté à trouver ses mots). Un examen plus détaillé dans des tâches impliquant divers types de noms a fait apparaître qu'elle avait un handicap spécifique pour l'utilisation des noms massifs. L'une des tâches qui lui a été proposée exigeait de corriger des phrases telles que « il y a du bureau dans la classe » ou « il y a un sable sur la plage ». Elle n'avait aucune peine à détecter le problème pour les phrases du premier type ni pour les corriger correctement (« il y a des bureaux dans la classe »). Mais elle avait beaucoup de difficulté à détecter et à corriger l'erreur dans les phrases du second type impliquant des noms massifs. De même, elle présentait des difficultés à produire des phrases en utilisant des paires telles que bateau/mer ou gâteau/beurre. Avec la première paire, elle produisait des phrases parfaitement grammaticales (« il y a de nombreux bateaux sur la mer ») ; mais avec la seconde paire, elle avait un taux d'erreurs remarquablement élevé (« J'ai mis *un* beurre sur un gâteau »). Le problème concernait toute la gamme des noms massifs, depuis les plus canoniques et fréquents, comme *eau*, jusqu'aux moins fréquents, les collectifs comme *mobilier*. Au total, F.A. semblait avoir un sérieux handicap limité à la grammaire des noms massifs, alors qu'elle avait des performances normales dans d'autres tâches linguistiques et non linguistiques. Dans nos termes, F.A. forçait tout nom dans un moule atomique. Pour elle, tout nom semblait dénoter une classe d'atomes [1]. Semenza *et al.* rapportent aussi avoir trouvé la dissociation opposée (c'est-à-dire des patients présentant des difficultés avec les noms comptables).

Qu'est-ce que cela nous apprend sur la nature de la distinction massif/comptable ? Si une telle distinction est la manifestation de quelque capacité *non* spécifique au langage, alors il est très difficile de donner un sens au cas de F.A. On s'attendrait en effet à ce qu'un tel patient montre des déficits cognitifs indépendants, détectables dans des tâches non spécifiquement linguistiques. Par exemple, on devrait observer une difficulté à distinguer, disons, les liquides et les substances des objets individuels en général.

1. Ainsi, F.A. semble faire quelque chose que ne fait aucune langue, n'avoir que des noms comptables. Cela rend son cas particulièrement intéressant. Mais nous ne pouvons pas, dans les limites de ce travail, spéculer sur ce qui pourrait se passer dans sa grammaire. Le point essentiel pour nos préoccupations actuelles est que la grammaire des noms massifs puisse être sélectivement altérée.

Mais Semenza et ses collaborateurs ont infirmé cette possibilité chez leur patiente. Si par ailleurs la distinction massif/comptable est une caractéristique spécifique de l'architecture de la grammaire au niveau cérébral, alors il est concevable qu'une telle caractéristique soit endommagée d'une façon isolée, tout en laissant relativement intact le reste de nos capacités cognitives.

## 7. Conclusion

Que veut-on exprimer en disant que la distinction entre massif et comptable est une caractéristique spécifique de la grammaire ? Comment cette affirmation peut-elle se mettre en prise avec la façon dont le langage s'accorde avec le reste de nos capacités cognitives ? Dans la section 1, nous avons esquissé la vision de l'intelligence comme capacité générale à détecter les régularités dans notre environnement et à résoudre les problèmes qui surgissent lorsque nous négocions notre survie avec l'environnement (et avec notre espèce). Le langage serait la réponse de cette capacité générale à un des problèmes qui apparaissent dans ce processus : celui de communiquer.

Notre analyse suggère une autre direction dont les grandes lignes peuvent se caractériser comme suit. Notre esprit est constitué d'une série de systèmes relativement autonomes, qui utilisent chacun un vocabulaire et un mode opératoire spécifiques. L'un de ces systèmes est le langage, que l'on peut regarder comme une sorte d'organe mental. La grammaire constitue notre connaissance innée du langage. Les langues particulières apparaissent par la création de lexiques particuliers et par l'utilisation de l'appareil combinatoire constitutif de la grammaire. Cet appareil, la grammaire, permet un nombre limité d'options qui peuvent être fixées différemment selon les langues (*les paramètres*, voir les contributions de Friedemann, Pollock et Rizzi dans l'édition intégrale de ce Cahier). Cette vision du langage est associée au programme de recherche connu sous le nom de grammaire générative, lancé par Noam Chomsky voilà cinquante ans. Et la vision de l'intelligence comme résultat de l'interaction de composants autonomes différenciés est connue comme la vision modulaire.

Notre hypothèse sur la nature de la distinction massif/comptable comporte deux aspects : une supposition sur la structure du domaine du discours, et une supposition sur la façon dont une telle structure se projette sur la morpho-syntaxe des noms. Avec ces suppositions, nous expliquons comment différentes combinaisons morpho-syntaxiques (par ex. la combinaison de la morphologie du pluriel avec un nom lexical) produisent leurs effets communicatifs (leurs significations) et pourquoi certaines combinaisons sont impossibles ou exigent des procédures interprétatives subsidiaires spéciales. J'ai employé partout, sans beaucoup de discussion, des notions telles que la référence, la dénotation et la vérité, qui sont devenues centrales dans l'étude de la signification linguistique. Ces notions se sont affinées dans la tradition de la logique et de la philosophie du langage. C'est de la rencontre de cette tradition avec la grammaire générative que la sémantique linguistique moderne est née. L'analyse de la distinction massif/comptable informellement esquissée ici est un premier exemple grossier de la façon dont fonctionne la sémantique. L'idée principale qui a émergé est que notre manière de renvoyer aux choses (la façon dont nous catégorisons par les noms, etc.) est partiellement contrainte par la grammaire. Dans le cas spécifique de notre discussion, il y a deux façons dont la référence des noms peut être ajustée (les classes d'atomes, ou les classes de regroupements fermés sous la somme). L'une de ces façons (le massif) convient évidemment mieux à la conceptualisation des liquides que l'autre. Mais cela n'a de sens que parce que les modes de référence grammaticaux ont une existence autonome.

La structure que nous avons supposée est un bon candidat à l'universalité de la façon dont les humains structurent les domaines du discours. Cela met en évidence l'une des hypothèses méthodologiques clé du paradigme de recherche pris ici en exemple. Même si les langues semblent varier à l'infini, il y a des limites à cette variation. La variation concerne surtout certains aspects du lexique. Quand il s'agit de la structure, il apparaît une uniformité considérable, de manière souvent insoupçonnée. Une métaphore utilisée par Chomsky dans cette perspective est que si un Martien devait atterrir sur la Terre, il penserait que tous les humains parlent la même langue (à des différences lexicales mineures près). En conséquence, il est utile de supposer que si une structure est présente dans une langue, alors elle est présente dans toutes les langues (bien que sous des formes différentes). Nous pouvons nous tromper, mais nous progresserons certainement en essayant de poursuivre cette hypothèse.

Considérez la manière dont cette universalité s'applique dans le cas présent. Comment est-elle compatible avec la variation que nous observons dans les langues ? Le mot anglais *hair* diffère de sa traduction en français *cheveu*. Cette différence est, si ma proposition est sur la bonne voie, une différence sémantique. C'est la même différence qui se manifeste dans une même langue entre, par exemple, *pièce (coin)* et *monnaie (change)* et peut-être, à plus grande échelle, à travers tout le lexique des langues à classificateurs. Cependant, cela n'entraîne évidemment pas une différence dans la vision du monde, un relativisme linguistique à la Sapir-Whorf. Il s'agit plutôt d'un usage localement différencié des ressources grammaticales universelles.

Cette dernière conclusion s'accorde bien avec les recherches psychologiques récentes sur l'hypothèse de Sapir-Whorf. Par exemple, une conjecture fascinante directement inspirée de Sapir et Whorf a été avancée par le psychologue A. Bloom (1981) pour le chinois. Son idée était que puisque le chinois n'a pas de moyen distinct de marquer les hypothèses contrefactuelles, les locuteurs de cette langue devraient avoir des difficultés à raisonner à partir de prémisses fausses. Cependant, le psychologue T. K. Au (1983) a montré qu'en fait il n'en était rien. Les locuteurs du chinois n'ont aucune difficulté avec la contrefactualité (si les tâches sont présentées dans un chinois idiomatique approprié). Il fait ce commentaire : « Comment quelque chose d'aussi fondamental et répandu dans la pensée humaine (ndlt : raisonner à propos de contrefactualités) pourrait-il être difficile dans n'importe quelle langue humaine ? » De même, sur la vision adoptée ici, on ne s'attend certainement pas à ce que les locuteurs du chinois aient une vision du monde différente sur la manière de catégoriser les substances et les objets de différentes sortes. En même temps, il n'est pas inconcevable que des différences linguistiques plus « locales » (comme hair/cheveu) puissent avoir un effet subtil sur des tâches non linguistiques. Cela permettrait de prendre en considération les arguments que des vocabulaires différents pour les termes de couleurs fondamentaux ont un impact sur la façon dont les couleurs sont catégorisées (Lucy, 1992) ou que des différences dans les termes spatiaux affectent des tâches d'orientation spatiale (Levinson, 1997).

Le résultat global de notre discussion peut se résumer par les affirmations suivantes :

(26) a. La distinction massif/comptable apparaît comme une propriété spécifiquement grammaticale de la façon dont les noms sont projetés sur leurs référents.

b. Les langues peuvent varier dans leur manière de créer les significations.

c. La variation consiste en des façons (légèrement) différentes d'utiliser une même structure universelle.

Si Chomsky a raison de penser que la grammaire universelle est un schéma inné, un organe mental localisé dans le cerveau, alors ce schéma doit en partie permettre de renvoyer aux choses par des moyens spécifiques.

## Bibliographie

Au, T. K., « Chinese and English Counterfactuals : The Sapir-Whorf Hypothesis Revisited », *Cognition*, n° 15, 1983, p. 155-187.

Bloom, A. H., *The Linguistic Shaping of Thought*, Lawrence Erlbaum Associates, Hillsdale, NJ, 1981.

Cheng, L., et Sybesma, R., « Bare and Not-So Bare Nouns and the Structure of NP », *Linguistic Inquiry*, n° 30.4, 1999, p. 509-542.

Chierchia, G., « Plurality of Mass Nouns and the Notion of Semantic Parameter », in *Events and Grammar*, S. Rothstein (éd.), Kluwer, Dordrecht, 1998a.

–, « Reference to Kinds across Languages », *Natural Language Semantics*, n° 6, 1998b, p. 39-405.

Gathercole, V., « Evaluating competing Linguistic Theories with Child Language Data : The Case of the Mass-Count Distinction », *Linguistics and Philosophy*, n° 9.2, 1986, p. 151-190.

Gordon, P., *The Acquisition of Syntactic Categories : the Case of the Mass/Count Distinction*, Ph. D. Dissertation, MIT, Cambridge, 1982.

Hauser, M., *The Evolution of Communication*, MIT Press, Cambridge, Mass, 1996.

Landman, F., *Structures for Semantics*, Kluwer, Dordrecht, 1991.

Link, G., « The Logical Analysis of Plural and Mass Terms : A Lattice Theoretic Approach », in *Meaning, Use and Interpretation of Language*, R. Bauerle, C. Schwartze et A. von Stechow (éd.), Berlin, de Gruyter, 1983.

Levinson, S., « From Outer to Inner space : Linguistic categories and non Linguistic Thinking », in *The Relationship between Linguistic and Conceptual Representation*, J. Nuyts et E. Pederson (éd.), Cambridge, Cambridge University Press, 1997.

Lucy, J. A., *Language Diversity and Thought : A Reformulation of the Linguistic Relativity Hypothesis*, Cambridge, Cambridge University Press, 1992.

Pelletier, J., *Mass Terms : Some Philosophical Problems*, Edmonton, University of Alberta Press, 1979.

Pelletier, J. et Schubert, L., « Mass Expressions », in *Handbook of Philosophical Logic*, D. Gabbay et F. Guenthner (éd.), volume IV, Dordrecht, Kluwer, 1989.

Semenza, C., Mondini, S. et Cappelletti, M., « The Grammatical Properties of Mass Nouns : An Aphasia Study », *Neuropsychologia*, n° 35, 1997, p. 669-675.

Sharvy, R., « A More General Theory of Definite Descriptions », *The Philosophical Review*, n° 89, 1980, p. 607-624.

Soja, N., Carey, S. et Spelke, E., « Ontological categories Guide Young Children's Induction of Word Meaning : Object and Substance Terms », *Cognition*, n° 38, 1991, p. 178-211.

Spelke, E., « "Perception of Unity, Persistence and Identity : Thoughts on Infants" Conception of Objects », in *Neonate Cognition : Beyond the Blooming and Buzzing Confusion*, J. Mehler et R. Fox (éd.), Lawrence Erlbaum Associates, Hillsdale, NJ.

Whorf, B. L., *Language, Thought and Reality*, Cambridge, Mass, MIT Press, 1956.

# III

# SCIENCES COGNITIVES ET PHILOSOPHIE DE L'ESPRIT

# La portée et les limites du naturalisme de Chomsky

**Pierre Jacob**

En élaborant les principes de la grammaire générative, il y a maintenant un demi-siècle, Noam Chomsky a contribué à la création de l'étude scientifique contemporaine de la faculté humaine de langage (FHL). En démontrant l'inadéquation des explications béhavioristes du comportement verbal humain, il a de surcroît donné une impulsion fondamentale à ce qu'il est convenu d'appeler « la révolution cognitive », c'est-à-dire la naissance des sciences cognitives. Peu nombreux sont les philosophes analytiques de l'esprit et du langage contemporains qui nieraient que l'œuvre de Chomsky a profondément modifié notre compréhension *scientifique* de la FHL.

Au cours des trente dernières années, le cadre scientifique qu'il a contribué à créer n'en a pas moins été régulièrement soumis à la critique des philosophes de l'esprit et du langage. Non seulement Chomsky a périodiquement répondu aux critiques, mais il a aussi produit ses propres évaluations de leurs contributions à la compréhension de l'esprit et du langage humains. Comme le montrent deux publications récentes [1], deux fossés se

1. Cf. Chomsky (2000) et Antony & Hornstein (éd.) (2003) et les intéressants comptes rendus de Chomsky (2000) par Stone & Davies (2002), Bilgrami (2002) et Moravscik (2002).

sont creusés entre Chomsky et la communauté des philosophes analytiques.

Mon but est d'élucider la nature de ces deux fossés. Chomsky distingue deux versions d'une approche naturaliste de l'esprit et du langage humains : le naturalisme *méthodologique* – auquel il souscrit – et le naturalisme *métaphysique* – auquel il ne souscrit pas. Dans la première section, je caractériserai succinctement le cadre conceptuel de l'étude scientifique de la FHL. Comme je le ferai valoir dans la deuxième section, volontairement ou non certains philosophes adoptent le dualisme méthodologique que rejette Chomsky et auquel il oppose le naturalisme méthodologique. Mais, à mes yeux, le fossé le plus inattendu et le plus intéressant est celui qui sépare Chomsky du programme de certains des philosophes qui souscrivent au naturalisme métaphysique et qui ont pour ambition de « naturaliser l'intentionnalité ». Dans la troisième section, j'examinerai la question de savoir ce qui retient Chomsky d'accepter le naturalisme métaphysique. Dans la quatrième section, j'examinerai les réticences de Chomsky à l'égard du programme de la naturalisation de l'intentionnalité.

## I. La portée et les limites de l'investigation scientifique de la FHL

L'investigation « naturaliste » au sens de Chomsky (2000) n'est autre que l'investigation scientifique du monde, quel que soit l'aspect du monde concerné. Or, l'investigation scientifique du monde va, selon Chomsky (1980, p. 8 ; 2002), de pair avec l'adoption de ce que, selon l'expression de Husserl, le physicien théoricien Steven Weinberg a nommé « le style galiléen », c'est-à-dire la construction de « modèles mathématiques abstraits de l'Univers auxquels les physiciens confèrent un degré de réalité supérieur à celui qu'ils accordent au monde de leurs sensations ». Quel que soit l'aspect du monde concerné, le gain de la démarche scientifique (ou naturaliste) est une compréhension théorique objective du monde détachée des préoccupations et des intérêts humains ordinaires. Parce qu'elle repose sur des idéalisations sévères, la compréhension théorique du monde ne peut être qu'étroite et profonde. Elle est étroite parce que l'idée d'une compréhension théorique objective simultanée de *tous* les aspects du monde est dénuée de sens [1]. Elle est profonde parce que la compréhension théorique objective du monde consiste à découvrir des principes abstraits inaccessibles aux seules ressources du sens commun, aussi éloignés des observations et des preuves empiriques que le sont les lois physiques fondamentales et dont les observations et les preuves empiriques peuvent être déduites par de longues chaînes de raisonnement explicite.

La compréhension théorique du monde n'est pas la seule compréhension accessible aux êtres humains. Le monde s'offre aussi à la compréhension artistique (ou esthétique) humaine. « Grâce aux arts, nous parvenons à une compréhension du ciel qui sort des limites de celle à laquelle aspire l'astrophysique » (Chomsky, 2000, p. 77). Mais si le but recherché est la compréhension théorique du monde, alors les idéalisations de l'investigation scientifique sont indispensables.

L'étude scientifique (ou « naturaliste ») de FHL a commencé dans les années 1950 lorsque Chomsky a assigné

1. Comme l'écrit, par exemple, Chomsky (2000, p. 69), « l'étude de la communication dans le monde de l'expérience ordinaire n'est autre que l'étude des capacités globales d'un interprète humain, mais celles-ci ne peuvent pas être l'objet direct d'une investigation scientifique […] : la démarche scientifique ne peut pas prendre en compte tous ces aspects à la fois ».

à la grammaire générative la tâche de fournir une caractérisation explicite et testable des propriétés computationnelles de ce que sait toute personne capable d'énoncer et de comprendre les phrases de sa langue maternelle [1]. La tâche consiste à décrire les procédures récursives qui permettent la construction d'un ensemble potentiellement infini d'expressions linguistiques complexes à partir d'un stock fini d'items lexicaux simples [2]. Dans la terminologie plus récente de Chomsky, la maîtrise des procédures récursives grâce auxquelles une personne peut énoncer et comprendre un ensemble potentiellement infini de phrases de sa langue maternelle est une langue « interne » (« internalisée ») ou « langue-I » et l'ensemble des phrases engendrées par cette « langue-I » est une « langue-E [3] ». Une langue-E se compose d'expressions-E (dont les phrases) et une langue-I se compose de constructions-I sous-jacentes.

La tâche fondamentale de la linguistique théorique est de comprendre comment une langue-I – un état stabilisé de la FHL – permet de faire un usage infini de ressources lexicales finies. Chomsky (1980, 1986) nomme « infinité discrète » cette caractéristique de la FHL. Dans le cadre de la grammaire générative, la compréhension théorique réside dans des modèles computationnels des processus syntaxiques et sémantiques de construction d'expressions complexes à partir de constituants élémentaires.

La grammaire générative vise à découvrir les propriétés computationnelles de la FHL – aussi nommée

---

1. Cf. la thèse monumentale de Chomsky intitulée « Logical Structure of Linguistic Theory » dont est tirée *Syntactic Structures* publié en 1957.

2. Cf. les contributions de Pollock et de Belletti & Rizzi dans l'édition intégrale de ce Cahier pour une discussion détaillée.

3. « I » signifie « individuel », « interne » et « intensionnel ». « E » signifie « externe » et « extensionnel ».

« grammaire universelle » (ou GU) – en s'appuyant sur l'observation de Chomsky selon laquelle l'aptitude d'une personne à comprendre et énoncer des phrases de sa langue maternelle se prête à trois questions complémentaires :

(Q1) Quel est le système de connaissances internes (la langue-I) grâce auquel une personne peut comprendre et énoncer les phrases de sa langue ?

(Q2) Comment ce système s'est-il stabilisé au cours du développement ontogénétique de l'individu ?

(Q3) Comment ce système est-il exploité dans le comportement verbal (tant dans les tâches de production que de compréhension) ?

La recherche linguistique montre qu'une langue-I d'un locuteur adulte est constituée par un savoir (partiellement explicite et très largement implicite ou tacite) d'une vaste quantité de faits syntaxiques et sémantiques [1] dont le fait que dans les phrases françaises (1) et (3), mais non (2), le nom propre « Marie » peut servir d'antécédent au pronom « elle » ou à l'adjectif possessif « sa » du syntagme « sa fille » :

(1) Marie a dit qu'elle viendrait.

(2) Elle a dit que Marie viendrait.

(3) Sa fille a dit que Marie viendrait.

En réponse à (Q1), la tâche de la grammaire générative a consisté à découvrir les principes computationnels fondamentaux dont se déduit le fait que dans (1) et (3),

1. Cf. Pollock (édition intégrale de ce Cahier), Belletti & Rizzi (édition intégrale de ce Cahier) et Chierchia (ce volume) pour une présentation détaillée de ces faits et d'autres faits syntaxiques et sémantiques pertinents.

mais non dans (2), le nom peut servir d'antécédent respectivement au pronom et à l'adjectif possessif. Si un francophone sait que l'anaphore et son antécédent peuvent être liés dans (1) et (3), et non dans (2), alors la question (Q2) se pose : comment l'enfant humain apprend-il ce contraste ?

L'exploration des questions (Q1) et (Q2) a été l'un des facteurs fondamentaux de la révolution cognitive grâce à laquelle l'accent s'est déplacé de l'étude du comportement humain à l'étude des structures et des processus cognitifs qui donnent quelquefois naissance au comportement observable. Selon Chomsky, il serait faux de croire que toute question intéressante soulevée par l'usage du langage peut être abordée par la démarche scientifique (ou naturaliste). Chomsky répète depuis des années que la probabilité de parvenir à une compréhension théorique ou à une explication scientifique des aspects « créatifs » de l'usage du langage est très faible. En revanche, les questions (Q1) et (Q2) se prêtent, selon lui, à la démarche scientifique. L'investigation de (Q1) est guidée par la recherche de l'« adéquation descriptive ». L'investigation de (Q2) est guidée par la recherche de l'« adéquation explicative [1] » : elle doit contribuer à expliquer comment tout enfant humain construit sa langue-I (c'est-à-dire la connaissance de la grammaire de sa langue maternelle) sur la base des données linguistiques primaires mises à sa disposition par les membres de sa communauté linguistique. Comment caractériser l'état initial de la faculté de langage (GU) grâce auquel l'enfant convertit les données linguistiques primaires en connaissance de la grammaire d'une langue naturelle particulière ?

1. Cette distinction a été forgée par Chomsky (1965). Cf. Boeckx & Hornstein (ce volume) pour la clarification de la distinction.

Depuis quarante ans, Chomsky maintient qu'une inspection des données linguistiques primaires permet de formuler ce qu'il nomme l'« argument par la pauvreté du stimulus » que doit satisfaire toute réponse à (Q2). La langue-I d'un locuteur adulte est largement sous-déterminée par toutes les données linguistiques dont dispose un enfant. Premièrement, le savoir grammatical ne résulte ni d'un apprentissage ni d'un enseignement explicites. Les parents n'enseignent pas à un bébé de dix mois le fait qu'une phrase française se compose d'un syntagme nominal suivi d'un syntagme verbal. Deuxièmement, les énoncés dont dispose un enfant constituent un échantillon fini et fragmentaire de la langue-E. Troisièmement, les enfants acquièrent la connaissance de certaines règles pour lesquelles il n'y a aucun indice dans l'ensemble des énoncés auxquels ils sont exposés. Le corpus des données linguistiques primaires n'inclut par hypothèse que des informations de la catégorie « P est une phrase de la langue L » et aucune information de la catégorie « P* n'est pas une phrase de L [1] ». En réponse à l'argument par la pauvreté du stimulus, Chomsky conclut qu'un enfant ne pourrait acquérir la connaissance de la grammaire de sa langue s'il n'était pas équipé de la connaissance tacite de la grammaire universelle et que celle-ci est un « module » cognitif spécialisé dans la tâche de l'acquisition du langage [2].

1. C'est le problème dit de l'« évidence négative ». Cf. Boeckx & Hornstein (ce volume) pour une discussion détaillée.

2. Cf. Goodman (1968), Putnam (1968) et Quine (1969) pour des objections à la conclusion de Chomsky.

## II. Le dualisme méthodologique et les concepts du sens commun

Il ne viendrait à l'esprit d'aucun philosophe des sciences contemporain d'assujettir les théories de la physique, de la chimie ou de la biologie à l'autorité de la réflexion conceptuelle *a priori* guidée par la maîtrise des concepts ordinaires de *matière*, *mouvement*, *air*, *feu*, *légume* ou *vie*. Les philosophes des sciences contemporains admettent que l'essor des théories des sciences de la nature dépend de l'émancipation des concepts scientifiques à l'égard des contraintes exercées par les concepts ordinaires du sens commun. Au cours des années, certains concepts théoriques de la grammaire générative ont été contestés par les philosophes de l'esprit et du langage.

En réponse, Chomsky a fait valoir que ces critiques présupposent que l'investigation naturaliste (ou scientifique) de la FHL peut être assujettie à l'analyse conceptuelle guidée par la maîtrise des concepts ordinaires de *langue*, *langage*, *savoir*, *connaissance*, *esprit* ou *mental*. S'il a raison – comme je le crois –, alors il est justifié à conclure (Chomsky, 2000, p. 112) que ces critiques philosophiques reposent sur l'application d'une duplicité intellectuelle : dans les sciences de la nature, les critères de rationalité sont constitués par les succès explicatifs. Mais les critères de rationalité valables dans les sciences de la nature sont inapplicables à l'étude des processus cognitifs humains pour laquelle les critères de rationalité auraient une source indépendante. Cette duplicité n'est autre que ce que Chomsky nomme le dualisme méthodologique auquel s'oppose le naturalisme méthodologique.

Le concept de langue-I a suscité deux sortes de perplexités philosophiques. L'une est de savoir si un locuteur adulte d'une langue-E peut véritablement être réputé connaître la grammaire de sa langue. *A fortiori*, un bébé humain peut-il être réputé connaître la grammaire universelle ? L'autre est de savoir si les explications computationnelles de la FHL – ou de toute autre capacité cognitive humaine – sont compatibles avec une condition que doit satisfaire l'explication de tout phénomène réputé « mental ».

Lorsque les épistémologues analytiques se demandent si un locuteur adulte connaît véritablement la grammaire de sa langue, ils décomposent cette question en deux. Premièrement, étant donné une langue-E particulière (disons, le français), existe-t-il un ensemble unique et bien défini de règles grammaticales qui engendrent toutes et rien que les phrases de la langue-E en question ? Deuxièmement, convient-il d'analyser la relation cognitive entre un locuteur adulte de la langue-E et l'ensemble des règles grammaticales (s'il existe) au moyen du concept de *savoir* ou de *connaissance ?* La première de ces deux questions présuppose que la langue-E reçoit une priorité conceptuelle sur la langue-I.

En 1963, le philosophe Edmund Gettier publia un court article dans lequel il démontrait qu'une personne peut avoir une croyance vraie justifiée dans la proposition *p* sans pouvoir être réputée « savoir que *p* » au sens ordinaire du mot « savoir » [1]. La majorité des épistémologues analytiques en ont conclu qu'ils devaient renoncer à l'idée traditionnelle selon laquelle avoir une croyance vraie justifiée est une condition *suffisante* pour savoir ou connaître une proposition au sens ordinaire. Depuis 1963, les épistémologues analytiques se demandent quelle condition ajouter au fait d'avoir une croyance vraie pour savoir que *p*. Mais ils admettent que faute d'avoir la croyance vraie que *p*, une personne ne

1. Cf. Gettier (1963).

peut pas savoir que *p*. Ils admettent de surcroît que faute d'être introspectivement conscient d'une croyance, de son contenu et de pouvoir l'exprimer verbalement en énonçant une phrase signifiant que *p*, un agent ne peut pas croire (véridiquement) que *p*. Puisqu'un locuteur ordinaire ne peut pas énoncer les règles de la grammaire de sa langue-E dont il n'est pas conscient, la relation entre un locuteur d'une langue-E et les règles grammaticales n'est pas la relation de croyance. *A fortiori* ne peut-elle pas être la relation de connaissance.

Assujettir l'investigation scientifique de la FHL aux contraintes du concept ordinaire de *savoir* ou de *connaissance*, c'est succomber au dualisme méthodologique. Confrontés aux succès théoriques de la biologie moléculaire, les philosophes des sciences s'abstiennent de soumettre la théorie de la double hélice de la molécule d'ADN à l'autorité du concept ordinaire de *vie*. Si les succès théoriques de la grammaire générative ne satisfont pas les exigences du concept ordinaire de *savoir*, que conclure ? Seule la duplicité intellectuelle inhérente au dualisme méthodologique peut bloquer la conclusion selon laquelle le concept ordinaire de *savoir* est inapproprié pour satisfaire les exigences de l'investigation scientifique de la FHL.

La première question des épistémologues analytiques est de savoir si toutes et rien que les phrases d'une langue-E peuvent être dites à bon droit engendrées par un ensemble unique et bien défini de règles grammaticales. Pour justifier une réponse négative à cette question, Quine (1972) a élaboré une argumentation ingénieuse [1]. À l'évidence, s'il est faux qu'il existe un ensemble unique et bien défini *R* de

1. Cet argument sur l'indétermination des hypothèses syntaxiques est indépendant des arguments sémantiques en faveur de la célèbre thèse de Quine (1960) sur l'indétermination de la traduction radicale.

règles qui engendrent toutes et rien que les phrases d'une langue-E, alors la question de savoir si un locuteur adulte connaît *R* ne se pose pas. Pour discréditer l'idée qu'un locuteur a la connaissance tacite d'une règle grammaticale, Quine (1972) propose de distinguer entre le fait qu'un comportement (verbal) soit *conforme* à une règle et le fait qu'il soit authentiquement *guidé* par une règle. Quine (1972) conçoit les phrases d'une langue-E sur le modèle des « expressions bien formées » des langages artificiels de la logique. Selon lui, on ne peut prétendre qu'un système unique de règles guide le comportement verbal d'un locuteur. Il s'appuie sur deux suppositions. Premièrement, il suppose que le comportement verbal d'un locuteur ne pourrait être guidé par une règle qu'à la condition que le locuteur puisse énoncer et suivre la règle consciemment. Deuxièmement, il suppose qu'étant donné un ensemble de phrases appartenant à une langue-E, on peut toujours imaginer plusieurs systèmes rivaux de règles capables d'engendrer cet ensemble de phrases. Quine en conclut qu'un linguiste doit se contenter de soutenir que le comportement verbal d'un locuteur est conforme à plusieurs systèmes de règles extensionnellement équivalents.

En réponse, Chomsky (2000, p. 78) a fait observer, d'une part, que le concept logique d'*expression bien formée* est inapplicable aux phrases des langues naturelles. D'autre part, la comparaison entre des systèmes concurrents de règles grammaticales ne se borne pas à l'équivalence extensionnelle. Depuis Chomsky (1965), la méthodologie de la grammaire générative inclut la distinction entre l'équivalence extensionnelle faible et l'équivalence intensionnelle forte : deux systèmes de règles sont faiblement équivalents s'ils engendrent le même ensemble de phrases. Deux systèmes de règles sont fortement équivalents s'ils associent aux mêmes phrases engendrées les mêmes descriptions structurales.

Dans un second temps, Quine suggère que les preuves empiriques (ou les données observables) pertinentes en linguistique sont sévèrement limitées. Il maintient que les preuves en faveur d'une hypothèse syntaxique ou sémantique sur la structure en constituants des phrases d'un langue-E sont strictement limitées au comportement verbal observable des locuteurs de la langue-E. Comme l'écrit Quine (1990, p. 37), « à la différence des psychologues, les linguistes ne peuvent s'abstenir d'adopter la méthodologie béhavioriste. Chacun apprend sa langue en observant le comportement verbal d'autrui et grâce au fait que les autres observent, corrigent ou renforcent son propre comportement ». Observer le comportement verbal des locuteurs monolingues du japonais n'aide certes pas un enfant francophone à apprendre le français. Des locuteurs monolingues du japonais ne sont pas davantage en mesure de contribuer à son apprentissage du français en observant, corrigeant et renforçant son comportement verbal.

Manifestement, l'argument de Quine en faveur de la restriction des preuves empiriques pertinentes en linguistique suppose qu'un enfant qui apprend sa langue maternelle et un linguiste sont confrontés à une seule et même tâche. Or, cette hypothèse est douteuse. Comme Chomsky (2000, p. 54) le souligne, l'acquisition de la langue maternelle est un processus largement automatique au cours duquel l'enfant n'effectue aucun choix conscient. L'enfant applique ses capacités initiales (la grammaire universelle) aux données linguistiques primaires mises à sa disposition par les membres de sa communauté. En revanche, le linguiste exploite consciemment et laborieusement tous les indices empiriques pour découvrir les structures respectives de l'état initial inné et de la langue-I stabilisée d'un locuteur adulte [1]. Les indices scientifiques que peut exploiter le linguiste sont simplement inaccessibles à l'enfant.

Je ne prendrai que trois exemples. Primo, certaines découvertes sur la structure neurologique du cerveau humain (accessibles au linguiste mais non à l'enfant) sont pertinentes pour départager des hypothèses linguistiques concurrentes. Secondo, le linguiste peut comparer systématiquement des paires minimales composées respectivement d'une phrase d'une langue et d'une séquence agrammaticale composée des mêmes mots que la phrase. Mais les séquences agrammaticales construites par le linguiste ne peuvent pas faire partie des données linguistiques primaires accessibles à l'enfant [2]. Enfin, comme le souligne Chomsky (2000, p. 53-54), l'examen de ce que sait un locuteur adulte du japonais peut indiquer qu'il a la connaissance tacite d'un principe syntaxique abstrait pour lequel il n'existe pas d'indice dans les données linguistiques primaires accessibles à un enfant qui apprend le japonais. Dans cette hypothèse, le linguiste générativiste aura des raisons de supposer que ce principe syntaxique abstrait appartient à la grammaire universelle, l'état initial de la FHL. Or, la grammaire universelle est supposée commune aux enfants qui apprennent le japonais et à ceux qui apprennent le français. Donc, même s'il existe des indices de ce principe dans les données primaires accessibles à un enfant qui apprend le français, la connaissance de ce principe par un

1. Incidemment, la critique de l'analogie quinienne entre les tâches respectives de l'enfant et du linguiste jette le doute sur la version de la « théorie-théorie » du développement cognitif défendue par Gopnik (2003). Cf. la réponse de Chomsky (2003) à Gopnik (2003).

2. Cf. l'argument par la pauvreté du stimulus.

francophone adulte pourrait découler de la grammaire universelle et non du fait qu'il a été exposé à des énoncés du français dans son enfance. Il en résulte que la description de la langue-I d'un locuteur adulte du japonais peut être pertinente pour déterminer ce qui dans la langue-I d'un francophone doit être attribué à la grammaire universelle et ce qui dépend de son expérience linguistique personnelle.

Searle (1992) a lancé un autre défi aux explications computationnelles de la FHL (ou de toute autre capacité cognitive humaine). Il soutient que toute explication d'un phénomène mental authentique doit satisfaire la contrainte du principe dit « de connexion » selon lequel un état ou un processus ne peut être authentiquement mental si son contenu n'est pas *potentiellement* accessible à l'expérience consciente subjective de l'agent humain auquel il est attribué. L'idée même de discréditer les explications computationnelles des capacités cognitives humaines en glorifiant l'introspection sera jugée sévèrement par ceux pour qui les sciences cognitives ont le mérite de décrire le fonctionnement de certains processus mentaux dont l'existence même est inaccessible à l'introspection. Le défi lancé par Searle se prête à deux réponses.

D'une part, la portée du principe de connexion est affaiblie par le fait que Searle s'abstient de préciser les limites de l'accessibilité *potentielle* d'un contenu à l'expérience consciente subjective d'un agent humain. Un patient humain atteint de vision dite « résiduelle » (ou *blindsight*), après une lésion cérébrale dans les aires visuelles primaires, a perdu l'expérience visuelle subjective de la forme, des contours, de la taille, de la texture et de la couleur des objets [1]. Il a été démontré que lors

1. Cf. Weiskrantz (1997) pour une analyse de la vision résiduelle.

de la présentation subliminale d'un mot pendant une durée trop brève pour qu'il en ait conscience, un sujet humain normal extrait une information sémantique véhiculée par le mot qui, quoique inconsciente, facilite la reconnaissance d'un second mot sémantiquement apparenté [1]. Les attributs visuels d'un objet sont-ils *potentiellement* accessibles à la conscience d'un patient atteint de vision résiduelle sous le prétexte qu'ils sont accessibles à la conscience d'une personne saine ? Le contenu d'une « perception subliminale » est-il *potentiellement* accessible à l'expérience consciente d'un sujet normal sous le prétexte que si le stimulus était présenté plus longuement, le sujet en serait conscient ? Tant que Searle ne spécifie pas ce qui est potentiellement *inaccessible* à l'expérience subjective consciente d'un agent humain, le principe de connexion risque d'être privé de tout contenu empirique et d'être irréfutable [2].

D'autre part, comme le fait valoir Chomsky (2000, p. 75, 106, 134), le principe de connexion est lui-même une réponse à la question de savoir quel est le *critère* (ou la *marque*) du *mental*. Aucun philosophe des sciences ne se croit tenu d'offrir un critère des phénomènes *mécaniques*, *optiques*, *électriques* ou *chimiques*. Mais en érigeant l'accessibilité à la conscience en critère, le principe de connexion se charge d'assujettir les théories computationnelles de la FHL à l'autorité du concept ordinaire exprimé par le mot « mental ». Conformément au naturalisme méthodologique, Chomsky propose d'utiliser le terme « mental » pour désigner un aspect du monde dont d'autres aspects sont désignés par les termes « mécanique », « optique », « électrique » ou « chimique » sans

1. Cf. Marcel (1983).
2. Cf. Block (1990), Chomsky (2000), Jacob (1995).

que soient présupposées des divisions ontologiques ou métaphysiques problématiques.

## III. Chomsky et le naturalisme métaphysique

À la différence du naturalisme méthodologique, le naturalisme métaphysique est une doctrine *ontologique*. Souscrire au naturalisme métaphysique, c'est souscrire au monisme physicaliste qui s'oppose au dualisme ontologique entre le corps et l'esprit défendu par Descartes. Un partisan du dualisme ontologique suppose que les entités mentales ne sont pas des entités physiques parce que les premières ne sont pas réductibles aux secondes. Un partisan du monisme physicaliste maintient que tous les processus chimiques, biologiques, psychologiques, linguistiques ou culturels sont des processus physiques qui obéissent aux lois fondamentales de la physique. Pour un partisan du monisme physicaliste, le problème ontologique de la relation entre le corps et l'esprit est de savoir comment identifier le second au premier grâce à une réduction ontologique.

On pourrait s'attendre à ce que Chomsky tire argument du succès explicatif des théories computationnelles de la FHL en faveur de l'ontologie du monisme physicaliste. Si les processus mentaux sont des processus computationnels et si les processus computationnels sont des opérations que peut effectuer une machine (constructible selon les lois de la physique), alors les explications computationnelles d'une capacité cognitive humaine démontrent qu'une machine qui obéit aux lois de la physique peut effectuer les opérations caractéristiques d'une compétence cognitive humaine.

On peut trouver cet argument chez des philosophes qui, comme Fodor (1975, 1987, 1994), souscrivent au naturalisme métaphysique. Mais on n'en trouve pas la trace chez Chomsky. En effet, les machines abstraites ou concrètes sont des artefacts. Or, Chomsky (2000, p. 44-45, 148) soutient, d'une part, que la compréhension du fonctionnement d'un artefact ne peut pas contribuer à la compréhension scientifique d'un aspect du monde naturel – dont la FHL –, car le fonctionnement d'un artefact dépend des intentions des agents dont le contenu soulève des questions d'interprétation qui excèdent elles-mêmes les limites de l'investigation scientifique [1]. Il soutient, d'autre part, que les modèles computationnels de la FHL ne militent pas en faveur du monisme physicaliste parce que la controverse ontologique entre le monisme physicaliste et le dualisme ontologique est, selon lui (depuis plus de trois siècles !), devenue un pseudo-problème entre deux thèses également dépourvues de sens. Ce diagnostic sévère mérite quelques explications.

Selon Chomsky (2000, p. 83-84, 103, 108-109), le problème des rapports entre le corps et l'esprit était un problème authentique à l'époque de Descartes – au milieu du XVII<sup>e</sup> siècle – lorsque l'univers physique était supposé gouverné par les principes de la mécanique cartésienne. Comme le fonctionnement de l'esprit ne semblait pas gouverné par les lois de la mécanique cartésienne, Descartes a été rationnellement conduit à admettre le dualisme ontologique selon lequel l'esprit est distinct du corps. Or, les principes de la philosophie mécanique ont été balayés par les succès explicatifs remportés en mécanique céleste et terrestre par l'introduction newtonienne d'une force agissant à distance : la

1. C'est un aspect de la thèse de Chomsky selon laquelle l'intentionnalité échappe aux limites de l'investigation naturaliste (ou scientifique). J'y reviendrai dans la section IV.

gravitation. Comme le dit Chomsky (2000, p. 84), la mécanique newtonienne a « exorcisé la machine », mais non la conception cartésienne de l'esprit.

Peut-être les principes de la mécanique cartésienne gouvernent-ils notre concept ordinaire ou naïf d'*objet physique*[1]. Mais depuis qu'elle a renoncé aux principes de la mécanique cartésienne, la physique ne dispose plus d'un concept scientifique de corps ou d'objet physique. Chomsky lance donc aux partisans du monisme physicaliste un véritable défi : si le concept exprimé par les mots français « objet physique » n'a pas de contenu scientifique assignable, alors la controverse entre le monisme physicaliste et le dualisme ontologique a perdu son sens.

Dans leur majorité, les tenants contemporains du monisme physicaliste ont offert une version tantôt réductionniste, tantôt non réductionniste de la thèse de l'identité entre les entités mentales et les entités physiques. Une minorité a proposé purement et simplement d'éliminer les entités mentales. Au pseudo-idéal (à ses yeux dénué de sens) d'une réduction physicaliste ontologique de l'esprit à une matière à laquelle la physique a renoncé, Chomsky préfère le but *épistémologique* de l'unification (ou de l'intégration) des théories scientifiques. Mais l'histoire des sciences, à laquelle Chomsky (2000, 2002) fait de nombreuses références, atteste que l'unification entre deux théories scientifiques de niveaux ontologiques différents – comme la théorie chimique des molécules et la théorie physique de l'atome – a souvent exigé une modification radicale de la théorie du niveau inférieur pour qu'elle s'avère capable de s'intégrer à une théorie de niveau supérieur.

1. C'est ce que semblent confirmer les travaux des psychologues du développement cognitif consacrés à la « physique naïve ». Cf. Spelke (1988).

Chomsky n'exclut pas l'unification épistémique des explications computationnelles des compétences cognitives (de niveau supérieur) et des explications neuroscientifiques (de niveau inférieur) de la contribution des différentes aires du cerveau aux capacités cognitives humaines. Mais les neurosciences cognitives devront, selon lui, subir de sérieuses révisions pour que leur finesse de grain égale celle des théories computationnelles.

Un partisan du monisme physicaliste peut-il relever le défi de Chomsky en minimisant ses engagements ontologiques ? La distinction minimaliste entre deux classes d'entités dont les unes sont purement physiques et les autres sont de surcroît mentales n'échappe-t-elle pas aux objections de Chomsky[1] ? Non, cette version minimaliste de l'ontologie du monisme physicaliste s'expose au dilemme de Chomsky (2003, p. 259). Si la physique contemporaine fournit une description complète du monde, alors les entités mentales ne sont (rien d'autre) que des entités physiques. Si la physique contemporaine ne fournit pas une description complète du monde, alors nous ne savons pas encore ce qui est (seulement) physique.

Le défi de Chomsky soulève au moins trois problèmes fondamentaux. Premièrement, le but épistémologique de l'unification théorique est-il lui-même séparable de toute conception ontologique sous-jacente ? Deuxièmement, quelle autorité accorder respectivement aux théories physiques et aux théories neuroscientifiques dans les controverses ontologiques sous-jacentes aux sciences cognitives ? Troisièmement, quelle autorité accorder respectivement aux théories physiques et à la « physique naïve » (du sens commun) dans ces controverses ?

1. Cf. Lycan (2003, p. 16).

Poland (2003) qualifie avec raison de « physicalisme méthodologique » la préférence chomskienne pour l'unification épistémologique entre les théories computationnelles et les théories neuroscientifiques du fonctionnement du cerveau humain. Le physicalisme méthodologique peut-il être exclusivement justifié par des considérations épistémologiques (ou méthodologiques) ? L'unité théorique (ou la simplicité) est-elle une vertu purement épistémique (pour ne pas dire esthétique) ?

On peut en douter parce que le but épistémique recherché est l'unification entre des théories de niveaux différents. Or, la notion de *niveau* est une notion ontologique. On distingue le niveau *chimique* des molécules du niveau *physique* des atomes parce que les molécules sont composées d'atomes. Les neurosciences étudient la structure et le fonctionnement des constituants du cerveau humain. Les théories computationnelles étudient les propriétés « émergentes » du cerveau comme la perception visuelle ou la FHL. Chomsky (2002, p. 55, 63, 65) tient pour un *truisme* (et donc pour une vérité évidente) l'affirmation du spécialiste des neurosciences Vernon Mountcastle selon laquelle « les capacités mentales sont des propriétés émergentes du cerveau ». Loin d'être un truisme, cette thèse ontologique sert notamment à justifier le choix du physicalisme méthodologique en faveur de l'unification épistémologique entre les théories computationnelles et les théories neuroscientifiques [1].

Chomsky accepte l'assertion ontologique selon laquelle les capacités cognitives humaines sont des propriétés (émergentes) du cerveau humain. Mais il rejette l'affirmation selon laquelle les entités mentales sont des

1. Puisqu'un partisan du dualisme ontologique, comme Kripke (1972, 1982), pourrait la rejeter.

entités physiques. Un adversaire du dualisme ontologique en conclura que c'est une erreur d'assujettir les controverses ontologiques en sciences cognitives à l'autorité des concepts fondamentaux de la physique théorique. Pour un partisan du monisme physicaliste, les propriétés computationnelles des capacités cognitives humaines (dont la FHL) dépendent de la structure neurologique du cerveau humain. À supposer que les théories physiques contemporaines des particules élémentaires soient foncièrement incomplètes, rien n'indique (comme l'ont fait remarquer Fodor, 2001 et Lycan, 2003) que les révisions des théories physiques fondamentales auront un impact conceptuel sur notre compréhension scientifique des mécanismes moléculaires impliqués dans la décharge des neurones, dans le transfert d'information entre les neurones et dans le rôle fonctionnel des aires cérébrales.

Enfin, le défi lancé par Chomsky destiné au partisan du monisme physicaliste présuppose que seuls les concepts scientifiques – non les concepts du sens commun – peuvent arbitrer les controverses ontologiques respectables [1]. Les partisans du monisme physicaliste devraient réexaminer leur conception du rôle respectif des concepts de la physique et des concepts du sens commun dans les controverses ontologiques sous-jacentes au développement des sciences cognitives.

Considérons l'une des prémisses dont se sert Davidson (1970) à l'appui de sa version non réductionniste du monisme physicaliste qu'il appelle le « monisme anomal » et selon laquelle tout événement mental est un

1. Selon Chomsky (2000, p. 139), toute investigation scientifique, en dehors même de la physique fondamentale, crée des concepts qui n'ont aucune continuité avec les concepts ordinaires du sens commun.

événement physique, mais aucun concept ou prédicat psychologique n'est réductible à un concept ou prédicat physique. Selon Davidson, il existe, d'une part, des lois physiques qui subsument les relations entre les événements physiques. Il existe, d'autre part, des relations causales tant entre des paires d'événements mentaux qu'entre des paires d'événements dont les uns sont mentaux et les autres physiques. Mais selon la prémisse baptisée « anomalisme du mental », il n'existe ni loi psychologique capable de subsumer les relations causales entre les événements mentaux, ni loi psychophysique capable de subsumer les relations causales entre les événements mentaux et les événements physiques. Davidson (1970) justifie l'anomalisme du mental (ou de la psychologie naïve) en comparant les lois « strictes » de la physique aux « truismes » psychologiques et/ou psychophysiques.

Chomsky (2000, p. 88-89, 138) fait valoir que les considérations en faveur de l'anomalisme de la psychologie naïve plaident aussi en faveur de l'anomalisme de la physique naïve. Le fossé théorique qui la sépare de la psychologie naïve sépare aussi la physique scientifique de la physique naïve. Il n'existe pas plus de lois-pont reliant les concepts de la physique scientifique à ceux de la physique naïve qu'à ceux de la psychologie naïve. Un partisan du monisme physicaliste non réductionniste comme Davidson admet que la relation entre les concepts mentaux et les concepts physiques soulève un problème que ne soulève pas la relation entre les concepts de la physique naïve et les concepts de la physique théorique.

À moins de souscrire subrepticement à une version du dualisme ontologique, quiconque accepte l'« anomalisme du mental » devrait aussi accepter l'anomalisme de la physique naïve.

En bref, Chomsky constate que le concept exprimé par le syntagme « objet physique » n'a pas sa place dans les théories scientifiques de la physique post-newtonienne. Mais premièrement, il tient pour légitime la recherche de l'unification entre les théories computationnelles des capacités cognitives humaines et les théories neuroscientifiques de la structure et du fonctionnement du cerveau. Deuxièmement, il admet que les capacités cognitives humaines sont des aspects émergents du cerveau humain. Troisièmement, cette thèse ontologique justifie la recherche de l'unification théorique. Quatrièmement, même si le concept d'*objet physique* n'a pas sa place dans les théories fondamentales de la physique, ce concept joue un rôle central dans la physique naïve dont les principes du mécanisme cartésien semblent constitutifs [1].

Les concepts d'*objet physique* et de *chose mentale* ne font pas partie d'une théorie scientifique du monde. La controverse ontologique sur la nature de la relation entre les objets physiques et les choses mentales ne fait donc pas partie de l'investigation scientifique (ou naturaliste) du monde. Mais les concepts d'*objet physique* et de *chose mentale* appartiennent respectivement à la physique naïve et à la psychologie naïve. Chomsky (2000, p. 90-91) nomme lui-même *ethnoscience* l'étude des ressources conceptuelles du sens commun grâce auxquelles les êtres humains, dans toutes les cultures, forment leurs représentations non scientifiques stables du monde. L'étude des relations entre les concepts de la physique naïve et ceux de la psychologie naïve incombe donc à l'ethnoscience. Si les représentations conceptuelles du monde

1. Cf. les travaux de Spelke (1988) sur le développement cognitif de la physique naïve chez le bébé humain. L'étude des nouveau-nés humains dévoile des contraintes de la cognition humaine sur la diversité des cultures humaines.

formées par le sens commun sont des aspects du cerveau humain, alors elles font elles-mêmes partie du monde. Si elles font partie du monde, alors l'ethnoscience est une branche de l'investigation scientifique du monde. Auquel cas l'étude des relations entre les concepts de *chose mentale* et d'*objet physique* fait partie de l'investigation naturaliste du système des représentations du monde formées par le sens commun.

## IV. Chomsky et la naturalisation de l'intentionnalité

Brentano (1874) a subordonné l'introduction du concept d'intentionnalité aux trois thèses suivantes : premièrement, il est constitutif de l'intentionnalité, telle qu'elle se manifeste dans des actes et des états mentaux aussi différents que l'amour, la haine, le désir, l'espoir, la croyance, le jugement, la perception et bien d'autres encore, qu'ils sont dirigés vers des objets différents d'eux-mêmes. Deuxièmement, les objets vers lesquels l'esprit est dirigé en vertu de son intentionnalité possèdent une propriété que Brentano nomme l'« in-existence intentionnelle ». Troisièmement, l'intentionnalité est la marque du mental : tous et rien que les actes et états mentaux possèdent l'intentionnalité.

Supposons que (conformément à la première thèse de Brentano), il soit constitutif de l'intentionnalité que personne ne puisse être dit aimer, haïr, désirer, etc. à moins que quelque chose ne soit aimé, haï, désiré, etc. Si c'est vrai, alors faute d'*objets* exemplifiant l'« in-existence intentionnelle », l'intentionnalité elle-même ne pourrait pas être exemplifiée (deuxième thèse). Or, l'amour, la haine, l'admiration, les désirs et les autres actes mentaux sont dirigés non seulement vers des objets concrets mais vers des objets abstraits (les nombres), des constructions mythologiques (Zeus) ou des personnages de fiction (Anna Karénine) qui n'existent pas dans l'espace et dans le temps. Les deux premières thèses de Brentano soulèvent donc deux questions fondamentales de logique philosophique : doit-on fournir un traitement uniforme de toutes les manifestations de l'intentionnalité dont est capable un esprit humain ? Si la réponse à cette question est positive, faut-il introduire des « objets intentionnels » dans l'ontologie ? Ces questions ont provoqué un véritable schisme dans la philosophie analytique post-brentanienne entre les partisans et les adversaires de la théorie des objets intentionnels [1].

La majorité des philosophes orthodoxes contemporains de l'esprit et du langage souscrivent à l'*externalisme* selon lequel l'intentionnalité n'est pas une propriété intrinsèque d'un système cognitif, mais une relation entre un système cognitif et son environnement. Ils se donnent pour tâche d'expliquer ce que Soames (1989) (cité par Chomsky, 2000, p. 132) nomme « le fait sémantique fondamental du langage […] à savoir qu'il est utilisé pour représenter le monde » – ce qui présuppose que la cognition humaine a pour fonction de représenter le monde. En simplifiant, on peut distinguer deux versions de l'externalisme selon qu'il est présupposé ou non que l'intentionnalité résulte des normes en vigueur dans une communauté linguistique : une version *normative* et une version *descriptive*. Chomsky rejette les deux versions de l'externalisme.

---

1. Le philosophe Terence Parsons a récemment réhabilité la théorie meinongienne des objets intentionnels inexistants. La théorie des descriptions de Russell et la théorie de l'engagement ontologique de Quine sont destinées à discréditer la théorie des objets intentionnels. Pour une discussion détaillée, cf. Jacob (2003, 2004).

Selon la version *normative* de l'externalisme, la communauté sociale à laquelle appartient de fait tout agent humain est constitutive du sens et de la référence des expressions linguistiques. Les ressources cognitives intrinsèques d'un individu ne suffisent pas à déterminer le sens et la référence des mots qu'il emploie et des croyances qu'il exprime en les énonçant. Faute d'appartenir à une communauté linguistique, les états mentaux d'un individu seraient privés d'intentionnalité. Pour les partisans de la version normative de l'externalisme linguistique, priorité est donnée au sens et à la référence des expressions d'une langue publique externe ou langue-E, non d'une langue-I (au sens de Chomsky). Puisqu'ils découlent des normes en vigueur dans une communauté, le sens et la référence sont des propriétés normatives d'une expression linguistique.

Premièrement parce qu'elle accorde une priorité théorique à la notion de « langue publique partagée », la version normative de l'externalisme est incompatible avec la priorité théorique accordée par Chomsky à la langue-I internalisée sur la langue-E, qui n'en est qu'un produit dérivé. Deuxièmement, Chomsky (2000, p. 30) rejette la présupposition des partisans de l'externalisme normatif du contenu linguistique, selon laquelle faute de partager une seule et même langue publique externe dont chaque expression posséderait une signification publique externe *unique*, la communication verbale se révélerait impossible. La communication verbale est un processus inférentiel faillible et la ressemblance – non l'identité – entre les produits externes de différentes langues-I suffit à expliquer la communication verbale [1]. Troisièmement,

1. Ce point de vue est aussi celui de Sperber et Wilson (1986).

Chomsky (2000) construit de nombreux exemples destinés à discréditer l'idée qu'il existe une relation de référence invariante entre les mots d'une langue et des entités non linguistiques[1]. Du moins, ces exemples jettent le doute sur l'idée que la relation de référence peut servir les buts d'une investigation sémantique naturaliste ou scientifique. Je considérerai trois de ces exemples :

(4) Après avoir brûlé, la banque a déménagé.

(5) Le livre que Paul envisage d'écrire pèsera au moins trois kilogrammes.

(6) Londres est tellement déprimée, sale et polluée qu'on devrait la détruire et la reconstruire ailleurs.

Quiconque comprend (4) sait conjointement que le sujet implicite du verbe « brûler » sert à faire référence à un édifice physique concret et que le sujet explicite du verbe « déménager » sert à faire référence à une institution abstraite – laquelle peut s'incarner physiquement dans plusieurs édifices concrets. Dans cette phrase, le syntagme « la banque » peut donc faire référence tantôt à un édifice concret, tantôt à une institution abstraite. Dans (5), le syntagme « le livre » est utilisé pour faire référence tantôt à un contenu abstrait tantôt à un objet physique selon qu'il est l'objet grammatical du verbe « écrire » ou le sujet grammatical du verbe « peser ». Dans (6), le pronom anaphorique « la » et son antécédent « Londres » font conjointement référence à des agents (ses habitants), des objets inanimés (des édifices), un lieu et une entité abstraite (qui peut être incarnée par

1. Selon Chomsky (2000, p. 130-31), la notion frégéenne de référence (*Bedeutung*) est une notion technique applicable à la relation *stipulée* entre les symboles de la langue artificielle qu'élaborait Frege pour répondre aux besoins de son projet logiciste de réduction de l'arithmétique à la logique.

différentes entités concrètes, dont l'une peut être physiquement détruite et l'autre reconstruite ailleurs).

Chomsky ne se sert pas de ces exemples pour accréditer la thèse métaphysique idéaliste (ou irréaliste) selon laquelle le monde se réduit au langage et/ou aux représentations mentales. En revanche, ces exemples suggèrent que la référence est une *action* accomplie par des agents humains avec des mots qui sont par eux-mêmes dépourvus de référence. À l'intérieur d'un même énoncé, un pronom et son antécédent peuvent subtilement changer de référence en fonction des *intentions* du locuteur, sans que le destinataire éprouve la moindre difficulté à comprendre ce changement de référence. Étant donné l'incessante variabilité des intentions référentielles, la coordination entre le locuteur et le destinataire transforme la référence en « mystère ».

À la différence de ce que *sait* un être humain, ce qu'il *fait* est, selon Chomsky, destiné à rester un mystère. La grammaire générative a ouvert la voie à la compréhension scientifique d'un aspect de ce que sait un être humain : sa faculté de langage. Mais un fossé épistémique sépare les *problèmes* soulevés par la compréhension de ce qu'il sait et les *mystères* que suscite l'explication d'une action intentionnelle. Sans souscrire au dualisme ontologique, Chomsky (1980, p. 79, 1988, p. 5-6) admet l'argument cartésien de la liberté selon lequel, à la différence du comportement de toute autre machine, une action intentionnelle humaine est toujours « indéterminée » parce qu'un agent humain est *libre* de choisir entre deux actions distinctes. Un agent humain peut être « incité » à agir, mais il peut toujours choisir d'agir autrement. Or, la *référence* est une action intentionnelle humaine. La liberté confère donc aux actes de référence (et à ce que Chomsky nomme l'« usage créatif du langage ») le statut d'un mystère et non d'un problème scientifique.

Les partisans de la version *descriptive* (non normative) de l'externalisme souscrivent au naturalisme métaphysique. Leur but fondamental est d'apprivoiser l'intentionnalité à l'intérieur de la psychologie scientifique, c'est-à-dire de démontrer que l'intentionnalité peut être « naturalisée » ou qu'elle obéit aux lois de la nature. Le programme de la naturalisation de l'intentionnalité a donc deux volets complémentaires : le premier consiste à montrer que l'intentionnalité a des causes assignables. Le second consiste à montrer que l'intentionnalité produit des effets assignables. Un partisan du programme de la naturalisation de l'intentionnalité peut – je l'ai dit – être tenté de tirer parti des succès explicatifs de la théorie computationnelle de la FHL pour élaborer, comme le fait Fodor (1975, 1987, 1994, 1998), mais non Chomsky, la conception computo-représentationnelle de l'esprit théorie.

Premièrement, selon cette conception, tout processus cognitif est un processus computationnel. Un processus computationnel prend une représentation (ou un symbole) « en entrée » et la transforme en une représentation différente selon des règles purement formelles. La théorie computo-représentationnelle de l'esprit présuppose donc l'existence d'un « langage de la pensée » (ou « mentalais ») composé de symboles eux-mêmes doués de propriétés syntaxiques et sémantiques. Grâce à leurs propriétés syntaxiques, les symboles primitifs du langage de la pensée entrent dans des combinaisons et forment des représentations complexes [1]. Dans la conception fodorienne, les symboles (ou concepts) primitifs du

1. Un symbole du langage de la pensée (ou concept) est dit « primitif » s'il ne résulte pas de la combinaison syntaxique d'autres symboles (ou concepts).

langage de la pensée sont réputés détenir l'« intentionnalité primitive » dont dépend l'intentionnalité « dérivée » de tous les autres symboles (en particulier des symboles linguistiques des langues publiques externes) [1].

Outre qu'elle s'oppose directement à la priorité conférée à la communauté sociale par la conception normative de l'externalisme, la thèse de la priorité de l'intentionnalité des symboles du langage de la pensée ne tombe pas immédiatement sous l'objection chomskienne contre la possibilité d'une compréhension scientifique de la référence. Supposons que j'entende un aboiement de chien et que le traitement de ce stimulus acoustique soit la cause du fait que je pense à un chien. Selon la théorie computo-représentationnelle de l'esprit, le traitement perceptif du stimulus acoustique provoque dans mon langage de la pensée une occurrence du symbole « Φ » qui n'est autre que mon concept de *chien*.

Selon la théorie computo-représentationnelle de l'esprit, penser n'est pas toujours une action intentionnelle : le processus cognitif qui transforme ma perception auditive du stimulus en représentation conceptuelle d'un chien n'est pas une action intentionnelle. Lorsqu'elle résulte de ma perception d'un stimulus, ma représentation conceptuelle de chien – c'est-à-dire l'occurrence de mon symbole mental « Φ » – est indépendante de toute intention de faire référence à un chien [2]. Dans le cadre de la théorie computo-représentationnelle de l'esprit, la théorie de la référence des symboles mentaux ne s'expose donc pas directement à l'argument néocartésien de la liberté.

Deuxièmement, selon la théorie computo-représentationnelle de l'esprit défendue par Fodor (1994, 1998), le

1. Cf. Jacob (1997).
2. Cf. Jacob (1997).

contenu (ou la valeur sémantique) d'un symbole primitif du langage de la pensée (c'est-à-dire d'un concept primitif) résulte de la covariation nomologique entre ce symbole et les exemplifications d'une propriété dans l'environnement[1]. Ainsi, mon concept primitif « Φ » tire son contenu ou sa valeur sémantique du fait qu'il covarie régulièrement avec les exemplifications de la propriété d'être un chien. En général, l'intentionnalité d'un concept primitif dérive de corrélations psychophysiques entre un système cognitif et des paramètres de l'environnement[2].

Troisièmement, selon la théorie computo-représentationnelle de l'esprit, les explications psychologiques sont conjointement intentionnelles et nomologiques. L'explication d'une action est intentionnelle parce que ce que fait un agent dépend du contenu de ses intentions, de ses croyances et de ses désirs. Elle est nomologique parce que l'explication psychologique d'une action consiste typiquement à subsumer l'action sous les généralisations psychologiques auxquelles obéissent les intentions, les croyances et les désirs des agents humains.

Enfin, selon la théorie computo-représentationnelle de l'esprit, ce qui confère conjointement à l'explication psychologique le statut d'une explication *causale* et aux généralisations psychologiques intentionnelles le statut de lois *causales*, c'est la thèse computationnelle selon laquelle les lois psychologiques elles-mêmes reposent sur des mécanismes computationnels sous-jacents. D'une part, le contenu des croyances et des désirs d'un agent se réduit à la valeur sémantique des symboles du langage de

1. Selon les principes de la « sémantique informationnelle ».

2. Fodor (1994, 1998) lui-même défend une version atomiste du contenu des concepts selon laquelle aucune relation entre différents concepts ne contribue au contenu des relata.

la pensée. D'autre part, les mécanismes computationnels sous-jacents transforment des symboles mentaux en fonction de leurs seules propriétés syntaxiques.

La théorie computo-représentationnelle de l'esprit constitue l'effort contemporain le plus systématique pour conférer un rôle à l'intentionnalité dans les explications psychologiques causales et créer un pont entre la psychologie naïve et les modèles computationnels des sciences cognitives. Plus que tout autre, Chomsky a contribué à promouvoir les explications computationnelles en sciences cognitives. Mais pour au moins deux raisons, il n'éprouve aucune sympathie pour la théorie computo-représentationnelle de l'esprit qu'il tient pour un projet métaphysique et non scientifique. D'une part, comme je l'ai dit, Chomsky admet l'argument cartésien selon lequel la liberté du choix pose une limite radicale à toute explication causale des actions intentionnelles humaines. D'autre part, Chomsky sépare la contribution explicative des modèles computationnels et celle de l'intentionnalité à la compréhension scientifique des capacités cognitives humaines.

Même si les explications causales des actions intentionnelles humaines ne sont à présent que des théories proto-scientifiques, un tenant du computo-représentationnalisme peut objecter à Chomsky que le concept cartésien de *liberté* appartient lui-même à la psychologie naïve. En succombant à la tentation d'assujettir des théories psychologiques proto-scientifiques à la réflexion *a priori* guidée par l'autorité du concept ordinaire de *liberté*, l'argument néocartésien de la liberté n'est-il pas un exemple caractérisé du dualisme méthodologique dirigé contre des théories de la psychologie proto-scientifique ?

Parce qu'il souscrit au « style galiléen » en sciences cognitives, Chomsky limite l'investigation scientifique authentique aux modèles computationnels d'une capacité cognitive (comme la FHL ou la perception visuelle). Selon lui, la théorie computo-représentationnelle de l'esprit ne démontre ni que l'intentionnalité a des causes assignables ni qu'elle produit des effets assignables.

D'une part, depuis Brentano, les énigmes de l'intentionnalité ont favorisé la réflexion conceptuelle des philosophes, mais ces réflexions n'ont donné naissance à aucune investigation scientifique. Les tenants de la théorie computo-représentationnelle de l'esprit maintiennent que les symboles du langage de la pensée tirent leur référence à des entités de l'environnement de l'existence de corrélations nomologiques entre les symboles et les propriétés exemplifiées dans l'environnement. Mais comme ils n'ont pas découvert ces corrélations par une investigation expérimentale, Chomsky tient pour une chimère métaphysique le programme de la naturalisation de l'intentionnalité. En particulier, il rejette l'idée que les corrélations nomiques alléguées permettraient de répondre à l'argument néocartésien de la liberté.

D'autre part, Chomsky (2003, p. 274) écarte l'idée d'une continuité théorique entre l'investigation scientifique des capacités cognitives humaines et les généralisations de la psychologie naïve. Ces dernières sont intentionnelles, mais elles découlent de la simple réflexion conceptuelle et ne se prêtent ni à une confirmation ni à une infirmation expérimentale.

Certains partisans de la théorie computo-représentationnelle de l'esprit font valoir que toute théorie computationnelle d'une capacité cognitive présuppose qu'un processus cognitif est un processus computationnel. Par hypothèse, tout processus computationnel transforme des représentations selon des règles purement formelles. Or, il est constitutif d'une représentation d'avoir un contenu, une valeur sémantique ou l'intentionnalité. Ils en concluent qu'une théorie computationnelle d'une capacité cognitive humaine est *incomplète* tant qu'elle ne répond pas à la question : que représentent les symboles manipulés par les processus computationnels [1] ?

Dans son œuvre récente, au nom de ce qu'il appelle l'« internalisme », Chomsky (2000, 2003) rejette la demande des partisans de la théorie computo-représentationnelle de l'esprit [2]. Pour justifier son refus, il s'appuie sur un principe de symétrie (ou de parallélisme) auquel obéit l'architecture computationnelle de la grammaire des langues naturelles. Selon ce principe de symétrie, la syntaxe d'une langue-I engendre des représentations mentales sur lesquelles opèrent parallèlement des règles d'interprétation phonologique et des règles d'interprétation sémantique. Les représentations mentales engendrées par la syntaxe constituent un double système d'instructions destinées au système sensorimoteur humain (qui contrôle l'articulation et la perception des sons linguistiques) et au système conceptuel humain (qui contrôle les inférences) [3].

Soit *M* la représentation mentale (ou construction-I) associée au nom propre « Londres » par la syntaxe d'une langue-I. Selon le principe de symétrie, *M* peut être réputée membre de deux relations distinctes avec des entités non mentales : d'une part, *M* sert d'instruction au système articulatoire pour prononcer « Londres ».

1. Comme le font valoir Peacocke (1994), Egan (2003) et Rey (2003), cette question est soulevée tant par les théories computationnelles de la FHL que par les théories computationnelles de la vision.

2. Usberti (2002) propose de développer l'internalisme de Chomsky dans le cadre d'une conception antiréaliste de la signification dont certaines racines plongent dans la théorie des « objets intentionnels » défendue par Meinong.

3. Pour une discussion détaillée du cadre théorique de cette conception, cf. Belletti & Rizzi (édition intégrale de ce Cahier).

Donc *M* est dans la relation *P* de *prononciation* avec des sons *S*. D'autre part, *M* est dans la relation alléguée de *référence R* avec une entité non mentale présumée *E* (une ville) [1].

Chomsky (2003, p. 271) fait observer que, faute de définir la nature des entités *S* et *E*, les relations *P* et *R* restent totalement indéterminées. Or, les linguistes admettent qu'une définition de *S* et de *P* serait dépourvue de tout intérêt scientifique. Par parité, et contrairement à la majorité des philosophes externalistes du langage, Chomsky *(ibid.)* conclut à la futilité scientifique de la définition d'une relation *R* extrinsèque entre *M* et *E*.

Appuyé sur le principe computationnel de la symétrie entre l'interprétation sémantique et l'interprétation phonologique des représentations syntaxiques, Chomsky distingue donc deux notions de représentation : une notion préthéorique relationnelle et une notion théorique non relationnelle. La notion relationnelle n'est autre que l'intentionnalité : toute représentation est représentation *de* quelque chose. Il concède que la notion préthéorique peut jouer un rôle auxiliaire dans la présentation intuitive d'une théorie computationnelle, mais non dans l'explication computationnelle. En revanche, c'est la théorie computationnelle qui introduit explicitement la notion opératoire de représentation. Celle-ci est une notion purement syntaxique obéissant aux seules lois des mécanismes computationnels. Puisque son internalisme est une forme de *syntaxe logique*, on mesure l'étendue du fossé entre Chomsky et la majorité des philosophes qui souscrivent à la thèse de Soames (1989), selon laquelle

1. L'exemple (6) était précisément destiné à contester l'existence de la relation *R* alléguée.

la propriété la plus fondamentale du langage est qu'il est utilisé pour représenter le monde [1].

## Bibliographie


Bilgrami, A., « Chomsky and philosophy », *Mind and Language*, n° 17, 3, 2002, p. 290-302.

Block, N., « Consciousness and accessibility », *Behavioral and Brain Sciences*, n° 13, 4, 1990, p. 596-598.

Brentano, F., *La Psychologie d'un point de vue empirique*, 1874, trad. fr. M. de Gandillac, Paris, 1944.

Chomsky, N., *Syntactic Structures*, The Hague, Mouton, 1957.

–, *Aspects of the Theory of Syntax*, Cambridge, Mass., MIT Press, 1965.

–, *Language and Mind*, New York, Harcourt Brace Jovanovich, 1968, 1972.

–, *Reflections on Language*, New York, Pantheon, 1975.

–, *Rules and Representations*, New York, Columbia University Press, 1980.

–, *The Generative Enterprise*, Dordrecht, Foris, 1982.

–, *Knowledge of Language, its Nature, Origin and Use*, New York, Praeger, 1986.

–, *Language and Problems of Knowledge*, Cambridge, Mass., MIT Press, 1988.

–, « Chomsky, Noam », *in* Guttenplan, S. (éd.), *A Companion to the Philosophy of Mind*, Oxford, Blackwell, 1994.

–, *New Horizons in the Study of Language and Mind*, Cambridge, Cambridge University Press, 2000.

–, (2002) *On Nature and Language*, Cambridge, Cambridge University Press.

–, « Replies », in Antony, L.M. & Hornstein, N. (éd.), *Chomsky and his Critics*, Oxford, Blackwell, 2003.


1. Je remercie Dan Sperber de ses commentaires.

Churchland, P.M., *A Neurocomputational Perspective*, Cambridge, Mass., MIT Press, 1993.

Davidson, D., « Mental events », *in* Davidson, D. (1980) *Essays on Events and Actions*, Oxford, Oxford University Press, 1970.

–, *Essays on Truth and Interpretation*, Oxford, Oxford University Press, 1984.

Egan, F., « Naturalistic inquiry : where does mental representation fit in ? », *in* Antony, L.M. & Hornstein, N. (éd.), *Chomsky and his Critics*, Oxford, Blackwell, 2003.

Fodor, J. A., *The Language of Thought*, New York, Crowell, 1975.

–, *Psychosemantics*, Cambridge, Mass, MIT Press, 1987.

–, *A Theory of Content and Other Essays*, Cambridge, Mass. MIT Press, 1990.

–, *The Elm and the Expert*, Cambridge, Mass. MIT Press, 1994.

–, *Concepts, Where Cognitive Science Went Wrong*, Oxford, Oxford University Press, 1998.

–, *Review of Chomsky's New Horizons in the Study of Language and Mind*, TLS, 2000.

Gettier, E., « Is justified true belief knowledge ? » *Analysis*, n° 23, 1963, p. 121-123.

Goodman, N., « The epistemological argument », 1968, *in* Searle, J. (éd.), 1971, *The Philosophy of Language*, Oxford, Oxford University Press.

Gopnik, A., « The theory as an alternative to the innateness hypothesis », *in* Antony, L.M. & Hornstein, N. (éd.), *Chomsky and his Critics*, Oxford, Blackwell, 2003.

Jacob, P., « Consciousness, intentionality and function. What is the right order of explanation ? », *Philosophy and Phenomenological Research*, 1995, LV, 1, p. 195-200.

–, *What Minds Can Do*, Cambridge, Cambridge University Press, 1997.

–, « Intentionality », *Stanford Encyclopaedia of Philosophy*, 2003 ; *http://plato.stanford.edu/* Jacob, P. *L'Intentionnalité, problèmes de philosophie de l'esprit*, Paris, Odile Jacob, 2004.

Kim, J., *Supervenience and Mind, Selected Philosophical Essays*, Cambridge, Cambridge University Press, 1993.

Kripke, S., *Naming and Necessity*, Oxford, Blackwell, 1982.

Lycan, « Chomsky on the mind-body problem », *in* Antony, L.M. & Hornstein, N. (éd.) *Chomsky and his Critics*, Oxford, Blackwell, 2003.

Marcel, A., « Conscious and unconscious perception : experiments on visual masking and word recognition », *Cognitive Psychology*, n° 15, 1983, p. 197-237.

Moravcsik, J.M., « Chomsky's new horizons », *Mind and Language*, n° 17, 3, 2002, p. 303-311.

Peacocke, C., « Content, computation and externalism », *Mind and Language*, n° 9, 1994, p. 303-335.

Poland, « Chomsky's challenge to physicalism », *in* Antony, L.M. & Hornstein, N. (éd.), *Chomsky and his Critics*, Oxford, Blackwell, 2003.

Putnam, H., « The "innateness hypothesis" and explanatory models in linguistics », 1968, *in* Searle, J. (éd.) (1971) *The Philosophy of Language*, Oxford University Press.

–, « The Meaning of "Meaning" », *in* Putnam, H., 1975, *Philosophical Papers*, vol. 2, Cambridge, Cambridge University Press. Quine, W.V.O., *Word and Object*, Cambridge, Mass., MIT Press, 1960.

–, « Linguistics and Philosophy », 1969, *in* Stich, S., 1975, *Innate Ideas*, Berkeley, University of California Press.

–, « Methodological reflections on linguistic theory », 1972, *in* Davidson, D. & Harman, G. (éd.), 1972, *Semantics of Natural Language*, Dordrecht, Reidel.

–, *Pursuit of Truth*, Cambridge, Mass., Harvard University Press, 1990.

Rey, G., « Chomsky, intentionality and a CRTT », *in* Antony, L.M. & Hornstein, N. (éd.) *Chomsky and his Critics*, Oxford, Blackwell, 2002.

Searle, J., *The Rediscovery of the Mind*, Cambridge, Mass., MIT Press, 1992.

Soames, S., « Semantics and semantic competence », *Philosophical Perspectives*, n° 3, 1989, p. 575-596.

Spelke, E. S., « The origins of physical knowledge », 1988, *in* Weiskrantz, L. (éd.), *Thought Without Language*, Oxford, Oxford University Press, 1988.

Sperber, D. et Wilson, D., *Relevance, Communication and Cognition*, Cambridge, Mass. Harvard University Press, 1986.

Stone, T. et Davies, M., « Chomsky amongst the philosophers », *Mind and Language*, n° 17, 3, 2002, p. 276-289.

Usberti, G., « Internalism and anti-realism : a proposal », Miméo, 2002.

Weiskrantz, L., *Consciousness Lost and Found*, Oxford, Oxford University Press, 1997.

# Problèmes et mystères dans l'étude du langage humain

**Noam Chomsky**

J'aimerais distinguer en gros entre deux types de discussion dans l'étude du langage et de la pensée : celles qui semblent se tenir dans les limites des démarches et des concepts que nous comprenons relativement bien – je les appellerai des « problèmes » ; et les autres qui nous restent pour l'instant aussi mystérieux que lorsqu'ils ont été formulés pour les premières fois – je les appellerai des « mystères ». La distinction reflète pour une part une appréciation subjective de ce qu'ont réalisé ou peuvent réaliser les approches actuelles. Les uns voient des mystères, de l'incohérence, de la confusion, là où la discussion me paraît à moi relativement claire et fructueuse, et *vice versa*.

Parmi les problèmes, je citerai : quels sont les types de structures cognitives développés par l'homme sur la base de ses expériences, et spécifiquement dans le cas de l'acquisition du langage ? Quelle est la base de l'acquisition du langage et de ces structures, et comment se développent-elles ? Sans préjuger des résultats de l'analyse, nous pouvons dire que les hommes sont doués d'un système inné d'organisation intellectuelle, que j'appellerai « état initial » de la pensée. Par l'interaction avec l'environnement et les processus de maturation, la pensée passe par une série d'états où sont représentées les structures cognitives. Dans le cas du langage, il est clair qu'à une étape primitive un grand nombre de changements rapides ont lieu, et qu'ensuite « un état stable » est atteint, qui subit ensuite peu de modifications. En faisant abstraction de ces dernières, nous pouvons l'appeler l'« état final » de la pensée, où la connaissance de la langue serait représentée. Nous pouvons élaborer des hypothèses sur les états, initial et final, puis les valider, les rejeter ou les raffiner par les méthodes désormais familières. En principe, nous pourrions continuer en analysant les réalisations physiques de l'état initial et de l'état final, ainsi que les processus impliqués dans les passages d'un stade à un autre.

Dans ces domaines, il y a encore beaucoup de choses que l'on ignore. En ce sens, il y a beaucoup de mystères. Mais nous voyons de quel problème il s'agit, et nous pouvons progresser en posant un certain nombre de questions au fur et à mesure, sûrs que nous savons ce que nous sommes en train de faire.

D'un autre côté, lorsque nous abordons des problèmes comme celui de la cause des comportements, il me semble qu'aucun progrès n'a été fait, que nous sommes tout autant dans le noir que par le passé, et qu'il nous manque un certain nombre d'intuitions fondamentales.

En gros, lorsque nous traitons des structures cognitives – que ce soit pour la période de maturité ou pour l'état initial de la connaissance et des croyances –, nous avons affaire à des problèmes, et non à des mystères. Lorsque nous nous demandons quel usage font les hommes des structures cognitives, comment et pourquoi ils font les choix qu'ils font, ou se comportent comme ils le font, il y a beaucoup de choses que nous pouvons dire par intuition, et en tant que nous sommes nous-mêmes des hommes, mais peu en tant que scientifiques. Ce que j'ai appelé ailleurs l'« aspect créateur du langage » reste un mystère, comme il l'était pour les cartésiens qui en ont discuté, partiellement, dans le contexte des « autres formes d'intelligence ». Certains ne s'accorderaient pas avec une telle évaluation de l'état actuel de nos connaissances. Je ne propose pas de discuter ce point ici, mais plutôt de passer à des problèmes accessibles à l'investigation.

# IV

# POLITIQUE : THÉORIE ET PRATIQUE

# Les médias : une analyse institutionnelle

**Noam Chomsky**

*Ce texte reprend des extraits du premier chapitre de Noam Chomsky,* Understanding Power, The Indispensable Chomsky, *édité par Peter R. Mitchell et John Schoeffel (New York, The New Press, 2002). Ce livre, qui est une introduction très facile aux idées de Chomsky, est publié en français en trois volumes par les éditions Aden (Bruxelles) sous le titre* Comprendre le pouvoir. *Nous remercions les éditions Aden de nous avoir autorisés à publier ces extraits. Le livre est basé sur des discussions de Chomsky avec des personnes anonymes, lors de séminaires tenus en 1989 et 1990 avec des militants, et qui sont simplement désignées par « lui » ou « elle ». Ce qui fait l'originalité du livre, c'est que le style de Chomsky y est très simple et direct.*

Les éditeurs

Ainsi, ce que font les médias, c'est prendre l'ensemble des postulats qui expriment les idées fondamentales du système de propagande, que ce soit à propos de la guerre froide ou du système économique ou de « l'intérêt national », etc., et de présenter alors un espace de débat *à l'intérieur* de ce cadre : ainsi le débat ne fait qu'augmenter la force des postulats, en les incrustant dans l'esprit des gens comme s'ils constituaient le spectre tout entier des opinions possibles. Alors vous voyez, dans notre système, ce que vous pourriez appeler « la propagande d'État » n'est pas exprimée comme telle, comme ce serait le cas dans une société totalitaire : mais c'est plutôt implicite, c'est présupposé, ça fournit le cadre des débats entre les gens qui sont admis dans la discussion dominante.

En fait, la nature du système occidental d'endoctrinement n'est typiquement pas comprise par les dictateurs : ils ne comprennent pas à quoi sert un « débat critique » qui incorpore les postulats des doctrines officielles et qui, du coup, marginalise et élimine toute discussion critique authentique et rationnelle. Dans ce qu'on a parfois appelé « le lavage de cerveau dans la liberté », les critiques, ou au moins les « critiques responsables » apportent une contribution majeure à la cause de l'endoctrinement, en enfermant le débat dans des limites acceptables : c'est pourquoi ils sont tolérés et en fait même honorés.

**Lui :** *Mais que sont exactement ces « filtres » qui créent cette situation, comment peut-il se faire que les positions vraiment contestataires soient éliminées des médias ?*

Eh bien, d'abord, il y a différentes couches et différents composants dans les médias américains : le *National Enquirer* que vous trouvez dans un supermarché n'est pas la même chose que le *Washington Post*, par exemple. Mais si vous voulez parler de la présentation des nouvelles et des informations, la structure de base repose sur ce qu'on appelle parfois des médias qui fixent l'ordre du jour : il y a un certain nombre de médias principaux qui finissent par installer un cadre de base auquel des médias de moindre importance doivent plus ou moins s'adapter. Les plus grands médias ont les ressources essentielles et les plus petits médias répartis dans le pays sont bien obligés de prendre le cadre présenté par les grands et de s'y adapter ; parce que si les journaux de Pittsburgh ou de Salt Lake City veulent s'informer sur, disons, l'Angola, très peu d'entre eux pourront se permettre d'envoyer leurs propres correspondants, d'avoir leurs propres analystes et ainsi de suite.

Alors, si vous regardez ces grands médias, ils ont en commun certains traits cruciaux. Tout d'abord, les institutions qui fixent l'ordre du jour sont de grandes sociétés ; en fait, ce sont des mégasociétés, très rentables et, pour la plupart, elles sont aussi rattachées à des conglomérats encore plus importants. Et comme les autres sociétés, elles ont un produit à vendre et un marché où elles veulent le vendre : le produit, ce sont leurs lecteurs et le marché, ce sont les annonceurs. Donc, la structure économique d'un journal, c'est qu'il vend des lecteurs à d'autres entreprises. Voyez-vous, ils n'essaient pas vraiment de vendre des journaux à des gens : en fait, très souvent, un journal qui a des problèmes financiers va essayer de diminuer ses ventes et d'atteindre un lectorat de plus haut niveau, parce que cela augmente les tarifs de la publicité. Donc, ce qu'ils font, c'est de vendre un public à d'autres entreprises et des médias qui déterminent l'agenda, comme le *New York Times* et le *Washington Post* et le *Wall Street Journal*, vendent en fait des audiences d'élite, très privilégiées, aux autres entreprises : en grande majorité, leurs lecteurs sont membres de ce qu'on appelle la « classe dirigeante », celle qui prend les décisions dans notre société. Bon, imaginez que vous êtes un Martien intelligent qui observe ce système. Ce que vous voyez, ce sont de grandes entreprises qui vendent des lecteurs relativement privilégiés des classes dirigeantes à d'autres entreprises. Maintenant, demandez-vous quelle image du monde on doit s'attendre à voir sortir de ce système ? Eh bien, une réponse plausible est la suivante : une image qui met en avant les points de vue et les perspectives politiques qui satisfont les besoins, les intérêts et les vues des acheteurs, des vendeurs et du marché. Je veux dire qu'il serait bien étonnant que *cela ne soit pas le cas.* Alors, je n'appelle pas ceci une « théorie » ou quoi que ce soit de ce genre, c'est pratiquement juste une observation. Ce que Ed Herman et moi-même avons appelé le « modèle de la propagande » dans notre livre sur les médias [1] est en fait juste une sorte de truisme : il dit seulement que l'on s'attendrait à ce que les institutions travaillent dans leur propre intérêt, parce que autrement elles ne pourraient pas fonctionner bien longtemps. Je pense donc que le « modèle de la propagande » n'est principalement utile que comme un outil pour nous aider à penser les médias : ce n'est vraiment rien de plus profond que cela.

## Mise à l'épreuve du « modèle de la propagande »

**Elle :** *Pourriez-vous nous donner un petit résumé de la façon dont vous avez employé cet outil ?*

Eh bien, essentiellement, dans *Manufacturing Consent*, ce que nous faisions, c'était de contraster deux modèles : comment les médias *devraient* fonctionner et comment ils *fonctionnent* en fait. Le premier modèle est celui qui est plus ou moins conventionnel : c'est ce à quoi le *New York Times* se référait récemment dans une critique de livre sous le nom de « rôle traditionnel jeffersonien des

1. *Manufacturing Consent [La Fabrique de l'opinion publique]*, Paris, Le Serpent à plumes, 2003.

médias comme contrepoids au gouvernement » ; en d'autres mots, une presse querelleuse, obstinée, omniprésente, qui doit bien être tolérée par ceux qui sont aux commandes pour préserver le droit de savoir des gens et pour aider la population à exercer sur le processus politique un contrôle significatif. C'est la conception standard des médias aux États-Unis et c'est ce que la plupart des gens dans les médias eux-mêmes considèrent comme acquis. La conception alternative, c'est que les médias présentent une image du monde qui défend et inculque les agendas économique, social et politique des groupes privilégiés qui dominent l'économie et qui, par conséquent, contrôlent largement aussi le gouvernement. Selon ce « modèle de la propagande », les médias servent leur but social par des choses telles que la façon dont ils sélectionnent les thèmes, distribuent leurs inquiétudes, cadrent les sujets, filtrent les informations, centrent leurs analyses, par l'emphase, le ton et toute une gamme d'autres techniques comme cela.

Maintenant, je devrais faire remarquer que rien de tout cela ne prétend dire que les médias seront toujours d'accord avec la politique de l'État à tout moment. Comme le contrôle du gouvernement se déplace de-ci de-là entre divers groupes de l'élite de notre société, quel que soit le segment du monde des affaires qui puisse contrôler le gouvernement à un moment donné, il ne reflète qu'une partie du spectre politique de l'élite, à l'intérieur duquel il y a parfois des désaccords tactiques. Ce que le « modèle de la propagande » prédit en réalité, c'est que l'entièreté de cette gamme de perspectives élitaires sera reflétée dans les médias : mais en fait, il n'y aura essentiellement rien qui aille au-delà.

D'accord, comment prouver cela ? C'est un sujet vaste et complexe, mais permettez-moi de souligner seulement quatre observations de base pour commencer, et puis nous pourrons aller plus en détail si vous le souhaitez. Le premier point, c'est que le « modèle de la propagande » a en réalité une bonne quantité de défenseurs à l'intérieur de l'élite. En fait, il existe une tradition très significative parmi l'élite des penseurs démocratiques occidentaux qui soutient que les médias et la classe intellectuelle en général *devraient* remplir une fonction de propagande : ils sont censés marginaliser la population générale en contrôlant ce qu'on appelle « l'opinion publique ». Cette idée a probablement été le thème dominant de la pensée démocratique anglo-américaine durant plus de trois cents ans et elle est toujours d'actualité. On peut faire remonter cette réflexion à la première grande révolution populaire démocratique en Occident, la guerre civile anglaise dans les années 1640 [un conflit armé entre les tenants du Roi et ceux du Parlement pour le contrôle sur l'Angleterre entre 1642 et 1648].

Voyez-vous, dans la guerre civile anglaise, les élites des deux camps – d'un côté l'aristocratie terrienne et la classe montante des marchands, qui appuyaient le Parlement, et de l'autre les royalistes qui représentaient des groupes élitaires plus traditionnels – étaient très inquiètes de tout ce ferment populaire qui commençait à se développer dans le contexte de la lutte entre les élites. Je veux dire qu'il y avait des mouvements populaires qui bourgeonnaient et remettaient tout en question, la relation entre maître et valet, le droit d'autorité lui-même ; il y avait beaucoup de publications radicales, parce que l'imprimerie avait tout juste été inventée, etc. Et les élites des deux camps s'inquiétaient beaucoup de voir la population générale qui soudain commençait à échapper à tout contrôle. Comme ils le disaient, les gens deviennent « si curieux et arrogants qu'ils n'auront jamais l'humilité nécessaire pour se soumettre à une loi civile ». De sorte que le roi aussi bien que le Parlement perdaient leur capacité de contrainte et ils devaient réagir à cela.

Eh bien, la première chose qu'ils essayèrent, ce fut de réintroduire la capacité de contrainte : il y eut un temps un pouvoir absolutiste et puis le roi fut restauré [Charles II retrouva son trône en 1660 après plusieurs années de gouvernement par l'administration militaire d'Oliver Cromwell]. Mais ils ne purent tout rétablir ni retrouver le contrôle total ; et une grande part de ce qui avait fait l'objet du combat des mouvements populaires commença à se tailler tout doucement un chemin, avec le développement de la démocratie politique britannique [notamment en 1689, la monarchie constitutionnelle fut établie et la loi sur les droits des citoyens fut adoptée]. Et depuis lors, chaque fois que des mouvements populaires ont réussi à faire fondre quelque peu le pouvoir, il y a eu parmi les élites occidentales une prise de conscience croissante du fait que, si l'on commence à perdre le pouvoir de contrôler le peuple par la force, il faut commencer à contrôler ses pensées. Et aux États-Unis, cette prise de conscience a atteint son sommet.

Au XXe siècle, il y a donc un courant de pensée américain majeur – en fait, c'est probablement le courant dominant chez les gens qui réfléchissent à ces choses, spécialistes des sciences politiques, journalistes, experts en relations publiques, etc. – selon lequel précisément puisque l'État a perdu son pouvoir de coercition, les élites ont besoin d'une propagande plus efficace pour contrôler l'opinion publique. C'était par exemple le point de vue de Walter Lippmann, pour mentionner celui qui est sans doute le doyen des journalistes américains, qui considérait la population comme un « troupeau désorienté » : nous devons nous protéger, disait-il, de « la rage et du piétinement du troupeau désorienté ». Et la façon de le faire, disait Lippmann, c'était par ce qu'il appelait « la fabrication du consensus », si on ne peut pas le faire par la force, il faut le faire par « la fabrication du consensus » constituée à cet effet.

Déjà, dans les années 1920, le principal manuel de l'industrie des relations publiques avait réellement pour titre « Propaganda » (en ce temps-là, les gens étaient un peu plus honnêtes). Il commence en disant quelque chose comme ceci : la manipulation consciente et intelligente des habitudes organisées et des opinions des masses est une caractéristique centrale d'un système démocratique, c'est pratiquement dit comme cela. Et ensuite, il dit que la tâche des « minorités intelligentes » est de réaliser cette manipulation des attitudes et des opinions des masses. Et c'est vraiment la doctrine principale de la pensée intellectuelle libérale-démocrate moderne : si on ne peut plus contrôler le peuple par la force, on a besoin d'un meilleur endoctrinement.

Bon, voilà le premier point à propos du « modèle de la propagande », qui a traditionnellement été soutenu et défendu par une partie substantielle de la tradition intellectuelle d'élite. Le deuxième point, que j'ai déjà mentionné, c'est que le « modèle de la propagande » est en quelque sorte plausible *a priori* : si on regarde leur structure institutionnelle, *il faut s'attendre* à ce que les entreprises de médias remplissent une fonction de propagande dans une société dominée par les affaires comme la nôtre. Un troisième point est que le grand public tend en réalité à accepter les caractéristiques de base du « modèle de la propagande ». Donc, contrairement à ce que l'on dit d'habitude, si on examine les résultats des sondages d'opinion, la plupart des gens pensent que les médias sont trop conformistes et trop serviles à l'égard du pouvoir : c'est bien différent de l'image que les médias ont d'eux-mêmes, mais c'est manifestement l'image que le public se fait d'eux.

Eh bien, à partir de ces trois observations initiales – le plaidoyer des élites, la plausibilité *a priori* et la perspective du public – on pourrait au moins tirer une conclusion : que le « modèle de la propagande » mériterait de faire partie du *débat* actuel sur le fonctionnement des médias. Vous imagineriez que cela ferait assez de raisons pour qu'on l'aborde dans les discussions que vous entendez souvent sur le rôle des médias, n'est-ce pas ? Et pourtant, ça ne fait jamais partie de la discussion : le « débat » tourne toujours autour de la question de savoir si les médias sont trop extrêmes dans leurs attaques contre l'autorité et leur critique du pouvoir, ou s'ils remplissent simplement leur « rôle jeffersonien traditionnel » de contrôle du pouvoir. Cette autre position, qui dit qu'il n'y a pas de « rôle jeffersonien traditionnel » et que les médias, comme la communauté intellectuelle en général, sont essentiellement inféodés au pouvoir, ne fait en aucun cas partie de la discussion. Et il y a une très bonne raison pour cela, parce qu'une discussion du « modèle de la propagande » serait elle-même contraire aux intérêts des institutions et donc la discussion est simplement exclue. Le « modèle de la propagande » *prédit* en fait qu'il ne sera pas discutable dans les médias.

Alors bon, voilà pour les trois premières observations. La quatrième concerne la validité empirique du « modèle de la propagande » et c'est bien entendu le cœur du sujet. Le « modèle de la propagande » est-il exact dans sa description ? Est-il vrai que les médias remplissent le « rôle jeffersonien traditionnel », ou suivent-ils plutôt le « modèle de la propagande » ?

Eh bien si vous voulez répondre à cette question par vous-même, vous devez faire beaucoup de recherches et examiner une énorme quantité de documentation sur la question. Mais juste pour vous donner une sorte de schéma pour faire cela, en parlant de méthodologie, la première façon dont nous avons mis à l'épreuve le modèle dans *Manufacturing Consent*, c'était de le soumettre à ce qui est vraiment le plus dur des tests possibles : nous avons laissé ses contradicteurs choisir leur terrain. Voyez-vous, si vous ne faites pas cela, un critique peut toujours vous attaquer en disant : « Bon, vous choisissez seulement des exemples qui fonctionnent. » Parfait, alors vous laissez aux adversaires le choix de leur terrain : vous prenez les cas que les gens de l'autre bout du spectre pointent du doigt pour montrer que les médias vont trop loin dans leurs attaques contre l'autorité, vous prenez les exemples *qu'eux* choisissent pour démontrer *leur* thèse – comme la guerre du Vietnam, ou le Watergate, ou d'autres cas de ce genre – et vous examinez ces cas pour voir s'ils suivent le « modèle de la propagande ». C'est donc ce que nous avons fait d'abord : nous avons laissé les contradicteurs choisir leur terrain, en sorte qu'il ne soit pas question d'avoir pris un mauvais échantillon ou quoi que ce soit de ce genre. Et le résultat a été que, même en laissant aux adversaires le choix du terrain, on obtient encore une très bonne confirmation du « modèle de la propagande ».

Une autre chose que nous avons faite, c'est de documenter la gamme des opinions permises dans les médias, simplement pour découvrir ce qu'étaient vraiment les limites de la pensée exprimable dans les médias dominants. Nous avons examiné en détail des exemples historiques cruciaux. Nous avons étudié le traitement par les médias de paires d'exemples très proches : l'histoire ne construit pas d'expériences contrôlées pour vous, mais il y a de nombreux événements historiques qui peuvent être plus ou moins appariés et il est alors possible de comparer comment les médias les ont traités. Ainsi avons-nous examiné la couverture médiatique des atrocités commises par des États ennemis et comparé avec celle d'atrocités qui étaient plus ou moins à la même échelle, mais dont les États-Unis étaient responsables. Nous avons comparé la couverture des élections dans les États ennemis et dans les États clients. Nous avons regardé le traitement des problèmes de liberté de la presse dans les États officiellement ennemis et dans les États clients. Et il y a beaucoup d'autres thèmes que nous avons également analysés.

Donc nous avons étudié un grand nombre de cas, de tous les points de vue méthodologiques que nous avons été capables d'imaginer, et tous viennent appuyer le « modèle de la propagande ». Et maintenant, il y a des milliers de pages du même genre de documents qui confirment les thèses que nous avançons, dans des livres et des articles d'autres auteurs aussi et, en fait, je me risquerais à parier que le « modèle de la propagande » est l'une des thèses les mieux validées des sciences sociales. En fait, il n'y a pas eu de mise en cause sérieuse du tout, que je sache. Mais tout cela est non pertinent dans la culture dominante et le fait est que tout cela restera non pertinent, même si le niveau de démonstration devait dépasser de loin tout ce qui s'est vu dans les sciences sociales. En réalité, même si on pouvait faire la démonstration au niveau de rigueur atteint en physique, cela resterait toujours non pertinent dans les institutions dominantes. Et la raison en est que le « modèle de la propagande » est en fait valide et il prédit qu'il sera non pertinent – et en réalité même pas compréhensible dans la culture de l'élite – aussi bien démontré qu'il soit. Et c'est parce que, ce qu'il révèle, mine des institutions idéologiques très efficaces et utiles, de sorte qu'il les dessert et, par conséquent, il sera éliminé. [...]

Le point principal n'est donc pas la suppression totale de l'information par les médias : c'est rare, bien que cela existe certainement. Le point principal, c'est la mise en forme de l'histoire, la sélection, l'interprétation qui a lieu. Pour ne donner qu'une illustration, je doute qu'aucun récit ait jamais reçu une couverture aussi fanatique que celui du vol 007 de Korean Airlines abattu par les Russes en 1983 : c'était présenté comme une preuve certaine que les Russes étaient les pires des barbares depuis Attila et que, par conséquent, nous devions installer des missiles en Allemagne, monter d'un cran dans la guerre contre le Nicaragua, et ainsi de suite. Eh bien, pour le seul mois de septembre 1983, l'index du *New York Times*, vous savez, cet index très touffu des articles parus dans le *Times*, avait sept pages entières consacrées à cette affaire. Ça, c'est l'*index* et pour un mois seulement. Le *Boston Globe*, libéral, avait je crois, le premier jour, ses dix premières pages entièrement consacrées à l'affaire et à rien d'autre. Je n'ai pas vérifié, mais je doute que même le déclenchement de la Seconde Guerre mondiale ait été traité aussi abondamment.

D'accord, il y a eu d'autres événements qui se sont produits au milieu de toute cette fureur à propos du vol de KAL, par exemple le *Times* a consacré une centaine de mots, mais pas de commentaires, au fait suivant : l'UNITA, que l'on appelait les « combattants de la liberté » en Angola, soutenus par les États-Unis et l'Afrique du Sud, s'est attribué le mérite d'avoir abattu un avion civil angolais, avec 126 tués. Mais il n'y avait pas d'ambiguïté dans ce cas-ci : l'avion n'était pas hors de sa route, il n'y avait pas de R.C.-135 pour compliquer les choses [le vol 007 des KAL avait quitté sa route avant de pénétrer dans l'espace aérien soviétique et un avion-espion R.C.-135 de l'US Air Force avait patrouillé dans la zone, plus tôt, dans la même journée]. Cela n'était rien d'autre qu'un massacre prémédité et cela a mérité une centaine de mots sans autre commentaire. Quelques années auparavant, en octobre 1976, un avion de ligne cubain avait été attaqué à la bombe par des terroristes soutenus par la CIA, tuant 73 civils. Quelle couverture y a-t-il eu pour cela ? En 1973, Israël avait abattu un avion civil perdu dans une tempête de sable au-dessus du canal de Suez : 110 personnes tuées. Il n'y eut pas de protestation, uniquement des commentaires éditoriaux pour dire – je cite le *Times* – comment « un débat enflammé sur l'attribution des responsabilités ne serait d'aucune utilité ». Quatre jours plus tard, Golda Meir [le Premier ministre israélien] arrivait aux États-Unis et la presse ne lui posa que peu de questions embarrassantes : en fait, elle est rentrée chez elle avec de nouveaux cadeaux sous la forme d'avions militaires. Si on remonte à 1955, un avion d'Air India qui transportait la délégation chinoise à la Conférence de Bandung explosa en l'air au cours de ce que la police de Hongkong appela « un massacre massif soigneusement organisé » ; un déserteur américain prétendit plus tard qu'il avait placé la bombe sur ordre de la CIA. En juillet 1988, le navire de guerre *Vincennes* abattit un avion de ligne iranien dans un couloir aérien commercial au large des côtes de l'Iran, et il y eut 290 personnes tuées ; et cela pour démontrer la viabilité de son système high-tech de missile, selon le commandant David Carlson de l'US Navy {la Marine américaine}, qui suivait l'opération depuis un navire proche et qui raconta qu'il s'était « exclamé à haute voix qu'il n'en croyait pas ses yeux ». Aucun de ces événements ne fut tenu pour preuve d'une quelconque « barbarie » et en réalité, tous ont été rapidement oubliés.

Bon, on pourrait proposer de tels exemples par milliers et beaucoup de gens, moi-même y compris, l'ont fait dans des publications. Ce sont les voies par lesquelles on donne forme à l'histoire dans l'intérêt de ceux qui ont le pouvoir : et c'est le genre de choses que j'essaie de dire à propos de la presse. L'information est parfois *rapportée*, mais les médias ne la mettent pas en évidence. [...]

## Sur le Vietnam

Jetons un coup d'œil aussi au cas d'Anthony Lewis, ce type qui était certainement l'éditorialiste le plus critique du *Times*. Si vous examinez ce qu'il a écrit durant la guerre, vous apprendrez réellement quelque chose sur les mouvements pacifistes, et aussi sur nous-mêmes parce que nous considérions en fait Anthony Lewis comme notre allié. Rappelons-nous ce qui s'est passé. La période la plus difficile du mouvement pacifiste fut celle de 1964 jusqu'à 1967. En février 1968, le monde américain des affaires avait pris une position hostile à la guerre : la raison en était que l'offensive du Têt avait eu lieu à la fin de janvier. Fin janvier 1968, il y avait eu cette immense insurrection populaire dans toutes les villes du Sud-Vietnam ; c'était une affaire complètement sud-vietnamienne, rappelez-vous, ce n'étaient pas les Nord-Vietnamiens qui menaient cela. Et au début de février 1968, il était devenu évident pour quiconque avait la tête sur les épaules qu'il s'agissait précisément d'un mouvement populaire massif. Je veux dire que jamais les forces américaines à Saïgon ne furent même *informées* que les troupes du Viet-cong infiltraient la ville, personne ne leur a jamais dit cela. Et tout cela était simultané et coordonné, c'était exactement un immense soulèvement populaire, on n'a jamais rien vu de pareil dans l'histoire.

Eh bien, vous savez, les gens qui se préoccupent de leur argent, de leurs biens et ainsi de suite, ont réalisé que cette guerre ne faisait qu'envoyer de l'argent dans un puits sans fond, et qu'il faudrait un énorme effort pour écraser cette révolution. Or à ce moment-là, l'économie américaine commençait réellement à souffrir. C'est en fait là le grand succès du mouvement pacifiste : il fit du tort à l'économie américaine. Ce n'est pas une blague. Le mouvement pacifiste a rendu impossible la déclaration d'une mobilisation nationale pour la guerre : il y avait trop de dissidences et de contradictions, on ne pouvait plus faire comme pendant la Seconde Guerre mondiale, par exemple, quand toute la population fut mobilisée pour la guerre.

Voyez-vous, si on avait pu le faire, alors la guerre du Vietnam aurait été excellente pour l'économie, comme le fut la Seconde Guerre mondiale dans les années 1940, un véritable remontant. Mais on ne pouvait pas, il fallait mener une guerre purement déficitaire, ce qu'on appelle une guerre avec « les canons et le beurre ». Et le résultat, c'est que nous avons eu le début d'une stagflation [inflation sans expansion simultanée de l'économie] et l'affaiblissement du dollar américain, tandis que nos principaux concurrents économiques, l'Europe et le Japon, commençaient à empocher d'énormes profits comme producteurs à l'étranger pour la guerre : bref, la guerre avait modifié l'équilibre économique du pouvoir entre les États-Unis et ses principaux rivaux industriels. Eh bien, le monde américain des affaires a été capable de comprendre cela, il a vu ce qui se passait, et lorsque l'offensive du Têt est arrivée et qu'il fut clair que réprimer cette révolution serait un gros problème, l'Amérique des affaires se retourna contre la guerre.

De plus, ils s'inquiétaient, et beaucoup, à propos de ce qui se passait dans le pays. Voyez-vous, c'est à ce sujet que nous avons des documents secrets rendus publics et très éclairants. Si vous examinez la dernière partie des Papiers du Pentagone, par exemple, la partie qui concerne les semaines suivant l'offensive du Têt, les gros bonnets militaires américains se disaient inquiets d'envoyer davantage de troupes au Vietnam, parce qu'ils craignaient qu'il ne leur reste pas suffisamment de troupes pour ce qu'ils appelaient « le contrôle des désordres civils » dans la métropole : ils craignaient qu'une révolution n'éclate s'ils continuaient à intensifier la guerre. Et ils parlaient des problèmes : la jeunesse, les femmes, les minorités ethniques, tous ces groupes commençaient à s'impliquer dans les protestations.

Et en réalité, il y avait ici aussi un autre facteur que je devrais signaler : l'armée américaine tombait en morceaux. Rappelez-vous, c'était une armée de citoyens, et c'était la première fois dans l'histoire qu'une armée de citoyens était employée à une guerre coloniale : et cela ne fonctionne pas. Je veux dire qu'on ne peut pas prendre des enfants dans la rue et en faire des tueurs professionnels en quelques mois : pour une chose pareille, il faut des nazis comme la Légion étrangère française [une armée d'étrangers qui fut utilisée pour combattre dans les colonies françaises], ou des paysans qu'on mobilise, à qui on donne des armes et qu'on transforme en tueurs froids, comme les Contras, disons. C'est comme cela que tous les pouvoirs impériaux dans l'histoire ont conduit leurs empires. Mais les États-Unis ont essayé de le faire avec une armée de citoyens et en 1968, elle s'écroulait déjà : drogues, absence de discipline, meurtres d'officiers. Et tout cela était aussi un reflet du mouvement populaire en métropole : c'est une culture de la jeunesse, après tout, et les gars qui partaient à l'armée n'étaient pas tellement différents de ceux qui au pays s'impliquaient dans les divers mouvements. Donc l'armée américaine s'écroulait, et les grosses légumes du Pentagone n'aimaient pas cela : ils voulaient en fait que l'armée se retire.

Bien, revenons au *New York Times*. Pendant tout ce temps, le *New York Times* n'a pas émis une seule critique contre la guerre : rien. Anthony Lewis est un indicateur, parce qu'il était leur critique le plus pointu. Plus d'un an après l'offensive du Têt, mi-1969, il était le chef du bureau du *Times* à Londres et à ce moment, il ne voulait même pas parler aux gens des mouvements pacifistes américains. Je m'en souviens personnellement. J'étais à Oxford au printemps 1969 comme conférencier de la chaire John Locke et j'étais interrogé sur la guerre partout dans les médias britanniques. Certains des groupes antiguerre britanniques essayèrent d'organiser juste une discussion privée entre Anthony Lewis et moi, mais il ne voulut pas, disant qu'il ne parlerait à personne qui soit lié à ce mouvement pacifiste. Et cela ne se passait même pas aux États-Unis mais en *Angleterre*, où les pressions et le climat politique étaient différents. Finalement, vers la fin de 1969, il commença à écrire des articles modérément critiques sur la guerre. Il alla ensuite au Nord-Vietnam et découvrit que les bombes font vraiment mal : vous vous promenez à Haiphong, vous voyez beaucoup d'immeubles détruits, des gens déchirés, grosse surprise. À ce moment, Anthony Lewis se mit à écrire des articles critiques sur la guerre, mais souvenez-vous que c'était environ un an et demi après que l'Amérique des affaires s'était retournée contre la guerre.

Prenez maintenant le massacre de My Lai [où 504 civils Vietnamiens non armés furent abattus par une unité de l'armée américaine en mars 1968], qui devint un sujet important aux États-Unis. Quand ? My Lai devint un sujet important en novembre 1969 : c'est un an et demi après que le massacre avait eu lieu, et environ un an et demi après que l'Amérique des affaires s'était retournée contre la guerre. Et bien sûr, My Lai était une banalité telle que le mouvement pacifiste fut au courant immédiatement et n'en parla même pas. Ainsi, les Quakers dans la province de Quang Ngai où cela se passa [et où ils travaillaient avec l'American Friends Service Commitee] ne se donnèrent pas la peine de le rapporter, parce que le même genre de choses se passait partout.

# De la nature humaine. Justice contre pouvoir

**Noam Chomsky**
**entretien avec Michel Foucault**

*[…]* F. Elders : *Passons maintenant à la seconde partie de la discussion, la politique. Je voudrais d'abord demander à M. Foucault pourquoi il s'intéresse autant à la politique, qu'il préfère, m'a-t-il dit, à la philosophie ?*

M. Foucault : Je ne me suis jamais occupé de philosophie. Mais ce n'est pas le problème.

Votre question est : pourquoi est-ce que je m'intéresse autant à la politique ? Pour vous répondre très simplement, je dirais : pourquoi ne devrais-je pas être intéressé ? Quelle cécité, quelle surdité, quelle densité d'idéologie auraient le pouvoir de m'empêcher de m'intéresser au sujet sans doute le plus crucial de notre existence, c'est-à-dire la société dans laquelle nous vivons, les relations économiques dans lesquelles elle fonctionne, et le système qui définit les formes régulières, les permissions et les interdictions régissant régulièrement notre conduite ? L'essence de notre vie est faite, après tout, du fonctionnement politique de la société dans laquelle nous nous trouvons.

Aussi je ne peux pas répondre à la question pourquoi je devrais m'y intéresser ; je ne peux que vous répondre en vous demandant pourquoi je ne devrais pas être intéressé.

F. ELDERS : *Vous êtes obligé de vous y intéresser, c'est cela ?*

M. FOUCAULT : Oui, du moins, il n'y a rien de bizarre à cela qui mérite une question ou une réponse. Ne pas s'intéresser à la politique, cela serait un vrai problème. Au lieu de me poser cette question, posez-la à quelqu'un qui ne se préoccupe pas de politique. Alors vous aurez le droit de vous écrier : « Comment, cela ne vous intéresse pas ? »

F. ELDERS : *Oui, peut-être. Monsieur Chomsky, nous désirons tous vivement connaître vos objectifs politiques, particulièrement en relation avec votre célèbre anarchosyndicalisme ou, comme vous l'avez défini vous-même, votre socialisme libertaire. Quels en sont les buts essentiels ?*

N. CHOMSKY : Je résisterai à l'envie de répondre à votre précédente question, si intéressante, et je m'en tiendrai à celle-ci.

Je vais d'abord me référer à un sujet que nous avons déjà évoqué, c'est-à-dire, si je ne me trompe, qu'un élément fondamental de la nature humaine est le besoin de travail créatif, de recherche créatrice, de création libre sans effet limitatif arbitraire des institutions coercitives ; il en découle ensuite bien sûr qu'une société décente devrait porter au maximum les possibilités de réalisation de cette caractéristique humaine fondamentale. Ce qui signifie vaincre les éléments de répression, d'oppression, de destruction et de contrainte qui existent dans toute société, dans la nôtre par exemple, en tant que résidu historique.

Toute forme de coercition, de répression, de contrôle autocratique d'un domaine de l'existence, par exemple la propriété privée d'un capital, ou le contrôle de l'État sur certains aspects de la vie humaine, toute restriction imposée à une entreprise humaine peut être justifiée si elle doit l'être uniquement en fonction d'un besoin de subsistance, d'une nécessité de survie, ou de défense contre un sort horrible ou quelque chose de cet ordre. Elle ne peut être justifiée intrinsèquement. Il faut plutôt l'éliminer.

Je pense que, du moins dans les sociétés occidentales technologiquement avancées, nous pouvons éviter les besognes ingrates, inutiles et, dans une certaine proportion, partager ce privilège avec la population ; le contrôle autocratique centralisé des institutions économiques – j'entends aussi bien le capitalisme privé que le totalitarisme d'État ou les différentes formes mixtes de capitalisme d'État qui existent ici ou là – est devenu un vestige destructeur de l'histoire.

Tous ces vestiges doivent être éliminés en faveur d'une participation directe sous la forme de conseils de travailleurs ou d'autres libres associations que les individus constituent eux-mêmes dans le cadre de leur existence sociale et de leur travail productif.

Un système fédéré, décentralisé de libres associations, incorporant des institutions économiques et sociales, constituerait ce que j'appelle l'anarchosyndicalisme ; il me semble que c'est la forme appropriée d'organisation sociale pour une société technologique avancée, dans laquelle les êtres humains ne sont pas transformés en instruments, en rouages du mécanisme. Aucune nécessité sociale n'exige plus que les êtres humains soient traités comme des maillons de la chaîne de production ; nous devons vaincre cela par une société de liberté et de libre association, où la pulsion créatrice inhérente à la nature humaine pourra se réaliser pleinement de la façon qu'elle décidera.

De nouveau, comme M. Foucault, je ne vois pas comment un être humain pourrait ne pas s'intéresser à cette question.

F. ELDERS : *Croyez-vous, monsieur Foucault, que nous puissions qualifier nos sociétés de démocratiques, après avoir écouté la déclaration de M. Chomsky ?*

M. FOUCAULT : Non, je ne crois absolument pas que notre société soit démocratique.

Si on entend par démocratie l'exercice effectif du pouvoir par une population qui n'est ni divisée ni ordonnée hiérarchiquement en classes, il est parfaitement clair que nous en sommes très éloignés. Il est tout aussi clair que nous vivons sous un régime de dictature de classe, de pouvoir de classe qui s'impose par la violence, même quand les instruments de cette violence sont institutionnels et constitutionnels. Et à un degré où il n'est pas question de démocratie pour nous.

Bien. Quand vous m'avez demandé pourquoi je m'intéressais à la politique, j'ai refusé de répondre parce que cela me paraissait évident, mais peut-être votre question était-elle : de quelle manière vous intéressez-vous à la politique ?

Vous m'auriez posé cette question, ce que d'une certaine manière vous avez fait, je vous dirais alors que je suis beaucoup moins avancé dans ma démarche, je vais beaucoup moins loin que M. Chomsky. C'est-à-dire que j'admets n'être pas capable de définir ni à plus forte raison de proposer un modèle de fonctionnement social idéal pour notre société scientifique ou technologique.

En revanche, l'une des tâches qui me paraît urgente, immédiate, au-dessus de toute autre, est la suivante : nous devons indiquer et montrer, même lorsqu'elles sont cachées, toutes les relations du pouvoir politique qui contrôle actuellement le corps social, l'opprime ou le réprime.

Je veux dire ceci : c'est l'habitude, du moins dans la société européenne, de considérer que le pouvoir est localisé dans les mains du gouvernement et s'exerce grâce à un certain nombre d'institutions particulières comme l'Administration, la police, l'armée et l'appareil de l'État. On sait que toutes ces institutions sont faites pour élaborer et transmettre un certain nombre de décisions au nom de la nation ou de l'État, les faire appliquer et punir ceux qui n'obéissent pas. Mais je crois que le pouvoir politique s'exerce encore par l'intermédiaire d'un certain nombre d'institutions qui ont l'air d'être indépendantes de lui alors qu'elles ne le sont pas.

On sait cela à propos de la famille, de l'université et, d'une façon générale, de tout le système scolaire qui, en apparence, pour distribuer le savoir, est fait pour maintenir au pouvoir une certaine classe sociale et exclure des instruments du pouvoir toute autre classe sociale. Les institutions de savoir, de prévoyance et de soins, comme la médecine, aident aussi à soutenir le pouvoir politique. C'est évident à un point scandaleux dans certains cas liés à la psychiatrie.

Il me semble que, dans une société comme la nôtre, la vraie tâche politique est de critiquer le jeu des institutions apparemment neutres et indépendantes ; de les critiquer et de les attaquer de telle manière que la violence politique qui s'exerçait obscurément en elles soit démasquée et qu'on puisse lutter contre elles.

Cette critique et ce combat me paraissent essentiels pour différentes raisons : d'abord, parce que le pouvoir politique va beaucoup plus profond qu'on ne le soupçonne ; il a des centres et des points d'appui invisibles, peu connus ; sa vraie résistance, sa vraie solidité se trouve peut-être là où on ne l'attend pas. Peut-être ne suffit-il pas de dire que, derrière les gouvernements, derrière l'appareil d'État, il y a la classe dominante ; il faut situer le point d'activité, les places et les formes sous lesquelles s'exerce cette domination. Et parce que cette domination n'est pas simplement l'expression, en termes politiques, de l'exploitation économique, elle est son instrument, et dans une large mesure la condition qui la rend possible ; la suppression de l'une s'accomplit par le discernement exhaustif de l'autre. Si on ne réussit pas à reconnaître ces points d'appui du pouvoir de classe, on risque de leur permettre de continuer à exister et de voir se reconstituer ce pouvoir de classe après un processus révolutionnaire apparent.

N. CHOMSKY : Oui, je suis certainement d'accord avec cela, non seulement dans la théorie, mais aussi dans l'action. Il existe deux tâches intellectuelles : celle dont je parlais consiste à essayer de créer une vision d'une société future juste ; à créer une théorie sociale humanitaire fondée si possible sur un concept solide de l'essence de la nature humaine. C'est la première tâche.

La seconde consiste à comprendre clairement la nature du pouvoir, de l'oppression, de la terreur et de la destruction dans notre propre société. Cela inclut certainement les institutions que vous avez mentionnées, au même titre que les institutions centrales de toute société industrielle, à savoir les établissements économiques, financiers et commerciaux, et, dans la période à venir, les grandes multinationales qui, ce soir, ne sont pas très éloignées de nous (Philips à Eindhoven !).

Ce sont les institutions essentielles d'oppression, de coercition et de loi autocratique qui paraissent neutres malgré tout ce qu'elles disent : nous sommes dépendants de la démocratie de marché, et cela doit être interprété précisément en fonction de leur pouvoir autocratique, y compris la forme particulière de contrôle qui vient de la domination des forces du marché dans une société inégalitaire.

Nous devons sûrement comprendre ces faits, et aussi les combattre. Il me semble qu'ils s'inscrivent dans le domaine de nos engagements politiques, qui absorbent l'essentiel de notre énergie et de nos efforts. Je ne veux pas évoquer mon expérience personnelle à ce propos, mais c'est là que réside mon engagement et celui de tous, j'imagine.

Je pense cependant que ce serait une grande honte d'écarter totalement la tâche plus abstraite et philosophique de reconstituer le lien entre un concept de la nature humaine qui donne son entière portée à la liberté, la dignité et la créativité, et d'autres caractéristiques humaines fondamentales, et de le relier à une notion de la structure sociale où ces propriétés pourraient se réaliser et où prendrait place une vie humaine pleine de sens.

En fait, si nous pensons à la transformation ou à la révolution sociales, bien qu'il soit absurde de vouloir définir en détail le but que nous poursuivons, nous devrions savoir un peu où nous croyons aller, et ce genre de théorie peut nous le dire.

M. FOUCAULT : Oui, mais n'y a-t-il pas ici un danger ? Si vous dites qu'une certaine nature humaine existe, que cette nature humaine n'a pas reçu dans la société actuelle les droits et les possibilités qui lui permettent de se réaliser… c'est ce que vous avez dit, je crois.

N. CHOMSKY : Oui.

M. FOUCAULT : Si on admet cela, ne risque-t-on pas de définir cette nature humaine – qui est à la fois idéale et réelle, cachée et réprimée jusqu'à maintenant – dans des termes empruntés à notre société, à notre civilisation, à notre culture ?

Je vais prendre un exemple qui est un peu simplificateur. Le socialisme d'une certaine période, à la fin du XIX^e siècle et au début du XX^e siècle, admettait que, dans les sociétés capitalistes, l'homme ne recevait pas toutes les possibilités de développement et de réalisation ; que la nature humaine était effectivement aliénée dans le système capitaliste. Et il rêvait d'une nature humaine enfin libérée.

Quel modèle utilisait-il pour concevoir, projeter, réaliser cette nature humaine ? C'était en réalité le modèle bourgeois.

Il considérait qu'une société désaliénée était une société qui faisait place, par exemple, à une sexualité de type bourgeois, à une famille de type bourgeois, à une esthétique de type bourgeois. C'est d'ailleurs tellement vrai que cela s'est passé ainsi en Union soviétique et dans les démocraties populaires : une sorte de société a été reconstituée, transposée de la société bourgeoise du XIX^e siècle. L'universalisation du modèle bourgeois a été l'utopie qui a inspiré la constitution de la société soviétique.

Le résultat est que vous avez saisi vous aussi à quel point il est difficile de définir la nature humaine.

N'est-ce pas là qu'est le risque de nous induire en erreur ? Mao Zedong parlait de la nature humaine bourgeoise et de la nature humaine prolétarienne, et il considérait que ce n'était pas la même chose.

**N. Chomsky** : Vous voyez je pense que, dans le domaine intellectuel de l'action politique, où nous essayons de construire une vision d'une société juste et libre sur la base d'une notion de la nature humaine, nous affrontons le même problème que dans l'action politique immédiate, c'est-à-dire que nous éprouvons la nécessité d'agir devant l'importance des problèmes, mais que nous sommes conscients d'obéir à une compréhension très partielle des réalités sociales et, dans ce cas, des réalités humaines.

Par exemple, pour être concret, une partie importante de ma propre activité a réellement à voir avec la guerre du Vietnam et une partie de mon énergie est absorbée par la désobéissance civile. Aux États-Unis, la désobéissance civile est une action dont les effets comportent une marge considérable d'incertitudes. Par exemple, elle menace l'ordre social d'une manière qui peut conduire au fascisme ; ce serait très mauvais pour l'Amérique, le Vietnam, les Pays-Bas et tous les autres pays. Vous savez, si un Léviathan comme les États-Unis devenait réellement fasciste, cela poserait beaucoup de problèmes ; il y a donc un danger dans cet acte concret.

D'autre part, si nous ne courons pas ce risque, la société d'Indochine sera mise en pièces par la puissance américaine. Face à de telles incertitudes, il faut choisir un mode d'action.

De même, dans le domaine intellectuel se présentent les incertitudes que vous définissiez fort justement. Notre concept de la nature humaine est certainement limité ; il est en partie conditionné socialement, restreint par nos propres défauts de caractère et les limites de la culture intellectuelle dans laquelle nous existons. En même temps, il est capital que nous connaissions les objectifs impossibles que nous cherchons à atteindre, si nous espérons atteindre quelques objectifs possibles. Cela signifie que nous devons être assez audacieux pour émettre des hypothèses et inventer des théories sociales sur la base d'une connaissance partielle, tout en restant ouverts à la forte possibilité, en fait à l'écrasante probabilité d'échec qui nous guette, du moins dans certains domaines.

F. ELDERS : *Oui, peut-être serait-il intéressant d'approfondir ce problème de stratégie. Je suppose que ce que vous appelez désobéissance civile est sans doute ce que nous entendons par action extra-parlementaire ?*

N. CHOMSKY : Non, cela va plus loin. L'action extra-parlementaire inclut une manifestation légale de masse, mais la désobéissance civile est plus étroite, elle implique un défi direct de ce que l'État prétend, à tort selon moi, être la loi.

F. ELDERS : *Ainsi, par exemple, dans le cas des Pays-Bas, il y a eu un recensement de la population. Nous avons dû répondre à des formulaires officiels. Est-ce de la désobéissance civile de refuser de les remplir ?*

N. CHOMSKY : Exact. Je serai un peu plus prudent à ce sujet parce que, reprenant un point important du discours, un développement important de M. Foucault, on n'autorise pas nécessairement l'État à définir ce qui est légal. Maintenant, l'État a le pouvoir d'imposer un certain concept de ce qui est légal, cela n'implique pas que ce soit juste : l'État peut parfaitement se tromper dans sa définition de la désobéissance civile.

Par exemple, aux États-Unis, faire dérailler un train de munitions destinées au Vietnam est un acte de désobéissance civile ; l'État se trompe, car c'est un acte approprié, légal et nécessaire. Mener une action qui empêche l'État de commettre des crimes est tout à fait juste, comme de violer le Code de la route pour empêcher un meurtre.

Si je brûle un feu rouge pour empêcher de mitrailler un groupe de gens, ce n'est pas un acte illégal, mais de l'assistance à personne en danger ; aucun juge sain d'esprit ne m'inculpera.

Ce que les autorités d'État définissent comme de la désobéissance civile est un comportement légal, obligatoire, qui viole les commandements de l'État, légaux ou non. On doit donc être prudent lorsqu'on parle de choses illégales.

M. FOUCAULT : Oui, mais je voudrais vous poser une question. Aux États-Unis, lorsque vous commettez un acte illégal, est-ce que vous le justifiez en fonction d'une justice idéale ou d'une légalité supérieure, ou par la nécessité de la lutte des classes, parce que c'est essentiel, à ce moment-là, pour le prolétariat dans sa lutte contre la classe dominante ?

N. CHOMSKY : J'aimerais adopter le point de vue de la Cour suprême américaine, et sans doute d'autres tribunaux dans les mêmes circonstances ; c'est-à-dire définir la question dans le contexte le plus étroit possible. Je crois que finalement il serait très raisonnable, la plupart du temps, d'agir contre les institutions légales d'une société donnée, si cela permettait d'ébranler les sources du pouvoir et de l'oppression dans cette société.

Cependant, dans une très large mesure, la loi existante représente certaines valeurs humaines respectables ; et correctement interprétée, cette loi permet de contourner les commandements de l'État.

Je pense qu'il est important d'exploiter ce fait...

M. FOUCAULT : Oui.

N. CHOMSKY : ... et d'exploiter les domaines de la loi qui sont correctement définis, et ensuite peut-être agir directement contre ceux qui ne font que ratifier un système de pouvoir.

M. FOUCAULT : Mais, je...

N. CHOMSKY : Laissez-moi dire...

M. FOUCAULT : Ma question était celle-ci, lorsque vous commettez un acte clairement illégal...

N. CHOMSKY : ... que je considère comme illégal, et pas seulement l'État.

M. FOUCAULT : Non, non, que l'État.

N. CHOMSKY : ... que l'État considère comme illégal...

M. FOUCAULT : … que l'État considère comme illégal.

N. CHOMSKY : Oui.

M. FOUCAULT : Commettez-vous cet acte en vertu d'une idée de la justice ou parce que la lutte des classes le rend utile ou nécessaire ? Vous référez-vous à une justice idéale ? C'est cela mon problème.

N. CHOMSKY : De nouveau, très souvent, quand j'accomplis un acte que l'État considère comme illégal, j'estime qu'il est légal ; c'est-à-dire que l'État est criminel. Dans certains cas, ce n'est pas vrai. Je vais être très concret et passer de la lutte des classes à la guerre impérialiste, où la situation est plus claire et plus facile.

Prenons le droit international, instrument très faible, nous le savons, mais qui comporte des principes très intéressants. Sous beaucoup d'aspects, c'est l'instrument des puissants : c'est une création des États et de leurs représentants. Les mouvements de masse des paysans n'ont absolument pas participé à son élaboration.

La structure du droit international reflète ce fait ; elle offre un champ d'intervention beaucoup trop vaste aux structures de pouvoir existantes qui se définissent comme des États contre les intérêts des masses de gens organisées en opposition aux États.

C'est un défaut fondamental du droit international, et je pense qu'il est dénué de validité au même titre que le droit divin des rois. C'est simplement un instrument des puissants désireux de conserver leur pouvoir. Nous avons donc toutes les raisons de nous y opposer.

Il existe une autre sorte de droit international. Des éléments intéressants, inscrits dans les principes de Nuremberg et la charte des Nations unies, autorisent, en fait, je crois, requièrent du citoyen d'agir contre son propre État d'une manière considérée à tort comme criminelle par l'État. Néanmoins, il agit en toute légalité, parce que le droit international interdit la menace ou l'usage de la force dans les affaires internationales, sauf dans des circonstances très précises, dont ne fait pas partie la guerre du Vietnam. Dans ce cas particulier, qui m'intéresse énormément, l'État américain agit comme un criminel. Et les gens ont le droit d'empêcher les criminels de commettre leurs forfaits. Ce n'est pas parce que le criminel prétend que votre action est illégale quand vous cherchez à l'arrêter que c'est la vérité.

Une illustration frappante est l'affaire des *Pentagon Papers* aux États-Unis, dont vous avez sûrement entendu parler.

En deux mots et en laissant de côté les questions de procédure, l'État cherche à poursuivre les gens qui dénoncent ses crimes.

Évidemment c'est absurde, et on ne doit accorder aucune attention à cette distorsion du processus judiciaire raisonnable. En outre, je pense que le système actuel de la justice explique cette absurdité. Sinon, nous devrions alors nous y opposer.

M. FOUCAULT : C'est donc au nom d'une justice plus pure que vous critiquez le fonctionnement de la justice. C'est une question importante pour nous actuellement. Il est vrai que, dans toutes les luttes sociales, il y a une question de justice. Plus précisément, le combat contre la justice de classe, contre son injustice fait toujours partie de la lutte sociale ; démettre les juges, changer les tribunaux, amnistier les condamnés, ouvrir les prisons font partie depuis toujours des transformations sociales dès qu'elles deviennent un peu violentes. À l'heure actuelle, en France, les fonctions de justice et de police sont la cible de nombreuses attaques de la part de ceux qu'on appelle les « gauchistes ». Mais si la justice est en jeu dans un combat, c'est en tant qu'instrument de pouvoir ; ce n'est pas dans l'espoir que, finalement, un jour, dans cette société ou une autre, les gens seront récompensés selon leurs mérites, ou punis selon leurs fautes. Plutôt que de penser à la lutte sociale en termes de justice, il faut mettre l'accent sur la justice en termes de lutte sociale.

N. CHOMSKY : Oui, mais vous croyez sûrement que votre rôle dans la lutte est juste, que votre combat est juste, pour introduire un concept d'un autre domaine. Je pense que c'est important. Si vous aviez l'impression de mener une guerre injuste, vous raisonneriez autrement.

Je voudrais reformuler légèrement ce que vous avez dit. Il me semble que la différence ne se situe pas entre la légalité et la justice idéale, mais entre la légalité et une justice plus juste.

Bien sûr, nous ne sommes absolument pas en mesure de créer un système juridique idéal, pas plus qu'une société idéale. Nous n'en savons pas assez, nous sommes trop limités, trop partiaux. Devant agir comme des êtres sensibles et responsables, nous pouvons imaginer une société et une justice meilleures, et même les créer. Ce système aura certainement ses défauts, mais en le comparant à celui qui existe déjà, sans croire que nous avons atteint le système idéal, nous pouvons avoir le raisonnement suivant : le concept de légalité et celui de justice ne sont ni identiques ni totalement distincts. Dans la mesure où la légalité englobe la justice, au sens d'une meilleure justice se référant à une meilleure société, nous devons obéir à la loi, si nous en avons le pouvoir.

Bien entendu, là où le système juridique tend à représenter non pas une meilleure justice, mais des techniques d'oppression codifiées dans un système autocratique particulier, alors un être humain raisonnable devra les ignorer et les contrer, au moins dans le principe, s'il ne le peut pas, pour une raison quelconque, dans les faits.

M. FOUCAULT : Je voudrais simplement répondre à votre première phrase ; vous avez dit que si vous ne considériez pas que la guerre que vous faites à la police était juste, vous ne la feriez pas.

Je vous répondrai dans les termes de Spinoza. Je vous dirai que le prolétariat ne fait pas la guerre à la classe dirigeante parce qu'il considère que cette guerre est juste. Le prolétariat fait la guerre à la classe dirigeante parce que, pour la première fois dans l'histoire, il veut prendre le pouvoir. Et parce qu'il veut renverser le pouvoir de la classe dirigeante il considère que cette guerre est juste.

N. CHOMSKY : Je ne suis pas d'accord.

M. FOUCAULT : On fait la guerre pour gagner et non parce qu'elle est juste.

N. CHOMSKY : Personnellement, je ne suis pas d'accord. Par exemple, si j'arrivais à me convaincre que l'accession du prolétariat au pouvoir risque de conduire à un État policier terroriste où la liberté, la dignité et des relations humaines convenables disparaîtraient, j'essaierais de l'empêcher. Je pense que la seule raison d'espérer un tel événement est de croire, à tort ou à raison, que des valeurs humaines fondamentales peuvent bénéficier de ce transfert de pouvoir.

M. FOUCAULT : Quand le prolétariat prendra le pouvoir, il se peut qu'il exerce à l'égard des classes dont il vient de triompher un pouvoir violent, dictatorial et même sanglant. Je ne vois pas quelle objection on peut faire à cela.

Maintenant, vous me direz : si le prolétariat exerce ce pouvoir sanglant, tyrannique et injuste à l'égard de lui-même ? Alors je vous répondrai : ça ne peut se produire que si le prolétariat n'a pas réellement pris le pouvoir, mais une classe extérieure au prolétariat, ou un groupe de gens intérieur au prolétariat, une bureaucratie ou les restes de la petite-bourgeoisie.

N. CHOMSKY : Cette théorie de la révolution ne me satisfait pas pour une quantité de raisons, historiques ou non. Même si on devait l'accepter dans le cadre de l'argumentation, cette théorie soutient que le prolétariat a le droit de prendre le pouvoir et de l'exercer dans la violence, le sang et l'injustice, sous le prétexte, selon moi erroné, que cela conduira à une société plus juste où l'État dépérira et où les prolétaires formeront une classe universelle, etc. Sans cette justification future, le concept d'une dictature violente et sanglante du prolétariat serait parfaitement injuste.

C'est un autre problème, mais je suis très sceptique quant à une dictature violente et sanglante du prolétariat, surtout lorsqu'elle est exprimée par des représentants autodésignés d'un parti d'avant-garde qui, nous en avons l'expérience historique suffisante pour le savoir et le prédire, seront simplement les nouveaux dirigeants de cette société.

M. FOUCAULT : Oui, mais je n'ai pas parlé du pouvoir du prolétariat, qui serait en soi injuste. Vous avez raison de dire que ce serait trop facile. Je voudrais dire que le pouvoir du prolétariat pourrait, dans une certaine période, impliquer la violence et une guerre prolongée contre une classe sociale dont il n'a pas encore entièrement triomphé.

N. CHOMSKY : Eh bien, je ne dis pas qu'il est absolu. Par exemple, je ne suis pas un pacifiste à tout crin. Je n'affirme pas qu'il est mauvais en toutes circonstances d'avoir recours à la violence, bien que le recours à la violence soit injuste en un sens. Je crois qu'il faut définir une justice relative.

L'usage de la violence et la création de degrés d'une certaine injustice relative ne peuvent se justifier que si l'on affirme – avec la plus grande prudence – tendre à un résultat plus équitable. Sans cette base, c'est totalement immoral, à mon avis.

M. FOUCAULT : Je ne pense pas que, quant au but que le prolétariat se propose pour lui-même en menant la guerre de classe, il soit suffisant de dire que c'est en soi-même une plus grande justice. Ce que le prolétariat veut faire en chassant la classe actuellement au pouvoir, et en prenant pour lui le pouvoir, c'est la suppression, précisément, du pouvoir de classe en général.

N. CHOMSKY : Bon, mais cette justification-là vient après.

M. FOUCAULT : C'est la justification en termes de pouvoir, pas en termes de justice.

N. CHOMSKY : Mais il s'agit de justice ; parce que le but atteint est censé être juste. Aucun léniniste n'osera dire : « Nous, le prolétariat, avons le droit de prendre le pouvoir, et de jeter tout le monde dans le crématoire. » Si cela devait se produire, il vaudrait mieux empêcher le prolétariat d'accéder au pouvoir.

L'idée est qu'une période de dictature, peut-être même violente et sanglante – pour les raisons que j'ai mentionnées, je reste sceptique à ce sujet –, est justifiée parce qu'elle signifie l'effondrement et la fin de l'oppression de classe : un objectif correct pour un être humain ; c'est cette qualification finale qui justifie toute l'entreprise. Qu'il en soit ainsi au fond est une autre affaire.

M. FOUCAULT : Si vous voulez, je vais être un peu nietzschéen. En d'autres termes, il me semble que l'idée de justice est en elle-même une idée qui a été inventée et mise en œuvre dans différents types de sociétés comme un instrument d'un certain pouvoir politique et économique, ou comme une arme contre ce pouvoir. Mais il me semble que, de toute façon, la notion même de justice fonctionne à l'intérieur d'une société de classe comme revendication faite par la classe opprimée comme justification du côté des oppresseurs.

N. CHOMSKY : Je ne suis pas d'accord.

M. FOUCAULT : Et, dans une société sans classes, je ne suis pas sûr qu'on ait encore à utiliser cette notion de justice.

N. CHOMSKY : Là, je ne suis pas du tout d'accord. Je pense qu'il existe une sorte de base absolue – si vous insistez, je vais me trouver dans une position difficile, parce que je ne peux pas la développer clairement – résidant finalement dans les qualités humaines fondamentales, sur lesquelles se fonde une « vraie » notion de justice.

Je juge un peu hâtif de caractériser nos systèmes judiciaires actuels comme de simples instruments d'oppression de classe ; je ne crois pas qu'ils le soient. Je pense qu'ils incarnent aussi d'autres formes d'oppression, mais ils incarnent aussi une recherche des véritables concepts de justice, d'honneur, d'amour, de bonté et de sympathie, qui sont à mon avis réels.

Je pense que, dans toute société future, qui ne sera jamais parfaite, bien sûr, ces concepts existeront, et permettront de mieux intégrer la défense des besoins humains fondamentaux comme les besoins de solidarité et de sympathie, et ils refléteront probablement encore les injustices et les éléments d'oppression de la société existante.

Je crois cependant que ce que vous décrivez correspond à une situation très différente. Par exemple, prenons le cas d'un conflit national. Deux sociétés essaient de se détruire. La notion de justice n'entre pas en jeu. La seule question qui se pose est la suivante : de quel côté êtes-vous ? Allez-vous défendre votre propre société et détruire l'autre ?

Dans un sens, mis à part un certain nombre de problèmes historiques, c'est la situation dans laquelle se trouvaient les soldats qui se massacraient dans les tranchées lors de la Première Guerre mondiale. Ils se battaient pour rien. Pour avoir le droit de se détruire les uns les autres. Dans ce type de circonstances, la justice ne joue aucun rôle.

Bien sûr, des personnes à l'esprit rationnel l'ont souligné, et on les a jetées en prison à cause de cela, comme Karl Liebknecht ou encore Bertrand Russell, pour prendre un exemple de l'autre camp. Ils comprenaient qu'aucune sorte de justice n'autorisait ce massacre mutuel et qu'ils avaient le devoir de le dénoncer. On les considérait comme des fous, des cinglés, des criminels, mais, bien sûr, c'étaient les seuls hommes sains d'esprit de leur époque.

Dans le genre de circonstances que vous décrivez, où la seule question est de savoir qui va gagner ce combat mortel, je pense que la réaction humaine normale doit être : dénoncer la guerre, refuser toute victoire, essayer d'arrêter le combat à tout prix – au risque d'être mis en prison ou tué, sort de bien des gens raisonnables.

Je ne crois pas que ce soit une situation typique dans les affaires humaines, ni qu'elle s'applique à la lutte des classes ou à la révolution sociale. Dans ces cas-là, si on n'est pas capable de justifier ce combat, il faut l'abandonner. On doit montrer que la révolution sociale que l'on conduit est menée à une fin de justice, pour satisfaire des besoins humains fondamentaux, et non pour donner le pouvoir à un autre groupe simplement parce qu'il le veut. […]

M. FOUCAULT : Eh bien moi je dis que c'est injuste…

N. CHOMSKY : Absolument, oui.

M. FOUCAULT : Non, mais je ne peux pas répondre en si peu de temps. Je dirai simplement ceci. Finalement, ce problème de nature humaine, dès lors qu'il est resté posé en termes théoriques, n'a pas provoqué de discussion entre nous. En définitive, nous nous comprenons très bien sur ces questions théoriques.

D'un autre côté, quand nous avons discuté du problème de la nature humaine et des problèmes politiques, des différences sont apparues entre nous. Contrairement à ce que vous pensez, vous ne pouvez m'empêcher de croire que ces notions de nature humaine, de justice, de réalisation de l'essence humaine sont des notions et des concepts qui ont été formés à l'intérieur de notre civilisation, dans notre type de savoir, dans notre forme de philosophie, et que, par conséquent, ça fait partie de notre système de classes, et qu'on ne peut pas, aussi regrettable que ce soit, faire valoir ces notions pour décrire ou justifier un combat qui devrait – qui doit en principe – bouleverser les fondements mêmes de notre société. Il y a là une extrapolation dont je n'arrive pas à trouver la justification historique. C'est le point…

N. CHOMSKY : C'est clair.

F. ELDERS : *Monsieur Foucault, si vous étiez obligé de décrire notre société actuelle dans des termes empruntés à la pathologie, quelle est la forme de ses folies qui vous impressionnerait le plus ?*

M. FOUCAULT : Dans notre société contemporaine ?

F. ELDERS : *Oui.*

M. FOUCAULT : Vous voulez que je dise de quelle maladie notre société est le plus affectée ?

F. ELDERS : *Oui.*

M. FOUCAULT : La définition de la maladie et de la folie, et la classification des fous, a été faite de façon à exclure de notre société un certain nombre de gens. Si notre société se définissait comme folle, elle s'exclurait elle-même. Elle prétend le faire pour des raisons de réforme interne. Personne n'est plus conservateur que les gens qui vous disent que le monde moderne est atteint d'anxiété ou de schizophrénie. C'est en fait une manière habile d'exclure certaines personnes ou certains schémas de comportement.

Je ne pense pas qu'on puisse, sauf par métaphore ou par jeu, valablement dire que notre société est schizophrène ou paranoïaque sans priver les mots de leur sens psychiatrique. Si vous deviez me pousser à l'extrême, je dirais que notre société est atteinte d'une maladie vraiment très curieuse, très paradoxale, dont nous n'avons pas encore découvert le nom ; et cette maladie mentale a un symptôme très curieux, qui est le symptôme même qui a provoqué la maladie mentale. Voilà.

F. ELDERS : *Formidable. Eh bien, je crois que nous pouvons immédiatement entamer la discussion.*

INTERVENANT DANS LA SALLE : *Monsieur Chomsky, je voudrais vous poser une question. Au cours du débat, vous avez utilisé le terme « prolétariat » ; qu'entendez-vous par là, dans une société technologique hautement développée ? Je pense que c'est une notion marxiste, qui ne représente pas la situation sociologique exacte.*

N. CHOMSKY : Votre remarque est très juste, c'est l'une des raisons pour lesquelles j'essaie d'éviter le sujet en disant qu'il me laisse très sceptique, car je pense que nous devons donner à la notion de prolétariat une nouvelle interprétation adaptée à notre condition sociale actuelle. J'aimerais renoncer à ce mot, qui est si chargé de connotations historiques spécifiques, et songer plutôt aux gens qui accomplissent le travail productif de la société, dans le domaine manuel et intellectuel. Ils devraient être en mesure d'organiser les conditions de leur travail, et de déterminer son objectif et l'usage qui en est fait ; était donné mon concept de la nature humaine, je pense que cela inclut partiellement tout le monde. Je crois que tout être humain qui n'est déformé ni physiquement ni mentalement – et ici je suis convaincu, contrairement à M. Foucault, que le concept de maladie mentale a probablement un caractère absolu, du moins dans une certaine mesure – est non seulement capable, mais est désireux de produire un travail créatif s'il en a l'opportunité.

Je n'ai jamais vu un enfant refuser de construire quelque chose avec des cubes, ou d'apprendre quelque chose de nouveau, ou de s'attaquer à la tâche suivante. Les adultes sont différents uniquement parce qu'ils ont passé du temps à l'école et dans d'autres institutions répressives, qui ont chassé cette volonté.

Dans ce cas, le prolétariat – appelez-le comme vous voulez – peut réellement être universel, c'est-à-dire représenter tous les êtres mus par le besoin humain fondamental d'être eux-mêmes, de créer, d'explorer, d'exprimer leur curiosité…

INTERVENANT : *Puis-je vous interrompre ?*

N. CHOMSKY : … de faire des choses utiles, vous savez.

INTERVENANT : *Si vous utilisez une telle catégorie, qui a un autre sens dans la pensée marxiste…*

N. CHOMSKY : C'est pourquoi j'ai dit que nous devrions peut-être renoncer à ce concept.

INTERVENANT : *Ne feriez-vous pas mieux de choisir un autre terme ? Dans cette situation, j'aimerais poser encore une question : d'après vous, quels groupes feront la révolution ?*

N. CHOMSKY : Oui, c'est une question différente.

INTERVENANT : *C'est une ironie de l'histoire qu'en ce moment des jeunes intellectuels issus de la moyenne et de la haute bourgeoisie prétendent être des prolétaires et nous appellent à rejoindre le prolétariat. La conscience de classe ne semble pas exister chez les vrais prolétaires. C'est un grand dilemme.*

N. CHOMSKY : Bon. Je pense que votre question est concrète, spécifique, et très raisonnable.

Il n'est pas vrai, dans notre société, que tous les gens fassent un travail utile, productif, ou satisfaisant pour eux – c'est très loin de la vérité – ou que, s'ils accomplissaient la même activité dans des conditions de liberté, celle-ci deviendrait productive et satisfaisante.

Un grand nombre de gens se consacrent plutôt à d'autres genres d'activités. Par exemple, ils gèrent l'exploitation, créent la consommation artificielle, ou des mécanismes de destruction et d'oppression, ou bien n'ont aucune place dans une économie industrielle stagnante. Beaucoup de gens sont privés de la possibilité d'avoir un travail productif.

Je pense que la révolution, si vous voulez, devrait se faire *au nom* de tous les êtres humains ; mais elle sera menée par certaines catégories de gens réellement *impliqués* dans le travail productif de la société, lequel diffère selon les cas. Dans notre société il comprend, je pense, les travailleurs intellectuels ; il comprend un spectre de population qui va des travailleurs manuels aux ouvriers qualifiés, aux ingénieurs, aux chercheurs, à une large classe de professions libérales, à beaucoup d'employés du secteur tertiaire, qui constitue la masse de la population, au moins aux États-Unis et je pense ici aussi.

Je pense donc que les révolutionnaires étudiants n'ont pas entièrement tort : la façon dont l'intelligentsia s'identifie est très importante dans une société industrielle moderne. Il est essentiel de se demander s'ils s'identifient comme des managers sociaux, s'ils ont l'intention de devenir des technocrates, des fonctionnaires d'État ou des employés du secteur privé, ou s'ils vont s'identifier à la force productive, qui participe intellectuellement de la production.

Dans ce dernier cas, ils seront en mesure de jouer un rôle correct dans une révolution sociale progressiste. Dans le cas précédent, ils feront partie de la classe des oppresseurs.

INTERVENANT : *Merci.*

F. ELDERS : *Continuez, je vous prie.*

INTERVENANT DANS LA SALLE : *J'ai été frappé, monsieur Chomsky, par ce que vous avez dit sur la nécessité intellectuelle de créer de nouveaux modèles de société. L'un des problèmes qui se posent dans notre travail avec des groupes d'étudiants d'Utrecht est la recherche d'une cohérence des valeurs. L'une des valeurs que vous avez plus ou moins mentionnée est la nécessité de la décentralisation du pouvoir. Les gens sur le terrain devraient participer à la prise des décisions.*

*C'est la valeur de la décentralisation et de la participation : mais, d'un autre côté, nous vivons dans une société dans laquelle il est de plus en plus nécessaire de prendre des décisions à échelle mondiale. Afin de distribuer plus équitablement l'aide sociale, une plus grande centralisation peut être nécessaire. C'est l'une des incohérences de la création de nouveaux modèles de société, et nous aimerions connaître vos idées là-dessus.*

*J'ai encore une petite question – ou plutôt une remarque : comment pouvez-vous, considérant votre attitude très courageuse à l'égard de la guerre du Vietnam, survivre dans une institution comme le Massachusetts Institute of Technology, connue ici comme l'un des grands entrepreneurs de guerre et producteur de décideurs intellectuels de ce conflit ?*

N. CHOMSKY : Je vais d'abord répondre à la seconde question, en espérant ne pas oublier la première. Non, je vais commencer par la première ; si j'oublie l'autre, vous me la rappellerez.

En général, je suis en faveur de la décentralisation. Je ne voudrais pas en faire un principe absolu, mais, malgré une importante marge de spéculation, j'imagine qu'un système de pouvoir centralisé fonctionne très efficacement dans l'intérêt des éléments les plus puissants qui sont à l'intérieur de ce système.

Bien sûr, un système de pouvoir décentralisé et de libre association affrontera le problème d'inégalité que vous évoquez – une région est plus riche qu'une autre, etc. J'imagine qu'il est plus sûr de se fier à ce que j'espère être les *émotions* humaines fondamentales de solidarité et de quête de justice, qui peuvent se développer dans un système de libre association.

Je pense qu'il est plus sûr de souhaiter le progrès sur la base de ces instincts humains que sur celle des institutions du pouvoir centralisé qui agiront inévitablement en faveur de leurs composantes les plus puissantes.

C'est un peu abstrait et trop général, je ne voudrais pas affirmer que c'est une règle valable en toute occasion, mais je pense que c'est un principe efficace en de nombreuses circonstances.

Par exemple, je crois que des États-Unis démocratiques, socialistes et libertaires seraient plus susceptibles d'accorder une aide substantielle aux réfugiés du Pakistan de l'Est qu'un système de pouvoir centralisé qui agit principalement dans l'intérêt des multinationales. Vous savez, cela est vrai dans beaucoup d'autres cas. Mais il me semble que ce principe mérite quelque réflexion.

Quant à l'idée suggérée par votre question – et qui est souvent exprimée – qu'un impératif technique, une propriété de la société technologique avancée exige un pouvoir centralisé et autoritaire – beaucoup de gens l'affirment, Robert McNamara le premier –, je la juge parfaitement absurde, je n'ai jamais trouvé d'argument en sa faveur.

Il me semble que la technologie moderne, comme les traitements de données ou la communication, a précisément des implications contraires. Elle suggère que l'information et la compréhension recherchées sont rapidement accessibles à tout le monde. Il n'est pas nécessaire de la concentrer dans les mains d'un petit groupe de managers qui contrôlent tout le savoir, toute l'information et tout le pouvoir de décision. La technologie a la propriété de nous libérer ; elle se convertit comme n'importe quoi d'autre, comme le système judiciaire, en un instrument d'oppression, parce que le pouvoir est mal distribué. Je pense que rien, dans la technologie ou la société technologique modernes, ne nous éloigne de la décentralisation du pouvoir. Bien au contraire.

À propos du second point, je vois deux aspects : comment le MIT me supporte-t-il, et comment puis-je le tolérer ?

Je pense qu'il ne faut pas être trop schématique. Il est vrai que le MIT est une institution majeure dans la recherche militaire. Mais elle incarne aussi des valeurs libertaires essentielles, qui, heureusement pour le monde, sont fortement ancrées dans la société américaine. Pas assez profondément pour sauver les Vietnamiens, mais assez pour empêcher des désastres bien pires.

Nous devons ici formuler quelques réserves. La terreur et l'agression impérialistes existent, comme le racisme et l'exploitation. Mais elles s'accompagnent d'un réel souci pour les droits individuels défendus, par exemple, par le

*Bill of the Rights*, qui n'est absolument pas une expression de l'oppression de classes. C'est aussi une expression de la nécessité de protéger l'individu du pouvoir de l'État.

Tout cela coexiste. Ce n'est pas simple, tout n'est pas blanc ou noir. À cause de l'équilibre particulier dans lequel les choses coexistent, un institut qui produit des armes de guerre est disposé à tolérer et même à encourager une personne impliquée dans la désobéissance civile à la guerre.

Quant à dire comment moi je supporte le MIT, c'est une autre question. Des gens prétendent, avec une logique que je ne saisis pas, qu'un homme de gauche devrait se dissocier des institutions oppressives. Selon cette argumentation, Karl Marx n'aurait pas dû étudier au British Museum, qui était pour le moins le symbole de l'impérialisme le plus cruel au monde, le lieu où un empire avait rassemblé tous les trésors acquis par le viol des colonies. Je pense que Karl Marx a eu tout à fait raison d'étudier au British Museum, et d'utiliser les ressources, et en fait les valeurs libérales de la civilisation qu'il essayait de vaincre. La même chose s'applique dans ce cas.

INTERVENANT : *Ne craignez-vous pas que votre présence au MIT ne leur donne bonne conscience ?*

N. CHOMSKY : Je ne vois pas comment. Ma présence au MIT sert de façon marginale à aider, je ne sais pas dans quelle mesure, à développer l'activisme étudiant contre beaucoup des interventions du MIT en tant qu'institution. Du moins je l'espère.

F. ELDERS : *Il y a une autre question ?*

INTERVENANT DANS LA SALLE : *Je voudrais revenir à la question de la centralisation. Vous avez dit que la technologie ne contredit pas la décentralisation. Mais la technologie est-elle capable de critiquer elle-même son influence ? Ne croyez-vous pas nécessaire de créer une organisation centrale qui critique l'influence de la technologie sur l'univers tout entier ? Et je ne vois pas comment cela pourrait s'incorporer dans une petite institution technologique.*

N. CHOMSKY : Eh bien, je n'ai rien contre l'interaction des libres associations fédérées ; dans ce sens, la centralisation, l'interaction, la communication, la discussion, le débat peuvent trouver leur place, et la critique aussi, si vous le souhaitez. Je parle ici de la décentralisation du pouvoir.

INTERVENANT : *Bien sûr, le pouvoir est nécessaire, par exemple pour interdire aux institutions technologiques d'accomplir un travail qui bénéficiera seulement au capitalisme.*

N. CHOMSKY : Oui, mon point de vue est le suivant : si nous devions choisir entre faire confiance à un pouvoir centralisé ou à de libres associations entre communautés libertaires pour prendre une décision juste, je ferais plutôt confiance à la seconde solution. Car je pense qu'elle peut servir à maximiser des instincts humains honnêtes, tandis qu'un système de pouvoir centralisé tendra de façon générale à maximiser l'un des pires instincts humains, l'instinct rapace, destructeur, qui vise à acquérir la puissance pour soi-même et à anéantir les autres. C'est une sorte d'instinct qui s'éveille et fonctionne dans certaines circonstances historiques, et je pense que nous souhaitons créer une société où il sera réprimé et remplacé par des instincts plus sains.

INTERVENANT : *J'espère que vous avez raison.*

F. ELDERS : *Mesdames et messieurs, je pense que le débat est clos. Monsieur Chomsky, Monsieur Foucault, je vous remercie infiniment, en mon nom propre et au nom du public, pour cette discussion approfondie de questions philosophiques, théoriques aussi bien que politiques.*

*Traduction par Anne Rabinovitch.* 

Ce texte est issu d'une discussion en français et en anglais entre Michel Foucault, Noam Chomsky et Fons Elders, enregistrée à l'École supérieure de technologie d'Eindhoven, en novembre 1971, et diffusée à la télévision néerlandaise.

Nous remercions les éditions Gallimard de nous avoir autorisés à reproduire la fin du texte « De la nature humaine : justice contre pouvoir », extrait de *Dits et Écrits*. 1954-1988. Tome II. 1970-1975.

# LES RAISONS DE MON ENGAGEMENT POLITIQUE

**Noam Chomsky**

Les principales raisons de mon intérêt pour la politique étrangère des États-Unis sont que je la trouve en général terrifiante et que je pense que je peux faire quelque chose pour la modifier, ou au moins en atténuer certains des aspects les plus dangereux et les plus destructeurs. Concrètement, dans ce pays qui est le mien et où je vis, il existe plusieurs façons d'y parvenir : en parlant, en écrivant, en agissant, en manifestant, en résistant, etc. Cela fait des années que je suis engagé dans plusieurs de ces activités.

La politique étrangère des autres États est généralement tout aussi effrayante – en gros, on peut dire que les États sont violents dans la mesure où ils agissent dans l'intérêt de ceux qui détiennent le pouvoir à l'intérieur du pays – mais contre cela je ne peux pas faire grand-chose. Il est facile, par exemple, pour un intellectuel américain de critiquer le comportement de l'Union soviétique en Afghanistan et en Europe de l'Est (ou le soutien apporté aux généraux argentins), mais cela n'a que peu ou même aucun effet pour modifier ou renverser la politique de l'URSS. Au contraire, ces prises de position, qui naturellement sont bien accueillies par ceux qui président à l'idéologie officielle ici, sont susceptibles d'augmenter la violence de l'État américain en renforçant l'image d'une Union soviétique brutale (ce qui est souvent vrai) qui est utilisée pour faire peur aux Américains et ainsi les rendre conformistes et obéissants. Je ne veux pas dire que c'est une raison pour ne pas critiquer l'URSS ; en fait, j'ai souvent critiqué la politique étrangère de l'État soviétique. Mon intention n'est pas non plus de critiquer ceux qui consacrent leur temps à ce travail. Mais il faut comprendre que la valeur morale de ce type de travail est très faible si la valeur morale d'une action se mesure à ses conséquences sur le plan humain. En fait, des questions délicates se posent parfois à ceux qui ont des valeurs morales décentes. Supposons par exemple qu'en 1943 un intellectuel allemand ait écrit des articles sur des atrocités commises par les Anglais, les Américains ou les juifs. Ce qu'il aurait écrit eût-il été exact, cela ne nous aurait pas fort impressionnés.

Le même commentaire vaut pour un intellectuel soviétique qui passerait son temps à critiquer les atrocités des Américains en Asie du Sud-Est ou en Amérique centrale (ou encore le soutien américain aux généraux en Argentine). Ce qu'il dirait serait peut-être vrai, mais les conséquences pour les gens qui subissent les bombardements, sont terrorisés ou torturés dans les zones où s'exercent le pouvoir et l'influence des Américains seraient négligeables, voire négatives. Ce sont là des truismes constamment niés par les intellectuels au service du pouvoir d'État, lesquels, pour des raisons évidentes, prétendent ne pas les comprendre et surtout accusent ceux qui agissent selon les vrais principes moraux d'avoir « deux poids deux mesures », ou pire.

J'essaie de concentrer mes activités politiques – y compris mes écrits – dans des domaines où elles ont une certaine portée morale, donc principalement dans des domaines où les gens que je peux atteindre ont la possibilité d'agir pour changer des politiques exécrables, dangereuses et destructrices. Naturellement, d'autres facteurs influent sur mes choix, comme mon histoire personnelle, etc., mais ils n'ont aucun intérêt ici. On peut avoir de multiples raisons de s'engager dans l'action politique. Aider les gens qui souffrent, éviter des menaces ou des catastrophes, etc., sont des critères parfaitement clairs. Pour un intellectuel américain, ces critères conduisent à se préoccuper en priorité des politiques menées ici-même, dans les arènes nationale et internationale.

Dans certains cercles intellectuels, on considère qu'il est naïf ou stupide de se laisser guider par des principes moraux. Sur cette forme de bêtise je n'ai rien à dire.

J'insiste sur le fait que j'ai essayé d'appliquer ces critères (avec des nuances liées à mes intérêts et à mon histoire personnelle) dans tous les domaines de l'action politique dans lesquels je me suis engagé. L'écriture n'a représenté qu'une partie de mes activités, et seulement une petite partie. Je donne beaucoup de conférences et suis engagé depuis des années dans différents types d'action directe (manifestations, résistance, etc.).

C'est sur ce terrain-là que se posent certaines questions de jugement tactique. En temps normal, les intellectuels peuvent lutter de plusieurs façons en faveur de la paix et de la justice… L'une d'elles consiste à servir de « source », à fournir des informations et des analyses. Les intellectuels américains sont très privilégiés. Ils bénéficient de formations et de facilités pour s'informer, organiser et contrôler leur travail, et peuvent ainsi aider efficacement les gens qui souhaitent échapper à l'endoctrinement et comprendre la réalité du monde qui les entoure. Pour ces mêmes raisons ils peuvent être des organisateurs actifs et efficaces. En outre, du fait de leurs privilèges, les intellectuels ont souvent l'occasion de se rendre « visibles », et ils peuvent exploiter ce privilège de façon utile et efficace. Par exemple, si des actions de désobéissance civile sont entreprises par des gens qui n'ont pas la chance d'avoir ces privilèges, qui sont très inégalement répartis dans une société de classe, on ne leur prêtera aucune attention et ils seront écrasés par la force. Mais si ceux qui bénéficient de ces privilèges acceptent de jouer un rôle public pour soutenir ces actions, le danger de violence policière est beaucoup moins important (aux États-Unis, pas partout) et l'action peut avoir plus d'impact.

Ces problèmes sont importants et surgissent à tout instant quelles que soient les formes d'action politique. Les gens prennent des décisions en fonction de leurs jugements tactiques et de leurs préférences personnelles lorsqu'il s'agit de choisir leur engagement et leur action en fonction de ce que permet la société. Certains de mes amis les plus proches ont choisi de se consacrer presque exclusivement à des tâches d'organisation et à l'action directe. J'ai fait des choix différents qui ont varié avec le temps. En 1960, par exemple, j'étais beaucoup plus impliqué dans l'action directe sur la politique étrangère et intérieure qu'aujourd'hui, parce que mon évaluation de la façon dont je pouvais utiliser le plus efficacement mon énergie, mes compétences et mes privilèges était différente.

Les raisons pour lesquelles j'ai consacré la plus grande partie de mes écrits et de mon action politique – mais pas seulement – aux problèmes de politique étrangère sont diverses. Il s'agit en partie de l'estimation de l'importance relative ; l'impact de la politique étrangère des États-Unis sur des millions de gens dans le monde est énorme, et cette politique augmente considérablement la probabilité d'un conflit et d'une catastrophe à l'échelle mondiale. D'autre part, j'ai le sentiment que bien que beaucoup de gens ici fassent un travail excellent et important en s'attelant à des problèmes cruciaux de politique intérieure, très peu d'entre eux se sentent autant concernés et s'engagent autant dans les problèmes de politique étrangère. Enfin, ce choix reflète, je suppose, des raisons personnelles qui, encore une fois, n'ont pas d'intérêt ici.

Dans le domaine de la politique étrangère, j'ai essayé de concentrer mon énergie sur des sujets qui non seulement sont importants pour les raisons que je viens d'évoquer, mais qui sont aussi relativement ignorés… Pour le dire un peu crûment, il faut en priorité dire aux gens ce qu'ils veulent le moins entendre, et défendre les causes les moins populaires, toutes choses égales par ailleurs. Interviennent aussi, bien sûr, des jugements provisoires et parfois personnels.

13 juin 1983

*Traduction de l'anglais par Marie-Claire Beauregardt, révision par Julie Franck.*

Extraits des réponses écrites de Noam Chomsky aux questions de Celia Jakubowicz. Source : C.P. Otero (éd.), *Language and Politics*, Black Rose, 1988, p. 369-372. www.blackrosebooks.com

# Ce que nous savons sur l'universalité du langage et des droits

**Noam Chomsky**

*Publié dans* Boston Review, *été 2005. Cet essai est adapté à partir d'un exposé fait dans le cadre du programme du MIT sur les droits de l'homme et la justice. Nous avons retiré la partie concernant la linguistique, celle-ci étant traitée en détail dans le reste du Cahier. Le texte anglais complet est disponible sur http://bostonreview.net/BR30.3/chomsky.html.*

Les éditeurs

Il y a trente-cinq ans, j'avais, dans un moment de faiblesse, accepté de donner une conférence intitulée « Langage et liberté ». Lorsque vint le moment d'y réfléchir, je réalisai que j'avais peut-être quelque chose à dire sur le langage et sur la liberté, mais que le mot « et » me posait un sérieux problème. Il y a sans doute un fil entre langage et liberté, et il existe une histoire intéressante des spéculations à ce sujet, mais elle est en réalité bien mince. Le même problème s'applique au thème que je traite aujourd'hui, à savoir « Universalité dans le langage et droits de l'homme ». On peut dire des choses utiles sur l'universalité dans le langage et sur l'universalité des droits de l'homme, mais l'incommode conjonction « et » soulève des difficultés.

Le seul moyen de s'en tirer est, me semble-t-il, de dire quelques mots sur l'universalité du langage et sur l'universalité des droits de l'homme en évoquant un lien possible, problème qui se situe largement à l'horizon de notre enquête. [...]

Nous allons maintenant aborder les domaines de la volonté, du choix et du jugement, et nous demander s'il existe quelques fils ténus susceptibles de relier ce qui semble relever de la recherche scientifique et certains problèmes essentiels de la vie humaine, notamment les questions épineuses qui se posent à propos de l'universalité des droits de l'homme. Une des voies possibles est celle qui s'inspire des remarques de Hume [...], par exemple celle qui consiste à dire que l'étendue infinie des jugements moraux – tout comme l'étendue infinie du savoir linguistique – doit être fondée sur des principes généraux qui font partie de notre nature bien qu'ils dépassent nos « instincts originaux », principes dont il dit par ailleurs qu'ils incluent différentes « espèces d'instincts naturels » sur lesquels reposent les savoirs et les opinions.

Ces dernières années, des travaux intéressants en philosophie morale et en sciences cognitives expérimentales ont repris ces idées en étudiant ce qui semble être des intuitions morales profondes, qui possèdent souvent des caractéristiques surprenantes, s'appliquant à des situations imaginaires, et qui suggèrent l'intervention de principes internes, qui vont bien au-delà de tout ce qui peut être expliqué par l'entraînement et l'habitude. Pour illustrer cela, je prendrai un exemple tiré de l'actualité qui nous conduira directement au problème de l'universalité des droits de l'homme.

En 1991, l'économiste principal de la Banque mondiale rédigea un mémoire interne sur la pollution dans lequel il montrait que la banque devait encourager l'installation d'industries polluantes dans les pays les plus pauvres. La raison en était que « l'évaluation du coût de la pollution nuisible à la santé dépend du profit escompté dans une situation de morbidité et de mortalité croissantes », de sorte qu'il est rationnel que la « pollution nuisible à la santé » soit exportée dans les pays les plus pauvres où la mortalité est plus importante et où les salaires sont les plus bas. D'autres facteurs conduisent à la même conclusion, par exemple le fait que « les préoccupations esthétiques qui concernent la pollution » sont plus « productrices de bien-être » chez les riches. Cet économiste soulignait très justement que la logique de son mémoire était irréprochable et que les « raisons morales » ou les « préoccupations sociales » susceptibles d'être invoquées « pourraient être utilisées avec plus ou moins de succès contre chaque proposition de la Banque en faveur de la libéralisation », ce qui indique probablement qu'elles sont sans pertinence.

Des fuites rendirent ce mémo public et cela provoqua une tempête de protestations qu'illustre la réaction du secrétaire brésilien à l'Environnement qui lui adressa une lettre dans laquelle il disait : « Votre raisonnement est parfaitement logique mais complètement insensé. » Le secrétaire fut chassé, mais l'auteur du mémoire devint ministre des Finances du président Clinton et est aujourd'hui président de l'université Harvard[1].

Cette réaction donna lieu à des dérobades et à des dénégations que je passerai sous silence. Ce qui est pertinent ici, c'est l'unanimité virtuelle du jugement moral énonçant que le raisonnement est insensé tout en étant logique. Cela mérite plus ample examen et nous allons

1. Lawrence H. Summers, dont il s'agit ici, a démissionné de ce poste en février 2006 [*NdÉ*].

nous tourner maintenant vers l'histoire moderne des doctrines concernant les droits de l'homme.

La codification standard des droits de l'homme issue de la période moderne est la Déclaration universelle des droits de l'homme adoptée en décembre 1948 par presque tous les pays, au moins en principe. La Déclaration universelle des droits de l'homme reflétait un large consensus interculturel. Toutes ses composantes bénéficient du même statut, y compris « les droits contre la torture », les droits socio-économiques et d'autres droits énumérés dans l'article 25.

> Toute personne a droit à un niveau de vie suffisant pour assurer sa santé, son bien-être et ceux de sa famille, notamment pour l'alimentation, l'habillement, le logement, les soins médicaux ainsi que pour les services sociaux nécessaires ; elle a droit à la sécurité en cas de chômage, de maladie, d'invalidité, de veuvage, de vieillesse ou dans les autres cas de perte de ses moyens de subsistance par suite de circonstances indépendantes de sa volonté.

Ces dispositions ont été réaffirmées à peu de chose près dans les mêmes termes par les conventions adoptées par l'Assemblée générale des Nations unies et par les accords internationaux sur le droit au développement.

Il est clair que cette formulation des droits de l'homme universels rejette la logique irréprochable du premier économiste de la Banque mondiale, si ce n'est parce que celle-ci est insensée, au moins parce qu'elle est profondément immorale – ce qui correspond en fait au jugement virtuellement universel pour autant qu'il s'est exprimé publiquement.

Le mot « virtuellement » ne doit pas être pris à la légère. Comme on le sait, la culture occidentale condamne certains pays qualifiés de « relativistes » parce qu'ils interprètent la Déclaration universelle des droits de l'homme de façon sélective en rejetant les éléments qui leur déplaisent. Une profonde indignation s'est exprimée à propos des « relativistes asiatiques » ou des infâmes communistes qui pratiquent cette dialectique honteuse. Le fait que l'un des leaders du camp relativiste est aussi le leader des « États éclairés » autoproclamés, l'État le plus puissant du monde, est moins remarqué. Nous en voyons presque quotidiennement des exemples, bien que « voir » ne soit peut-être pas le terme exact dans la mesure où nous voyons ces exemples sans les remarquer.

Pour illustrer cela, revenons au 1er mars 2005. Des articles sont parus dans la presse après que fut rendu public le rapport annuel du Département d'État sur les droits de l'homme dans le monde. La personne qui prit la parole lors de la conférence de presse était Paula Dobriansky, la sous-secrétaire d'État pour les Affaires internationales. Elle déclara que « promouvoir les droits de l'homme n'est pas seulement un élément de notre politique étrangère ; c'est la base de notre politique et notre préoccupation majeure ». Mais il faut ajouter quelque chose à cette histoire. Dobriansky avait été la secrétaire d'État adjointe pour les Droits de l'homme et les Affaires humanitaires dans les administrations Reagan et Bush père, et, à ce titre, elle cherchait à se débarrasser de ce qu'elle appelait des « mythes », s'agissant des droits de l'homme, et en particulier du plus frappant d'entre eux, affirmant que les « droits économiques et sociaux sont des droits de l'homme ». Elle dénonçait les tentatives visant à noyer le discours sur les droits de l'homme en introduisant des droits fallacieux – ceux-là mêmes qui sont contenus dans la Déclaration universelle des droits de l'homme et qui ont été formulés à l'initiative des États-Unis, mais que le gouvernement des États-Unis rejette explicitement, et que l'Occident rejette de plus en plus dans le cadre des doctrines néolibérales sur lesquelles s'appuie le principal économiste de la Banque mondiale.

Il faut souligner que c'est le *gouvernement* des États-Unis qui rejette ces dispositions de la Déclaration universelle des droits de l'homme. La population est à ce propos en total désaccord avec le gouvernement. Un exemple actuel concerne le budget fédéral qui a été récemment annoncé et l'enquête effectuée par la plus prestigieuse institution mondiale sur les réactions qu'il a suscitées dans l'opinion. Le public demande des coupes importantes dans les dépenses militaires et une augmentation notable des dépenses sociales – éducation, recherche médicale, formation, économies d'énergie, énergies renouvelables –, une augmentation des dépenses des Nations unies et de l'aide économique et humanitaire, ainsi que l'annulation des baisses d'impôt du président Bush en faveur des plus riches. Sur tous ces sujets-là la politique du gouvernement est totalement opposée à l'opinion publique. Les études d'opinion qui montrent régulièrement cette opposition sont rarement publiées, si bien que non seulement les citoyens sont écartés des centres de décision politique, mais sont également tenus dans l'ignorance de l'état de l'opinion publique.

Il existe une inquiétude internationale au sujet du « double déficit » des États-Unis : le déficit commercial et le déficit budgétaire. Lesquels sont en relation étroite avec un troisième déficit : un déficit démocratique toujours plus grand, non seulement aux États-Unis mais dans le monde occidental en général. On en parle peu car cela profite aux riches et aux puissants qui ont toutes les raisons de vouloir tenir le public à l'écart des choix politiques et de leur mise en œuvre, un sujet qui devrait pourtant être pris très au sérieux indépendamment de sa relation avec l'universalité des droits de l'homme.

Il n'est pas juste de se focaliser sur Dobriansky. Sa position est la norme. L'ambassadrice aux Nations unies Jeane Kirkpatrick qualifiait les dispositions socio-économiques de la Déclaration universelle des droits de l'homme de « lettre au Père Noël... Ni la nature, l'expérience ou la probabilité ne justifient ces listes de "droits" qui ne sont soumis à aucune contrainte sauf celle de l'esprit et du désir de leurs auteurs ». Pour l'essentiel, la même opinion avait été exprimée en 1990 par le représentant des États-Unis à la Commission des Nations unies pour les droits de l'homme, l'ambassadeur Morris Abram, justifiant le veto unilatéral de Washington à la résolution des Nations unies sur le « droit au développement », laquelle reprenait en grande partie les dispositions socio-économiques de la Déclaration universelle des droits de l'homme. Ce ne sont pas des droits, expliqua Abram à la Commission. Ils débouchent sur des conclusions qui « paraissent absurdes ». De telles idées ne sont « qu'une assiette vide remplie de vagues espoirs et d'attentes mal définies » et elles constituent même une « dangereuse incitation ». L'erreur fondamentale du présumé « droit au développement » est qu'il présuppose que l'article 25 de la Déclaration universelle des droits de l'homme est à prendre au sens littéral alors qu'il n'est qu'une « lettre au Père Noël ».

Il y a quelques jours, Condoleezza Rice a pris Jeane Kirkpatrick comme modèle lorsqu'elle a annoncé la nomination de John Bolton au poste d'ambassadeur aux Nations unies. Bolton a été tout à fait clair et franc en parlant de son attitude vis-à-vis des Nations unies : « Les Nations unies n'existent pas, a-t-il déclaré. Si les États-Unis dirigent, les Nations Unies suivront. Quand cela correspond à nos intérêts d'agir de cette façon, nous agissons de cette façon. Quand cela ne correspond pas à nos intérêts nous agissons autrement. » Cette position est extrême, mais se situe néanmoins à l'intérieur de l'étroit consensus d'une élite à laquelle s'oppose l'immense majorité de la population. Le soutien de l'opinion aux Nations Unies est si fort qu'une majorité pense même que les États-Unis devraient supprimer le veto au Conseil de sécurité et accepter les décisions de la majorité. Mais, encore une fois, le déficit démocratique prévaut.

Le principe d'universalité se révèle également dans d'autres contextes. Un exemple instructif a occupé la Cour internationale de justice plusieurs années de suite. Après les bombardements de la Serbie de 1999, plusieurs juristes internationaux saisirent le Tribunal criminel international pour l'ancienne Yougoslavie à propos de charges contre l'Otan sur la base de documents issus d'organisations humanitaires et d'aveux du commandement de l'Otan. En violation des règles du tribunal, les procureurs refusèrent d'examiner l'affaire en arguant qu'ils avaient confiance dans la bonne foi de l'Otan. La Yougoslavie porta alors l'affaire devant la Cour internationale de justice. Seuls les États-Unis se retirèrent des débats. La raison était la suivante : la Yougoslavie avait invoqué la Convention sur le génocide que les États-Unis avaient signée quarante ans après qu'elle fut énoncée, avec la réserve qu'elle ne s'appliquait pas à eux. Apparemment, Washington se réservait le droit unilatéral de pratiquer le génocide. La Cour accepta cet argument, qui était correct, et les États-Unis furent excusés.

Des choses semblables se sont produites précédemment, qui sont encore pertinentes aujourd'hui. John Negroponte a été récemment nommé directeur des renseignements. Comme Bolton, il dispose de bonnes références pour ce poste. Dans les années 1980, pendant le premier mandat des actuels dirigeants de Washington ou de leurs mentors, il était ambassadeur au Honduras où il dirigeait la plus grosse agence de la CIA, non pas parce que le Honduras était un pays important sur la scène internationale, mais parce qu'il y supervisait les camps dans lesquels les troupes terroristes dirigées par les États-Unis étaient entraînées et armées en vue de la guerre contre le Nicaragua – et cela n'était pas une mince affaire. Si le Nicaragua avait agi selon nos normes, il aurait répondu par des attaques terroristes sur le territoire des États-Unis pour se défendre ; et dans ce cas il se serait agi d'une véritable autodéfense. Au contraire, le Nicaragua continua à utiliser les moyens pacifiques recommandés par le droit international. Il porta l'attaque des États-Unis devant la Cour internationale de justice. Le cas du Nicaragua fut présenté par Abram Chayes, professeur de droit à Harvard. La Cour fit tout ce qu'elle put pour satisfaire les Américains malgré leur refus d'être présents. Elle supprima une grande partie du rapport de Chayes, car à l'époque où les États-Unis avaient accepté la juridiction de la Cour internationale de justice, en 1946, ils avaient introduit une clause qui les excluait des traités multilatéraux, notamment de la Charte des Nations unies qui condamnait l'usage illégal de la force en tant que crime – le « crime international suprême » selon les termes du tribunal de Nuremberg.

La Cour s'en tint donc aux traités bilatéraux passés entre les États-Unis et le Nicaragua ainsi qu'à la loi internationale coutumière, mais même sur cette base étroite elle condamna Washington pour « usage illégal de la force » (en clair, pour terrorisme international) et exigea des États-Unis qu'ils mettent fin à ces crimes et qu'ils versent des réparations substantielles, dépassant de beaucoup les dettes qui étranglaient le pays, dettes encore accrues du fait de la guerre américaine. Le Conseil de sécurité confirma le jugement de la Cour dans deux résolutions auxquelles les États-Unis opposèrent leur veto et suite auxquelles ils intensifièrent leurs attaques, laissant le pays entièrement détruit, avec un nombre de morts qui, rapporté au nombre d'habitants, équivaudrait à deux millions et demi de morts si cela s'était produit aux États-Unis, c'est-à-dire plus que tous les Américains morts au cours de toutes les guerres de son histoire. Le pays était tellement affaibli que 60 % des enfants de moins de deux ans souffrent aujourd'hui de malnutrition sévère et présentent probablement des lésions cérébrales. Tout cela a disparu dans le « trou de la mémoire », dont parle Orwell, au sein de la culture de l'élite intellectuelle. Ce trou est tellement profond que ces jours-ci on peut lire des éditoriaux qui s'interrogent sur les attitudes anti-américaines au Nicaragua après « l'échec de la révolution ».

Plusieurs conclusions intéressantes peuvent être tirées de cet exemple. La première est qu'il s'agit ici d'une illustration supplémentaire du fait que Washington s'exempte des lois internationales, y compris des lois humanitaires fondées sur les principes universels des droits de l'homme, et que cette politique a des conséquences tragiques. Cet exemple révèle aussi que l'élite intellectuelle s'exonère à nouveau de la responsabilité de nos crimes, conclusion qui s'appuie sur sa réaction au fait que Washington vient de proclamer tsar de la lutte antiterroriste un individu qu'il serait plus exact de considérer comme un terroriste condamné internationalement pour son implication personnelle dans des atrocités majeures [1]. Orwell se serait demandé s'il faut en rire ou en pleurer.

Les États-Unis ont refusé de ratifier la plupart des conventions de mise en application de la Déclaration universelle des droits de l'homme approuvées par

1. Chomsky fait référence à Negroponte [*NdÉ*].

l'Assemblée générale des Nations unies. Plus précisément, à ma connaissance ils n'en ont accepté aucune puisque les rares cas de ratification se sont accompagnés de restrictions qui les en excluent. Ces restrictions concernent aussi les conventions contre la torture qui ont récemment suscité de nombreux débats. Un article important à ce sujet, que l'on doit à l'éminent spécialiste du droit constitutionnel Sanford Levinson, est paru dans le journal de l'Académie américaine des arts et des sciences. Comme beaucoup d'autres, il condamnait le Département de la justice de l'administration Bush – y compris le ministre de la Justice qui vient à peine d'être nommé – pour avoir exprimé « une conception de l'autorité présidentielle qui ressemblait beaucoup trop au pouvoir que Schmitt entendait accorder à son propre Führer » – en se référant à Carl Schmitt, le principal philosophe allemand du droit pendant la période nazie – et que Levinson décrit comme « la véritable *éminence grise* de l'administration [Bush] ». Cependant Levinson justifie en partie l'autorisation de la torture par cette même administration. Il souligne que quand le Sénat a ratifié la Convention des Nations unies contre la torture et autres traitements ou châtiments cruels, inhumains ou dégradants, il « proposa ce qu'on pourrait appeler une définition de la torture plus favorable à l'interrogateur que celle adoptée par les négociateurs des Nations unies ». Et cette définition unilatérale des Américains tend, d'une certaine manière, à autoriser les pratiques qui ont récemment déclenché la colère dans le monde, et chez nous de nombreux commentaires.

Il serait à la fois facile et décourageant de continuer, mais je terminerai par une dernière observation concernant la scène politique actuelle. Il y a quelques mois j'ai participé à un meeting à Hope Church, dans le centre de Boston, organisé par CRISPAZ afin de commémorer le 25e anniversaire de l'assassinat de l'archevêque salvadorien Oscar Romero, une « voix pour les sans-voix », tué par les forces de sécurité soutenues par les États-Unis. Romero a été assassiné alors qu'il disait la messe, peu après avoir adressé au président Carter une lettre éloquente le suppliant de ne pas envoyer d'aide à la junte militaire brutale au pouvoir au Salvador, aide qui « sans aucun doute aggraverait l'injustice et la répression infligée aux organisations populaires dont les luttes ont souvent été menées en faveur du respect des droits de l'homme les plus fondamentaux ». La terreur d'État augmenta avec le soutien constant et décisif des Américains. Dix années d'horreur qui prirent fin avec l'assassinat de six intellectuels latino-américains, eux aussi prêtres jésuites, par un bataillon d'élite armé et entraîné par les États-Unis, qui avait déjà atteint un record d'atrocités en prenant surtout pour cible les victimes ordinaires : paysans, ouvriers, prêtres et travailleurs laïques, toute personne ayant un lien, même lointain, avec « les organisations populaires luttant pour défendre leurs droits humains les plus élémentaires ».

CRISPAZ était une des organisations à base surtout religieuse qui ont vu le jour après l'assassinat de Romero afin de soutenir ceux qui luttaient pour défendre leurs droits humains les plus fondamentaux. Leurs actions avaient ouvert des chemins entièrement nouveaux dans l'histoire de la violence occidentale : en vivant avec les victimes, en les aidant, en espérant qu'un visage blanc viendrait les protéger de la colère des forces terroristes d'État soutenues par les Américains.

J'ai eu le privilège de partager la tribune avec Mirna Perla, une juge salvadorienne appartenant à la Cour suprême de justice, qui était la veuve de Herbert Anaya – lequel était le principal défenseur des droits de l'homme au Salvador –, et qui s'efforce de poursuivre, dans des conditions terribles, l'œuvre de ce dernier. Anaya avait été emprisonné et torturé par le gouvernement imposé par les Américains, puis assassiné par les mêmes mains qui tuèrent l'archevêque et les intellectuels jésuites ainsi que des dizaines de milliers d'autres, parmi les victimes habituelles.

Dans une société qui apprécierait sa liberté, il ne serait pas nécessaire de rappeler ces faits car ils seraient enseignés dans les écoles et connus de chacun, et nous commémorerions le 25e anniversaire de l'assassinat de l'archevêque et le 15e anniversaire de celui des intellectuels jésuites, qui étaient eux aussi des « voix pour les sans voix ». Et nous réagirions de la même manière aux atrocités continuelles commises par les forces armées entraînées par Washington, en Colombie par exemple, qui depuis longtemps est le pays qui a le plus souvent violé les droits de l'homme dans l'hémisphère sud, et qui, pendant toutes ces années, a été le principal bénéficiaire de l'aide et de l'entraînement militaire américains ; la corrélation générale entre ces deux phénomènes a d'ailleurs été bien établie grâce à des travaux universitaires. L'année dernière, la Colombie a apparemment maintenu son record mondial consistant à tuer plus de militants syndicaux que le reste du monde réuni. D'après un rapport, des militaires pénétrèrent il y a quelques mois dans la plus importante des villes qui se sont déclarées zones de paix et tuèrent l'un de ses fondateurs ainsi que d'autres personnes, dont de jeunes enfants – j'ai rencontré ce leader peu de temps avant qu'il ne soit assassiné, c'était à l'occasion d'une visite arrangée par le Père Javier Giraldo, ce prêtre courageux qui dirige le Centre justice et paix, organisme à base religieuse, lui-même menacé d'assassinat et éloigné du pays par l'ordre des Jésuites alors qu'il avait insisté pour revenir poursuivre son travail sur les droits de l'homme.

Encore une fois, tout cela devrait être trop familier pour être rappelé. Mais peu de choses sont connues hors des cercles de gens qui, comme les militants de CRISPAZ, se consacrent de façon authentique à la défense des droits universels de l'homme.

Je mentionne ces quelques exemples afin que nous nous rappelions que nous ne sommes pas seulement engagés dans des séminaires traitant de principes abstraits ou parlant de cultures éloignées que nous ne comprenons pas. Nous parlons de nous-mêmes et des valeurs intellectuelles et morales des communautés dans lesquelles nous vivons. Et si nous n'aimons pas ce que nous voyons quand nous nous regardons dans un miroir, nous avons de nombreuses occasions d'y remédier.

*Traduction de l'anglais par Marie-Claire Beauregardt.*

# BIOGRAPHIE

**7 décembre 1928** – Naissance d'Avram Noam Chomsky à Philadelphie, Pennsylvanie. Il est le fils de William (Zev) Chomsky et d'Elsie Simonofsky. Le père de Noam Chomsky a quitté la Russie pour les États-Unis en 1913 pour éviter d'être embrigadé dans l'armée du tsar. Arrivé aux États-Unis, il se fraie un chemin jusqu'à la Johns Hopkins University en gagnant sa vie entre autres comme professeur à l'école élémentaire hébraïque de Baltimore. Après leur déménagement à Philadelphie, lui et sa femme commencent à enseigner à l'école hébraïque de Mikveh Israël. William Chomsky devient directeur de l'enseignement hébraïque pour la ville de Philadelphie ; ce spécialiste d'hébreu médiéval sera reconnu à sa mort en 1977 par le *New York Times* comme étant l'un des plus importants grammairiens de l'hébreu au monde. La mère de Noam, Elsie, est, elle aussi, décrite comme extrêmement brillante.

**1930-1942** – À peine âgé de 2 ans, Noam est envoyé dans une école expérimentale inspirée de la philosophie de John Dewey : The Oak Lane Country Day School, où il reste jusqu'à l'âge de 12 ans.
Naissance de son frère David, qui deviendra médecin.
Dès son plus jeune âge, Chomsky découvre avec avidité la littérature hébraïque ainsi que de grands auteurs comme Jane Austen, Dickens, Dostoïevski, Hugo, Twain et d'autres ; ainsi qu'un livre de son père sur David Kimhi, grammairien classique de l'hébreu. Il grandit plongé dans un milieu culturel juif, mais aussi dans un environnement antisémite : avant Pearl Harbour, les victoires allemandes, y

compris la chute de Paris, étaient célébrées dans son quartier, où sa famille est presque la seule famille juive et où il apprend à éviter les enfants catholiques, en particulier ceux qui fréquentent l'école locale tenue par les jésuites.

Peu après qu'il eut fêté ses 10 ans, Chomsky rédige son premier article, dans le journal de son école, à propos de la chute de Barcelone en 1939, qui mit fin, avec le triomphe des fascistes, à la guerre civile espagnole. En 1992, il dira : « Les événements de ces années-là ont eu un impact considérable sur ma compréhension du monde et ma conscience morale et politique ; ils ont marqué pour longtemps ma façon de penser, de comprendre et de ressentir. » Un des articles de son livre *L'Amérique et ses nouveaux mandarins* discute en détail l'histoire de l'Espagne libertaire.

À 12 ans, Chomsky rentre à l'école secondaire centrale de Philadelphie, qui est une école « normale » et où il parle d'« endoctrinement » à propos de l'enseignement qu'il a reçu.

À partir de l'âge de 13 ans, il se rend fréquemment en train à New York où il retrouve un oncle qui tient un kiosque à journaux autour duquel gravitent une foule d'immigrés juifs très érudits et passionnés autant par les théories marxistes et freudiennes, que par la littérature ou le Quatuor à cordes de Budapest.

En fréquentant les librairies anarchistes et les bureaux de la Freie Arbeiter Stimme, il découvre les théories anarchistes de Rocker ainsi que celles de Diego Abad de Santillán. Il lit aussi à cette époque Karl Liebknecht, Rosa Luxemburg, il découvre Paul Mattick – qui lui fait découvrir Pannekoek, et Karl Korsch. Chez Orwell, il aime surtout son *Hommage à la Catalogne*. En 1945, lors du bombardement d'Hiroshima, il séjourne dans un camp de jeunesse où, dit-il, il « ne put parler à personne » et « se sentait complètement isolé ».

**À partir de 1945,** il étudie la philosophie et la linguistique à l'Université de Pennsylvanie, tout en travaillant pour payer ses études ; il rencontre les philosophes C. West Churchman et Nelson Goodman et le linguiste Zellig Harris. Ce dernier va avoir une influence profonde sur Chomsky et l'amènera, en l'encourageant à suivre des cours avancés, y compris en mathématiques, à rester dans le monde académique à un moment où il pensait le quitter. Bien que proche de Harris sur les plans personnels et politiques, ses travaux en linguistique se feront dans une direction totalement opposée à la linguistique structurale de Harris.

**1949** – Chomsky se marie avec la linguiste Carol Schatz, qu'il connaît depuis son plus jeune âge. Ils auront deux filles Aviva (1957), Diane (1960) et un fils Harry (1967). Chomsky s'inscrit cette année-là à l'université de Pennsylvanie en 3e cycle, qu'il terminera en 1951.

**De 1951 à 1955** – Chomsky est nommé Junior Fellow de la Harvard University Society of Fellows.

**1953** – Il passe environ six semaines dans un kibboutz en Israël. Il est attiré par l'idée d'un état binational (juif-arabe) en Palestine, idée considérée comme sioniste à l'époque et antisioniste aujourd'hui. Il est attiré par la forme d'organisation des kibboutz, mais l'atmosphère stalinienne qui y règne, ainsi que le racisme institutionnel lui déplaisent.

**1955** – Il soutient sa thèse de doctorat de linguistique à l'Université de Pennsylvanie. Il s'agit d'un travail de 800 pages, rédigé en quelques mois, qui circula longtemps sous forme de copies et qui finit par être publié en 1975 sous le titre de *Logical Structure of Linguistics Theory* (en 1955, une version de cet ouvrage avait été rejetée par les Presses du MIT, ce qui, comme le fait remarquer Chomsky, n'était pas déraisonnable, vu que son approche sortait radicalement du cadre de ce qui était considéré à l'époque comme définissant la linguistique). Chomsky rejoint le Massachusetts Institute of Technology où il est introduit comme chercheur par Roman Jakobson. Il travaille d'abord dans un laboratoire d'électronique, spécialiste dans la traduction automatique ; bien que Chomsky ne s'intéressât nullement à ce projet et le fît savoir au directeur Jerome Wiesner dès son arrivée, il fut néanmoins engagé.

À cette époque, Chomsky est confronté à l'idéologie technocratique qui domine alors l'intelligentsia américaine, laquelle pense pouvoir contrôler les phénomènes sociaux par des moyens « scientifiques ». Chomsky rejette cette attitude : il est non seulement sceptique par rapport aux prétentions scientifiques de ces outils de contrôle, mais il les conteste également sur un plan moral.

**1956** – En septembre, lors d'une conférence à laquelle participent aussi Allen Newell et Herbert Simon, Chomsky fait une communication, *Trois modèles de description du langage*, qui contient les éléments essentiels de son approche novatrice du langage. Cette conférence est souvent considérée comme étant le début de la révolution cognitive moderne.

**1957** – Publication de *Syntactic Structures*, qui sont en réalité des notes de cours que Chomsky a donnés, mais qui font connaître ses théories.

**1958-1959** – Chomsky est visiteur à l'Institute for Advanced Study à Princeton. Au cours de deux conférences du Texas, Chomsky a l'occasion de confronter son approche à celle de linguistes plus traditionnels.

**1959** – Publication de son compte rendu de l'ouvrage de B.F. Skinner, *Verbal Behaviour*. Il y critique violemment l'approche behavioriste du langage. Il reprendra sa critique de Skinner en 1971 dans un compte rendu d'un autre ouvrage de celui-ci, *Beyond Freedom and Dignity*.

**1961** – Il est nommé professeur au MIT. De cette époque, date la création au MIT d'un programme de 3e cycle, qui sera suivi par de nombreux linguistes qui seront inspirés par Chomsky.

**1965** – Publication d'*Aspects of the Theory of Syntax*, le premier livre de grammaire générative qui se situe dans le cadre de l'approche qui sera appelée biolinguistique.

**1966** – Publication de *Cartesian Linguistics*. En remontant à l'étude du langage par les cartésiens, il montre « comment les études linguistiques contemporaines furent anticipées voire formulées explicitement dans des études anciennes maintenant complètement oubliées ». Il devient titulaire de la chaire de Ferrari P. Ward de langues modernes et de linguistique au MIT jusqu'en 1976.

**1967** – Publication de l'essai *La Responsabilité des intellectuels* dans *la New York Review of Books* (basé sur un exposé fait en 1966) ; il devient alors un des principaux opposants à la guerre du Vietnam. Lors d'une marche sur le Pentagone, il est arrêté en compagnie, entre autres, de Norman Mailer qui décrit l'incident dans *The Armies of the Night.* Chomsky craint d'être emprisonné et sa femme se remet à étudier pour obtenir un doctorat, qui lui permet, par la suite, d'enseigner à l'école doctorale de Harvard en éducation. Les poursuites contre Chomsky furent abandonnées lorsque l'offensive vietnamienne du Têt convainquit les dirigeants américains que la guerre ne pouvait pas être gagnée.

**1968** – Publication de *Language and Mind.* La réaction de Chomsky face aux événements de 1968 est mitigée : il critique certaines formes de radicalisme et ne pense pas, contrairement à une partie du mouvement étudiant, que l'université doive être la cible principale de la contestation.

**1969** – Publication de *L'Amérique et ses nouveaux mandarins*, premier recueil d'écrits politiques. Il donne les *John Locke Lectures* à Oxford University.

**1970** – Il donne la *Bertrand Russell Memorial Lecture* à Cambridge University. À cette époque, il commence aussi à critiquer la politique israélienne, ce qui suscite des réactions virulentes dans les milieux sionistes. Il publiera sur ce sujet, *Peace in the Middle East ?* en 1974 et *The Fateful Triangle* en 1983.

**1971** – Débat avec Michel Foucault sur une chaîne de télévision hollandaise.

**1972** – Il donne la *Nehru Memorial Lecture* à New Delhi.

**1973-1974** – Publication de *For Reasons of State,* où il analyse entre autres les « papiers du Pentagone ». Début de sa collaboration avec Edward S. Herman : ils écrivent ensemble un livre sur la violence contre-révolutionnaire, dont tous les exemplaires sont détruits sur ordre de la maison mère (Warner Communications) de la maison d'édition qui avait imprimé le livre ; de plus, la filiale fut fermée par la maison mère suite à cet incident. Ce livre sera néanmoins publié en français *(Bains de sang constructifs, dans les faits et la propagande)*, mais dans une traduction que Chomsky considère comme inexacte.

**1975** – Débat au Centre de Royaumont entre Piaget et ses disciples et Noam Chomsky, Jerry Fodor, ainsi que bon nombre d'autres participants, dont François Jacob, Jacques Monod, Jean-Pierre Changeux (les comptes rendus de ce débat sont publiés au Seuil en 1979). Publication de *Reflections on Language*.

**1976** – Il reçoit le titre très rare d'Institute Professor au MIT. Il publie un essai sur l'égalité où il discute entre autres les théories sur la race et le QI.

**1977** – Il donne la *Huizinga Lecture* à Leiden, sur *Intellectuals and the State*. Publication (en français d'abord) de *Dialogues avec Mitsou Ronat*, qui portent à la fois sur la linguistique et sur la politique.

**1979** – Publication, avec Edward S. Herman, de *The Political Economy of Human Rights*, en deux volumes, qui passe en revue les effets de la politique américaine dans le tiers-monde. Cet ouvrage est une extension considérable du livre détruit en 1974 par Warner.

**1979-1980** – « Affaire Faurisson » : Chomsky signe une pétition en faveur de la liberté d'expression de Faurisson, ce qui l'entraîne dans une polémique, racontée dans ce Cahier, et menant à la publication d'un « avis » sur la liberté d'expression dans un *Mémoire en défense* publié par Faurisson. À la suite de cette affaire, Chomsky est marginalisé en France pendant de longues années.

**1980** – Publication de *Rules and Representations*.

**1981** – Publication de *Radical Priorities*, recueil d'articles édité par Carlos Otero. Publication des cours de linguistique donnés à Pise sur « le gouvernement et le liage ».

**1984** – Publication de *Réponses inédites à mes détracteurs parisiens*, où figurent des lettres non publiées envoyées à des journaux comme *Le Monde* ou *Libération*. Publication de *Modular Approaches to the Study of the Mind*.

**1986** – Il donne des cours sur la linguistique et la politique à l'université de Managua, dans le Nicaragua sandiniste. Il publie *Pirates and Emperors*, où il critique la première version de la « guerre au terrorisme », sous l'administration Reagan.

**1987** – Publication du *Chomsky Reader*, édité par James Peck, ouvrage qui rassemble certains de ses textes les plus importants.

**1988** – Il reçoit le prix Kyoto en Sciences fondamentales, considéré comme une des plus hautes distinctions scientifiques. Publication, avec Edward S. Herman, de *Manufacturing Consent*, qui est la base de bon nombre d'analyses critiques contemporaines des médias. Ce livre sera suivi en 1989 par *Necessary Illusions*, basé sur des exposés donnés à la radio canadienne. Un film avec le même titre sera réalisé sur Chomsky en 1992. Publication de *Language and Politics*, recueil d'interviews de Chomsky, édité par Carlos Otero.

**1992** – Le *Arts and Humanities Citation Index* le répertorie parmi les dix auteurs les plus cités de tous les temps (avec Marx, Freud, la Bible, Lénine, Shakespeare…) et le seul vivant parmi ceux-ci.

**1994** – Publication par Carlos Otero de *Noam Chomsky. Critical Assessments*, une série de 8 volumes consacrés à Chomsky.

**1995** – Publication de *The Minimalist Program*.

**2000** – Publication de *New Horizons in the Study of Language and Mind*.

**2001-aujourd'hui**. – Publication dans de nombreuses langues de *9-11*, sa réaction aux attentats du 11-Septembre. Il est invité à parler aux Forums sociaux mondiaux, ainsi, entre autres, qu'en Inde, au Pakistan, à Cuba, au Liban (2006), où il visite, dans les régions libérées par le Hezbollah, une ancienne prison qui servait, pendant l'occupation du Sud-Liban par Israël, de centre de torture aux auxiliaires libanais de l'armée israélienne. Publication de *Hegemony or Survival* (2003), de *Imperial Ambitions* (2005) et de *Failed States* (2006) sur la nouvelle « guerre au terrorisme ». En 2005, il est élu par les lecteurs du magazine britannique *Prospect* comme étant le plus grand intellectuel vivant.

Chomsky a reçu des diplômes honorifiques de nombreuses universités : University of London, University of Chicago, Loyola University of Chicago, Swarthmore College, Delhi University, Bard College, University of Massachusetts, University of Pennsylvania, Georgetown University, Amherst

College, Cambridge University, University of Buenos Aires, McGill University, Universitat Rovira I Virgili, Tarragona, Columbia University, University of Connecticut, Scuola Normale Superiore, Pisa, University of Western Ontario, University of Toronto, Harvard University, University of Calcutta, et Universidad Nacional De Colombia. Il est membre de l'American Academy of Arts and Sciences et de la National Academy of Science. Outre le prix Kyoto, il a reçu entre autres le Distinguished Scientific Contribution Award de l'American Psychological Association, la médaille Helmholtz et la médaille Ben Franklin in Computer and Cognitive Science.

Source principale pour cette biographie : *Noam Chomsky. Une voix discordante*, Robert F. Barsky, Paris, O. Jacob, 1998.

# BIBLIOGRAPHIE

Cette bibliographie n'est pas exhaustive mais limitée aux ouvrages et aux articles en langue française de l'Auteur. Les ouvrages publiés originellement en français sont indiqués par un *. Pour tout complément de référence, on se reportera, entre autres, aux bibliographies en ligne de la Bibliothèque nationale de France et de MIT Linguistics.

## LINGUISTIQUE ET PHILOSOPHIE DE L'ESPRIT

### Livres

*Notions sur les grammaires formelles*, par Maurice Gross et André Lentin, introduction de Noam Chomsky, Paris, Gauthier-Villars, 1967.

*Le Langage et la Pensée*, Paris, Petite Bibliothèque Payot, 1969 ; rééd. 1996 ; 2001.

*La Linguistique cartésienne, un chapitre de l'histoire de la pensée rationaliste*, suivi de *La Nature formelle du langage*, Paris, Seuil, 1969 ; rééd. 1987.

*L'Analyse formelle des langues naturelles*, Noam Chomsky, George A. Miller, Paris, Gauthier-Villars ; La Haye, Mouton, 1968.

*Structures syntaxiques*, Paris, Seuil, 1969.

*Aspects de la théorie syntaxique*, Paris, Seuil, 1971 ; rééd. 1986 ; 1995.

*Principes de phonologie générative*, Noam Chomsky, Morris Halle, Paris, Seuil, 1973.

*Questions de sémantique*, Paris, Seuil, 1975.

* *Dialogues avec Mitsou Ronat*, Paris, Flammarion, 1977 ; rééd. sous le titre *Langue, linguistique, politique : dialogues avec Mitsou Ronat*, Paris, Flammarion, 1992.

*Réflexions sur le langage*, Paris, F. Maspero, 1977 ; Paris, Flammarion, 1981.

*Structures syntaxiques*, Paris, Seuil, 1979.

*Essais sur la forme et le sens*, Paris, Seuil, 1980.

* *Théories du langage, théories de l'apprentissage*, débat entre Jean Piaget et Noam Chomsky / Centre Royaumont pour une science de l'homme [10-13 octobre 1975] ; organisé et recueilli par Massimo Piattelli-Palmarini, Paris, Seuil, 1982.

*Règles et représentations*, Paris, Flammarion, 1985.

*La Nouvelle Syntaxe, concepts et conséquences de la théorie du gouvernement et du liage*, présentation et commentaire par Alain Rouveret, Paris, Seuil, 1987.

*Théorie du gouvernement et du liage : les conférences de Pise*, Paris, Seuil, 1991.

*Nouveaux Horizons dans l'étude du langage et de l'esprit*, Paris, Stock, 2005.

## Articles

« Un compte rendu du “comportement verbal” de B.F. Skinner », Jacques Mehler (éd.), *Langages*, n° 16 (décembre 1969), p. 16-49.

« De quelques constantes de la théorie linguistique », *Diogène*, n° 51 (juillet-septembre 1965), p. 4-21.

« Une conception transformationnelle de la syntaxe », Nicolas Ruwet (éd.), *Langages*, n° 4 (4 décembre 1966), p. 39-80.

« La notion de “règle de grammaire” », Nicolas Ruwet (éd.), *Langages*, n° 4 (4 décembre 1966), p. 81-104.

« Contributions de la linguistique à l'étude de la Pensée », *Change*, n° 1 ; Le Montage, Seuil, 1968, p. 43-71.

« Théorie linguistique et apprentissage », *La Recherche*, 2, n° 11 (avril 1971), p. 326-330.

« Théorie linguistique », *Le Français dans le monde*, n° 88 (1972).

« La forme et le sens dans le langage naturel », in *Hypothèses*, Seghers/Laffont, 1972, p. 127-150.

« Introduction à la théorie standard étendue », in *Langue. Théorie générative étendue*, Mitsou Ronat (éd.), Paris, Hermann, collection « Savoir », 1977, p. 19-39.

« La connaissance du langage : ses composantes et ses origines », *Communications*, n° 40 (1984), p. 7-24.

« Sur quelques changements concernant les conceptions du langage et de l'esprit », in *Transparence et Opacité. Littérature et Sciences Cognitives. Hommages à Mitsou Ronat*, T. Papp et P. Pica (éd.), Paris, Éditions du Cerf, 1988, p. 183-204.

## Sur la linguistique chomskyenne : livres et articles

« La grammaire générative », Nicolas Ruwet (éd.), *Langages*, n° 4 (1966), Didier/Larousse.

« La phonologie générative », Sanford A. Schane (éd.), *Langages*, n° 8 (décembre 1967), Didier/Larousse.

*Introduction à la grammaire générative*, Nicolas Ruwet, Paris, Plon, 1967.

« Psycholinguistique et grammaire générative », Jacques Mehler (éd.), *Langages*, n° 16 (1969), Didier/Larousse.

« Tendances nouvelles à la grammaire générative », Nicolas Ruwet (éd.), *Langages*, n° 14 (1969), Didier/Larousse.

*Théories syntaxiques et syntaxe du français*, Nicolas Ruwet, Paris, Seuil, 1972.

*Les Règles et les Sons. Introduction à la phonologie générative*, François Dell, Paris, Hermann, 1973.

*Langue. Théorie générative étendue*, Mitsou Ronat (éd.), Paris, Hermann, 1977.

*Syntaxe du français. Le cycle transformationnel*, Richard S. Kayne, Paris, Seuil, 1977.

*De la syntaxe à l'interprétation*, Jean-Claude Milner, Paris, Seuil, 1978.
« Explication et catégorie vides en syntaxe », Pierre Pica et Mitsou Ronat (éd.), *Modèle linguistique*, VII, I, Lille, Presses universitaires de Lille, 1984.
*La Grammaire modulaire*, Mitsou Ronat, Daniel Couquaux (éd.), Paris, Éditions de Minuit, 1986.
« Grammaire universelle et syntaxe comparative », Jacqueline Guéron (éd.), *Recherches linguistiques de Vincennes*, 1989.
« Linguistique Cognition. Réponses à quelques critiques de la grammaire générative », Jean-Yves Pollock et Hans G. Obenauer (éd.), *Recherches linguistiques de Vincennes*, 1990.
« Principes et typologie », Alain Rouveret (éd.), *Recherches linguistiques de Vincennes*, 1992.
« Grammaire universelle et acquisition du langage », Celia Jakubowicz (éd.), *Recherches linguistiques de Vincennes*, 1995.
*Langage et cognition : introduction au programme minimaliste de la grammaire générative*, Jean-Yves Pollock ; préface de Noam Chomsky, Paris, Presses universitaires de France, 1997.

## POLITIQUE, MÉDIAS, IDÉOLOGIE

*L'Amérique et ses nouveaux mandarins*, Paris, Seuil, 1969.
*Guerre en Asie*, Paris, Hachette, 1971.
*Les Problèmes du savoir et de la liberté*, Paris, Hachette, 1973.
* *Bains de sang constructifs, dans les faits et la propagande*, Noam Chomsky, Edward S. Herman, préface de Richard A. Falk. Précédé de *L'Archipel Bloodbath* de Jean-Pierre Faye, Paris, Seghers, Laffont, 1974.
*Guerre et paix au Proche-Orient*, Paris, Belfond, 1974.
*La Crise de l'impérialisme et la troisième guerre mondiale*, Yann Fitt, André Farhi, Jean-Pierre Vigier ; introduction de Noam Chomsky, Paris, F. Maspero, 1976.

* *Mémoire en défense contre ceux qui m'accusent de falsifier l'histoire : la question des chambres à gaz*, Robert Faurisson, précédé d'un avis de Noam Chomsky, Paris, La Vieille Taupe, 1980.

*Économie politique des droits de l'homme* [*La Washington connection et le fascisme dans le tiers-monde*], Noam Chomsky, Edward S. Herman, Paris, J.-E. Hallier, Albin Michel, 1981.

* *Réponses inédites à mes détracteurs parisiens*, Paris, Spartacus, 1984.

*Écrits politiques*, Peyrehorade, Acratie, 1984.

*Idéologie et pouvoir*, Bruxelles, EPO, 1991.

*L'An 501 : la conquête continue*, Montréal, Écosociété ; Bruxelles, EPO, 1994 ; rééd. 1995 ; Paris, Éditions de L'Herne, 2006.

*Les Dessous de la politique de l'Oncle Sam*, Montréal, Écosociété ; Bruxelles, EPO ; Pantin, le Temps des cerises, 1996.

*Responsabilités des intellectuels*, préface de Michael Albert, Marseille, Agone, 1998.

*Entretiens avec Chomsky*, David Barsamian, Montréal, Écosociété, 1998 ; 2e éd. *Entretiens avec Chomsky*, Normand Baillargeon, David Barsamian, Montréal, Écosociété, 2002.

*Le Nouvel Humanisme militaire, « leçons du Kosovo »*, préface de Gilbert Achcar, Lausanne, Éditions Page deux, 2000.

*Propagande, médias et démocratie*, Noam Chomsky, Robert W. McChesney, préface de Colette Beauchamp, Montréal, Écosociété, 2000.

*Un homme de parole*, morceaux choisis par Laurent Boyer, Floirac, Ensemble vide éd., 2000.

*De l'espoir en l'avenir : propos sur l'anarchisme et le socialisme*, Marseille, Agone ; Montréal (Québec), Cormeau et Nadeau, 2001.

*Deux heures de lucidité. Entretiens avec Denis Robert et Weronika Zarachowicz*, Paris, Les Arènes, 2001.

*Élections 2000 : réflexions sur la démocratie américaine* et *Les Schémas du vote et de l'abstention*, Arles, Sulliver, 2001.

*Instinct de liberté : anarchisme et socialisme*, Marseille, Agone, 2001.

*La Conférence d'Albuquerque*, Paris, Allia, 2001.

*La Fin de la « fin de l'histoire »*, ouvrage collectif, avec Jean Bricmont, Naomi Klein et Anne Morelli, Bruxelles, Aden, 2001.

« La nouvelle guerre contre la terreur », in *L'Empire en guerre*, ouvrage collectif, Paris, le Temps des cerises ; Bruxelles, EPO, 2001.

*11-9 : autopsie des terrorismes*, Paris, Le Serpent à plumes, 2001.

*Vietnam Inc.*, Philippe Jones Griffiths, préface de Noam Chomsky, Paris, Phaidon Press, 2001.

*De la guerre comme politique étrangère des États-Unis*, prologue de Howard Zinn, postface de Jean Bricmont, Marseille, Agone, 2001 ; rééd. 2002 ; 2004.

*De la propagande*, entretiens de David Barsamian avec Noam Chomsky, Paris, Fayard, 2002 ; rééd. Paris, 10-18, 2003.

*« La Loi du plus fort : mise au pas des États voyous »*, collectif, avec Ramsey Clark, Edward W. Saïd, Paris, Le Serpent à plumes, 2002.

*Le Parapluie militaire américain et la Déclaration universelle des droits de l'Homme*, Paris, Le Serpent à plumes, 2002.

*Le Bouclier américain*, Paris, Le Serpent à plumes, 2002.

*Le Pouvoir mis à nu*, Montréal, Écosociété, 2002.

*Propaganda*, Paris, Éditions du Félin/Danger public, 2002.

*Le Profit avant l'homme*, Paris, Fayard, 2003 ; rééd. Paris, 10-18, 2004.

*Pirates et empereurs : le terrorisme international dans le monde actuel*, Paris, Fayard, 2003.

*Pouvoir et terreur : entretiens après le 11 Septembre*, Paris, Le Serpent à plumes, 2003.

*Sur le contrôle de nos vies*, Paris, Allia, 2003.

*Dominer le monde ou sauver la planète ?, l'Amérique en quête d'hégémonie mondiale*, Paris, Fayard, 2004 ; rééd. Paris, 10-18, 2005.

*Un monde complètement surréel : Le contrôle de la pensée publique*, Montréal, Lux, 2004.

*Comprendre le pouvoir*, t. 1 et 2, Bruxelles, Aden, 2005.

*Quel rôle pour l'État ?*, Montréal, Écosociété, 2005.

*La Doctrine des bonnes intentions*, entretiens avec David Barsamian, Paris, Fayard, 2006.

*Israël, Palestine, États-Unis : Le triangle fatidique*, préface d'Edward Saïd, Montréal, Écosociété, 2006.

*Sur la nature humaine : Comprendre le pouvoir. Interlude*, Noam Chomsky, Michel Foucault, Bruxelles, Aden, 2006.

*Les États manqués : abus de puissance et déficit démocratique*, Paris, Fayard, 2007 ; rééd. Paris, 10-18, 2008.

*L'Ivresse de la force*, entretiens avec David Barsamian, Paris, Fayard, 2008.

*La Fabrication du consentement : de la propagande médiatique en démocratie*, avec Edward Herman, Marseille, Agone, 2008.

*Raison contre pouvoir : le pari de Pascal*, entretiens avec Jean Bricmont, Paris, L'Herne, 2009.

*Raison et liberté : sur la nature humaine, l'éducation et le rôle des intellectuels*, préface de Jacques Bouveresse, Marseille, Agone, 2010.

*Réflexions sur l'université*, Ivry-sur-Seine, Raisons d'agir, 2010.

## Ouvrage sur Noam Chomsky

*Noam Chomsky. Une voix discordante*, Robert F. Barsky, Paris, O. Jacob, 1998.

[Cet ouvrage contient des extraits de lettres de N. Chomsky à l'auteur, ainsi que divers témoignages et documents]

## Documentaires, théâtre, cinéma

*Chomsky, les médias et les illusions nécessaires* (titre original : *Manufacturing Consent*), documentaire de Mark Achbar et Peter Wintonick, 1992.

*Noam Chomsky : pouvoir et terreur. Entretiens après le 11 septembre*, documentaire de John Junkerman, 2003.

Chomsky a été également au centre d'une pièce de théâtre, *Sujet : Chomsky* de Saida Churchill, qui a été jouée à Paris jusqu'en mars 2006. [http://www.froggydelight.com/article-2424-1-SujetChomsky.html]

Michel Gondry lui a consacré un film : *Conversation animée avec Noam Chomsky*, 2013.

## Principaux sites Internet concernant Noam Chomsky linguiste et militant politique

*Sur la politique :*

Son site : http://www.chomsky.info/
Noam Chomsky Archive : http://www.zmag.org/chomsky/
Noam's Chomsky blog : http://blog.zmag.org/blog/13

*Sur la linguistique :*

*La syntaxe minimaliste*

Arizona minimalist archive :

http://minimalism.linguistics.arizona.edu/AMSA/archives.html

*Sur la sémantique et l'interprétation (au sens large)*

Semantics archive : http://semanticsarchive.net/sem-bin/browse.pl

*Sur la philosophie de l'esprit :*

Chomsky for philosophers (the University of Chicago Philosophy Project) :

http://www.personal.kent.edu/~pbohanbr/Webpage/New/newintro.html

# CONTRIBUTEURS

**Cedric Boeckx.** Professeur adjoint de linguistique à l'université de Harvard, États-Unis, il est membre de l'Initiative Mind-Brain-Behavior. Ses recherches portent sur la syntaxe théorique, la grammaire comparative et l'architecture du langage, ses origines, son développement et ses bases neurobiologiques.

**Jean Bricmont.** Professeur au Département de physique théorique et mathématique, Université catholique de Louvain, Belgique. Auteur de plusieurs articles sur Chomsky, il a publié notamment *Impostures intellectuelles,* avec A. Sokal, Odile Jacob, 1997 ; *Folies et raisons d'un processus de dénigrement*, Postface à : Noam Chomsky, *De la guerre comme politique étrangère des États-Unis*, Agone, 2002 ; *À l'ombre des Lumières*, avec Régis Debray, Odile Jacob, 2003 ; *Impérialisme humanitaire*, Aden, 2005.

**Gennaro Chierchia.** Professeur de linguistique à Harvard, États-Unis, il a enseigné la linguistique dans diverses universités aux États-Unis (Brown, Cornell) et en Europe (Milan, Milan-Bicocca, École normale supérieure, Paris). Ses recherches portent sur la sémantique et ses interfaces avec la syntaxe, la philosophie du langage et la psychologie cognitive.

**Michel Foucault.** Philosophe français (1926-1984) titulaire d'une chaire au Collège de France à laquelle il donna le titre d'*Histoire des systèmes de pensée*. Il est l'auteur, notamment, des ouvrages suivants : *Les Mots et les Choses* (1966), *Surveiller et punir* (1975), *Dits et écrits* (1954-1975).

**Norbert Hornstein.** Professeur au Département de linguistique, Université de Maryland, États-Unis, il travaille en syntaxe formelle.

**Pierre Jacob.** Professeur de philosophie, il est directeur de l'Institut Jean-Nicod, Paris. Son travail en philosophie de l'esprit intègre les récents développements des neurosciences cognitives. Il est également président de la Société européenne de philosophie et psychologie.

**Tanya Reinhart.** Professeur au Centre de littérature générale et comparée, faculté de lettres, Université de Tel-Aviv, Israël, elle est spécialiste de linguistique théorique (syntaxe, sémantique, discours, théorie de l'interface), et travaille également sur les médias et les Cultural Studies.

# TABLE

Mise en pages par Meta-systems
59100 Roubaix

N° d'édition : L.01EHQN000790.N001
Dépôt légal : juin 2015
Imprimé en Espagne par Novoprint (Barcelone)